NUR ÜBER UNSERE LEICHEN

Leila Emami, Fenna Williams, Zazie Chabrol

Nur über unsere Leichen

Krimikomödie

LEINPFAD VERLAG

Die Handlung und alle Personen sind völlig frei erfunden; Ähnlichkeiten wären rein zufällig.

Frühjahr 2017

Umschlag: kosa-design, Ingelheim
Lektorat: Christiane Geldmacher u. Angelika Schulz-Parthu
Layout: Leinpfad Verlag, Ingelheim
Druck: wolf print, Ingelheim

Leinpfad Verlag, Leinpfad 5, 55218 Ingelheim
Tel. 06132/8369, Fax: 896951
E-Mail: info@leinpfadverlag.de
www.leinpfadverlag.com

ISBN 978-3-945782-28-6

Prolog

»Wenn du nachher vorbeikommst, mein Lieber, und ich bin nicht da, heißt das nicht, dass ich gekidnappt oder ermordet worden bin. Es heißt nur, dass deine alte Oma sich erlaubt, ihre Angelegenheiten immer noch selbst zu erledigen. Ich habe sie schließlich noch alle beieinander ... also ... Falls ich schon weg bin, dann liegt der Umschlag für dich wie immer neben der roten Kasette.« Klara Schönlein überlegt einen Moment. »Ach ja, noch was: Da du es sowieso eines Tages erben wirst und mir ständig in den Ohren liegst, ich solle das einzig Wertvolle, was ich besitze, endlich hinter Vorhängeschlösser bringen, darfst du es dir heute nehmen und in Zukunft selbst für seine Sicherheit sorgen.« Sie lauscht angestrengt in den Hörer. »Nein, Peter, darüber brauchen wir nicht noch mal zu diskutieren. Ich habe das so beschlossen. Und so wird es gemacht. Tschüss, mein Lieber.«

Die alte Dame legt den Hörer auf und beginnt eines ihrer Selbstgespräche. »Mein Sohn Wilhelm hat seine Einbrecherphobie offenbar an meinen Enkel vererbt. Warum leben die beiden nur in ständiger Angst vor Verbrechen und Verbrechern? Ich dagegen ...«

Ding Dong Dong ...

Verwundert hebt Klara Schönlein den Kopf.

Die Türklingel?

»Ich erwarte doch niemanden!«

1. Kapitel: Monika

Ich habe noch nie einen Menschen umgebracht, aber das wird sich gleich ändern. Denn ich habe den besten Chef der Welt. Und der will das so.

Deshalb stehe ich jetzt auch in Hohenrhein vor dem Haus Cicerostraße Nummer 11 und klingele.

Ding Dong Dong ...

Ich muss eine Aufgabe erfüllen. Eine wichtige. So richtig wohl ist mir allerdings nicht dabei. Aber ich werde es tun. Für Harald. Er wird mir dankbar sein und mich dafür lieben.

Er ist so niedlich, wie er da immer hinter seinem Schreibtisch im Rathaus sitzt, den weißen Kragen seines Hemdes ganz fest um den Hals liegend, den Krawattenknoten perfekt am Platz. »Monika«, sagt er immer, und das »o«, das er durch seine schmalen Lippen haucht, schmiegt sich um mich wie ein seidenes Tuch.

»Monika, setzen Sie doch bitte diesen Brief auf.«

»Monika, haben *wir* schon die Antwort vom Stadtrat?«

Monika. Wir.

Ich kenne niemanden, der so ein »o« sagen, meinen Namen so aussprechen kann.

Wenn ich abends im Bett meine Augen schließe, sehe ich, wie er in seinem eleganten Nadelstreifenanzug über einen roten Teppich auf mich zuschreitet. Ohne die jubelnde Menge zu beachten, seine Augen nur auf mich gerichtet. Diese Vorstellung treibt mir Gänsehaut über den Rücken.

Warum öffnet die Alte nicht die Tür?

Ich drehe mich noch mal um. Von der Gartenpforte, durch die ich eben getreten bin, führt ein mit Blumenrabatten gesäumter Plattenweg zum weiß gestrichenen Einfamilienhaus. Komisch. Als ich eben zur Eingangstür gegangen bin, erschien mir die Strecke unendlich weit, aber in Wahrheit sind es nur ein paar Meter.

Ich atme tief durch und drücke noch mal auf die Klingel.

Ding Dong Dong ...

Kein Namensschild. Paranoid, diese Alten. Den Namen »Müller« muss man ja nun wirklich nicht verstecken.

Ich warte. Nichts regt sich. Vielleicht ist niemand zuhause? Bevor ich mich diesem hoffnungsfrohen Gedanken vollends hingebe, öffnet sich die Tür.

Ich kann nicht glauben, dass Frau Müller, die jetzt vor mir steht, achtzig sein soll. Sie sieht viel älter aus, wie neunzig oder hundert. Aber mit Senioren ist es wie mit Babys und Kleinkindern, man weiß nie, wie alt sie sind. Wobei es praktisch ist, dass man bei den Alten Männlein und Weiblein besser unterscheiden kann. Das Weiblein vor mir geht schon gebeugt, ihr Gesicht ist voller Falten, Frisur und Garderobe sind gepflegt. Weiße Locken, rosa Strickweste mit weißer Bluse darunter und einem blauen Rock, Perlonstrümpfe, die um die dünnen Waden Falten schlagen, weiße Lederschuhe. Eine Bilderbuchoma.

»Guten Tag«, sage ich und präsentiere ihr den Kuchen, den ich vorhin beim Bäcker gekauft habe. Dabei fällt mir ein, dass ich mich noch dringend bei diesem Backkurs in der Volkshochschule anmelden muss, damit ich Harald bald mit selbst gebackenen Köstlichkeiten verwöhnen kann.

Die Alte guckt mich misstrauisch an und ich setze mein extra-fantastisches Lächeln auf, das ich sonst nur für Harald reserviert habe.

»Ich bin Maria Metzger, Ihre neue Nachbarin, und möchte mich Ihnen vorstellen. Ich habe einen Kuchen mitgebracht.«

Metzger! Einen blöderen Namen hätte ich mir wohl nicht ausdenken können. Das muss was mit meinen Nerven zu tun haben. Und mit dem, worum ich mich jetzt kümmern muss.

Die Züge der Frau glätten sich, soweit dies in diesem Alter möglich ist, sie schaut verlangend auf den Kuchen und bittet mich hinein. In Zeitlupe ächzt sie vor mir die Treppe hinauf und nach gefühlten tausend Stufen landen wir in einem kleinen Vorraum mit Gummibaum, und dann in einem Wohnzimmer, das aussieht, wie aus einem Designer-Magazin für Senioren. Akkurat, piccobello, kein Stäubchen, alles an seinem Platz.

Ich setze mich auf die Sofakante. Während sie Kaffee kocht und mir aus der Küche freundliche Worte zuruft, die ich nicht verstehe, schaue ich mich um und überlege, wie ich ihr den Garaus machen kann.

Erst jetzt fällt mir so richtig auf, dass ich schlecht vorbereitet bin. Ehrlich gesagt überhaupt nicht. Keine Pistole, kein Baseballschläger, kein Elektroschocker, noch nicht einmal K.-o.-Tropfen oder Pfefferspray.

Obwohl sich meine Mission ja abgezeichnet hatte. Schon vor Tagen hatte Harald mich gebeten, ihm behilflich zu sein. »Monika«, sagte er und schaute mich an mit diesen Augen, wegen derer ich mich schon abends auf den nächsten Morgen freue, »Monika, ich möchte Sie bitten, mir einen Gefallen zu tun.« So ist er. Er befiehlt nicht, er bittet, – ich schmelze.

Natürlich habe ich zugestimmt. Aber den Gedanken an die konkrete Ausführung der Tat habe ich dann wohl irgendwie verdrängt. Ich blöde Kuh. Und jetzt sitze ich hier und weiß nicht, wie ich es anstellen soll. Ich denke nach. Ein Messer wird auf jeden Fall zur Hand sein, mit irgendwas muss die Alte den Kuchen ja zerteilen. Aber mit Blut habe ich es nicht so. Mir wird schon schlecht, wenn ich mir vorstelle, mir beim Kartoffelschälen in den Finger zu schneiden.

Meine Augen scannen den Raum auf der Suche nach einem geeigneten Mordinstrument.

Auf dem zierlichen Schreibtisch vor dem Fenster thront ein Briefbeschwerer in Form eines lebensgroßen, goldfarbenen Igels. Damit könnte ich ihr eins über den Schädel geben. Oder ich könnte die Kristallkaraffe vom rauchfarbenen Beistelltischchen an der gegenüberliegenden Wand zertrümmern und den größten Splitter durch ihre Halsschlagader ziehen.

Mir wird schlecht.

Dann schon lieber die knallrote Geldkassette, die mir aus dem Regal über dem Sofa entgegenleuchtet. Die wäre schwer genug für einen effektiven Schlag auf den Kopf. Sie ist bestimmt aus Gusseisen oder Stahl oder so. Aber sie liegt wahrscheinlich nicht so gut in der Hand.

»Milch und Zucker?«, tönt es aus der Küche.

»Gerne!«, höre ich mich rufen, obwohl ich meinen Kaffee seit Jahrzehnten nur schwarz trinke. Diese verdammten Nerven.

Frau Müller schiebt einen quietschenden Teewagen in der typischen Nierenform der 60-er vor sich her. Ich helfe ihr, die Teller, Tassen, Kuchengabeln und die Kaffeekanne auf dem Sofatisch zu drapieren. Dann schüttelt sie das Kissen auf ihrer Seite zurecht, haut mit geübtem Handkantenschlag einen Knick hinein und lässt sich erschöpft in die Polster fallen. Mein Blick bleibt an dem Sofakissen hängen, grüner Samt mit goldenen Hirschen und Farnen darauf. Das ist es! Kein Krach, kein Blut, nichts. Einfach nur ein bisschen Stoff, der einer alten Dame den Atem raubt. Ich nicke zufrieden, während sie weiterspricht.

Obwohl sie ja wirklich zauberhaft ist. Schenkt Kaffee ein, legt Kuchen auf, nickt mir zu, lächelt mich an und zwitschert wie ein Vögelchen, während sie alle möglichen Dinge erzählt, denen ich kein Gehör schenke. Ich habe mich auf einen Mord zu konzentrieren.

Aber sie ist wirklich hartnäckig, strahlt mich aus allen Falten an und ich spüre, dass sie wahnsinnig froh ist, Besuch zu haben. Wie das so ist bei steinalten Leuten, die wahrscheinlich schon sämtlichen Freunden Blumen ins Grab nachgeworfen haben.

Ich kann das nicht. Ich kann diesem frohen Zwitschern kein Ende machen. Nein. Doch dann ich sehe wieder seine Augen vor mir. Blau mit kleinen Sprenkeln von Grün.

Gerade, als ich nach dem Sofakissen greifen will, erhebt sich die Alte.

»Es ist wirklich nett von Ihnen, dass Sie angeboten haben, meine Pflanzen zu gießen. Ich bin ja auch nicht mehr die Jüngste. Dann zeige ich Ihnen mal die Blumen«, zwitschert sie.

Hatte ich ihr etwa angeboten, ihr Grünzeug zu wässern? Ich hätte beim Anblick des Sofakissens vielleicht nicht nicken sollen.

Sie läuft in Richtung Balkon und ich folge ihr, das Sofakissen in der Hand. Kurz überlege ich, ob ich sie nicht einfach über die Brüstung werfen soll, schmächtig wie sie ist, wäre das ein Kinderspiel. Aber ich traue mich nicht, das ist mir zu brutal.

» Sehen Sie«, sagt sie und ihr Arm umfasst mit einer liebevollen Geste ihr Pflanzenreich im Garten unter uns. »Da, meine Margeriten, und dort, die Rosen blühen auch schon.« Lächelnd dreht sie sich zu mir um, doch sogleich verfinstern sich ihre Züge. Aus ihrem freundlich schrumpeligen Weihnachtsapfelgesicht wird binnen Nanosekunden eine fürchterliche Fratze und sie schreit mich an: »Sind Sie von Sinnen?« Dabei deutet sie mit zitternder Hand auf das Sofakissen, das ich mir vor die Brust presse. Wer ist die Alte, eine Teufelin? Wie kann sie ahnen, dass das Kissen meine Waffe ist?

Sie schreit weiter: »Niemand, niemand, entfernt meine Sofakissen vom Sofa und nimmt sie mit auf den Balkon! Deswegen heißen sie Sofakissen und nicht Balkonkissen ...« Sie fängt an zu japsen, schreit: »Und das da ... das ... ist mein persönliches ... persönliches Lieblingskissen. Meins!« Schreit und fängt an, an dem Kissen zu zerren. Ich halte es mit aller Kraft fest. Schließlich ist es mein Mordinstrument. Doch dann sieht sie auf einmal so bleich aus und fängt immer heftiger an zu atmen.

Jetzt tut sie mir leid. Ich lasse das Kissen los. Morden ist sowieso nicht mein Ding. Ich werde Haralds Herz lieber mit Kuchen aus dem Backkurs erobern. Also entspanne ich mich. Aber nur so lange, bis ich sehe, wie die Alte durch das hölzerne Balkongeländer bricht. Scheiße! Ich hätte das Kissen nicht loslassen sollen.

Ich schaue hinunter. Sie liegt in der Rabatte mit Vergissmeinnicht, die Arme und Beine so komisch angewinkelt wie in den amerikanischen Serien, in denen öfter mal Leute aus dem Fenster stürzen und die ich manchmal gucke, um mir den Abend zu verkürzen, der mich von einem weiteren Tag im Büro trennt. Einem Tag mit Harald.

Ich fühle mich gar nicht gut. Obwohl: Haralds Wunsch habe ich erfüllt. Frau Müller ist verblichen. Aber ich muss hier weg. Übergeben darf ich mich nicht. Das weiß ich auch aus dem Fernsehen. Dann können sie einen nämlich drankriegen, wegen dem DNA-Zeugs und so.

Wegen dem DNA-Zeugs sammle ich auch das ganze Geschirr ein, das Frau Müller und ich benutzt haben. Obwohl meine Hände zittern, spüle ich den ganzen Kram. Es dauert eine Weile, bis ich herausgefunden habe, wo alles hingehört. Die Reste von dem Kuchen packe ich wieder in die Bäckertüte und verstaue sie in meiner Handtasche. Gut, dass ich heute die große braune mitgenommen habe. Jetzt sieht es so aus, als wäre ich nie hier gewesen.

Endlich bewege ich mich in Richtung Wohnungstür, da hallt ein *Ding Dong Dong* durch das Vakuum in meinem Kopf. Das darf jetzt nicht wahr sein! Meine Knie fangen an zu zittern. Wenn es klingelt, heißt das, dass da draußen jemand ist und dass ich nicht weg kann. In den Windungen meines Gehirns arbeitet es auf Hochtouren. Über den Balkon zu fliehen, macht keinen Sinn. Ich kann nicht klettern und außerdem liegt da unten die Frau Müller; ein Anblick, den ich mir gern ersparen würde. Ich muss einfach ruhig bleiben und ausharren, bis der Klingler wieder weg ist. Wie lange steht da einer, wenn niemand öffnet, bevor er wieder geht? Ich warte. Kein erneutes Klingeln.

Gerade als ich denke, dass alles noch mal gut gegangen ist, höre ich, wie ein Schlüssel ins Schloss gesteckt wird. Renne los, nehme die erste Tür, die vom Flur wegführt. Sehe ein Bett und einen Schrank. Springe in den Schrank. Mein Herz klopft, mir ist schwindelig. Garantiert werde ich gleich ohnmächtig. Werde aus dem Schrank fallen und dann ist alles aus.

Während ich langsam ein- und ausatme, damit nicht zu viel Sauerstoff in mein Gehirn kommt – wie früher in der Schule – erreicht ein vertrauter Duft meine Nase. Mottenpulver! Mottenpulver, das mich an meine Oma erinnert. Jetzt weiß ich auch, was das Weiche, Flauschige neben mir ist. Pelz.

Eigentlich ist es gar nicht so schlecht hier in dem Schrank, warm und kuschelig und voll von Kindheitsgerüchen. Wenn da bloß nicht diese Schritte wären. Jemand geht in der Wohnung umher. Er wird auch in dieses Zimmer kommen, das weiß ich. Ich hoffe nur, dass er nichts zum Anziehen braucht.

Ich öffne ein Auge und stelle fest, dass es in meinem Schrank gar nicht so dunkel ist wie ich dachte. Es ist ein moderner Schrank, nicht wie bei meiner Oma. In Höhe meiner Augen befinden sich Lamellen, durch die Licht fällt. Ich kann sogar das Zimmer sehen, wenn auch das Bild unterbrochen von Streifen ist.

Ich höre eine Männerstimme. »Hallo? Bist du noch da? Haaallooo, Oma?« Hoffentlich kommt der nicht auf die Idee, im Schrank nach ihr zu suchen. Jetzt ruft der Mann: »Da ist ja der Umschlag! Aber wo ist die Brosche?« Er seufzt. »Oma wird auch immer vergesslicher. Dann muss ich die Brosche eben suchen.«

Die Schritte kommen näher – jetzt ist er im Schlafzimmer. Ich müsste mich aufregen, doch das Mottenpulver wirkt auf mich wie ein Beruhigungsmittel. Ich öffne das andere Auge und sehe durch die schmalen Schlitze der Lamellen einen Mann, der zielstrebig auf eine Kommode zusteuert. Er zieht Schublade um Schublade auf, bis er schließlich ein blaues Kästchen ans Licht befördert. Darin kramt er herum und nimmt einen glitzernden Gegenstand heraus, den er in seiner Jackentasche verschwinden lässt. Dann noch ein paar Schritte, die sich immer mehr entfernen und schließlich höre ich die Wohnungstür ins Schloss fallen.

Ich bin erleichtert und müde. Ich möchte schlafen, nein, fliehen. Nein, beides. Lehne mich zurück in meinem Schrank und atme den Omaduft ein.

2. Kapitel: Elisabeth

»... bie schuur to wäär zam flauers in juur häär, if you're goinnnggg to Saaan Fraaancisco ...«

Ich halte mir die Ohren zu und versuche Scott McKenzie niederzubrüllen. »Rosemarie, dreh das Autoradio leiser, die Leute gucken schon.«

Die Leute sind ein paar Jugendliche auf dem Weg zur Schule, die neben uns die Straße entlanggehen und uns ansehen, als wäre die von Rosemaries Radio erreichte Dezibelzahl das Privileg ihrer Boomboxen. Eine orangefarbene Ente ist als fahrbarer Untersatz für sie sicher schon seltsam genug, aber dass aus diesem Gefährt auch noch Musik aus deren Blütezeit dröhnt und es so aussieht, als würde sie uns zwei alten Schachteln mit Hilfe von Schallwellen fortbewegen, das erscheint den Küken wohl doch zu dick aufgetragen. Wenn die auch noch wüssten, aus welchen Gründen unser Gefährt den Namen *Miguel* trägt ... Ich lächle in ihre unerfahrenen Gesichter und sehe mit Genugtuung, wie Rosi ihnen die Zunge herausstreckt. Je älter man wird, desto mehr erlaubt man sich. In ein paar Jahren verhalte vielleicht sogar ich mich so, wie ich es immer gerne gewollt hätte ...

Wegen Scott McKenzies Hippie-Hit schenkt meine liebe Freundin Rosi der auf Rot schaltenden Ampel dummerweise zu spät die notwendige Aufmerksamkeit. Durch das scharfe Bremsen ergattert sie nicht nur die Pole Position, sondern stürzt auch das Innere des Autos ins Chaos. All meine Umzugskartons, meine proppevollen Taschen, Schachteln und unzähligen Tupperdosen drängen ungebremst aus dem Fond nach vorne und bringen meinen wackeligen Beifahrersitz und mich in Schieflage. Für unfreiwillige Yogahaltungen dieser Art bin ich eindeutig zu alt.

»Bitte, leiser«, versuche ich es wieder, während ich einen

Henkelkorb zwischen unseren Kopfstützen zu platzieren versuche, um nicht noch einmal zusammengefaltet zu werden. Dabei komme ich versehentlich gegen den Auslöser meiner Polaroidkamera, die ich obenauf gelegt hatte, um mit ihr die Ankunft in meinem neuen Heim zu dokumentieren. »Und fahr zur Abwechslung mal nach den geltenden Regeln der Straßenverkehrsordnung. Du bist hier nicht auf dem Hockenheimring. Außerdem transportierst du heute meinen wertvollsten Besitz: mich.«

»... *bie schuur to wäär zam flauvrs in juur häär*«, antwortet Rosemarie.

Ich atme langsam ein und aus. Meinen nächsten Umzug, das schwöre ich bei der stählernen Gesundheit meiner zweiundsiebzig Jahre, erfolgt mit den Füßen zuerst und mit Hilfe von sechs geübten Trägern.

»Rosemariiieee«, brülle ich. »Das hält doch niemand aus. Im Fahren mag das ja noch gehen, aber an der Ampel ist ...«

Mich und mein verbliebenes Gehör rettet die Tatsache, dass Rosemaries Lieblingssender *Wolke 7 FM* die nostalgische Reise nach San Francisco durch ein schrilles Zeitzeichen beendet und die Nachrichten ankündigt. Der Beep bringt Rosemarie aus ihren blumenbekränzten Erinnerungen zurück ins Hier und Jetzt. Nachrichten aus der Provinz lässt sie sich nie entgehen.

»Beim letzten Ton des Zeitzeichens war es genau zwölf Uhr. Radio Wolke 7 mit Nachrichten aus dem Weinland Mittenrhein, unserer heilen Wunderwelt!«, höre ich die Nachrichtensprecherin. »Heute ist ein großer Tag für einige unserer älteren Mitbürger. Das ehemalige Ursulinenkloster ›Himmelsleiter‹ in Klosterley ist endlich fertig saniert und umgebaut. Die Pläne, daraus ein Luxushotel für die oberen Zehntausend zu machen, sind damit endgültig vom Tisch. Wie die Heimleitung, Frau Anastasia Hemmschuh, uns soeben mitteilt, rollen die ersten Bewohner bereits an, um ihr neues Zuhause zu beziehen. Unser Reporter ist vor Ort und ...«

Rosemarie dreht das Radio lauter: »Die reden von uns, Elisabeth! Hör mal, die reden von uns!«

Rosemarie ist meine beste Freundin. Ich kenne Rosi seit unserer Teenagerzeit und weiß deshalb, dass sie sich nie maßgeblich verändert hat. Im Gegensatz zu mir. Ich musste vom Tag meiner Eheschließung an die Verantwortung für das Weingut der van Amelns tragen, mich jeder wirtschaftlichen Änderung anpassen und die Konkurrenz des gesamten Weinlandes Mittenrhein im Auge behalten. Während ich mich immer wieder durchsetzen musste, bewahrte sich Rosemarie trotz wechselnder Ehemänner ihr kindliches Gemüt ebenso wie ihre Vorliebe für flatternde Kaftane, die sie – äußerst gewagt – mit Halstüchern jeden Musters und jeder Farbe kombiniert. Dieses Faible macht es mir leicht, Rosemarie zu beschenken. Ein neuer Schal und schon zaubere ich ihr ein strahlendes Lächeln aufs Gesicht. Natürlich hört sie auch immer noch dieselbe Musik wie damals: von den Beach Boys über Herman's Hermits bis hin zu Crosby, Stills, Nash & Young. Genauso laut wie früher, heute allerdings, weil sie sich weigert, sich ein Hörgerät anpassen zu lassen und aus demselben Grund, aus dem meine Tochter Gesine auf eine Brille verzichtet: Eitelkeit.

Eitelkeit: Mich erstaunt sie bei Menschen immer wieder. Tiere sind schließlich mit ihrem Fell auch so zufrieden, wie es ihnen geschenkt worden ist. Ganz gleich, welche Farbe, welche Form, welches Alter. Das sollte bei Menschen auch so sein. Mir jedenfalls reichen die Hosen und Hemden und Jacken, die ich von meinem Armbrecht selig übernommen habe. Bis die aufgetragen sind, kommt mir kein kostspieliges Fähnchen ins Haus. Ich gebe mein Geld lieber für wichtige Dinge aus. Heutzutage kosten ja fünfundzwanzig Pfropfreben schon über fünfzig Euro. Blauer Spätburgunder. Von Riesling will ich hier gar nicht reden.

Nein, ich muss mein Geld zusammenhalten, besonders jetzt, wo ich in die Seniorenresidenz ziehe. Und obendrein mein Auge auf einen heruntergewirtschafteten Weinberg in Bestlage von Schönhell geworfen habe ...

Wahrscheinlich habe ich mich doch ein wenig zu schnell von Rosi überzeugen lassen, ins neue Seniorenstift zu ziehen. Ab jetzt wohne ich zwölf Kilometer entfernt von unserem Weingut. Keine Kleinigkeit, wenn man nur Traktor fährt. Aber immerhin bietet sich jedem Besucher von meinem Turmzimmer aus ein grandioser Blick über das gesamte Weinland Mittenrhein. Ganz gleich, aus welchem Fenster man schaut, der Weingau liegt wie auf dem Präsentierteller vor dem Betrachter, auf der anderen Seite das gesamte linksrheinische Weinhessen. Außerdem kann ich auf meine Freundin zählen, auch wenn es nicht sonderlich bequem ist, mit ihr meine Habseligkeiten in mein neues Domizil zu bringen: Appartement 13, Turmsuite, Seniorenresidenz ›Himmelsleiter‹, Klosterley, Weingau. Ich gebe zu, das klingt gut. Keine überforderten Söhne und nervigen Töchter mehr am Hals, die nur ans schnelle Geld denken. Sich endlich mal bedienen lassen, ein ruhiges Leben führen. Traumhafte Zustände, wenn vielleicht auch ein ganz klein wenig ... öde.

»Sag mal, hörst du schwer?« Rosemarie knufft mich in die Seite und ich merke erst jetzt, dass sie wieder losgefahren ist. »Hast du mitgekriegt, dass ich noch bei Klara Schönlein vorbei will, um mir endlich die Töpfe mit dem Bilsenkraut abzuholen, das sie für mich gezogen hat?«

Nein, habe ich nicht, aber das gebe ich natürlich nicht zu, sonst wirft mir Rosemarie wieder vor, dass ich in letzter Zeit unaufmerksam sei und zu viel grübele. Dabei denke ich nur nach. Und es gibt einen großen Unterschied zwischen grübeln und nachdenken. Ich mache mir eben so meine Gedanken, wie es mit unserem Weingut weitergeht, wenn ich nicht mehr ständig vor Ort bin. Die van Amelns sind nicht irgendwer: Wir haben einen Ruf zu verlieren.

»Ich darf das Bilsenkraut übrigens in den ehemaligen Klostergarten pflanzen. Anastasia Hemmschuh, die Leiterin unserer Residenz, hat ihre Zustimmung schon erteilt«, sagt Rosi gerade und ich glaube, nicht richtig gehört zu haben.

»Was? Das kann nicht dein Ernst sein! Du willst vor den Augen der Leitung, ach was, vor der ganzen Welt, Drogen anpflanzen?«

Rosi macht ihre großen Ich-weiß-nicht-was-du-hast-Augen. »Außer dir und mir weiß doch keiner, wozu Bilsenkraut gut ist. Die grünschnäbelige Heimleitung jedenfalls nicht. Reg dich also bitte nicht auf, Lizzi, sonst brauchst du noch selbst welches!«

Wenn Rosi mich Lizzi nennt, ist das immer eine versteckte Drohung und der Hinweis auf den einen schwachen Moment meiner Jugendjahre, bevor ich mich entschloss, das Weingut van Ameln zu heiraten und beide Parteien sehr gut damit gefahren sind. Jedenfalls so lange niemand von diesem kleinen Ausrutscher erfährt. Ich höre also gnädig über den kleinen Erpressungsversuch hinweg und begnüge mich damit aufzuzählen, wie gefährlich Bilsenkraut ist. »Immerhin werden Extrakte von Bilsenkraut für die Herstellung von Laudanum verwendet. Es ist hochgiftig. Hat nicht schon Shakespeare Hamlets Vater damit ermorden lassen?«

»Großartig, was? Bilsenkraut kann Shakespeare«, sagt Rosemarie und rezitiert: »*Da ich im Garten schlief, beschlich dein Oheim meine sich're Stunde, mit Saft verfluchten Bilsenkrauts im Fläschchen. Und träufelt' in den Eingang meines Ohres, das schwärende Getränk!*«

Wenn Rosemarie in Theaterstimmung ist, kann ihr keiner beikommen. Ich gebe also zu, dass Bilsenkraut neben seiner halluzinogenen Wirkung auch durchaus nützliche Anwendungsgebiete aufzuweisen hat. »Gegen Krämpfe, Durchfall, Schlaflosigkeit«, zähle ich auf. »Zur Stimmungsaufhellung.«

»Vergiss die potenzsteigernde Wirkung nicht«, sagt Rosi zufrieden und strahlt mich an. »Ich habe vor, mir die Männer in unserem zukünftigen Internat ganz genau anzusehen. Und nicht nur die!«

Ich verzichte darauf, hierzu einen Kommentar abzugeben, weil wir die Cicerostraße in Hohenrhein und Klara Schönleins Haus erreicht haben.

Das Gartentor steht offen. »Sieh an, Klaras verpeilter Enkel Peter war zu Besuch«, sagt Rosi und geht strammen Schrittes den Plattenweg zum Haus hinunter. »Der lässt immer das Gartentor offen.«

»Du bist doch sonst nicht so streng«, kontere ich.

»Der kommt immer, um sich Geld zu leihen. Pah, was sag ich: leihen!« Meine Freundin macht eine unwillige Kopfbewegung. »Er schnorrt sich durch. Von Zurückzahlen kann keine Rede sein.«

»Man soll mit warmen Händen geben«, gebe ich meiner Meinung eine Stimme, aber Rosi hört mich nicht.

»Wenn Klara nur mit sich reden ließe! Aber sie ist ja so stur, wenn es um Peter geht. Der Junge hier, der Junge da«, sagt sie ungehalten. »Der Junge ist erwachsen. Der muss endlich lernen, für sich selber zu sorgen.«

Ich zähle im Geiste zusammen, dass mindestens vier Ehemännern die Jahre mit Rosi noch in schmerzhafter Erinnerung sind und sie sich von diesen finanziellen Polstern gerade Appartement 1 der ›Himmelsleiter‹ geleistet hat. Zugegeben die günstigste von allen Wohnungen, aber immerhin. Statt das näher auszuführen, überhole ich Rosi und drücke ausdauernd die Klingel.

»Wenn Klara so weitermacht, sind bald alle ihre Ersparnisse aufgebraucht.« Für ihre Freunde kann Rosi sich in jedes Thema hineinsteigern. »Und dann bleibt nichts mehr, um auch in unsere schöne, neue Residenz zu ziehen. Dabei wäre es doch viel besser für sie, bei uns zu wohnen, statt am Ortsrand von Hohenrhein, wo nie mal einer vorbeikommt. Noch nicht mal zufällig.« Rosi klatscht in die Hände wie ein kleines Kind. »Was wir als Dreierkleeblatt alles so bewegen könnten, nicht auszudenken!«

Da stimme ich ihr ausnahmsweise zu. Das möchte ich mir wirklich nicht ausdenken.

Als sich bei Klara immer noch nichts rührt, rüttele ich an der Tür und rufe laut ihren Namen. Ich will nach Hause und sie endlich besteigen, meine neue ›Himmelsleiter‹, besonders wo gerade die Presse ...

Rosemarie zieht mich von der Tür weg. »Lass mal«, sagt sie. »Wir gehen einfach hintenrum, durch den Garten. Klara hat bestimmt wieder ihr Hörgerät nicht angestellt. Keine Ahnung, warum sie das viele Geld für das Ding ausgegeben hat, wenn sie es dann doch nie benutzt.«

Wir gehen durch den Garten und ich erwische mich dabei, wie ich auf Zehenspitzen gehe, um den akkurat geschnittenen Rasen nicht zu sehr zu zertrampeln. Jeder Golfplatz würde Klara mit Kusshand als Platzwart anstellen. Sie hat überhaupt einen grünen Daumen, alles um uns herum wächst, gedeiht und blüht. Jemanden wie sie könnten wir tatsächlich zur Anlage des neuen Gartens im Seniorenheim gebrauchen. Wenn ich irgendwann mal so alt bin wie Klara, will ich auch noch so voller Energie stecken. Sie ist …

»Klaraaaa! Um Gottes Willen!« Als wir um die Ecke des Hauses biegen, schreit Rosemarie plötzlich und rennt los.

Ich sehe gleich: Das mit der Hilfe bei der Gartengestaltung wird nichts mehr. Klara liegt genau unter ihrem Balkon. Ihre Beine stehen in weitem Winkel vom Körper ab, ihr Kopf ist völlig verdreht und sie starrt uns aus leeren Augen an. Für Klara muss sich kein Krankenwagen mehr beeilen.

»Ruf mal Dr. Dörfler an«, bittet Rosi und nimmt dabei Klaras Hand. Ich grabe in meinen Jackentaschen nach meinem Seniorenhandy und drücke auf die Kurzwahltaste mit der Nummer unseres Arztes. Besetzt. Ich fluche leise.

»Wir können sie doch hier nicht so liegen lassen«, sagt Rosemarie und sieht sich um. Wie automatisch greift sie nach einem Kissen, das neben Klara auf dem Rasen liegt und will es ihr unter den Kopf schieben.

»Das Kissen mit den Hirschen«, sagt Rosi traurig. »Ihr Lieblingskissen.«

Das ist das Stichwort. Rosi und ich sehen uns an. Wir haben beide denselben Gedanken.

»Das Hirschkissen!«, sagen wir unisono.

»Vom Sonntagssofa!«, bestätigt Rosi.

»Das mit den zackigen Hasenohren. Das würde Klara niemals mit auf den Balkon nehmen«, erinnere ich mich.

»Niemals! Nein.« Rosi ist derselben Meinung. »Da hat jemand nachgeholfen«, sagt sie düster. »Mutwillig. Böswillig. Tödlich.«

Ich lasse das mit Dr. Dörfler und rufe gleich die Polizei.

3. Kapitel: Monika

Ich will nicht so aufgeregt sein, denn gleich werde ich Harald sehen. Ich werde ihm ganz cool erzählen, wie ich gestern der Frau Müller den Garaus gemacht habe. Dass es ein Unfall war, braucht er ja nicht zu wissen.

Während ich mein Fahrrad vor dem Bürgermeisteramt in Klosterley abstelle, male ich mir die Szenerie aus: Wie stolz Harald auf mich sein wird, wie seine Augen leuchten werden, wie er mir Komplimente macht, ja, mich in den Arm nimmt, küsst.

Ich schwebe die altehrwürdigen Steintreppen hinauf bis in den zweiten Stock, doch bevor ich rechts in den Gang mit den Büros abbiege, mache ich noch schnell einen Abstecher in die Damentoilette. Ich muss unbedingt noch mal in den Spiegel gucken und auch meine schicken Schuhe anziehen. Zur Feier des Tages habe ich etwas Make-up aufgelegt. Dezent natürlich, wie es sich für die persönliche Assistentin des Bürgermeisters gehört. *Estelle Luder, Saharasturm No. 16*. Ich finde, es steht mir. Ich bin schließlich nicht wie die billige Elfie aus der Registratur.

In meiner Handtasche krame ich nach dem winzigen Flacon, den sie mir in der Parfümerie mitgegeben haben – sozusagen als Anerkennung für meinen großzügigen Einkauf – und sprühe mir eine anständige Ladung *Black Opossum* ins Haar. Jetzt kann es losgehen.

Mit Schwung öffne ich die Tür zum Gang und knalle sie fast der blöden Elfie an den Kopf. Doch die erschrickt sich noch nicht mal, sondern hüpft zur Seite und kichert. Schnepfe. Und der Busen von der ist so was von unecht! »Der Chef wartet schon«, flötet sie und macht sich hüftschwingend auf in Richtung Kaffeeküche. Dort wartet garantiert wieder dieser gelackte Franco Romanello vom Stadtbauamt auf sie. Aber das kann mir so was von egal sein. So was von! Denn auf mich wartet Harald! Der Herr über alles in unserem Rathaus.

Er erwartet mich so ungeduldig, dass die Tür zu seinem Büro offen steht. Ich drapiere mich im Türrahmen. Die Schuhe drücken wie verrückt.

»Hallo, Mooonika.« Mehr braucht er nicht zu sagen. Ich krieg schon wieder Gänsehaut.

Er steht vom Schreibtisch auf, macht die Tür hinter mir zu, bietet mir den Platz auf dem karamellfarbenen Gästesessel an – wow! – und setzt sich wieder.

»Na, wie ist es gelaufen?«, fragt er und lacht dabei dieses verschmitzte Jungenlächeln, das mich immer ganz wuschig macht.

»Fantastisch«, sage ich und schlage ein Bein über das andere, graziös, wie ich hoffe. Mir fehlt nur noch eine Zigarette, am besten mit Elfenbeinspitze. Aber leider kann ich gar nicht rauchen und hier im Bürgermeisteramt ist es sowieso verboten. »Wissen Sie, es war natürlich nicht ganz einfach.« Ich versuche, meine Stimme so lässig und rauchig wie möglich klingen zu lassen. »Die Frau Müller hatte eine ganz schöne Kraft für ihr Alter. Wie verrückt hat sie sich gewehrt. Aber ich bin ja auch nicht aus Butter. Also hab ich ihr Sofakissen genommen ...«

Ich springe auf, greife mir eine Akte vom Schreibtisch und gehe auf Harald zu, um ihm zu demonstrieren, wie ich die Frau Müller brutal mit dem Sofakissen erstickt habe. Als ich dicht vor ihm stehe, fängt er an zu husten, springt auf und reißt das Fenster auf. Scheiß *Black Opossum*. Ich hab auch schon Kopfschmerzen.

Ungern nehme ich wieder Abstand von Harald. »Also, wie gesagt, ich hab dann das Sofakissen genommen und es ihr aufs Gesicht gedrückt. Sie hat gejapst und gezappelt, dann nur noch gezappelt und dann war nichts mehr.«

Ich mache eine Kunstpause, setze mich auf die Kante des karamellfarbenen Gästesessels und drehe mein Gesicht so, dass Harald meine Schokoladenseite sieht. So wie die Stars in den Hollywoodfilmen. Welches meine beste Seite ist, das habe ich in jahrelanger Übung vor dem Spiegel selbst herausbekommen, dazu brauch ich nicht zum Film. »Und zur Sicherheit ...«, wieder eine Kunstpause, aber diesmal klitzeklein, »... habe ich sie dann vom Balkon in den Garten geworfen.« Ich lächele so mondän wie möglich und hoffe, dass *Estelle Luder, Saharasturm No. 16* die Wirkung unterstützt.

Harald nickt zufrieden. Doch bevor ich in den Genuss seiner Danksagung und Lobpreisung komme, klingelt das dämliche Telefon.

»Hallo, Axel«, sagt Harald gut gelaunt und ich weiß, dass am anderen Ende Axel Bärbaum, der Hotelier, ist. Der beste Freund von Harald also, dessen Schwiegermutter Frau Müller ist. Und die ich, Monika Schmelzeis, gestern auf Wunsch von Harald, was dann ganz sicher auch der Wunsch von Herrn Bärbaum gewesen sein wird, über den Regenbogen befördert habe. Ich strahle Harald an. Er schaut auf seinen Notizblock und malt diese süßen Strichmännchen.

Gebannt lausche ich dem Gespräch und muss mich schwer beherrschen, mir jetzt nicht mit einer dramatischen Geste die Haare aus dem Gesicht zu streichen. Aber dafür müsste ich sie vielleicht auch noch ein bisschen wachsen lassen.

Stattdessen wippe ich möglichst elegant mit dem Fuß und ärgere mich, dass ich in hohen Schuhen nicht laufen kann. Vielleicht gibt es dafür ja auch Kurse, so wie fürs Backen? Und vielleicht bekomme ich als Frau von Welt und persönliche Auftragskillerin des Bürgermeisters nicht nur dessen Zuneigung und Anerkennung, sondern auch einen Extra-Bonus oder mehr Weihnachtsgeld? Dann könnte ich ...

»Nein!«, schreit Harald plötzlich das Telefon an. »Das kann doch nicht wahr sein!« Und dann: »Ja gut, ich kläre das mit ihr.«

Ende.

Was kann nicht wahr sein? Hat die Müller überlebt? Eben das kann nicht wahr sein. Ich habe sie doch gesehen, da in ihrer Blumenrabatte. Die war doch so was von mausetot!

»Monika ...« Haralds Stimme ist freundlich, aber ich merke sofort, dass etwas nicht stimmt. Das »o« in meinem Namen ist zu kurz. Verdächtig kurz.

»Monika, wo waren Sie gestern wirklich? In der Cäsarstraße?«

Mir ist heiß. Nein, kalt. Nein, heiß und kalt.

Die rechte Tasche meiner Bundfaltenhose brennt sich in meinen Oberschenkel. Vielmehr der Zettel, der in der Tasche steckt. Denn ich weiß, was dort steht: Cäsarstraße 11. Und ich weiß, wo ich gestern war: Cicerostraße 11. Den Zettel hatte ich mir nur einmal angeguckt und mir die Adresse ins Hirn gemeißelt, wie das Detektive oder Auftragskiller so machen. Welche furchtbare Macht hat mich dann aber in die Cicerostraße gelockt? Bevor ich anfange nachzudenken, weiß ich es schon. Es war dieses »o«, das ich nun in seiner schönsten Form nie wieder hören werde. »Fixierung«, würde meine Schwester sagen. Die ist klug und hat studiert.

Harald an seinem Schreibtisch sieht auf einmal unglaublich weit weg aus, so, wie durch ein umgedrehtes Fernglas. Dafür kommen die Wände seines Büros immer näher und scheinen auch merkwürdig gewellt zu sein.

»Monika«, höre ich seine Stimme wie durch Watte. »Ist Ihnen nicht gut?«

Nein, mir ist gar nicht gut. Aber was soll ich jetzt sagen? Dass ich unter einer »o«-Fixierung leide?

Ich höre Flaschen klappern und rieche starken Alkohol. Ich sehe Harald, der mir ein Glas unter die Nase hält und mich anlächelt.

»Trinken Sie! Am besten in einem Zug. Das ist Tresterbrand aus Gottesacker. Eine Rarität. Danach geht es Ihnen besser.«

Die Welt ist gut zu mir. Ich habe Mist gebaut und Harald verwöhnt mich mit Raritäten. Die brennen allerdings wie Feuer in meinem Hals, ich schnappe nach Luft. Harald schenkt mir nach. Das zweite Glas trinke ich in einem Zug und jetzt sieht alles wieder ganz normal aus. Die Wände sind gerade und dort, wo sie hingehören und Harald sitzt in gewohnter Entfernung auf seinem Platz.

»Monika«, sagt er und es hört sich schon milder an. »Wo waren Sie gestern, um unseren, nun sagen wir mal kleinen Auftrag zu erledigen? Unsere Frau Müller lässt sich nämlich in diesem Augenblick quietschvergnügt von Axel zum Seniorenschwimmen abholen.«

»In der Cicerostraße«, antworte ich und fange an zu heulen. So viel zum Thema Selbstbeherrschung und dass ich heute eine besonders gute Figur machen wollte.

»Und wo sollten Sie hin?«

»In die Cäsarstraße«, flüstere ich und würde ihm so gerne den Grund für meinen Irrtum erklären, was natürlich ausgeschlossen ist. Was passiert jetzt? Oh Gott, er wird mich entlassen, oder, schlimmer noch, mir nicht mehr vertrauen und mich erst recht nicht mehr mögen.

Aber er sitzt da, die Ellenbogen auf dem Schreibtisch aufgestützt, die Fingerspitzen aneinandergelegt mit nachdenklichem Blick.

»Folgendes ist also passiert, Monika: Sie sollten gestern in der Cäsarstraße 11 die Frau Müller, die Schwiegermutter meines besten Freundes Axel Bärbaum tö..., äh, sich um sie kümmern. So weit korrekt?«

»Ja«, hauche ich.

»Stattdessen haben Sie sich in der Cicerostraße 11 um eine andere alte Dame gekümmert. Und das sehr effektiv«, sagt er und tippt wild auf der Tastatur seines Laptops herum. »Da will ich doch mal im Mittenrhein-Intranet schauen, wen Sie da wirklich besucht haben.«

Ich traue meinen Ohren kaum, aber ich höre ihn herzlich lachen.

»Monika, Monika«, sagt er, während er auf mich zukommt und belustigt den Kopf hin und her wiegt. »Das war natürlich ein Riesenfehler, den Sie da gemacht haben. Statt der gewünschten Frau Müller haben sie eine gewisse Frau Schönlein erledigt ... Entschuldigung, haben Sie sich um eine gewisse Frau Schönlein gekümmert, die eben in der Cicerostraße lebte.«

Irgendwas gluckst aus ihm heraus, so wie ein unterdrücktes Kichern. Er setzt sich auf den anthrazitfarbenen Gästesessel, der neben meinem karamellfarbenen steht, schenkt sich einen Raritäten-Schnaps ein und lässt ihn genüsslich die Kehle herunterlaufen.

»Wissen Sie, Monika, mit der Schönlein haben Sie auch ein gutes Werk getan. Am Ende wäre die auch noch in die Seniorenresidenz gezogen und hätte dieses Teufelswerk unterstützt. Nun ja, und wenn nicht, dann hätte sie noch jahrelang in dem schönen Haus vor sich hingesiecht. Das wäre doch eine Schande gewesen! Jetzt ist der Wohnraum frei für junge Leute, mit Kindern hoffentlich!« Er gießt sich noch eine Rarität ein und füllt auch mein Glas.

Seins trinkt er auf ex und beugt sich zu mir. »Hier im Weinland Mittenrhein wohnen sowieso viel zu viele Alte. Sowohl im Weingau auf der rechten als auch in Weinhessen auf der linken Rheinseite.«

Sein Glas ist leer, er füllt es wieder auf, hält es gegen das Licht, schaut und trinkt wieder in einem Zug. »Schrumpelige Alte statt schöne Reiche.«

Etwas in seiner Stimme macht mir Angst. Doch ich erinnere mich daran, dass ich ihn liebe. Und liebe ihn wieder mehr, als er sich zurück an seinen Platz am anderen Ende des Schreibtischs begibt.

»Kurzum, liebe Mooonika«, sagt er, strahlt mich an und mein Herz beginnt wieder zu klopfen, »das haben Sie gut gemacht, aber das Soll ist noch nicht erfüllt. Die Frau Müller muss trotzdem noch weg. Lassen wir das mit Frau Schönlein als Test gelten.«

Er schüttelt den Kopf. »Was ich meine ist, dass wir uns jetzt nach dieser Übung sofort intensiv um die Frau Müller kümmern müssen, beziehungsweise, dass *Sie* sich um sie kümmern. Es ist sehr wichtig, Monika. Es geht nicht nur darum, der Überalterung im Weinland Mittenrhein die Stirn zu bieten, sondern um eine große, zukunftsweisende Sache: für die Welt, für die Region und für uns beide, Monika. Wir werden mit gekrönten Häuptern, Staatsmännern und Stars speisen. Wir werden in aller Munde sein mit unserem River-Rhine-Casino und dem Superiorhotel ›Himmelsleiter‹, Mooonika. Doch dafür muss sie weg, die gute Frau Müller.«

Für uns beide! Uns! Mooonika! Mehr brauche ich nicht zu wissen. Wie er jetzt da sitzt ... So liebe ich meinen Harald. So strahlend, so begeisterungsfähig, so dynamisch, so männlich.

Ich trinke das Glas, das er mir zuletzt eingeschenkt hat, auf einmal aus. Denn ich weiß, was jetzt kommt.

»Mooonika, werden Sie sich so schnell wie möglich um Frau Müller kümmern?«

»Ja«, sage ich mit fester, schnapserfüllter Stimme.

4. Kapitel: Elisabeth

»Du bleibst hier und bewachst Klara. Ich laufe zum Auto zurück und hole meine Polaroidkamera.« Ich bin ganz Herrin der Lage, seitdem die Polizei auf meinen Notruf reagiert hat. In weniger als fünf Minuten werden sie hier sein.

»Und wieso bleib ich hier und nicht du?« Rosemarie ist normalerweise für klare Ansagen dankbar, aber heute ist sie seltsam störrisch.

»Meine Kamera, deine Freundin«, erkläre ich ungeduldig. »Und hier darf keiner mehr was anfassen. Dafür sind *wir* verantwortlich. Dies ist jetzt ein Tatort.«

Rosis Augen weiten sich als wäre sie auf einem LSD-Trip. »Anfassen? Wer denn? Hier sind doch nur wir.« Sie sieht sich in Panik um. »Glaubst du, der Mörder ist vielleicht noch hier? Und beobachtet uns?«

Dieses eine Mal habe ich für ihre ewige Fragerei keine Zeit, drehe mich auf dem Absatz um und gehe so schnell ich kann Richtung Auto.

»Oh nein, nicht mit mir! Ich bleibe hier keinen Augenblick allein! Ich bringe mich doch nicht in Gefahr!« Rosi sprintet auf dem Weg zum Gartentor an mir vorbei. »Mich wundert sowieso immer, warum bei den Krimis nie einer denkt, dass der Mörder noch im Haus sein könnte!«

Manchmal nervt es, immer die Vernünftigere, Geradlinigere, Lebenstüchtigere zu sein.

»Gut«, sage ich und bleibe stehen, »dann hol du die Kamera. Sie liegt auf dem Beifahrersitz. Und beeil dich, ich will die Fotos nicht erst schießen, wenn die Polizei da ist. Eine Polaroid hat kein Tele. Ein ganzes Spurensicherungsteam passt nicht durch die Linse. Und ich habe nur noch fünf Aufnahmen.« Natürlich weiß ich, dass man ein Panoramabild schaffen kann, indem man am Schluss einzelne Fotos aneinanderklebt, aber dafür braucht man Material. Und meine Zusatzpackungen Polaroidfilm liegen in einem Umzugskarton. Und ›4b/Schreibtisch & Gruscht‹, befindet sich bereits in Appartement 13 und wartet darauf, ausgepackt zu werden. Ergo habe ich nur fünf Schuss. Ich korrigiere: Mir stehen nur noch vier Aufnahmen zur Verfügung. Eine habe ich ja bei der Hutschachtelaktion an der Ampel verplempert. Und das, wo es in der heutigen Zeit mit dem Nachschub für Sofortfilme so hapert. Ich werde meinen tunichtguten Neffen Leo, der in Frankfurt Reporter spielt, bitten, in diesem Spezialladen einkaufen zu gehen. Dann macht er zur Abwechslung mal etwas Sinnvolles. Für mich wird das allerdings wieder teuer werden. Ich seufze bei der Vorstellung, welche Phantasiepreise Leo diesmal für seine Gefälligkeit aufrufen wird. Jede vermögende ältere Frau hat ihren Peter.

»Hier!«, sagt eine Stimme hinter mir und ich fahre zusammen, als meine Freundin mir die Kamera in die Hand drückt. Rosi kichert. »Aha, dir war also auch nicht wohl bei dem Gedanken, dass der Mörder noch hinter der Hecke lauert.«

Ich spare mir die Antwort und beginne, Klara und ihr Schicksal konzentriert auf Platte zu bannen.

»Also, das wäre ihr jetzt nicht recht gewesen«, sagt Rosi und schnieft. »Sie mochte es überhaupt nicht, fotografiert zu werden. Und schon gar nicht ohne ihren Sonntagspullover aus Kaschmir und dann auch noch barfuß.«

Rosi sieht sich hektisch nach Klaras Hausschuhen um

und ich erkenne sofort die Wichtigkeit dieser Aktion. Ein alter Schlappen liegt auf der großen Ligusterhecke, mehr als zwanzig Meter entfernt, ein anderer baumelt von der japanischen Zierkirsche.

»Liegenlassen, unbedingt liegenlassen«, warne ich und kombiniere: »Klaras Schlappen können uns Auskunft geben über die Wucht des Stoßes, der sie über die Brüstung warf.« Ich denke an unsere Lesemaschine – wenn die zu stramm eingestellt ist, segeln die Trauben bis zum Wingert unseres Nachbarn statt in den Auffangwagen. »Je weiter Klaras Schlappen geflogen sind, desto mehr Kraft wurde vom Täter aufgewendet.«

Rosis bewundernder Blick tut mir gut. So viel Ehrfurcht wurde mir nicht mehr entgegengebracht, seit mein Cuvée aus Goldriesling, Albalonga und Ruländer die Goldene Kammerpreismünze gewonnen hat. Damals, als wir diese alten Rebsorten noch angebaut haben. Alles weg, zugunsten des reinen Rieslings. Mein Sohn wollte das so und ich habe es trotz meiner inneren Ablehnung geschehen lassen. Riesling verkauft sich besser, sagt er und da hat er recht. Aber jetzt fehlt dem Weingut die Vielfalt und mir der Spaß. Seit der Umstellung haben wir auch keinen Preis mehr gewonnen. Das liegt an den Neidern, sagt Gernot. Und an mir. Mein Geschmack ist von gestern. Heute trinkt man moderne Weine. Als ich begriff, was er damit über mich gesagt hat, entschied ich mich für Appartement 13 der ›Himmelsleiter‹. Aus Protest. Und weil ich sicher war, mein Sohn und meine Tochter würden mich von diesem Schritt zurückhalten. Stattdessen boten sie mir an, meine Umzugskartons mit dem Firmensprinter nach Klosterley zu fahren. Aber das wollte ich nicht mehr. Ich habe auch meinen Stolz.

Ich verbiete mir jeden weiteren Gedanken an meinen

Sohn, komme dadurch aber unweigerlich auf meine Tochter. Gesine verbreitet in der mit ihr befreundeten Frauenwelt des Weinlandes Mittenrheins Angst und Schrecken, indem sie behauptet, ich würde als Schwiegermutter mit Sicherheit genauso werden wie als Winzerin: unerbittlich. So etwas spricht sich natürlich rum. Gernot kann sich bei ihr bedanken, dass keine Frau mit ihm ausgehen will.

»Darf ich erfahren, was Sie hier tun?«, fragt jemand und ich lasse vor Schreck meine Kamera fallen, habe aber die Geistesgegenwart, beim Bücken die bereits geschossenen Bilder in meiner Jackentasche verschwinden zu lassen.

»Wir bewachen den Tatort. Hier sollte ja alles so bleiben, wie wir es vorfanden, als wir Sie anriefen, Herr Wachtmeister«, erklärt Rosi treuherzig und mit exakt dem Augenaufschlag, der ihr vier Ehemänner einbrachte.

»Polizeihauptwachtmeister«, korrigiert der Polizist schlecht gelaunt und ist völlig immun für ihre erotischen Signale. »Ludwig Petz.«

»Bei der Schutzpolizei verdient man schlecht, heb dir das Flirten für die Kommissare auf«, warne ich Rosi leise und stelle dann sie und mich ganz offiziell vor.

Unser Gegenüber honoriert das mit einer Generalmusterung statt mit einer Antwort. Ich gebe zu, wenn man Rosis knallbuntes, wadenlanges Afrikakleid, Marke Etoschabecken, und mich in Armbrechts Arbeitsanzug zum ersten Mal sieht, gibt es etwas zu gucken. Jetzt tritt auch noch Uniform 2 neben seinen Kollegen und starrt uns an wie das achte Weltwunder. »Wo wollen die beiden denn hin?«, fragt er unnötigerweise. »Fastnacht beginnt erst in fünf Monaten.«

»In deren Alter braucht man so lange, um rechtzeitig vor Ort zu sein, Kollege Hornbusch«, feixt der andere.

Meine Lippen werden schmal und meine Augen zu gefährlichen Schlitzen. Petz und Hornbusch wissen es noch nicht, aber ab jetzt sind sie auf sich allein gestellt. Von Rosi und mir ist keine konstruktive Hilfe mehr zu erwarten.

Was jetzt folgt, ist höchst unerfreulich. Während Hornbusch routinemäßig ein Spurensicherungsteam und einen Arzt anfordert, führt Petz uns ein Stück vom Ort des Geschehens weg, als hätten wir kein Recht mehr da zu sein. Rosi bittet darum, dass der jüngere der beiden sich ihrer für das Verhör annimmt. »Vielleicht hat der ja bessere Manieren als Sie«, sagt sie.

»Wir verhören nicht bei der Polizei, wir vernehmen, und dies hier ist kein Wunschkonzert, gnädige Frau«, bellt Petz und zeigt damit, dass er die Situation eher störend als spannend findet. »Schon wieder ein verdammter Suizidversuch in meinem Zuständigkeitsbereich seit meiner Versetzung in diese gottverdammte weintrunkene Gegend – bis zu meiner Pensionierung haben wir dann alle Spielarten durch!«

»Versuch?«, fragt Hornbusch und tritt näher an die Leiche heran, »ja, lebt die Alte denn ...?«

Ein kurzer scharfer Blick seines Vorgesetzten und der Rest des Satzes bleibt für immer ungesagt. Nicht schlecht. Schade, dass er sich zum Gegner gemacht hat. Er hätte gut zu uns gepasst. Noch etwas jung für meinen Geschmack, vielleicht knappe sechzig, aber mit Biss. Ich erkenne eine Führungspersönlichkeit, wenn ich sie sehe.

Und ich erkenne Schleimer und Schmarotzer und Parasiten. Einer von ihnen kommt gerade um die Hausecke. Peter Schönlein bleibt stocksteif stehen, als er unser Tableau entdeckt und ringt die Hände. Auch er scheint in der Pubertät hängen geblieben mit seinem Ich-bin-dagegen-Ökolook. Verwaschene Jeans, ungebügeltes T-Shirt, fettige Haare, ungeputzte Hornbrille. Die sind mir die liebsten. »Auftritt: Der Hauptverdächtige«, sage ich halblaut.

»Gut gespielt. Geradezu lebensecht wirkt er mit seinem Sozialfuzzi-Getue und Betroffenheits-Blabla.«, flüstert Rosi mir zu. Sie prahlt gerne mit ihren einschlägigen Erfahrungen an verschiedenen Bühnen Europas, an denen sie als Garderobenfrau im wahrsten Sinne des Wortes hinter die Kulissen guckte. »Hätte ich nicht besser gekonnt.«

»Geht ja auch um einiges«, sage ich säuerlich. »Kommt jetzt auf mehr als Talent an, sich nicht erwischen zu lassen. Mörder erben nichts ...«

»Du meinst, er ist nicht hier, um zu fragen, ob er für sie einkaufen kann, sondern weil ein Verbrecher immer wieder an den Ort seiner Tat zurückkehrt?« Rosi kriegt wieder ihre Kulleraugen.

»Ich will nichts gesagt haben.« Stattdessen schaue ich zu, wie Peter Schönlein sich mit einer dramatischen Geste zu seiner Großmutter auf die Erde werfen will. Als unsere Freunde und Helfer ihn zurückhalten, schluchzt er auf.

Das riecht nach echtem Schmerz. Schon bitter, wenn die einzige Geldquelle tot im Garten liegt. Genau so stelle ich mir meinen Neffen Leo vor, wenn er von meinem Ableben erfährt und schlagartig begreift, dass er in Zukunft seinen Lebensstil seinem eigenen Portemonnaie anpassen muss.

Von dieser Seite aus betrachtet, macht Peter als Mörder allerdings gar keinen Sinn mehr. Aber wer kommt sonst in Frage?

»Hilf mir mal auf die Sprünge, Rosi, wer steht bereit, um die Hände aufzuhalten, sobald Klara die Vergissmeinnicht von unten ins Licht drückt?«

»Also, ich weiß nur von Peter und seinem Vater.«

Oh ja, natürlich. Ich hüstele. Wilhelm Schönlein. Ganz

nett der Mann. Seit sieben Jahren Witwer und mir sehr zugetan. Aber was soll eine Winzerin wie ich mit einem strikten Biertrinker?

Ich tue einen Moment so, als ob ich nachdenken würde, dann frage ich: »Und was fließt außer dem alten Knusperhäuschen noch so alles in die Erbmasse ein?«

»Als ich ihr geholfen habe, ihr Testament aufzusetzen, gab es noch die Wogelinde, die ihr Enkel erben soll«, erinnert sich Rosi.

»Stimmt.« Wie konnte ich den uralten Kabinenkreuzer Wogelinde vergessen, mit dem wir an so manchem Sonntag den Rhein gemütlich hinauf- und hinuntergeschippert sind? Ich denke an schönere Zeiten und daran, ob man den Erben dazu bekommen könnte, einen Vorschuss für das hübsche kleine Boot anzunehmen und ihm so über seine derzeitige Trauer hinwegzuhelfen. Für die Wogelinde würde ich glatt zwanzigtausend Euro springen lassen.

»Ganz sicher, Herr Petz. Meine Großmutter hätte niemals Selbstmord begangen. Dazu war sie viel zu lebenslustig«, erklärt Peter Schönlein gerade und ich bin angenehm überrascht. Also wenn er seine Großmutter so lieb verteidigt, dann erhöhe ich mal auf fünfundzwanzigtausend.

»Großmutter war immer der Meinung: Das Leben geht weiter«, höre ich den guten Jungen jetzt sagen. »So eine hält aus. Die macht keinen Selbstmord.«

Ich nicke Peter Schönlein anerkennend zu. Ja, so könnte man Klara Schönlein beschreiben. Ich lege in Gedanken noch ein paar Scheinchen für das bewegliche Inventar der Wogelinde drauf. Dreißigtausend also.

»Nein«, sagt Peter Schönlein bestimmt und redet, als wäre das, was er sagt, aller Welt klar gewesen, nur der Verblichenen nicht. »Sie war einfach nur tüdelig. Verstehen Sie? Die ist völlig unbeabsichtigt vom Balkon gefallen.«

»Bitte? Ich höre wohl nicht richtig!« Rosemarie will sich aufregen, aber ich gebe ihr ein Zeichen, sich nicht zu echauffieren und setzte zurück auf fünfundzwanzigtausend.

»Wenn Sie wüssten, was die in letzter Zeit so alles angestellt hat. Ich musste ständig nach dem Rechten sehen. Eigentlich konnte sie überhaupt nicht mehr alleine leben.« Er macht den Fehler, auf uns zu zeigen. »Die beiden Seniorinnen sind einsichtiger, die gehen freiwillig unter ständige Aufsicht, aber meine Oma ...«

Ich höre, wie Rosi nach Luft schnappt und halte ihr vorsorglich den Mund zu. Danach nehme ich im Geiste weitere zehntausend Euro aus der Kasse. So ist das, wenn man handelt. Der Besitzer bestimmt den Preis.

»Stellen Sie sich das nur mal vor: Neulich habe ich ihre Hausschuhe im Kühlschrank gefunden.«

Jetzt ist es an mir, Klara zu verteidigen. »Ja? Na und? Haben wir Sommer? Ist es gerade sehr warm? Hatte Klara oft dicke Beine? Was ist da besser, als die Hausschuhe einen Moment in die Tiefkühltruhe zu stecken und dann wieder anzuziehen? Besser kann man sich gar nicht abkühlen!«

Uniform 1 und 2 gucken mich an, als könnten sie nicht ohne richterlichen Beschluss entscheiden, ob das nun eine clevere Idee ist oder nicht. Schade, dass ich für die beiden noch kein Konto eingerichtet habe, mit dessen Hilfe ich ihre Fähigkeiten bewerten und einordnen kann. Aber was nicht ist, kann ja noch werden. Oder ist das dann Beamtenbestechung?

Peter Schönlein sieht jedenfalls durch das Grübeln der Polizisten seine Glaubwürdigkeit in Gefahr und setzt noch einen drauf: »Und dann hat sie nie das Hörgerät reingemacht, wenn Leute kamen. Wie kann man in dem Alter noch so eitel sein, frage ich Sie?«

Rosemarie tut, als hätte sie den Satz nicht verstanden, der imaginäre Fleck auf ihrem Afrikakleid ist wichtiger.

»Ist Ihnen sonst noch irgendetwas an Ihrer Großmutter aufgefallen?«, fragt Petz. »War sie noch in vollem Umfang geschäftsfähig?«

Peter Schönlein wiegt seinen Kopf hin und her, als gäbe es darauf keine eindeutige Antwort. »Zumindest hatten mein Vater und ich in der Richtung noch nichts unternommen, aber über kurz oder lang wäre uns wohl nichts anderes übrig geblieben.«

Zack! Wieder fünftausend Euro weniger. Und wenn ich es so genau überlege, wird sich sicher auch ein Weg finden, an die Wogelinde zu kommen, ohne dafür auch nur einen roten Heller zu bezahlen.

Ich nehme Rosis Hand und ziehe sie vom Tatort weg. Mir reicht es. Ich weiß mein Geld für Klara besser anzulegen, als es ihrem Enkel in den Rachen zu werfen. »Wir ziehen uns in unsere Gemächer zurück«, rufe ich über die Schulter und beschließe, nicht unsere neue Adresse anzugeben. Sollen die uns ruhig suchen. »Wir wollen uns so selten wie möglich mit jungen Leuten umgeben, damit wir nicht einschlafen. Keine Spannkraft, keine schnellen Entscheidungen, keine Kombinationsgabe. Es ist so ermüdend, jungen Menschen zuzuhören.«

»Au revoir, Messieurs!«, beendet Rosi die Audienz ihrerseits und wir sitzen Sekunden später in Miguel, der Ente.

»Und was jetzt?«, fragt Rosi, deutlich enttäuscht, nicht mehr im Auge des Sturms zu sein.

»Jetzt, lieber Watson«, sage ich, als wäre es das Normalste der Welt, »jetzt fahren wir auf dem kürzesten Wege nach Gottesacker und zu guten, alten Freunden.«

Rosi zieht sofort den Kopf ein. »Bitte nicht«, sagt sie. »Nicht zu Özdemir & Schultze. Nicht zu denen. Es muss doch noch eine andere Detektei im Weinland Mittenrhein und Umgebung geben!«

»Vielleicht, aber sicher keine, deren Ergebnisse so zufriedenstellend sind.«

Rosi schweigt beleidigt und ich gebe zu, dass ihre Erinnerungen an die Erfolge dieser Detektei erheblich schlechter sind als meine. Während ich durch Özdemir & Schultze meinen Armbrecht dazu bringen konnte, mir für das Weingut freie Hand zu lassen und dafür seine Eskapaden erduldete, verbindet Rosi das Ende ihrer dritten Ehe und den Anfang einer wirklich anstrengenden vierten mit der Arbeit dieses Ermittlungsbüros.

Natürlich weiß auch ich, dass Özdemir aufgrund zu erfolgreicher Nachforschungen in der Offenbacher Bronx auf unbestimmte Zeit in die Türkei abtauchen musste und sein Partner eher der administrative Typ ist. Schultze hat zwar immer noch alle Fäden in der Hand, sitzt aber mit zwei gebrochenen Beinen im Rollstuhl, seit er bei einer Schlägerei in Wisselbrunnen von einem ertappten Ehemann als Schlaginstrument benutzt wurde.

Rollstuhl oder nicht: Ich will Schultze. Er kennt das Weinland Mittenrhein besser als jeder andere – von mir abgesehen. Ich wähle seine Nummer, die ich seit damals auswendig kenne. Er meldet sich nach dem zweiten Klingeln: »Hier ist die Privatdetektei Özdemir & Schultze, leider nehmen wir bis auf Weiteres keine Aufträge entgegen. Bitte rufen Sie die Auskunft an oder bemühen Sie die Gelben Seiten, um ...«

»Schultze«, sage ich. »Wir sind's. Rosemarie Perabo und Elisabeth van Ameln. Wir haben einen Auftrag für Sie.«

Schultzes Stimme klingt für meinen Geschmack etwas zu

erleichtert, als er erwidert: »Es tut mir aufrichtig leid, aber ich bin nicht in der Lage, Ihnen zu helfen. Unser Büro ist seit Wochen geschlossen.«

»Schultze, reden Sie keinen Unsinn, sondern aktivieren Sie für uns Ihren besten Ermittler«, sage ich und weiß, dass ich dem Mann jetzt den Satz sage, auf den er schon sein ganzes Leben gewartet hat: »Schultze, wir haben einen Mord.«

5. Kapitel: Leo

Mitten in der Nacht liege ich auf dem Bett und starre die Decke an. Um die Kleine mache ich mir keine Sorgen. Sie wird morgen früh mit einem dicken Kater in ihrer Bude aufwachen und sich wahrscheinlich weder an mich erinnern noch daran, dass sie Hakan, der Taxifahrer, nach Hause gebracht hat.

Sorgen mache ich mir um mich. Richtige Sorgen.

Die Worte Sandras laufen in einer Endlosschleife in meinem Kopf ab: »Wenn ich die Tussi noch einmal mit dir sehe, puste ich dir die Eier weg!« Diese Drohung macht mir nicht die größte Angst, denn ich werde die Kleine nie wieder treffen, aber Sandras zweite Ansage bringt mich um den Verstand. »Ich komme morgen nach meinem Dienst und messe deine Wohnung aus. Da müssen neue Tapeten hin. Deine Couch kannst du behalten, der Rest kommt auf den Sperrmüll. Meine Möbel bring ich mit, auf die kann ich nicht verzichten. «

Oh Gott, sie will sich bei mir einnisten. Was soll ich bloß tun?

»Selber schuld. Wer nichts anderes im Kopf hat, als ständig irgendeine Tussi abzuschleppen, braucht sich überhaupt nicht zu wundern.«

»Blablabla, Klaus! Außer Sandra waren alle Tussis wundervolle Wesen.«

Klaus, so nenne ich diese Nervensäge in meinem Kopf und bin froh, dass ihn außer mir niemand hört. »Hauptsache du hörst mich, Leo! Schließlich muss dir ja jemand den Weg weisen!«

»Und? Wo ist er, der Weg?«

»Wenn du von Anfang an auf mich gehört hättest, wärst du überhaupt nicht in diese Situation geraten.«

»Toll, genau das wollte ich wissen. Ich wünschte, meine Mutter hätte mir nie eingebläut, auf mein Gewissen zu hören, du Weichspüler-Werbefigur!«

»Ich habe jetzt wirklich keine Lust auf diese alte Geschichte!«

»Ich aber. Als ich ein Kind war, lief im Fernsehen so eine Werbung, in der aus der Hausfrau ihr Gewissen trat, um ihr zu verraten, welchen Weichspüler sie benutzen sollte. Meine Mutter erklärte mir, dass ich mir mein eigenes Gewissen auch so vorstellen sollte. Wie so einen Geist, der alles überblickt und mir gute Ratschläge gibt. Wer hätte gedacht, dass du, Klaus, daraus entstehen würdest und dich seitdem in alles reinhängst.«

»Es bringt nichts, so weit in der Vergangenheit herumzustochern. Denk lieber darüber nach, wie du dich in dieses Schlamassel gebracht hast!«

Sehr witzig: Seit zwei Stunden tue ich nichts anderes.

Begonnen hat alles am frühen Abend mit einer Wahnsinnsrechnung. 358,90 Euro inklusive Mehrwertsteuer! So viel musste ich für Champagner und Canapés bezahlen, bis ich die schüchterne Schöne so weit hatte, mit zu mir zu kommen. Jetzt hängt sie an meinem Arm und giggelt albern. Ich küsse sie auf den teuren Champagnermund, sonst macht ihr betrunkenes Gekicher die ganze Stimmung kaputt. Ich selbst trinke nur Wasser. Ich lehne es prinzipiell ab, an Leberzirrhose, Mundkrebs oder sonstigen Krankheiten zu sterben, die Alkohol, Nikotin, Koffein, Cola und andere Drogen in Menschen auslösen. So bleibe ich auch ohne Sport gesund und werde alt und munter sterben.

»Du wirst sicher nicht mit ansehen müssen, wie die Kleine hier stirbt. Bis dahin hast du bestimmt Nummer 2507 mit deinen Lügengeschichten verführt«, wahrsagt Klaus. Ich lasse ihm sein Hobby und kümmere mich um meins. Ich küsse meine Schöne nun viel leidenschaftlicher. So denkt sie nicht mehr daran, was ich ihr gegenüber vorgebe zu sein.

»Nein, nein, Leo!«, ermahnt mich die Schöne mit erhobenem Zeigefinger, »du wolltest misch maaalen, nisch küschen! Das hassu vespochen! Hihihi!« Sie stößt mich von sich. »Wo soll isch misch hinsezzen?«

Gott im Himmel, die kann ja kaum noch gerade gehen.

»Da läuft nichts, die hat kaum noch Blut im Alkohol!«, mahnt Klaus. Ich führe sie trotzdem zu meinem Bett und befehle ihr: »Da! Zieh dich aus und leg dich hin!« Sie gehört bestimmt zu der Sorte, die klare Anweisungen liebt.

»Nee, nee, nee! Du Schlaumeier. Du wollest nur mein Geschisch … mein Geschisch maaaalen!« Sie setzt sich aufs Bett und dreht mir ihr Profil zu. »Schau, so! Mal! Misch! Jezz! Aba mach schnell. Mir is schon gans schwinnelig! Hihihi.«

»Okay, du schwindelige Muse. Du sollst kriegen, was du willst!«, kündige ich großspurig an.

»Haha! Du kannst nicht einmal einen Regenwurm von oben malen, du Malermeister! Außerdem ist dir heute die letzte Packung Druckerpapier ausgegangen«, erinnert mich Klaus an die Schwachpunkte meiner Lügengeschichte.

Ich stürme ratlos in die Küche. Dass ich wirklich den Umweg über das Malen gehen muss, war nicht eingeplant. Aber ich will, dass sie sich mir freiwillig hingibt, sonst läuft bei mir nix. Ich schaue auf der Suche nach einer Lösung in den Kühlschrank.

»Und, worauf magst du denn heute malen? Auf einem Ei? Oder soll es ein Salatblatt-Scherenschnitt werden oder doch eine Karottenskulptur, oder …«

»Halt die Klappe!«, fahre ich Klaus an. Irgendetwas wird mir schon einfallen. Ich eile zurück ins Schlafzimmer.

Sie sitzt in meine Satinbettdecke gewickelt, auf dem Bettrand. Ihre Klamotten sind überall verteilt. Ja, das Ziel ist nah. Ich schlendere zu ihr.

Mann, die ist aber auch süß. Doch sie würdigt mich keines Blickes, sondern zeigt mir stur ihr Profil. Ich streichele über ihr rotblondes Haar. Sie bewegt sich nicht. Ich greife nach ihrem Kinn und drehe ihr Gesicht zu mir.

»Bissu schon fertig?«, fragt sie mit glasigen Augen.

»Du bist viel zu schön für ein Porträt! Ich kann dich nicht malen«, hauche ich ihr zu.

Da schaut sie mich so entsetzlich traurig an, dass ich Panik bekomme. Alles, nur das nicht! Es gibt nichts Schlimmeres auf der Welt als Frauentränen.

»Du wills misch nisch malen?« Ihr Kinn beginnt zwischen meinen Fingern zu beben.

»Nicht weinen! Bitte nicht! Ich werde ein neues Kunstwerk mit dir erschaffen! Okay? Etwas, was die Welt noch nicht gesehen hat!«

Ich ziehe das weiße Bettlaken von meiner Matratze und breite es auf dem Parkett aus. »Das wird unsere Leinwand sein. Los, leg dich hier drauf!«

Sie wankt zum Bettlaken hinüber.

»Lass die Decke los, die brauchen wir nicht!«

»Aber darunter bin isch gans, gans nackisch!«

»Willst du ein Kunstwerk werden oder nicht?«

In diesem Moment klingelt es an der Tür. Nicht einfach so. Es klingelt Sturm.

Verdammt!

»Wer iss das?«, fragt mich meine Unvollendete.

»Jemand, der gleich sterben wird«, murmele ich entschlossen und stapfe zur Tür. Ich reiße sie auf, um all meinen Ärger über den Lustzerstörer auszukippen!

Zack! Da steht eine große Frau um die vierzig mit beachtlicher Oberweite vor der Tür. Bevor ich überhaupt kapiere, was los ist, schmeißt sie sich an mich.

»Entschuldigung, kenne ich Sie?«, frage ich verdattert. Da treffen mich im Halbdunkel die Funken aus zwei zornigen Augen.

»Oh, Vorsicht! Vorsicht, Leo! Verflossenen-Alarm!«, ruft Klaus verzweifelt.

»Oh, ich habe Sie … habe dich nicht erkannt. Es ist so dunkel und … und … und ich habe tief und fest geschlafen!«, lüge ich.

Da zieht sie eine Pistole aus ihrer Jackentasche und hält mir den Lauf unter die Nase. Oh, Gott!

»Erinnerst du dich jetzt, Leo?«, fragt sie entschlossen wie Lara Croft.

Eine Schublade in meiner Erinnerung geht auf und die Frau hüpft wie ein Springteufel hinaus. »Oh, nein! Das ist die Tussi, die bei Rock am Ring neben dir stand«, kombiniert Klaus. »Während Gossip die Bühne rockte, hast du dich – trotz meiner Warnung – auf ihre Schultern gesetzt. Sie klebte dann wie eine Briefmarke an dir und brüllte dir gegen die Musik irgendwas von Polizei, Verbrecherjagen und Einsamkeit ins Ohr. Ich erspar uns jetzt die Details von dem, was ihr hinter den Dixiklos gemacht habt.« Ich nicke zustimmend.

»Die Handy-Nummer, die du mir gegeben hast, gibt es überhaupt nicht!«, faucht sie mich an.

»Aber, aber ... ich ... ich ja, ich gebe zu, ich habe dich angelogen, weil ... weil ich, weil ...«

»Weil, was? Wehe du lügst mich wieder an! Denn ich kriege alles raus. Wie deinen Namen und deine Adresse. Wow! ... Schicke Wohnung.« Sie wandert mit ihren Augen kurz durch mein Wohnzimmer, fixiert mich wieder und drückt ihre Pistole gegen meine Nase. »Bist du allein?«, fragt sie, als wäre es ein Verbrechen, nicht alleine zu sein.

Ich nicke.

»Das ist gut für deine Gesundheit, denn ich bin sehr eifersüchtig! Also, warum hast du mir eine falsche Nummer gegeben?« Sie drückt mir ihre Pistole fester gegen die Nase.

»Ich ... ich ... ich wollte nicht zugeben, dass ich gar kein Handy habe. Ich habe nämlich Angst vor Ohrenkrebs. Und Handystrahlen machen Ohrenkrebs.«

»Ist das wahr?«

Ich nicke heftiger und stoße mir dabei den Pistolenlauf schmerzhaft gegen mein linkes Nasenloch.»Schau, ich habe sogar noch ein Telefon mit Schnur!«, sage ich und zeige mit zittrigen Fingern auf den kleinen Tisch neben der Tür, auf dem das alte Tastentelefon steht.

»Dann will ich mal nicht so sein«, sagt sie und steckt die Pistole ein. »Aber nur, weil ich froh bin, dass ich dich endlich gefunden habe.«

»Puh! Herzlichen Glückwunsch zu dieser großartigen Reaktion, Leo!«, ruft Klaus bewundernd. Er kann auch nett sein.

»Mein Name ist Sandra Schnabel und ich bin gekommen,

um mit dir zu schlafen!«, sagt sie unverblümt, drückt mich erst in meine Wohnung, dann an sich selbst. »Oh, Leo, du bist so süß, so heiß! Ich kann nicht länger warten!« Sie presst ihre Stahlfinger um meine Handgelenke.

»Bewerte deine Angst auf einer Skala von 0 bis 100!«, fordert mich Klaus auf.

»112!«, rufe ich.

»So oft du willst, mein Süßer.« Sie knabbert an meinem Ohr.

»Du, hör mal! Ich ... ich ...«, stammele ich, »lass mir etwas Zeit, okay? Ich bin verwirrt. Du hast mich aus dem Tiefschlaf gerissen.«

Doch ihre Ohren sind auf Durchzug gestellt. Sie zieht ihre Jacke aus, schmeißt sie vor meine Füße, greift mein rechtes Handgelenk und dreht mir den Arm nach hinten um, dann nimmt sie mich in den Schwitzkasten. »Du magst das doch auch, Leo«, haucht sie lasziv.

Die ist ja wahnsinnig. »112«, schreie ich panisch.

»Ist schon zur Stelle!«, faucht sie, drückt mich zur Schlafzimmertür, gibt mir einen Tritt in den Hintern, und ich fliege durch die angelehnte Tür ins Zimmer. Der Länge nach lande ich neben meiner Unvollendeten, die alle viere von sich gestreckt, mit geschlossenen Augen nackt auf dem Bettlaken liegt.

»Ich habe dir doch gesagt, dass sie sternhagelvoll ist. Sie ist auf dem Boden eingeschlafen«, stellt Klaus fest.

»Sandra, darf ich vorstellen, das ist ...«

Doch meine Stimme geht in Sandras schrillem Schrei unter.

»Halt, stopp!«, ruft Klaus in meine Rekapitulation der vergangenen Stunden. »Erspare uns jetzt Sandras Drohung. Ich weiß, wie du ihr entkommst: Tante Elisabeth!«

»Oh nein, nicht Tante Elisabeth!«

»Oh doch, Tante Elisabeth! Ihr Weingut im Weingau ist weit weg von hier. Bei ihr kannst du untertauchen, bis sich Sandra beruhigt hat.«

»Du weißt genau, dass mich Tante Elisabeth wie einen Schulbub behandelt, wenn sie mich sieht. Ich kann ja schließlich nichts dafür, dass sie mir unbedingt mein Leben finanzieren will.«

»Und das, seitdem dein Vater in den 70er-Jahren in seine Künstlerkolonie nach Norwegen abzischte und dich und deine Mutter sitzen ließ.«

»Musst du ausgerechnet jetzt damit anfangen?«

»Na klar! Deine Mutter selig wäre nie ohne Elisabeths Zuwendungen zurechtgekommen und du würdest es auch nie. Wie denn auch als freischaffender Journalist für Heititei-Themen?«

»Ich muss einen Weg finden, wie du wieder verschwindest, du Nervensäge!«

»Wen willst du denn dann um Rat fragen, hm?«

»Andere Menschen haben doch auch kein laberndes Gewissen. Die kommen alle alleine zurecht.«

»Woher willst du das wissen? Also, Leo, genug an mir gezweifelt, darf ich dich warnen, dass Sandra morgen mit dem Zollstock und ihrer Leo-Streichel-Pistole auftaucht?«

Mir rutscht das Herz in die Hose. Ich springe aus dem Bett und packe meine Siebensachen zusammen. Auf der Fahrt zu Tante Elisabeth wird mir schon eine Ausrede einfallen, warum ich für mehrere Wochen bei ihr einziehen muss.

Am nächsten Vormittag habe ich mich schäbig angezogen und meine Haare verwuschelt. Da ich vor Angst außerdem die ganze Nacht kein Auge zugetan habe, sehe ich auch nicht gerade taufrisch aus. Alles in allem wirke ich sehr authentisch. Ein Burnout-Opfer wie mich wird die gute Tante Elisabeth herzlich gerne bei sich aufnehmen. Wochenlang!

»Du weiß aber schon, dass sie ziemlich schlau ist?«, fragt Klaus.

»Na hör mal, ich auch! Der Schlüssel zu ihrem Herzen liegt auf meinem Rücksitz. Frische Polaroidfilme. Dafür musste ich ewig vor diesem Fotoladen warten, bis der scheintote Besitzer endlich angewackelt kam, um seinen Laden doch schon um zehn Uhr zu öffnen.«

»Ach, Leo, du Träumer!«

»Und, hast du eine bessere Idee?«

»*Ich hab den Vater Rhein in seinem Bett geseh'n, ja, der hat's wunderschön, der braucht nie aufzusteh'n.*«

»Ist das deine Antwort auf unsere Situation, Klaus?«

Es ist nicht zu fassen, ausgerechnet jetzt kommt Klaus mit Gassenhauern statt mit Lösungen.

»*Und rechts und links vom Bett, da steht der beste Wein – ach, wäre ich doch nur der alte Vater Rhein!*«

»Halt die Klappe, Klaus!«

»Aber im Weinland Mittenrhein ist es wunderschön!«

»Ja, dann guck doch! Gucken, nicht singen! Okay?«

Klaus schweigt. Na, geht doch! Ich will jetzt nur noch das Röhren des Motors meines 911ers hören! Ich gebe Gas und biege auf die Weingauer Bundesstraße ein, die direkt am Rhein entlangführt. Die Sonne strahlt, der Himmel ist blau und spiegelt sich auf dem Wasser des mächtigen Stroms. Zwei Containerschiffe ziehen kraftvoll ihrem Ziel entgegen, eines flussabwärts, eines flussaufwärts. Dazwischen flitzen weiße Sportboote umher. Ganz gleich ob zu Luft, zu Land oder zu Wasser: Nach den Frauen gilt meine Liebe schnellen Fahrzeugen. Warum hat Tante Elisabeth nur keine Yacht?

Darauf ließe sich mein Burnout am besten kurieren. Und Sandra würde mich auf dem Rhein niemals finden.

»*Kornblumenblau ist der Himmel am herrlichen Rheine, kornblumenblau sind die Augen der Frauen beim Weine.*«

Ich schalte das Autoradio an und drehe auf volle Lautstärke. Irgendein Teenie mit Migrationshintergrund nuschelt hirnlosen Rap aus meinen edlen Lautsprechern. Der Scheiß hat wenigstens nicht das Potential, zum Ohrwurm zu werden. Ist es nicht traurig, dass ich die Wundermaschine unter der Haube meines 911ers wegen dieses rappenden Pickelgesichts nicht hören kann? Dafür kann ich sie aber fühlen! Die Straße ist um die Mittagszeit frei. Ich gebe Gas. Der Motor vibriert. Die Landschaft saust an mir vorbei und ein roter Blitz. Verdammte Hacke!

Am Tiefpunkt meiner Laune fahre ich auf den Hof des van Amelschen Weinguts. Wenn ich an den Knollen denke, der bald in meinem Briefkasten liegen wird, brauche ich den Burnout-Patienten nicht zu spielen.

Kaum habe ich den Motor abgestellt, öffnet sich das Scheunentor, hinter dem sich die riesigen Weincontainer – Fässer kann man dazu ja nicht mehr sagen – und all die anderen Gerätschaften befinden, die meine Familie zur Herstellung von Körpergift braucht: Wein, Alkohol, Drogen. Meine Familie macht Geld mit Drogen. Der Name Weinland Mittenrhein täuscht darüber hinweg, aber die Weinberge des Weingaus und Weinhessens sind wie die Mohnfelder Afghanistans. Mein stets schlechtgelaunter Cousin Gernot, der jetzt mit großen Schritten auf mich zukommt, würde glatt als Taliban durchgehen, wenn er einen Bart und einen Turban trüge. Obwohl er mit seinen dreiundvierzig Jahren exakt drei Jahre älter ist als ich, lebt er noch immer bei Mama. Ich habe ihn noch nie mit Begleitung gesehen. Ich glaube, er ist noch Jungfrau.

»Du kämst nicht einmal zwei Tage ohne Sex aus!«, meint Klaus.

Ich grinse. »Muss ich ja auch nicht! Mir liegen die Frauen – im Gegensatz zu Gernot – haufenweise zu Füßen!«

»Auch Sandra!«

Ich bekomme sofort wieder Burnout. Ächzend und seufzend steige ich aus meinem Porsche.

»Wie siehst du denn aus?«, ist Gernots herzliche Begrüßung. Aber so weiß ich wenigstens, dass ich meine Rolle gut spiele.

»Ach, frag lieber nicht! Ist Tante Elisabeth da?«

»Nö!«

»Und wo ist sie?«

Er zuckt mit den Schultern.

Bei seiner Gesprächigkeit wird er nicht einmal eine Kaulquappe aus dem Gartenteich locken, geschweige denn eine Frau verzaubern.

»Darf ich trotzdem reinkommen?«, fasse ich mir ein Herz.

Gernot dreht sich wortlos um und geht ins Haus. Den Koffer lasse ich lieber noch im Auto und folge ihm auf unser Familienanwesen. Wir van Amelns sind Nachkommen alten flämischen Landadels. Wir sind vor Jahrhunderten auf der Flucht vor dem Bessenjenever – dieser Wacholderdroge – den Rhein hinaufgewandert, bis wir auf den Mittenrheiner Rebensaft und unsere wahre Bestimmung trafen. Seitdem haben die männlichen Mitglieder der van Amelns hartnäckig in die alteingesessenen Winzerfamilien eingeheiratet und auf diese Weise die Hektarzahl ihrer Weinberge verdreifacht.

»Außer eines mir gut bekannten männlichen Nachkommens!«, sagt Klaus.

»Mein Vater?«

»Nein!«

»Gernot!«

»Nein, du! Gernot wird schon eine geldgeile Winzerin finden.«

»Lieber sterbe ich als Drogen anzubauen! Aber wir van Amelns haben schon immer zusammengehalten. Deshalb sorgt Tante Elisabeth so gut für mich.«

»Leo, mein Lieblingscousin!«, ruft eine schrille Stimme hinter mir. Gesine, meine Cousine. Sie ist mit ihren fünfundvierzig zurück zu Mama gezogen, weil sie vor einem halben Jahr geschieden wurde. Sie hat zwei Töchter, Zwillinge! Lea und Lisa oder Lisa und Lea. Egal, weil eineiig. Ich rechne nach. Sie müssten schon zweiundzwanzig sein.

»Lass bloß die Finger von denen!«, warnt Klaus.

»Hallo? Was hältst du von mir?«, empöre ich mich.

»Ich weiß, was du denkst!«

»Ich denke nur, was ist. Sie sind wunderschön! Sonst nichts!«

»Was machst du denn hier?«, fragt Gesine.

»Ich ... ich ...«, stammele ich schwach, »... wollte mit Tante Elisabeth reden!«

»Du siehst kacke aus! Komm, erzähl was los ist!«

Gesine eilt in die Küche. Sie ist immer in Eile. Der Rock ihres Dirndls flattert um ihre Beine. Seit sie Xaver vor fünfundzwanzig Jahren geheiratet hat und nach Rosenheim gezogen ist, trägt sie Dirndl. Bestimmt auch im Bett.

»Du hättest vorher anrufen sollen!«, sagt sie und lässt diese Höllenmaschine das Getränk des Todes in eine Tasse fauchen. Kschschschsch ...

»Kaffee?«

Hat sie es schon vergessen?

»Keine Sorge, der Kaffee ist bio, Fairtrade, koffeinfrei und mit Erdbeergeschmack, Mama ist ...«

In diesem Moment kommt Gernot in die Küche.

»Brauchst du wieder Geld?«, fragt er.

Dass die Zuwendungen seiner Mama ihm nicht recht sind, ist klar. Doch darum geht es jetzt nicht.

»Wenn ich Geldsorgen hätte, wäre ich glücklich«, winke ich ab und seufze tief. »Ich habe ein viel elementareres Problem. Ich bin völlig am Ende! Körperlich, seelisch ...«

»Willste nen Schnaps? Hab' grad nen super Tresterbrand abgefüllt! Der ist Spitze.«

»Wasser, in einem vorgewärmten Glas, bitte! Mein Magen ...«

»Heilige Scheiße!«, ruft Gernot und zeigt aus dem Küchenfenster in den Hof.

Ich schaue auch hinaus. Eine orangefarbene Ente knattert auf den Hof und direkt auf meinen 911er zu.

»Es gibt gleich ein sehr viel elementareres Problem«, sagt Klaus.

Bevor ein Schrei der Verzweiflung meine Lippen verlässt, bremst die Ente mit qualmenden Reifen ab, ohne meinen 911er zu berühren. Aber viel Luft war da nicht mehr. Meine Knie zittern.

»Der sollte man den Lappen abnehmen!«, schimpft Gernot.

»Lass sie doch! Sie hat weniger Knollen als du, Bruderherz!«, sagt Gesine.

Gernot brummt. Ich auch.

»Warum lässt Mama nicht von mir ihre Sachen nach Klosterley fahren? Wir machen den Hänger voll und fertig. Aber nein, es muss die Klapperkiste der Durchgeknallten sein!«, meckert Gernot.

»Du weißt doch, wie stur sie ist. Sie wollte ja auch unbedingt ins Seniorenheim.«

»Was? Ins Seniorenheim? Tante Elisabeth?«, frage ich ungläubig.

»Sie war nicht davon abzubringen!«, antwortet Gesine.

»Was fehlt ihr denn?«

Gesine zeigt mit dem Zeigefinge an ihre Schläfe.

»Demenz?«, frage ich entsetzt.

»Nee, falsche Freunde!«, antwortet Gernot und zeigt auf die Fahrerin der Ente, die gerade aussteigt. Klar, das ist Rosemarie. Früher war sie ein heißer Feger. Heute eine superbunte Seniorin mit rotgefärbten, langen Locken. Ein wallendes Kleid umhüllt ihren noch recht drahtigen Körper. Reif für ein Heim scheint sie mir längst nicht zu sein.

Tante Elisabeth klettert nach ihr aus dem Gefährt. Sie trägt immer noch die Klamotten von Onkel Armbrecht auf. Tantchens bunte Freundin klappt den Fahrersitz vor. Was ist das?

»Wen hat Mama denn da angeschleppt?«, fragt Gesine.

»Allah u Akbar!«, ruft Gernot.

»Du lieber Himmel«, ruft Klaus.

Aus der Ente steigt eine Vollmuslima heraus. Rote Turnschuhe, graues Sackkleid, darunter Jeans, auf dem Kopf ein hellblaues Kopftuch, fest um das ungeschminkte Gesicht gebunden. Jedenfalls kann ich keine künstlichen Farbtupfer auf ihrer Haut erkennen. Ihr Haar ist bestimmt schwarz ... wie ihre Augenbrauen ... und üppig, denn in ihrem Kopftuch steckt ein mächtiger Zopf, der das Kopftuch nach hinten ausbeult. Wie wundervoll sie sicher im Bikini und mit kirschrot geschminkten Lippen aussieht!

»Vergiss es, Leo, die ist anders als deine Großstadt-Tussis! Die sprengt dich in null Komma nix in die Luft.«

»Die Frauen sind alle gleich, du wirst schon sehen, Klaus.«

»Wetten?«

»Wir brauchen keine Putzfrau!«, stellt Gernot klar.

Wir stürmen alle drei wie kleine, neugierige Kinder Tante Elisabeth entgegen.

»Denk dran, du bist krank!«, mahnt Klaus.

Ich strahle die eingewickelte Schöne an. Sie schaut stur auf den Boden.

»Sandra!«, ruft Klaus.

Ist ja gut. Ich fahre mein Lächeln herunter.

»Gut, dass du mich hast, sonst würde das Testosteron dein Hirn völlig ausschalten«, seufzt er.

»Ach, Elisabeth, dein schnuckeliger Neffe ist wie immer eine Augenweide«, ruft Rosemarie.

Ihre Augen sind hellwach und funkeln mich gierig an. Klaus kichert. Ich fahre durch meine ungekämmten Haare.

Tante Elisabeth befiehlt: »Rosemarie, du kommst mit uns in die Küche! Gernot, du gehst hoch in mein Zimmer und schaust nach den restlichen Umzugskisten, da muss auch eine Tüte mit meiner Bettwäsche sein. Das muss als erstes in Rosemaries Auto! Gesine, was macht Leo hier?«

»Keine Ahnung!«, antwortet Gesine.

»Hallo, Tante Elisabeth!«, begrüße ich sie und setze meinen besten Dackelblick auf. Die Muslima beachtet mich immer noch nicht. Mann, Mann, ist die süß.

Tante Elisabeth bleibt stehen und mustert mich von oben bis unten.

»Warum siehst du so zerrupft aus?«

Bevor ich meinen Text aufsagen kann, ist sie schon an mir vorbei. »Zu dir komm ich später, Leo! Komm, Frau Kocak, wir gehen mit Rosemarie in die Küche! Gesine, kümmer dich solange um Leo!«

»Ich führe dich in den Weinkeller!«, sagt Gesine. »Ich will dir was zeigen.

Ausgerechnet in die Katakomben des Todes. Ob man allein von dem Geruch auch Leberzirrhose bekommt? Die Angst davor unterstützt auf jeden Fall meinen herzzerreißenden Vortrag über mein hartes Schicksal: Die arroganten Redakteure, die meine Arbeit nicht wertschätzen, die immer mehr für immer weniger verlangen, die Frauen, die ich glücklich machen soll. Und wer macht mich glücklich? Wer denkt an mich? Ich bin schließlich kein Roboter! Während ich erzähle, leert Gesine zwei Gläser Wein, die sie direkt aus einem Fass zapft.

»Seit Xaver mich verlassen hat und die Zwillinge weit weg studieren, macht mich nur noch eins glücklich, Leo! Riesling! Alles andere kannste vergessen. Vor allem die neuen van-Ameln-Rieslinge haben es in sich. Gernot hat die so säurearm hingekriegt, dass die Amis ganz verrückt danach sind. Schau, wie viele Fässer hier unten stehen. Oben in der Halle sind noch größere. Wir kommen mit der Produktion kaum noch nach. Zu dem Zeug passt zwar ein Stück Käsekuchen besser als ein herzhafter Spundekäs, aber so ist das Leben eben! Man muss sich anpassen, der Realität ins Auge sehen!«

»Gesine, ich wollte fragen, ob ich ein paar Wochen bei euch im Weingau ...«

Gesines Handy klingelt. »Mama, ja? Ja, er ist hier bei mir! Ist gut!«

Gesine steckt ihr Handy wieder ein und seufzt. »Mama will dich sprechen! Gleich! Irgendwas hecken die Alten doch wieder aus!«

»Will sie wirklich nur wegen ihrer bunten Freundin ins Heim?«, frage ich.

»Wir haben uns oft gestritten. Wegen Gernots süßem Riesling. Der schmeckt ihr nicht. Dann hat sie von jetzt auf gleich verkündet, dass sie mit ihrer Freundin Rosemarie in die neue Seniorenresidenz ›Himmelsleiter‹ nach Klosterley ziehen will. Wir haben alles versucht, um sie daran zu hindern. Aber du kennst sie ja, wenn sie sich was in den Kopf gesetzt hat, ist sie nicht mehr aufzuhalten. Füttert sie dich eigentlich immer noch durch?«

»Ich glaube, ich sollte jetzt gehen!«

»Ich hab da nichts dagegen, du bist mein Lieblingscousin, das weißt du! Hast ja auch genug durchgemacht ... erst ohne Vater, dann als deine Mutter starb. Außerdem ist es Mamas Sache, was sie mit ihrer Kohle macht. Aber ich denke, für dich wird nicht mehr viel übrig bleiben, wenn man all die Kosten abzieht, die sie jetzt hat: die neue Wohnung, Putzfrau, jeden Mittag warmes Essen ... das kostet.«

Gesines Worte haben gesessen. Auf dem Weg zu Tante Elisabeth fühle ich mich plötzlich elend. Will mich Tante Elisabeth deswegen sprechen? Ich muss mir jetzt viel Mühe geben, bei Tantchen die richtigen Knöpfe zu drücken. Komme ich da mit dieser Burnoutgeschichte allein weiter? Klaus, was soll ich nur tun?

»*Kornblumenblau ist der Himmel am herrlichen Rheine*«, singt Klaus und Tante Elisabeth empfängt mich gleich hinter der Tür.

»Ich bin überrascht, dich hier zu sehen!«, sagt sie.

»Ich bin noch überraschter, dass du umziehst!«, erwidere ich.

»Warum siehst du aus wie ein gerupfter Vogel?«, fragt sie vorwurfsvoll. »Du weißt, was ich davon halte.«

»Das ist nur wegen meiner Krankheit.«

»Was für eine Krankheit?«

»Burnout!«, nuschele ich.

»Was?«

»Burnout!«

»Papperlapapp! Kein van Ameln hatte je Burnout! Du auch nicht!«

»Ja, aber Tante Elisabeth! Du weiß ja gar nicht ...«

»Es wird Zeit, dass du was arbeitest für mein Geld. Ich brauche dich hier!«

»Aber Tante Elisabeth, ich bin wirklich krank!« Ich muss mein Gesicht wahren, koste es, was es wolle.

»Du kannst mir nichts vormachen. Ich durchschaue dich! Du bist wie dein Onkel Armbrecht selig, mit deinen Weibergeschichten genauso wie mit deinen Lügengeschichten. Immerhin betrinkst du dich nicht! Setz dich!«

Ich gehorche. Jetzt ist alles aus, meine Wohnung, mein Porsche ...

»Das Geschenk!«, ruft Klaus plötzlich.

Ich springe auf. Natürlich, wie konnte ich das vergessen? »Ich habe dir etwas mitgebracht!«

»Setz dich! Ich habe einen sehr wichtigen Auftrag für dich. Du musst aber versprechen, niemandem davon zu erzählen!«

Ich lasse mich auf den Stuhl fallen. »Was für einen Auftrag?«

»Meine Freundin Rosemarie und ich ermitteln undercover in einem Mordfall!«

»Bitte?« Ich springe auf.

»Klara Schönlein. Rosemaries und meine Freundin. Sie wurde Opfer eines perfiden Mordes, aber die Polizei geht von einem Unfall aus und will nicht ermitteln. Die Details dazu erkläre ich dir später. Fatima Kocak ist unsere Privatdetektivin, die uns bei den Ermittlungen hilft. Und du, mein lieber Leo, wirst sie begleiten.«

»Ich? Aber wozu?«

»Das ist deine Chance, dir als Journalist einen Namen zu machen. Fühl dich wie Wallraff. Du hältst schriftlich alles fest, was Fatima ermittelt. Für die Beweisführung vor Gericht ist es sehr wichtig, dass du genau arbeitest. Ich will jedes Detail schwarz auf weiß haben!« Dabei tippt sie mit dem Zeigefinger energisch auf ihre Handfläche.

»Ja, aber Tante Elisabeth, ich schreibe über Feste, Veranstaltungen und die schönen Dinge des Lebens, ich ...«

»Ich zähle auf dich! Komm, ich stelle dich Fatima vor!«

»*Kornblumenblau, sind* ...«

»Halt die Klappe, Klaus! «

6. Kapitel: Monika

Dieses Mal bin ich perfekt vorbereitet. Schon gestern Abend habe ich mir die Adresse »Cäsarstraße 11« auf drei verschiedene DIN-A4-Blätter geschrieben und diese an strategischen Punkten in meinem Ein-Zimmer-Appartement verteilt. Ein Zettel kam an den Spiegel im Bad, einer an die Kaffeemaschine und einen habe ich innen an die Wohnungstür geklebt.

So ein Fehler passiert mir nicht noch mal. Der eine war peinlich genug.

Da vorne ist schon die Cäsarstraße. Die Nummer 11 muss auf der rechten Seite sein. Das weiß ich, denn als ich noch meinen Wellensittich Otto hatte, war ich öfter beim Tierarzt Dr. Breuer in der Nummer 21 und das ist auch eine ungrade Zahl. Leider ist der Vogel dann trotzdem gestorben, danach wollte ich keinen mehr.

Ich denke an Otto, während ich die Straße überquere, an sein grün schimmerndes Gefieder und sein keckes Köpfchen. Plötzlich hupt und quietscht es neben mir und jemand schreit. Vor lauter Schreck schleudere ich den Einkaufsbeutel von mir, den ich bei mir trage. Oh, nein! Nicht der Einkaufsbeutel! Da sind die Pralinen drin!

Der Stadtbus ist ungefähr dreißig Zentimeter neben mir zum Stehen gekommen. Das war also das Gehupe und Gequietsche. Ein Mann rennt auf mich zu. Jetzt schüttelt er mich. Ob ich Hilfe brauche und ob alles in Ordnung sei, will er wissen. Die erste Frage ist eine Frechheit, die zweite bejahe ich ihm hastig. Ich will meinen Einkaufsbeutel zurück! Schließlich habe ich nicht umsonst die halbe Nacht die Pralinen präpariert. Deswegen bin ich ja auch müde vor den Bus gelaufen. Ich schaue nach rechts. Irgendwo dort muss der Beutel liegen. Weil er grau ist wie der Straßenbelag, sehe ich ihn nicht sofort. Aber jetzt – nein, nein, bitte! Bitte nicht! Er liegt genau vor dem Vorderrad des Busses, halb unter das Fahrzeug gerutscht. Ich höre, wie der Fahrer den Motor wieder anwirft und hechte panisch auf den Beutel zu. Eine Sekunde, bevor der Bus wieder losfährt, habe ich ihn.

Die Nervensäge von eben steht immer noch auf dem Trottoir. Er zieht mich zu sich. »Wissen Sie, dass Sie da eben im toten Winkel waren, als Sie Ihre Tüte geholt haben? Wenn der Busfahrer nur eine Sekunde früher losgefahren wäre, dann wären Sie jetzt Matsch!«

»Das ist keine Tüte«, berichtige ich ihn, »das ist ein Beutel. Und da ist ein Geschenk für meine Freundin drin.« Das ist sogar nur halb gelogen. »Lassen Sie mich bitte los. Sie wartet auf mich!«

»Na, dann«, sagt der Mann und schaut mich verwirrt an.

Jetzt betrachte ich ihn mir genauer. Sein knochiger Körper steckt in einer zu weiten, ausgebeulten Jeans und einem T-Shirt mit Peacezeichen, mit seiner Hornbrille und seinen langen ungekämmten Haaren kommt er mir irgendwie bekannt vor. Jetzt weiß ich auch woher. Er sieht aus wie diese

Leute auf den RAF-Fahndungsplakaten, die in meiner Kinderzeit überall hingen. Aber das ist ewig her und ich habe jetzt gar keine Zeit, darüber nachzudenken.

»Danke«, sage ich. »Wenn ich mal wieder Lust habe, mich vor einen Bus zu werfen, rufe ich Sie an.« Seine Augen werden groß, dann zuckt er mit den Schultern und geht.

Ich bin sprachlos. Sprachlos über mich selbst. War das ein cooler Spruch eben! Und der war von mir! Ich lächele in mich hinein. Wer so cool ist, der kann auch alten Damen vergiftete Pralinen überreichen.

Die Cäsarstraße 11 ist ein gepflegtes Einfamilienhaus im Bungalow-Stil. An der Eingangstür prangt in großen, goldenen Lettern der Name »Müller«.

Da hätte sich diese Frau Schönlein ja ruhig mal eine Scheibe von abschneiden können. Hätte die auch so ein ordentliches Klingelschild gehabt, wäre sie jetzt nicht tot. Warum ausgerechnet die Frau Müller für unsere gemeinsame Zukunft sterben soll, ist mir noch schleierhaft, aber egal. Alles was zählt, ist das *Wir*.

Bevor ich klingeln kann, öffnet sich die Tür und mir steht eine elegante Dame so um die achtzig gegenüber. Das ist die richtige! Wie konnte ich nur so blöd sein, die andere für achtzig zu halten, obwohl sie, wie Harald mir dann erzählt hat, schon neunzig war. Egal, Schwamm drüber, jetzt geht es zur Sache.

Die Dame lächelt mich erstaunt an. »Huch! Ich habe Schritte gehört und dachte, das wäre meine Tochter. Was kann ich für Sie tun?«

»Guten Tag, Frau Müller«, sage ich und lächele milde, während ich auf den Namen Müller noch eine besondere Betonung gebe. Sicher ist sicher. Als sich kein Widerspruch regt, fahre ich fort: »Mein Name ist Claudia Meyer, ich komme von der Stadtverwaltung Hohenrhein. Uns ist zu Ohren gekommen, dass Sie uns verlassen wollen, zugunsten eines Umzugs in die Seniorenresidenz ›Himmelsleiter‹ in Klosterley. Wir möchten Ihnen alles Gute wünschen und Ihnen den Abschied mit einem kleinen Präsent versüßen.« Großartig, kann ich gezwirbelt reden, wenn ich will! Das macht richtig Spaß.

Die Dame, respektive Frau Müller, ist gerührt. »Oh, danke schön. Mein Umzug ist unvermeidlich, wissen Sie? Hier habe ich ja keine Gleichgesinnten mehr. Aber in der Residenz kann ich sogar zum Tanztee gehen, ohne die Fahrdienste meiner Tochter oder meines Schwiegersohnes in Anspruch nehmen zu müssen. Ein paar gute Freunde ziehen ebenfalls dort ein. Es wird hoffentlich richtig gesellig.« Sie lächelt mich an. »Wie jetzt der Besuch von Ihnen. Ich darf Sie doch auf ein Tässchen Kaffee einladen, Frau Meyer? Falls Sie Zeit haben?«

Meyer, Müller, das amüsiert mich gerade über alle Maßen, aber das lasse ich mir natürlich nicht anmerken. So was wie ›Metzger‹ denke ich mir jedenfalls nicht noch mal aus.

Ich nicke erfreut und folge Frau Müller in ihr Haus. Vor mir erstreckt sich ein riesiges Wohnzimmer mit integrierter Essecke, alles in Hellbeige gehalten und überall hängen Bilder rum, die ziemlich teuer aussehen.

Frau Müller macht eine einladende Geste in Richtung, ich würde mal sagen, Wohnlandschaft, die wohl das gekostet haben muss, was ich in einem Jahr verdiene und ich lasse mich mit einer Hälfte meiner rechten Pobacke auf einer schicken Chaiselongue nieder, die gut zu Harald und mir passen würde.

Frau Müller strahlt und breitet die Arme aus. »Was möchten Sie? Ich habe seit gestern eine neue Kapselmaschine.

Was darf es sein? Mild und fruchtig? Dicht und intensiv? Pfeffrig und feurig?«

Ich bin irritiert. Eigentlich habe ich mich nur auf Kaffee gefreut. Den habe ich nämlich jetzt dringend nötig wegen der halb durchwachten Nacht, weil ich ja die Pralinen präparieren musste.

Frau Müller beugt sich zu mir. »Ach, so bescheiden! Na, dann braue ich für Sie einfach mal ›pfeffrig und feurig‹.«

Das finde ich jetzt nicht gut. Denkt sie, dass ich das nötig habe? Das macht mir die Entscheidung etwas leichter. Ich hole die Schachtel des Todes aus meinem Beutel und lege sie auf den Tisch, schiebe sie hin und her, damit sie perfekt dort liegt und möglichst einladend aussieht.

Während ich brodelnde Geräusche höre, schaue ich mich um. Mein erster Eindruck wird bestätigt. Teuer sieht hier alles aus. Und so angenehm. So was hätte ich auch verdient. Harald hat ja auch viel Geld, aber das gibt ja seine Frau alles aus. An Frau Müllers Stelle wollte ich hier nicht weg. Sie wirkt fit wie ein Turnschuh, wie man so sagt, und selbst, wenn sie mal gebrechlich würde, hätte sie doch hier überhaupt keine Probleme. Alles ist ebenerdig, sodass sie noch nicht einmal einen Treppenlift oder so bräuchte, wenn was passierte.

Während ich so vor mich hin sinniere und mich frage, ob ich das nicht die Frau Müller mal fragen kann, und mich dagegen entscheide, weil ich ja hier bin, um meinen Fehler auszubügeln und Haralds Herz zu gewinnen, hört das Brodeln in der Küche auf.

Frau Müller steuert beschwingt auf mich zu und hält in jeder Hand ein winziges Tässchen auf einem ebenso winzigen Untertellerchen, auf dem ein mikroskopisch kleines Löffelchen liegt.

»Falls Sie Milch und Zucker benötigen«, sagt sie, »das steht schon alles auf dem Tisch.« Ich folge ihrem Blick in Richtung eines filigranen Döschens in Apfelform, in dem sich anscheinend ein Süßungsmittel verbirgt. Das dazugehörige Zängelchen ist noch kleiner als der Kaffeelöffel. Daneben steht ein klitzekleines Kännchen mit einer weißen Flüssigkeit, die aber viel heller als Sahne ist. Zum Glück trinke ich meinen Kaffee schwarz.

Ich nippe artig wie eine Dame aus einer englischen Fernsehserie an der kleinen Porzellantasse, fange aber dann leider an, wie verrückt zu husten. Mein Hals brennt schlimmer als von Haralds Tresterbrand – mit *pfeffrig und feurig* haben die wirklich nicht untertrieben.

»Oh«, sagt Frau Müller und macht große Augen, »ist der Kaffee nicht gut?«

»Doch«, keuche ich, während ich mir mit dem linken Ärmel meines Jacketts die Tränen aus den Augen wische. »Fantastisch, nur ein bisschen stark.«

»Hm.« Frau Müller spitzt die Lippen und nimmt nun ebenfalls einen Schluck. Lächelt mich an. Doch plötzlich wechselt ihre Gesichtsfarbe von porzellanfarben zu rot, sie gibt würgende Geräusche von sich und knallt das Tässchen auf das Untertellerchen.

»Das darf doch nicht wahr sein!«, schreit sie. »Wissen Sie, was so eine Kapselmaschine kostet? Ich hatte jetzt *dicht und intensiv* und das schmeckt wie eingedickter Teer!«

Jetzt ist meine Stunde gekommen.

Während Frau Müller uns aus einer Karaffe mit Blumenmuster Wasser in Gläser mit Ranken einschenkt, schiebe ich die Pralinen einladend in ihre Richtung.

»Ich weiß auch nicht«, sage ich, »ich kenne mich nicht aus mit Kapselmaschinen.«

Was wahr ist und ich schwöre mir, dass ich nie wieder meine zwanzig Jahre alte Kaffeemaschine beschimpfen werde, wenn mal wieder das Wasser über die Küchenschränke läuft.

Ich schiebe die Pralinen ein Stück weiter zu ihr hin. »Ärgern Sie sich nicht. Auf Bitteres folgt Süßes.«

Ihre Zunge fährt über die perfekt geschminkten Lippen. Schade, dass ich sie umbringen muss. Ich würde sie gerne fragen wie sie das hinkriegt mit dem Lippenstift, ohne dass etwas verläuft und wie man das macht, dass das so toll aussieht, sogar noch mit achtzig.

Frau Müller widmet sich schon ganz dem Pralinenkarton. Schön ist der, wie ich jetzt feststelle. Das habe ich heute Nacht bei der ganzen Prozedur gar nicht mitgekriegt. Es war nämlich ziemlich schwierig, dieses Zeugs, das Harald mir gegeben hat, mit der Spritze, die ich mir aus der Apotheke besorgt habe, in den Pralinen zu platzieren. In jede einzelne! Weil man natürlich vorher nicht weiß, welche verspeist wird.

Während Frau Müller konzentriert an der hellblauen Schleife zupft, die die schokoladenbraune Schachtel umspannt, haucht sie *Maison Choco, Paris* ... Dann hebt sie den Kopf und schaut mir direkt in die Augen: »Wissen Sie, die habe ich seit mindestens zwanzig Jahren nicht mehr gegessen. Ich habe die Nase so voll von diesen zuckerfreien Dinkelkeksen, die meine Tochter mir immer aus dem Reformhaus mitbringt.« Sie lacht. »Hätte ich gewusst, dass ihr in der Stadtverwaltung von Hohenrhein einen so exquisiten Geschmack habt, hätte ich mir das vielleicht noch einmal überlegt mit dem Umzug nach Klosterley.«

Jetzt hat sie es geschafft. Sie lässt das blaue Band auf den Parkettboden fallen und öffnet die Pralinenschachtel.

Ich sitze einfach nur da und schaue ihr zu. Ihr Zeigefinger gleitet die Reihen mit den kleinen Schokoladen entlang, bleibt an einem ovalen Stück mit einer Mandel darauf hängen, entfernt sich dann aber wieder in Richtung eines dunkelbraunen Quadrats, das sie nun andächtig zwischen Daumen und Zeigefinger nimmt.

Hinter mir kracht eine Tür ins Schloss.

»Mutter?!«

Etwas rauscht an mir vorbei.

»Mutter!!!«

Das Etwas stürzt auf Frau Müller zu und reißt ihr das dunkelbraune Quadrat aus der Hand.

»Mutter, bist du wahnsinnig geworden?! Du warst vorgestern bei Professor Pozimovsko und der hat dir gesagt, dass deine Zuckerwerte exorbitant hoch sind! Du wirst ja jetzt wohl keine Pralinen essen!«

Ein violettes Kostüm lässt sich neben mir in einen Sessel fallen.

»Sagen Sie mal, waren Sie das, die dieses Zeugs hier reingeschleppt hat? Wir haben keinen Zucker im Haus, meine Mutter ist Diabetikerin. Oder warst du das, Mutter? Mutter?!«

Ich schaue zu Frau Müller, die nun einfach nur so vor sich hinguckt. Ihre Augen sehen plötzlich so, ich weiß nicht – leer – aus.

Dann schaue ich zu dem violetten Kostüm. Da drin steckt natürlich eine Frau. Eine Frau mit schlanken Beinen, die sie auf ihrem Sessel wahnsinnig gekonnt umeinander geschlungen hat, vielen blonden Haaren, die wahrscheinlich nicht alle echt sind und einem fliederfarben geschminkten Mund, der sich gerade zum Strich formt.

Mir ist gar nicht gut. Irgendwie verstehe ich jetzt, dass die Frau Müller hier weg will.

»Ich bin Claudia Meyer von der Stadtverwaltung Hohenrhein«, lüge ich tapfer. »Wir wollten Ihrer Mutter nur einen kleinen Abschiedsgruß zukommen lassen.« Fantastisch, wie ich auch unter Stress funktioniere.

»Ach ja?«, herrscht mich die Frau im violetten Kostüm an. Dann fällt ihr Blick auf die Pralinenschachtel. »Mmmh, Maison Choco, Paris.«

Mit spitzen Fingern greift sie sich eine Praline und will sie sich in den Mund befördern.

»Nein!«, schreie ich und schlage ihr die Schokolade aus der Hand.

»Die Pralinen sind für Ihre Mutter gedacht!« Bevor ich zu viel sage, schnappe ich nach Luft. Meine Handfläche brennt von dem Schlag.

»Valerie ...«, höre ich Frau Müller beschwichtigend sagen, doch das violette Kostüm ist außer sich.

Es umklammert mein Handgelenk mit eisernem Griff, zerrt mich vom Sessel hoch, zieht mich quer durch das Wohnzimmer in Richtung Tür und stößt mich nach draußen.

»Und Ihr ekelhaftes Zuckerzeugs, das können Sie auch mitnehmen!«

Neben mir prallt etwas auf den Boden und als mir nicht mehr so schwindlig ist und ich die Augen wieder öffnen kann, sehe ich, dass es die schokoladenbraune Pralinenschachtel ist.

Ich werde Harald nie wieder gegenübertreten können.

7. Kapitel: Leo

Nach nur zwei Tagen Schönhell im Weingau fühle ich mich weichgeklopft. Statt mein Burnout zu heilen, bin ich nun der Kurier der beiden alten Damen und soll Bericht erstatten. Ich will alles tun, was Tante Elisabeth und ihre Freundin Rosemarie von mir verlangen, nur um nicht zurück nach Hause zu müssen, wo mir Sandra, die Furie, auflauert. Ich kann nur hoffen, dass sie mich hier nicht findet.

»Du bist doch nur scharf auf Fatima!«, sagt Klaus.

»Auch, ja! Die ist schon irre, oder? Sie sieht toll aus und sie scheint sich ungerne an Gesetze zu halten, jedenfalls nicht an sprachliche.«

»Schade, dass sie mich nicht hören kann, sonst würde ich ihr die Leviten lesen. Ihr Mischmasch aus Kanak Sprak, Dialekt und Keine-Ahnung-was, macht mich ganz blöd!«, meint Klaus.

»Mich macht sie ganz verrückt. Deshalb muss ich diese Nuss knacken!«

»Pass auf, dass sie nicht deine Nüsse knackt!«, warnt Klaus. Ich lass ihn mit seinen Bedenken allein und schaue zu Fatima herüber. Sie sitzt wie ein Engel mit Kopftuch auf dem Beifahrersitz meines 911er und tippt mit ihren flinken, drahtigen Fingern auf ihrem Handy herum. Sobald wir uns näher kennen, muss ich ihr erklären, wie gefährlich diese Geräte sind. Überhaupt möchte ich mal wissen, wem sie da ständig schreibt. Hoffentlich nicht mit irgendeinem Hassan oder Ahmed.

»Alder, hier kommst du nit rein«, sagt Klaus, und »Nach zweihundert Metern rechts abbiegen!«, sagt mein Navi.

»Wie Ort heißt noch mal von Wilhelm Schönlein?«, fragt Fatima.

»Frau Schönleins Sohn wohnt in Wisselbrunnen«, antworte ich mit sanfter Stimme und grammatikalisch vorbildhaft, damit sie lernt.

Der Luftkurort, der sich oberhalb der Weinbergslagen im Mittenrheingebirge befindet, ist von malerischen Wäldern umgeben. Hier finde ich es viel schöner als unten am Rhein im Drogenanbaugebiet.

Tante Elisabeth meinte, wir sollten Wilhelm Schönlein, dem Sohn unseres Mordopfers, vorher Bescheid sagen, dass wir ihn besuchen kommen. Doch Fatima hat davon abgeraten. Sie wollte auf den Überraschungseffekt setzen. So habe Wilhelm keine Gelegenheit, sich vor unserer Befragung Lügengeschichten zurechtzulegen.

Fatima muss sich ja damit auskennen, schließlich ist sie ausgebildete Detektivin.

»Hoffentlich hat sie ihr Handwerk nicht in der Türkei gelernt. Denn man kann die orientalischen Ermittlungsmethoden nicht eins zu eins auf das liebliche Weinland Mittenrhein übertragen«, erklärt Klaus.

Mich interessiert ihr Ausbildungsweg weniger. Im Gegenzug zu Fatimas Weigerung, Wilhelm Schönlein vorzuwarnen, wollten Tante Elisabeth und Rosemarie uns auch nichts über Klaras Sohn verraten, damit wir uns keine Vorurteile bilden.

»Sie haben das Ziel erreicht!«, sagt mein Navi. Was für ein Glück, denn mein 911er ist nicht für diese verheerenden Landwege geschaffen. Den Asphalt unter dem Dreck und Staub kann man nur erahnen. Wilhelm Schönleins Haus liegt idyllisch außerhalb von Wisselbrunnen direkt am Waldrand. Fatima und ich steigen aus dem Auto. Außer Vogelgezwitscher ist nichts zu hören. Hinter dem Jägerzaun befindet sich kein Garten, wie es sich für diese Gegend gehört, sondern Wald aus Laub- und Nadelbäumen, dazwischen wachsen Farne und Sträucher. Hinter dem Grün kann man die Umrisse eines Hauses erkennen. Es ist ein Blockhaus wie in Kanada, aus dicken Eichenstämmen gezimmert. Wilhelm Schönlein ist wohl ein gemütlicher Naturbursche.

Das Türchen des Jägerzauns quietscht, als ich es öffne.

»Na, dann wollen wir mal den netten, alten Herrn befragen!«, sage ich und schreite voran.

»Nix wir! Ich! Ich führe Befragung, du schreibst! Okay? Tamam?«, sagt sie. Dabei überholt sie mich mit großen Schritten auf dem Pfad, der zu Herrn Schönleins Blockhaus führt.

»Was hat sie gesagt? Hamam?«, frage ich Klaus und habe die passenden Bilder dazu.

»Hihi«, kichert Klaus.

Plötzlich trifft mich ein Wasserstrahl mitten ins Gesicht. Es stinkt. Mir bleibt vor lauter Schreck die Luft weg. Genau in diesem Moment stößt Fatima einen türkischen Fluch aus. Es klingt wie: »Walhalamalahala!« Im nächsten Augenblick gehen Schusssalven auf uns nieder. So schnell kann ich gar nicht gucken, wie Fatima zu mir herumwirbelt und mit einem Hechtsprung gegen meinen Brustkorb springt. Überrascht verliere ich das Gleichgewicht und stürze mit ihr zu Boden. Um uns herum ballert es, als wären wir an eine Front geraten. Unter diesen Umständen ist es kaum möglich zu genießen, dass Fatima auf mir liegt. Zittere ich vor Angst oder Erregung?

»Wir werden sterben!«, ruft Klaus.

Da rollt Fatima mit mir über den Waldboden, bis es unter einem Busch nicht mehr weitergeht. Wow, wow, wow! Woher nimmt sie nur diese Kraft? Ich schmelze dahin wie Butter. Um uns herum wird immer noch scharf geschossen. Ich versuche, mich nach oben zu bringen, schließlich bin ich der Mann und muss sie beschützen, doch sie hält dagegen und zischt mich an: »Still, Wallah! Oder willst sterben du?«

Ihr Körper scheint aus Stahl zu sein, nicht so weich, wie ich es von Frauen sonst so gewohnt bin.

»Sie ist ein Mann!«, ruft Klaus.

Mein Mund wird staubtrocken. Die Schüsse hören abrupt auf. Fatima setzt sich rittlings auf meinen Bauch. Grundgütiger! Sie ist kein Mann. Ihre Brüste gehen unter ihrem nassen Sackmantel im Rhythmus ihrer aufgeregten Atmung auf und nieder. So wie es aussieht, wurde auch sie mit dieser stinkenden Flüssigkeit bespritzt. Sie hebt beide Arme und fasst mit den Händen unter ihr Kopftuch. Mann, Mann, vielleicht machen die Schüsse sie heiß und jetzt will sie sich entkleiden? Ich freue mich schon darauf, ihre schwarze Haarpracht zu sehen. In diesem Augenblick tauchen zwei schlammige, klobige Schuhe neben meinem Gesicht auf.

»Das sieht Allah bestimmt nicht gerne!«, ruft eine raue Stimme auf uns herunter. »Eure neckischen Spielchen könnt ihr woanders treiben, aber nicht auf meinem Grund und Boden! Los, aufstehen!« Dabei drückt Wilhelm Schönlein den Lauf eines Gewehres gegen Fatimas Schläfe.

Eigentlich wäre jetzt der beste Augenblick, Fatima für immer an mich zu binden. Wer kann sich schon seinem Lebensretter entziehen?

»Bist du wahnsinnig? Was willst du gegen diesen verrückten Alten ausrichten? Ihm einen Knoten in den Gewehrlauf machen?«, fragt Klaus.

Der Mann schaut uns aus seinen hellen, leuchtenden Augen unter buschigen, weißen Augenbrauen grimmig an. Seine Gesichtshaut ist braun und zerfurcht. Ich will nicht wissen, wie viele Bären, Wölfe und Männer er schon erschossen hat. Ich bleibe ganz still liegen. Dann muss ich bei Fatima eben den langen Weg der Verführung gehen, mit Pralinen, Briefen ...

»Falls wir die Nummer hier überleben!«, ruft Klaus.

»Wir sind im Auftrag da von Elisabeth van Ameln und Rosemarie Perabo. Wegen Ihr Mudder!«, sagt Fatima.

Plötzlich werden Wilhelm Schönleins Gesichtszüge weich. »Ach was?«

So richtig glaubt er uns aber nicht, denn er hält uns mit seinem Gewehr in Schach, während wir wie zwei Schulkinder auf der Holzbank vor seinem Blockhaus sitzen. Dabei telefoniert er lautstark mit einem archaischen Handy mit ausziehbarer Antenne. Aus dem Plastikgehäuse erschallt gedämpft Tante Elisabeths Lachen. Ich wusste gar nicht, dass sie so ausgelassen sein kann.

»Du alte Krawallschachtel, du unverbesserliche! Ist gut!«, beendet Wilhelm das eher ruppige Gespräch.

»Mit der kann man wenigstens noch streiten!«, sagt er, lächelt für den Bruchteil einer Sekunde verträumt und senkt sein Gewehr.

Klaus und ich atmen erleichtert auf.

Das Blockhaus ist, wie erwartet, rustikal eingerichtet. Es fehlen nur eine Feuerstelle in der Mitte und ein strohbedeckter Boden. Die Wände sind über und über mit Geweihen und Fellen unterschiedlicher Größen und Formen geschmückt.

»Der Einzige, der mir in meiner Hirschsammlung noch fehlt, ist der Putao-Muntjak. Aber den krieg ich auch noch! Also, was wollt ihr mich fragen?«

»Was ist ein Putao-Muntjak?«, fragt Klaus.

»Wir annehmen, Ihr Mudder wurde ermordet hinterhältig!«, erklärt Fatima.

»Meine Mutter? Ermordet? Tssss!« Er pfeift durch die Zähne. »Hat euch Elisabeth diesen Bären aufgebunden?«

Fatima nickt.

Er scheint ein Mann mit klarem Verstand zu sein. Diese Mordtheorie ist einfach absurd. Ich krame trotzdem meinen Notizblock hervor und schreibe mit, damit mir nichts durch die Lappen geht. Auftrag ist Auftrag.

»Elisabeth findet in jedem Krümel Gift. Gerade deswegen

mag ich sie. Ihr dürft mich fragen, was ihr wollt. Aber wie kommt sie überhaupt auf diese Mordtheorie?«

Fatima erzählt Wilhelm Schönlein die Geschichte mit dem verdächtigen Sofakissen, das außer Tantchen und Rosemarie, diesen beiden Superdetektivinnen, wohl niemandem aufgefallen ist. Er wird plötzlich ganz still. Mir ist klar, dass er gleich in schallendes Gelächter ausbricht.

»Niemand durfte Mutters Sofakissen verrücken!«, sagt er stattdessen mit ernster Miene. »Und niemals lag das Hirschkissen woanders als auf dem Sofa. Elisabeth hat recht! Das ist sehr verdächtig.« Er springt auf und greift nach seinem Gewehr, das am Stuhl lehnt. »Wenn ich den Mörder finde, schieße ich ihm die Eier ab und hänge sie statt des Geweihs eines Muntjaks an die Wand!«

»Ihr Mudder gefunden wurde am Dienstag einunddreißigsten Mai Mittag in Garten. Habe gesehen den Fotos und habe null Zweifel, dass sie wurde schon am Tag vorher gestoßen von Balkon. Wo Sie waren am Montag dreißigsten Mai?«, fragt Fatima.

»Soll das ein Witz sein? Werde ich etwa verdächtigt?«

»Stelle ich Fragen. Ich Detektiv – du Antwort!«

»Dürfen das Frauen bei Ihnen überhaupt?«, blafft Wilhelm sie an.

Ich schiele zu Fatima herüber. Ihre schwarzen Augenbrauen ziehen sich zornig zusammen.

»Oh-oh«, ruft Klaus.

»Nach Abwasch und Bügel, dürfen wir Frauen Arbeit. Habe ich hier dem Unterschrift von Onkel, dass Abwasch und Bügel fertig«, antwortet Fatima.

Meint die das jetzt ernst?

»Nee, nee, junge Frau, behalten Sie mal Ihre Unterschrift. Bei uns dürfen Frauen auch ohne Erlaubnis eines Mannes arbeiten. Das haben wir hier im Westen euch voraus.«

Wenn Fatima einen Witz gemacht hat, hat ihn Wilhelm nicht verstanden.

»Mittlerweile«, sagt Wilhelm und stellt das Gewehr wieder zurück, »gibt es sogar im Westen Männer, die bügeln.« Seufzend setzt er sich wieder hin.

»Ist in dem Westen erlaubt, in Vorgarten zu ballern auf Besucher?«, fragt Fatima.

Wilhelm funkelt Fatima an, doch dann setzt er ein breites Grinsen auf. Seine Zähne sind nicht mehr ganz tipptopp, so als hätte er in all den Jahren auf der Pirsch zu viele Bonbons genascht. »Erstens geht Sie das gar nichts an, was ich auf meinem Grund und Boden mache und zweitens ist meine Selbstschussanlage völlig harmlos. Rein akustisch.«

»Rein akustisch?«, prostiere ich und zeige auf die Flecken, die diese Flüssigkeit auf meinem T-Shirt produziert hat. »Und das Zeug stinkt auch noch bestialisch!«

»Das stimmt, junger Mann! Und die Plörre schmeckt auch noch grauenhaft. Es ist Wein aus Schoppegarten!« Er verzieht sein Gesicht. »Ich könnte auch Wasser verspritzen, doch das brauche ich für meine Bäume und Blumen.«

»Sie verspritzen Wein?«, frage ich erstaunt.

»Ich hasse Wein! Nur vor Elisabeth gebe ich das nicht so offen zu!«

»Aber warum tun Sie so etwas überhaupt?«

»Reine Vorsichtsmaßnahme gegen ungebetene Gäste. Ich weiß, das halten die meisten für übertrieben. Aber ich wohne hier nun mal recht einsam. Und das ausgerechnet meine Mutter ein Gewaltopfer wurde, zeigt, dass ich nicht ganz falsch liege. Ich bin aber kein Unmensch, deshalb schieße ich mit Wein und das Geballer kommt aus dem Lautsprecher.«

»Hat schon mal versucht jemand bei Ihnen einbrechen?«, fragt Fatima.

»Ich war erst Feuerwehrmann, dann Bauunternehmer und heute bin ich Jäger. Wenn Sie noch etwas Zeit haben, erzähle ich Ihnen von einigen Erfahrungen meiner letzten Lebensjahre. Ich ...«

»Nur Erfahrungen, die haben zu tun mit Mord an Ihr Mudder, bitte! Und wo Sie waren am Montag dreißigste Mai?«, unterbricht Fatima ihn.

»Hmmm«, brummt er, »ich verstehe immer noch nicht, warum es jemand auf meine Mutter abgesehen haben soll. Sie war anstrengend. Ja, aber ... ich war es jedenfalls nicht! Ich war am dreißigsten Mai abends bei den Altherren-Freitagskickern.«

»Dreißigste war Montag!«, sagt Fatima.

»Ja, die Altherren-Freitagsskicker treffen sich immer montags zum Kegeln. Das hat sich so etabliert.«

Fatima und ich schauen uns fragend an.

»Und, wo Sie waren am Dienstag einunddreißigste Mai?«

»In Frankfurt bei meinem Lieblingswaffenhändler. Das können Sie alles nachprüfen, wenn Sie mir nicht glauben.«

»Hatte Ihr Mudder Wertvolles in Haus?«, will Fatima wissen.

»Nein, nichts, bis auf das für sie wertvolle Hirschkissen, die anderen Kissen natürlich auch, ihre Sammeltassen, diese Modeschmuck-Brosche, die sie so gerne trug und eine knallrote Geldkassette voller Klimpergeld. Und davon hat sie auch noch meinem Sohn Peter jeden Cent in den Hintern geblasen. Ihretwegen ist aus ihm geworden, was er ist.«

»Was denn?«, frage ich.

»Ein Öko! Ein glattgebügelter Sozialfuzzi! Ein Weichei!«, murmelt er. »Sie können ihn ja selbst besuchen.«

»Das werden wir. Wir haben ja seine Adresse«, sage ich.

»Vielleicht wird er ja jetzt ein Mann, wo Oma ihn nicht mehr verhätscheln kann!«, schnaubt er.

»Besitzt er auch Waffe?«, fragt Fatima.

Wilhelm lächelt müde. »Der und eine Waffe? Dass ich nicht lache! Aber was ist mit Ihnen, junge Frau? Tragen Sie eine?«

Fatima schaut auf ihre Hände, die sie in ihren Schoß gelegt hat und schweigt. Ich glaube kaum, dass sie eine Waffe trägt. Wo denn auch? Unter ihrem Sackmantel habe ich vorhin nichts gespürt. Bevor die Erinnerung an diesen wundervollen Moment zurückkehren kann, fragt Wilhelm: »Sie kennen sich aber sicher mit Waffen aus?«

Fatima nickt.

Ach? Dann erzähle ich ihr lieber nicht, dass ich Waffen hasse.

»Dann kommen Sie mal mit, junge Frau. Ich zeige Ihnen meine Schatzkammer im Keller. Mich zu ermorden macht mehr Sinn, bei den Werten, die dort unten schlummern.«

Mein Blick fällt auf vier Umzugskartons, die nebeneinander an der Wand stehen. »Was ist da drin?«, will ich wissen.

»Ein paar Erinnerungen an meine Mutter. Aus ihrem Haus. Den Rest kann mein Sohn haben.«

»Dürfen wir dem Kisten anschauen?«, fragt Fatima.

»Das kann der junge Mann machen. Sie kommen mit mir, ich will Ihnen etwas zeigen und Sie etwas fragen!«

Nachdem sich der alte Lustmolch mit Fatima in den Keller verzogen hat, krame ich mich durch die erste Kiste. Um Fatima brauche ich mir keine Sorgen zu machen. Sie bricht ihm todsicher alle Finger, wenn er sie betatschen will. In den ersten beiden Kisten sind lauter Sammeltassen und Kissen, in der dritten finde ich ein Fotoalbum. Ich setze mich auf den Boden und blättere darin herum. Alte Schwarzweißfotos. Natürlich kenne ich keinen Menschen. Da ist aber das Bild einer jungen Frau, die mich fasziniert. Das Foto muss etwa aus den 40er-Jahren stammen. Die Abgebildete ist ausgesprochen hübsch, mit wallenden – wahrscheinlich blonden oder roten – Locken. Auf dem Schwarzweißbild kann man die Haarfarbe ja nicht genau erkennen. Ihr Gesicht ist schmal, elegant und blass. Ihr langer Hals lädt dazu ein, ihn zu küssen.

»Kannst du auch mal an was anderes denken?«, fragt Klaus.

»Warum sollte ich? Sah die alte Frau Schönlein vielleicht mal so aus?«

»Dann hat sie aber Glück gehabt, dass sie dir nicht begegnet ist.«

Ich achte nicht auf Klaus und blättere weiter. Leider kann ich nichts entdecken, was uns in irgendeiner Art und Weise in diesem Fall weiterbringen könnte. Hinter der letzten Seite liegt ein zusammengefalteter Zettel. Er ist schon ziemlich vergilbt. Vielleicht auch aus den 40ern? Ich falte ihn auseinander. In einer altdeutsch anmutenden Schrift steht da verzeichnet:

»*Sandale Ast Schleier Umhang Ast Kranz Schleier Ast Bogen Haut Fuß Ast Maria Kranz Putte Brosche Putte Flügel Schwert Gurt Ast Schleier Frühling Fuß* ... und so weiter.«

Ja, dieser Brief ist in der Tat etwas sehr Besonderes. Besonders dämlich.

»Das ist eine Botschaft!«, ruft Klaus. »Eine geheime Botschaft!«

»Gangstermäßig«, nennt Wilhelm Schönlein unsere Arbeit, nachdem er mit Fatima wieder aus dem Keller herausgekrabbelt ist. »Wenn da aber ein Mörder frei herumläuft, dann zerren wir den gemeinsam aus seinem Drecksloch, legal oder illegal!« Er erlaubt uns, das Fotoalbum mitzunehmen, damit Rosemarie und Elisabeth es durchsehen können.

»Ist das Ihre Mutter?«, frage ich und zeige auf das Lockenköpfchen.

Wilhelm Schönlein nickt. »Ja, da war sie sechzehn. Rosemarie sagt immer, die hätte hier im Weingau jeden haben können. So schön sei sie gewesen.«

»Zu schade, dass sie davon nichts an ihren Sohn vererbt hat«, meldet sich Klaus. »Da werden wohl die Gene des Vaters stärker gewesen sein.«

Erst im Auto fällt mir ein, dass ich gar nicht mehr dazu gekommen bin, die letzte der vier Kisten zu durchsuchen. Ich werfe einen Blick zurück zum Haus und entscheide mich trotzdem loszufahren. Wenn es da noch irgendetwas Interessantes zwischen all den Sammeltassen gibt, dann ist es morgen auch noch da.

Ich gebe Gas und Fatima blättert während der Fahrt durch das Album. »Manchmal dem beste Helfer, dem Mörder!«, sagt sie.

»Nein, ich glaube nicht, dass Wilhelm seiner Mutter etwas angetan hat!«, antworte ich darauf.

»Das wir wissen an den Schluss!«, sagt Fatima. »Motiv er hatte, weil Oma Peter gegeben Geld. Bin ich gespannt, warum Wilhelm dagegen.«

»Und, war Wilhelms Waffensammlung interessant?«, will ich wissen.

»Oh ja! Hab ich noch nie gesehen ein einzelne Mann mit so viele Waffe. Kann er umlegen ganze Weinland plus Fische in Rhein!«

»Hoffentlich hat er es nur auf Hirsche abgesehen!«

»Wilhelm müssen wir halten in Auge!«, sagt sie und holt den vergilbten Zettel aus dem Album heraus. »Was dem für Kritzelkrotzel?«

»Eine geheime Botschaft in altem Deutsch! Die Schreibschrift wurde im letzten Jahrhundert verwendet. Heute kann das kaum noch jemand lesen.«

»Elisabeth kann lesen, oder?«

»Ich kann das auch, Fatima!« Ich lächle souverän zu ihr herüber, doch sie schaut konzentriert auf den Zettel. »Diese Schrift ist schwierig zu lesen«, erkläre ich ihr. »Ich habe aber einen Kurs bei einem Professor belegt, weil ich für einen Artikel über den Zweiten Weltkrieg alte Briefe entziffern musste.«

»*Sandale Ast Schleier Umhang Ast Kranz Schleier Ast Bogen Ast Putte 2 Umhänge Ast Flügel Schwert Gurt Ast Schleier Frühling*«, liest sie vor.

»Klaus, halt die Klappe!«, befehle ich ihm prophylaktisch.

»Sie haben Ihr Ziel erreicht!«, verkündet mein Navi zehn Minuten später in meine beleidigte Stille hinein. Wir stehen in Hohenrhein vor einem Reihenmittelhaus aus den 80ern.

»Wie kann das sein, dass Fatima so schlecht deutsch spricht, aber altes Deutsch lesen kann?«, fragt Klaus doch noch, als gäbe es nichts Wichtigeres.

»Das Haus könnte mal einen Pinselstrich vertragen!«, lenke ich ab.

»Du hast einen Monat gebraucht, bis du diese Schrift entziffern konntest«, stichelt Klaus weiter.

»Schau dir nur den Vorgarten an, Klaus! Wetten, dass Peter Single ist? Wie mein Cousin Gernot! Wie halten das die Männer ohne Frauen nur aus?«

»Du bist auch Single und hattest seit ...«

»Schnauze, Klaus!«

Fatima eilt an mir vorbei und klingelt an Peters Haustür. Im gleichen Augenblick wird die Tür aufgerissen, als hätte Peter nur auf uns gewartet. Er ist genau das Gegenteil seines Vaters: das Bild eines Öko-Vegetariers um die fünfzig mit einem unordentlich frisierten Zopf, Hornbrille, Cordhose, Schlabber-T-Shirt und Birkenstocks, in denen nackte Füße stecken.

»Der hat sich doch seit seinem Sozialpädagogikstudium nicht mehr umgezogen und gekämmt«, sagt Klaus und weiter: »Und ihr beiden stinkt wie Schnapsdrosseln! Wo bin ich da nur hingeraten?«

»Ach? Ich dachte ...«, stammelt Peter. Dann lächelt er gequält. »Ja, bitte? Was kann ich für Sie tun?«, fragt er höflich. Dabei huschen seine Augen hin und her, als erwarte er, dass im nächsten Augenblick ein Hurrikan um die Ecke wirble.

»Fatima Kocak«, stellt sich Fatima vor.

»Leo van Ameln«, sage ich.

»Wir von Elisabeth van Ameln kommen und Fragen haben. Wegen Ihr Oma«, erklärt Fatima.

»Elisabeth van Ameln? Kenne ich leider nicht!«

»Freundin von Ihr Oma!«, klärt Fatima Peter auf.

»Ach so, die Elli! Wusste gar nicht, dass sie van Ameln heißt. Eigentlich erwarte ich Gäste, aber ... ja, gut! Wenn es um meine Großmutter geht, dann ... kommen Sie doch bitte herein.« Irgendwie scheint er erleichtert zu sein, uns zu sehen, obwohl er uns gar nicht kennt.

Im Haus riecht es lecker nach Essen.

»Hunger!«, ruft Klaus.

Im Flur stehen Regale. Eins neben dem anderen. Und die sind gefüllt, über und über gefüllt mit Büchern und Bügeleisen. Bügeleisen?

»Es gibt Pastinakensuppe zu Mittag, Sie können gerne mitessen«, sagt Peter.

»Was für ne Suppe?«, fragt Klaus. »Noch nie gehört.«

»Ihre Frau gerne bügeln?«, fragt Fatima.

Peter lächelt. »Nein, nein, ich habe keine Frau. Das sind alles *meine* Bügeleisen. Ich sammele Bügeleisen seit meinem zehnten Lebensjahr.«

Vor meinem geistigen Auge erscheint Waffen-Wilhelm, der seinem Bügeleisen-Sohn die Welt erklärt.

»Ich weiß, meine Leidenschaft halten viele für etwas ungewöhnlich. Meine Großmutter aber – sie war ja selbst eine Sammlerin – teilte diese Faszination mit mir. Durch die Bügeleisen kann man viel über die Geschichte und den Fortschritt der Menschheit erfahren. Und sie bringen einen rund um die Welt.«

Fatima und ich sehen ihn fragend an.

»Ich lasse mir natürlich auch einige Eisen schicken, doch die meisten Bügeleisen hole ich an Ort und Stelle ab, um mich ein Stück weit in die Orte einzufühlen, an denen sie zum Einsatz kamen. Das aufregendste Erlebnis hatte ich vor drei Jahren, als ich auf den Osterinseln war.« Seine Augen leuchten, während er das sagt. »Ich stehe auch gerade in Verhandlungen, um ein Bügeleisen-Museum zu ...«

In diesem Augenblick klingelt es an der Tür. Peter zuckt zusammen.

»Hmmm, mein Besuch ist jetzt wohl da«, sagt er angestrengt, »aber wir lassen uns von denen einfach nicht stören, nicht wahr? Wenn Sie bitte schon mal ins Wohnzimmer gehen?«

Ich setze mich auf das Sofa und schaue mich um. Der Typ hat eine Meise. Wie der schon spricht. Auch das Wohnzimmer ist übersät mit Bügeleisen, Zeitungen und Büchern.

Aber eine Glotze scheint er nicht zu haben. Fatima schaut sich im Zimmer um und fasst dabei alles an. Nur mich nicht. Ich stelle sie mir ohne ihren Mantel vor, beim Bügeln.

»Die kriegst du nicht! Die kriegst du nicht!«, sagt Klaus.

Vom Flur aus dringen aufgeregte Männerstimmen ins Wohnzimmer. Fatima schleicht gleich zur Stubentür, öffnet sie einen Spalt und lugt hinaus. Nun packt die Neugier auch mich.

Was bei dieser Beobachtungsstellung besonders schön ist, ist der Körperkontakt mit Fatima. Soll ich meine Hand um ihre Taille legen? So rein zufällig?

»Klar, dann wird sie dich anschmachten und du kannst sie küssen, während Peter Schönlein von diesen drei bärtigen Männern im Flur aufgefressen wird.«

Klaus hat recht, die Situation ist denkbar schlecht zum Handauflegen. Die Burschen sehen nicht so aus, als wären sie Peters Freunde. Drei Mordskerle, einer mit einem schwarzen, einer mit einem roten Bart, der dritte sieht aus, als wäre er als Kind in einen Topf Anabolika gefallen. Alle drei haben lederne Kappen auf, tragen schwarze Lederjacken und Springerstiefel. Eindeutig Mitglieder eines Motorradclubs.

»Ich habe Pastinakensuppe gekocht«, sagt Peter mit zittriger Stimme.

Die drei rücken näher an ihn heran. Anabolikaman ballt seine Faust.

»Wenn du nicht als Würstchen in deiner Suppe landen willst, dann rückst du express die Kohle raus, die Toddo dir geliehen hat! Und zwar mit Zins und Zinseszins«, schnauzt der Rotbärtige.

»Ja, ja! Ich habe ja schon alles in die Wege geleitet, doch ihr müsst euch noch ein klitzekleines Bisschen gedulden.«

Anabolikaman packt Peter am Kragen und hebt ihn hoch. Dieser gibt mit zappelnden Füßen ein quietschendes Geräusch von sich. Seine Birkenstocks fallen zu Boden. »Hör zu, du vertrockneter Biohoden, die Geduld unseres Präsis ist am Ende. Wir sind kein Sozialamt!«, schnauzt Anabolikaman.

Fatima neben mir zuckt, als wolle sie sich in den Streit einmischen. Ich packe ihr Handgelenk und mache: »Pssst!«

Wohl ein wenig zu laut, denn die drei schauen wie aufgescheuchte Bären zu uns herüber.

Ich lächle und winke.

»Na, was haben wir denn da?«, fragt der Schwarzbärtige. Diese Standardfrage kenne ich aus Pornofilmen.

»Kannst du vielleicht mal an etwas anderes denken?«, fragt Klaus.

Ich lächle den Herren weiter zu. Sie betrachten abwechselnd Fatima und mich von oben bis unten.

»Aber für ne Putzkolonne hast du Kohle, oder was?«, knurrt der Rotbärtige.

»Das ... aber nein! Das sind Freunde meiner verstorbenen Großmutter, wir wollten gerade ...«

»Los, zischt ab, ihr zwei Pausenclowns! Peterchen hat jetzt keine Zeit für Kaffeekränzchen mit Omas Freunden!«

»Komm, Fatima, dann wollen wir lieber gehen«, flüstere ich in ihr Ohr.

»Wo ist dem Küche?«, fragt Fatima stattdessen.

»Diese Pastisuppe kann warten!«, rede ich ihr ins Gewissen.

Peter zeigt auf die Tür rechts im Flur.

»Ihr alle gehen Wohnzimmer, ich holen dem Suppe!«, sagt Fatima mit fester Stimme.

»Oh ja, ja, das ist eine gute Idee, Frau ... ähm! Wir können doch bei einem Teller Suppe über alles reden. Außerdem kommt mir gerade eine brillante Idee!«

»Soll ich dir helfen?«, rufe ich Fatima hinterher.

»Alle gehen Wohnzimmer!«, befiehlt Fatima. Sie wirkt dabei wir eine Raubtierdompteurin und alle tun tatsächlich brav, was sie sagt.

Ich weiche zurück und lasse mich auf die Couch fallen. Die Burschen schauen sich fragend in Peters Bügeleisenuniversum um. Peter steht verloren dazwischen und zeigt nach rechts. »Dieses Bügeleisen da, hat eine sehr interessante Geschichte. Es ist ein Unikat aus Pennsylvania ...«

»Interessiert mich nicht!«, unterbricht ihn Anabolikaman und stößt ihn neben mich auf die Couch. Ich lächle weiter.

»Also, was ist nun mit deiner brillanten Idee?«, will er wissen.

»Ja, ja, natürlich. Dafür müsste ich aber schnell mal nach oben huschen«, sagt Peter.

Der Schwarzbärtige nickt und Peter lässt mich mit diesen Monstern allein.

»Ich habe Angst!«, ruft Klaus.

Mein Herz schlägt in meinen Ohren. Ich muss etwas unternehmen, sonst falle ich gleich in Ohnmacht.

»*Sons of Fury*«, lese ich das Schriftzeichen auf der Lederjacke des Rotbärtigen vor und unterdrücke die Frage, ob sie die Söhne der Wut oder die Söhne des Pferdes aus der gleichnamigen Fernsehserie sind. »Aha! Sie sind in einem Motorradclub. Interessant. Und welche Maschinen bevorzugen Sie? Ich fahre einen 911er«, beginne ich das Gespräch.

»Lackaffe!«, schnauzt der Schwarzbärtige.

»Nein, echt! Ich interessiere mich brennend für schnelle Fahrzeuge, vor allem für Motorräder. Welche Marke ...«

»Auf jeden Fall keine Altherren-BMWs, wenn du das glaubst!«

Die anderen zwei lachen.

Ich schiele zur Tür. Wo bleiben Peter und Fatima? Anabolikaman massiert seine Faust.

Wie gerne würde ich jetzt in den Armen einer Frau liegen. Kuschelig und sicher. »Gibt es, gibt es auch Frauen in Ihrem Club? Ich meine ... ich meine Rockerinnen?«, frage ich einfach mal. Schweißperlen bilden sich auf meiner Stirn.

»Was labert der für'n Scheiß, Mann?« Der Rotbärtige schickt mir aus seinen Augen Blitze entgegen.

»Darf ich?«, fragt er Anabolikaman und kommt mir mit seiner frisch massierten Faust näher.

In diesem Augenblick erscheint Peter im Wohnzimmer. Er öffnet mit zittrigen Fingen ein blaues Kästlein. »Hier schauen Sie, das ist die Brosche meiner verstorbenen Großmutter. Ich wollte heute Nachmittag zu einem Antiquitätenhändler gehen, um sie zu verkaufen. Aber wenn Sie es so eilig haben, so nehmen Sie jetzt die Brosche einfach mit. Es tut mir zwar in der Seele weh, aber sie ist sicher mehr wert, als ich Ihnen schulde!«

Er lächelt und streckt die Brosche den Burschen entgegen. Der Schwarzbärtige dreht das filigrane Schmuckstück mit seinen Wurstfingern hin und her. An seinen Schweinchenaugen erkennt man sofort seinen Sachverstand für Kunstgegenstände. Dann beißt er in die Brosche hinein. Ich glaube das jetzt nicht.

»Der will uns verarschen! Die ist nicht echt«, brummt er.

»Sag mal, hast du was an den Ohren? Sind wir den ganzen weiten Weg gekommen, um uns den Modeschmuck deiner Oma anzugucken, oder was?«, schreit der Rotbärtige.

Der Schwarzbärtige schmeißt die Brosche Peter an den Kopf und brummt: »Los, die Kohle her!«

In diesem Moment durchschneidet ein Schrei die Luft. Ich springe auf. In der Wohnzimmertür steht Fatima. Sie ist mit einem Küchenmesser und einer Bratpfanne bewaffnet. Bevor ich kapiere, was ich da sehe, springt sie in die Höhe und landet die Pfanne auf dem Kopf des Schwarzbärtigen. Das *Boing* klingt hohl. Er verdreht die Augen, geht vor mir auf die Knie, beugt sich nach vorne, als wolle er mich anbeten und fällt um wie ein von Professor Grzimek betäubter Elefantenbulle.

Neben dem erlegten *Son of Fury* steht Fatima und fuchtelt mit ihrem Messer Richtung der Übriggebliebenen, die Bratpfanne fest in der anderen Hand. Der Anabolikaman hebt seine Pranken, um sie zu packen. Fatima schreit abermals und hebt wie ein Flummi vom Boden ab, dabei setzt sie ihren rot beturnschuhten Fuß mitten in seine Magengrube. Anabolikaman beugt sich vor Schmerz nach vorne. Ich sehe gerade im Augenwinkel, wie der Rotbärtige seine Waffe zieht und auf Fatima zielt. Geistesgegenwärtig schnappe ich mir das Sofakissen und werfe es ihm mitten ins Gesicht. Genau in diesem Moment tritt Fatima mit ihrem anderen Fuß dem gekrümmten Anabolikaman gegen den Unterkiefer. Dabei brät sie ihm mit der Pfanne noch eins über. Sein Schmerzensschrei geht im Schuss, der sich aus der Waffe des Rotbärtigen löst, unter. Der Rotbärtige hat, wohl von meiner Kissenattacke überrascht, gegen die Wohnzimmerlampe geschossen. Die Lampe löst sich von der Decke und fällt dem Schwarzbärtigen, der gerade wieder das Bewusstsein erlangt hat, auf dem Kopf. Er sackt abermals zusammen. Bevor der Rotbärtige begreift, dass er ein Eigentor geschossen hat, tritt ihm Fatima die Waffe aus der Hand. Mit ihrem Messer zischt sie so dicht an seinem Kinn vorbei, dass seine Barthaare durch die Luft wirbeln. Dann hält sie das Messer dicht an seine Kehle und ruft: »Keine Bewegung, du Mufflonhoden!«

Eine halbe Stunde später sitzen die drei *Sons* an ihre Motorräder gefesselt in Peters ungepflegtem Garten. Es regnet in Strömen.

Peter zittert nun schlimmer als zuvor. »Nun bin ich verloren, ganz verloren! Verloren! Verloren!«, sagt er wie in Trance.

8. Kapitel: Elisabeth

»Wo du recht hast, hast du recht. Ich bin die Letzte, die das nicht zugibt.« Ich stemme meine Hände in die Hüften und betrachte dabei erst meinen ausladenden Ohrensessel und dann wieder die Dimensionen des Stauraums von Rosis Ente. Das lederne Ungetüm meines verblichenen Gatten, auch van-Ameln-Thron genannt, gewinnt den Größenvergleich spielend mit 2:1.

»Ja, du hast recht, Gernot«, wiederhole ich, als mein Sohn nach Luft schnappt wie ein Fisch an Land und als hätten derartige Aussagen aus meinem Munde Seltenheitswert. Da mir der Klang meiner Sätze und seine Reaktion darauf gefallen und Gernot bei so viel Entgegenkommen meinerseits sich jetzt ganz gewiss fragt, ob er mich vielleicht doch vom Ausziehen abhalten soll, lege ich gleich noch mal nach. Aller guten Dinge sind drei. »Ja, du hast tatsächlich recht, deshalb hole ich jetzt auch den Trecker, und ihr zwei«, ich mache mit der Linken, was ich unter großer Geste verstehe und schließe meine Tochter Gesine mit ein, »ihr zwei holt meine restlichen Sachen aus meinem Zimmer und packt schon mal alles auf den Hänger.«

»Wir?« Gesine sieht an sich herunter, als wären sie und das Dirndl zwei separate Personen, die eine ohne Kraft und Saft, die andere ohne Inhalt.

»Ich helfe euch«, bietet sich Rosi an und ist schon auf dem Weg ins Haus. »Ich suche diesen Leo. Unser Adonis kann auch mit anpacken. Er ist in der Einliegerwohnung untergebracht, richtig?«

»Leo ist nicht da«, ruft Gernot. »Der ist heute Morgen ganz früh weg. Gleich, nachdem er mein Frühstück aufgegessen hatte. Vorhin hat er angerufen. Er sei unterwegs zum Antiquariat ›Stilbruch‹. Recherchieren, hat er gesagt. Für Mutter.«

Gesine tritt einen Schritt näher an ihren Bruder heran. »Recherchieren? Im »Stilbruch«? Worum geht es denn da bitte? Will Mutter irgendetwas von ihren Sachen verkaufen?«

Meine Tochter hat Verfolgungswahn. Zumindest, was mich betrifft. Ständig hat sie Angst, ich plane etwas, von dem sie als Allerletzte erfährt. Aber so ist es gar nicht. Ich schneide wichtige Themen in ihrer Gegenwart häufig an. Leider kommt sie sehr nach meinem Armbrecht selig und ist alles andere als flexibel, was jede Entscheidung durch ihre ewigen Bedenken unnötig in die Länge zieht. Deshalb bevorzuge ich, wenn ihr die meisten Dinge einfach ... passieren.

»Was gibt es denn für Mama zu recherchieren?«, fragt sie ihren Bruder noch einmal, als wäre ich gar nicht da.

»Ich stehe hier, Gesine«, sage ich streng. »Und ich kann dich hören.«

Ich kann es nicht ausstehen, wenn Leute sich über Anwesende unterhalten, als wären diese nicht vorhanden. Mit dieser Unsitte werden gerne Kinder und alte Menschen bedient, Hilflose eben. Ich gehöre nicht zu diesen Gruppen, deshalb weise ich noch einmal darauf hin, dass es mir schon reichen würde, wenn mein Sohn und meine Tochter endlich ausführten, was ich vorgeschlagen habe. Leos Hilfe wird dafür gar nicht benötigt. Aber ganz offensichtlich hat sein

Name bei meinen Kindern einen bitteren Klang. Weiß der Himmel wieso.

»Überhaupt«, fragt Gernot und versucht sich dabei an einer festen Stimme, guckt mich aber nicht an, »wird Leo Miete zahlen, während er bei uns wohnt?«

»Und Geld geben für Verpflegung?«, will Gesine wissen. »Er steht ja auf Kaviar und Gänsekeule.«

»Welches ist da die Beilage?«, will Rosi wissen. Ich überhöre alle drei.

»Nein«, sage ich in Gernots Richtung. »Leo zahlt in Naturalien.«

»Echt jetzt?«, Rosemarie betrachtet mich mit neuem Respekt. »Hat er noch Kapazitäten frei?«

Ich werfe ihr einen ähnlichen Blick zu, wie ihn meine Kinder seit Jahrzehnten kennen, Marke: Wage-es-ja-nicht-dich-dümmer-zu-stellen-als-du-bist!

»Ich hole jetzt den Schorsch und bis ich zurück bin, habt ihr den Anhänger beladen.«

»Und was kriegen wir dafür?«, fragt meine Tochter trotzig. »Leo bekommt ja auch immer für jede Kleinigkeit eine Belohnung.«

Diesmal gebe ich Gesine recht, damit sie mit Gernot aufschließen kann und werfe sowohl ihr als auch meinem Sohn nicht nur ein Häppchen, sondern einen ganzen Fleischbrocken hin. »In deinem Fall werde ich Leo darauf aufmerksam machen, dass du nicht nur seine Cousine bist, sondern auch eine sehr attraktive Frau, deren wahres Potential er nur noch nicht erkannt hat. Und dir, Gernot, überlasse ich dieses Jahr meine Vertretung auf der großen Weinmesse in Paris.« Ich will gerade noch hinzufügen, dass ich für derlei Mätzchen im Moment einfach keine Zeit habe, überlege es mir aber anders, als ich sehe, wie blitzartig Gernot auf dem Absatz kehrt macht und in Richtung Remise stapft, um den Anhänger zu holen, dicht gefolgt vom wippenden Dirndl. Gut. Wenn's so auch reicht, behalte ich das Versprechen, mich demnächst mal um die vollständige Übertragung des Weingutes an die jüngere Generation zu kümmern, gerne noch ein paar Jahre für mich.

»Super!«, brüllt Rosi neben mir auf dem Seitensitz, während wir mit Tempo 30 gen Wollenhaupts ›Stilbruch‹ tuckern, um zu sehen, was Fatima und Leo dort treiben, und klatscht in die Hände wie ein kleines Kind. »Das ist ja besser, als in einem Cabrio zu sitzen. Diese Übersicht!«

Meine Freundin weiß, wie man sich in mein Herz stehlen kann, denn mein Schorsch ist mein ganzer Stolz. Keinem anderen Traktor als meinem froschgrünen Fendt-Dieselross würde ich die Wege durch unsere Weinberge anvertrauen. Schorsch hat mich noch niemals enttäuscht.

»Ja«, bestätige ich. »Wir sitzen auf einem edlen Gefährt. Ein echter Klassiker und mittlerweile eine Sehenswürdigkeit.«

Rosi sieht nach hinten, über unsere Ladung hinweg. »Das finden offenbar auch eine ganze Menge anderer Leute. Schorsch hat schon vierzehn ... Anhänger.«

Ich hüte mich, auch nur einen einzigen Blick in den Rückspiegel zu werfen, biege aber trotzdem bei der nächsten Gelegenheit ab, um die einzige Umgehungsstraße des Weingaus nicht komplett zu verstopfen. Gott, bin ich froh, dass dies meine letzte Fuhre zum Seniorenheim ist. Solange ich ständig zwischen Weingut und meiner neuen Bleibe hin- und herpendele, können die Kinder ja gar nicht merken, dass ich an allen Ecken und Enden fehle. Außerdem brauche ich endlich mehr Zeit für unseren Fall. Die Polizei hat Klara freigegeben und jetzt ist es nur noch eine Frage von Tagen und sie wird beerdigt, ohne dass jemand für ihren Tod bezahlt. Unfall! Dass ich nicht lache. So ein Unsinn. Niemand wirft sein Sonntagskissen aus dem ersten Stock und springt dann hinterher wie vom Zehn-Meter-Brett. Was glaubt die Polizei, warum sie das hätte tun sollen? Um weich zu landen?

»Du musst jetzt abbiegen«, sagt Rosi und zeigt nach rechts als wir in Klosterley ankommen. Ich folge ihrer Anweisung brav in eine Einbahnstraße, die so schmal ist, dass wir uns mit unserem Traktor samt Hänger keinen Parkplatz suchen müssen. Wir füllen die Straße von einer Seite zur anderen fast gänzlich aus. Klosterley ist eben ein typisches Weingauer Dorf mit einem malerischen Ortskern, der gebaut wurde, als die Menschen noch zu Fuß gingen. Heute sind einige der Fachwerkhäuser herausgeputzt und beherbergen sündhaft teure Boutiquen, die sie an Wochenenden für gut betuchte Touristen offen halten, zwei kleine Cafés, davon ein sogenanntes alternatives, in dem Getreidekaffee ausgeschenkt wird, den ich besser finde als seinen Ruf, schließlich hat er nach dem Krieg meine Generation groß und stark gemacht. Außerdem gibt es ein paar Gutsschänken und Straußwirtschaften, in denen die einheimischen Winzer ihre Weine anbieten. Alle Attraktionen liegen mehr oder weniger um einen gepflasterten Platz mit Bänken, ein paar Spielgeräte und eine eindrucksvolle Linde herum. Die Südseite wird von unserem Seniorenheim eingenommen, dem ehemaligen Ursulinenkloster ›Himmelsleiter‹. Mein Appartement Nr. 13 befindet sich in exponierter Lage im rechten Turm der ehemaligen Klosterkirche. Dort liegt mir das ganze Weinland Mittenrhein zu Füßen. Mit einem guten Teleskop schaue ich sogar bis nach Schönhell und meinen Lieben im Weingut van

Ameln direkt auf den Suppenteller. Nur deshalb nehme ich auch das Wohnen im Kirchturm der alten Klosteranlage in Kauf. Ich bin sonst nicht so für die Höhe. Eigentlich wollte ich nie höher hinaus. Besonders jetzt nicht, nach Klaras ... tiefem Fall.

»Wir sind da! Antiquitäten ›Stilbruch‹. Inhaber Johannes Wollenhaupt«, liest Rosi den auf antik gemachten Schriftzug auf dem Ladenschild, das, an einem schmiedeeisernen Kunstwerk hängend, in die Straße ragt. »Und da steht auch Leos Auto!«, rufe ich.

»Also, ich muss schon sagen, dein Neffe hat Geschmack. Diese runde Form, die fröhliche Farbe: Sein Wagen könnte fast mit meinem Miguel konkurrieren«, stellt Rosi fest, während ich Schorsch Millimeter vor Leos 911er zum Stehen bringe. Ich erinnere mich vage daran, mich in einer Einbahnstraße zu befinden und wundere mich, warum sich mein Schorsch und Leos Porsche trotzdem Nase an Nase gegenüberstehen. Da wir die Durchfahrt jedoch gleichmäßig in beide Richtungen blockieren, ist die Sicherheit des Straßenverkehrs ja ausreichend gewährleistet und so ziehe ich den Zündschlüssel.

Ich klettere vom Traktor hinunter und stehe direkt vor der Eingangstür des Antiquitätenhandels ›Stilbruch‹. Der Besitzer kommt mir händeringend entgegen. »Oh nein, oh nein, werte Dame«, klagt Johannes Wollenhaupt, als er meines Anhängers und seiner Ladung ansichtig wird. »Ich bin Antiquitätenhändler und kein Lumpensammler. Das Ding da brauchen Sie gar nicht erst abzuladen.«

Ich gehe grußlos an ihm vorbei in den Laden und entdecke meine beiden Ermittler vor einer Vitrine, in der antike Ringe präsentiert werden. Die beiden turteln so gekonnt, als würden sie sich Verlobungsringe aussuchen und nicht einen Mord aufklären wollen. Auf Leos Seite kommt mir diese Tarnung etwas zu realistisch rüber. Hoffentlich vergisst er über seiner Leidenschaft nicht die ihm gestellte Aufgabe.

Etwas abseits steht Peter Schönlein an einer Glastheke mit Schmuckschubladen. Er versucht eine Pose wie Gary Cooper, kurz bevor er in *High Noon* den Revolver zieht, wirkt dabei aber wie Klein-Hänschen, das die Hosen voll hat. Jetzt fällt sein Blick auf Rosi und mich. Er jault auf wie ein junger Hund, dem auf den Schwanz getreten wird, greift ein Schmuckstück vom Tresen und sprintet an Rosi vorbei und aus der Tür.

Natürlich will ich sofort hinterher, habe aber Leo vor mir, der dieselbe Idee hat.

Rosi kreischt: »Haltet den Dieb!«

Um herauszufinden, weshalb meine Freundin so schreit, versucht der Besitzer seinen Laden wieder zu betreten. Die beiden Männer greifen von beiden Seiten gleichzeitig zum Türgriff und zerren und ziehen. So bewegt sich die Tür keinen Millimeter. Ich stoße Leo weg, was Johannes Wollenhaupt zurückfallen und schmerzhafte Bekanntschaft mit dem Kotflügel des 911er schließen lässt. Nichtsdestotrotz ist die vertrackte Situation jetzt zugunsten eines freien Durchganges gelöst. Rosi rennt wie selbstverständlich als Erste hindurch. »Haltet ihn! Haltet ihn!«, brüllt sie enthusiastisch dem flüchtenden Peter hinterher, der sich gerade erfolgreich an Schorsch vorbeipresst.

Leo nimmt die Verfolgung auf, japst aber bereits am Traktor so, als hätte er soeben einen Sprint gegen Usain Bolt gewonnen. Trotz des Chaos um mich herum, schreibe ich in mein mentales Notizbuch: Fatima Prämie versprechen, damit sie Leo ein Sportprogramm verordnet.

Rosi schreit noch einmal und beobachtet dabei nicht ohne Stolz, dass mindestens drei Fenster umliegender Häuser geöffnet werden, um nach der Ursache der Kakofonie zu forschen. Manchmal ist es nicht ganz einfach, beste Freundin zu sein – und noch viel schwieriger, es auch zu bleiben.

Aber bevor ich das kommentieren kann, kommt Fatima aus dem Laden geschlendert. »Nix schlimm«, sagt sie so kurz und knapp, wie sie das gerne tut, wenn sie Bericht erstattet. »Er nur geklaut eigene Brosche.«

Der Antiquitätenhändler sieht noch immer fassungslos von einem zum anderen. »Verstehe ich das richtig: Die Brosche auf dem Tresen gehörte ihm? Warum sollte er da weglaufen? Ich an seiner statt würde Luftsprünge machen vor Freude, in Besitz eines solchen Schatzes zu sein. Zuerst stutzte ich, als ich die Brosche sah. Habe meine Kataloge gewälzt und das eine oder andere auch im Internet nachgelesen, obwohl ich den Informationen nicht immer traue. Aber hier ist jeder Zweifel ausgeschlossen, es handelt sich bei der Brosche um ein Original aus dem Quattrocento.«

Ich sehe ihn fragend an.

Er erklärt: »Das Quattrocento ist die Bezeichnung für die Kunstepoche des 15. Jahrhunderts in Italien. Sie wissen schon: Florenz, Venedig, Sandro Botticelli …«

»Das klingt ja alles sehr gut, Herr Wollenhaupt!«, winkt Rosi ab, als wüsste sie Bescheid. »Aber bei allem Respekt vor Ihrem Wissen«, fährt sie fort, »was ist das nun für eine Brosche?«

»Nun ja ...« Herr Wollenhaupt fordert uns auf, ihm wieder in den Laden und vor seinen Computerbildschirm zu folgen. »Wenn Sie im Internet ›Botticelli‹ und ›weibliches Idealbildnis‹ eingeben, gelangen Sie zu diesem Bild.« Er zeigt auf den Bildschirm. Das Profil einer vornehm blassen, jungen Dame mit einem Schwanenhals und kunstvoll zusammengesteckten, rotblonden Haaren ist zu sehen. Mit so einer konnte man sicher keinen Weinberg beackern, keine einzige Traube lesen, geschweige denn eine Flasche abfüllen. »Das Originalbild von 1480 hängt heute im Frankfurter Städel-Museum«, erklärt uns der Antiquitätenhändler. »Und schauen Sie sich an, welchen Kettenanhänger die geheimnisvolle Schöne auf dem Bild trägt.«

Ich stoße Rosi und Leo beiseite, um besser sehen zu können. Nachdem ich meine Augen scharf gestellt habe – das ist in meinem Alter eine Frage des richtigen Abstands zum Objekt – fällt es mir wie Schuppen von den Augen. Klaras Brosche mit den drei weißen Figuren auf schwarzem Grund sieht exakt so aus wie dieser Kettenanhänger auf dem Bild. »Und Sie meinen diese Brosche war echt? Also vielleicht hing sie mal als Kettenanhänger um den Hals dieser Frau?«, frage ich.

Herr Wollenhaupt nickt: »Ich wage es kaum zu glauben. Aber es kann sogar sein, dass dieses Schmuckstück einst der Familie Medici gehörte. Die Medicis waren die einflussreichste Familie in Florenz.«

»Mag sein«, sagt Rosi, »aber wie kam Klara dann in den Besitz eines solchen Schatzes?«

»Von ihrer Schwiegermutter hat sie die Brosche sicher nicht als Hochzeitsgeschenk bekommen«, antworte ich. Ich weiß, wovon ich rede.

»Und warum rennt Peter mit ihr auf und davon, wenn sie der Familie rechtmäßig gehört?«, wirft Rosi die zweite Frage auf.

»Peter Schönlein ist ab jetzt Verdächtiger Nummer Eins. Nimm die Verfolgung auf, Leo. Beweis mal, was dein fahrbarer Untersatz so alles kann«, rufe ich meinem Neffen zu.

»Aber Tantchen, ich glaube, Peter ist nur davongerannt, weil er ...«

»Ja, Leo! Wir schnell suchen dem Peter, komm!«, ruft Fatima, schnappt sich seine Hand und rennt mit ihm aus dem Laden.

Natürlich ist mir nicht entgangen, dass Fatima Leo geknufft hat, damit er nicht weiterspricht. Was haben die beiden vor mir zu verbergen? Ist denn wirklich niemandem mehr zu trauen?

9. Kapitel: Leo

Tante Elisabeth ist wütend auf mich! Hallo? Was kann ich dafür, dass sie mit ihrem rostigen Nutzfahrzeug entgegen der Einbahnstraße den Weg verstopft, beim Rückwärtsfahren nicht auf Rosemaries Handzeichen achtet und dabei ihren Hänger beim Ausweichmanöver an einem parkenden Auto vorbei querstellt? Ich würde auch gerne rückwärts fahren, wenn sich hinter mir kein Stau gebildet hätte. In der Zwischenzeit ist Fatima Peter zu Fuß nachgesetzt. Bis wir endlich Tantes Rostlaube, meinen 911er und den nachfolgenden Verkehr aus der misslichen Lage befreit haben, kommt Fatima auch schon wieder zu uns zurückgerannt. »Peter verschwunden in irgendwelche Loch, Keller, alte Haus, Treppe, Gasse, keine Ahnung!«, japst sie.

Der darauffolgende Hätte-sollte-müsste-Vortrag Tante Elisabeths versetzt Rosemarie in einen meditativen Zustand. Sie sitzt mit geschlossenen Augen hinter dem Steuer der Rostlaube und reagiert auf nichts mehr. Erst als Tante Elisabeth die Hupe betätigt, erlangt sie ihren Normalzustand.

»Was soll das? Ich habe doch nur versucht, Peters Absichten mental nachzuspüren! Das wird ja wohl noch erlaubt sein«, schimpft sie.

»Ja, aber wo hast du ihn denn gesehen? Wie lange sollen wir noch warten?«, fragt Tantchen ungeduldig.

»Tsss! Ich hätte es sicher sagen können, wenn du mich nicht zu Tode erschreckt hättest.«

Nach langem Hin und Her werden wir uns – mit Hilfe von Herrn Wollenhaupt als Mediator – dann doch einig, dass der Zug abgefahren und Peter mit der Brosche im Wirrwarr der Gassen und Gässchen von Klosterley verschwunden ist.

Tante Elisabeth schwört Herrn Wollenhaupt darauf ein, niemandem von der Brosche zu erzählen, bis wir Peter gefunden haben. Ich glaube, sie ist tatsächlich davon überzeugt, dass der Antiquitätenhändler den Mund hält, nur weil sie ihm ein paar besondere Raritäten aus den Kellern derer van Ameln versprochen hat. Ich bin mir aber sicher, dass er sich gleich nach unserem Verschwinden an die Strippe hängt, um jeden, den es interessieren könnte, von diesem Jahrhundertfund zu berichten.

Wir haben den ganzen Samstagvormittag in Tante Elisabeths neuer Wohnung zwischen Umzugskisten damit verbracht, unser weiteres Vorgehen zu planen. Es ist nicht einfach, mit so vielen Frauen zusammenzuarbeiten. Jede will recht haben und dann kommt auch noch Klaus dazu, der, statt mir zu helfen, schlaumeiert oder Schlager singt. Und dann schwingt da noch die Angst mit, dass Sandra Schnabel mich doch noch finden könnte. Rosemarie entdeckt auf einem der Fotos in Wilhelm Schönleins Familienalbum unsere von Peter entführte Brosche. Auf einer Aufnahme aus den 70ern sitzt unser Mordopfer mit der Brosche an der Bluse unterm Weihnachtsbaum.

»Das Quattrocento ist meine Lieblingskunstepoche«, ruft Rosemarie begeistert.

»Falls diese Brosche wirklich echt ist, haben wir auf jeden Fall schon mal Peters Mordmotiv!«, stellt Tante Elisabeth fest.

»Ich nix glauben, Peter war Mörder. Weil er zu viele Nachteile mit tote Oma. Außerdem er wusste nix von dem große Wert von Brosche«, erklärt Fatima.

»Hm, das klingt recht plausibel«, sagt Tante Elisabeth und schaut mich mit dem Du-würdest-deinen-Geldesel-auch-nicht-töten-Blick an.

»Aber welchen Grund hatte er denn sonst wegzulaufen?«, fragt Rosemarie und ich blicke flehend zu Fatima, damit sie endlich verrät, dass Peter aus Angst vor den *Sons* geflohen ist. Denn er muss deren Rache nun doppelt fürchten. Einmal wegen seiner Schulden, die er mit dieser unverkäuflichen Brosche nicht begleichen kann und einmal wegen der verprügelten Jungs in seinem Garten. Doch Fatima geht mit keiner Silbe darauf ein, sondern sagt: »Wir herausfinden müssen, was steht in diesem Brief.«

»Wie sollen wir aus diesem sinnfreien Kauderwelsch etwas herauslesen?«, frage ich.

»Es gibt nur eine, die dieses Rätsel lösen kann«, antwortet Tante Elisabeth. »Bärbel Kronenstein!«

»Du großer Gott!«, ruft Rosemarie mit Entsetzen in der Stimme. »Verschone uns mit dem Drachen!«

»Dieser Drachen hat mich immerhin damals vor Gericht wegen dieser Weinpansch-Geschichte rausgehauen, die man ausgerechnet mir anhängen wollte. Lächerlich! Ja, die Kronenstein war eine begnadete Rechtanwältin, hat niemals einen Prozess verloren, geschweige denn eine Partie Scrabble!« Beim Wort Scrabble ballt Tante Elisabeth ihre Fäuste.

»Das waren die frustrierendsten Momente meines Lebens: die Scrabblepartien mit Frau Kronenstein. Aber gut, immerhin war sie in den 90ern amtierende Weltmeisterin dieses Spiels. Eine wahre Wortfetischistin also. Es würde mich sehr wundern, wenn sie nicht in der Lage wäre, auch diese Nuss zu knacken.«

»Dann wir fahren hin und zeigen dem Brief ihr.« Fatima springt auf.

»Das ist aber nicht so einfach«, sagt Tante Elisabeth und zieht Fatima wieder auf den Stuhl. »Sie hat sich zurückgezogen. Seitdem sie in Rente gehen musste und nicht mehr streiten darf, kommt sie kaum noch raus und will mit niemandem reden. Sie wird euch wahrscheinlich die Tür nicht einmal öffnen.«

»Dann wir sie zerren raus!«, ruft Fatima.

»Ach, Fatima, es geht nicht immer nach der türkischen Methode, ich ...«

»Nein, aber nach Rosemaries Art und Stil«, unterbricht Rosemarie meine Tante.

»Da bin ich ja mal gespannt, Rosi«, entgegnet ihr Tante Elisabeth mit vor der Brust verschränkten Armen.

»Ich erinnere mich an ihre Schwäche!«

»Und die wäre?«

»Rosemaries Spezialspundekäs!«

»Was ist dem?«, will Fatima wissen.

»Ich gebe zu, ich habe das Rezept einst von der letzten Weinländer Spundekäsweltmeisterin geklaut. Göttlich! Doch ich ...«

»Spundekäsweltmeisterin?«, frage ich in Rosemaries Ausführungen.

»Ja, Leo, im Weinland Mittenrhein werden alle vier Jahre die Spundekäsweltmeisterschaften ausgelobt. Ein Fest, das keiner verpasst, der gerne Essen schnorrt. Wundert mich, dass du es nicht kennst. Aber erzähl weiter, Rosemarie!«, sagt Tante Elisabeth ungeduldig.

»Ich kenne da einen kleinen Kniff, der diesen Spundekäs zu einer ganz besonderen Gaumenfreude macht!«

»Du willst doch nicht etwa ...«, warnt Tante Elisabeth.

»Willst du wissen, was in dem Brief steht oder nicht?«, fragt Rosemarie schnippisch.

»Du weißt genau, was ich von deinen Methoden halte, Rosi!«

Fatima und ich verstehen kein Wort und die Damen sind auch nicht bereit, uns die Umstände näher zu erläutern. Doch Tantchen erklärt sich schließlich mit Rosis Strategie einverstanden, denn sie ruft die Anwältin Bärbel Kronenstein an, kündigt ihr unseren Besuch um Punkt halb fünf an und verspricht ihr Rosemaries Spezialspundekäs.

Rechtzeitig brause ich also mit Fatima in meinem 911er zu Frau Kronenstein nach Hohenrhein. Fatima hält die Tupperschüssel mit Rosemaries Wunderkäs auf ihrem süßen Schoß. Was immer Rosemarie da hineingemengt hat, Frau Kronenstein war heiß darauf und sagte sofort zu. »Aber kommt ja nicht zu spät!«, gab uns Tante Elisabeth mit auf dem Weg, »Frau Kronenstein hasst Unpünktlichkeit wie die Pest!«

»Wir hätten nicht schlagen dürfen Männer!«, sagt Fatima in meine Gedanken.

»Wir?«, fragt Klaus und lacht.

Doch ich freue mich über dieses »Wir« aus Fatimas Mund. Das schweißt uns zusammen und zeigt, dass sie mich respektiert. Das ist es doch, was wir Männer am meisten brauchen: Respekt!

»Warum wolltest du nicht, dass ich Tante Elisabeth und

Rosemarie von unserer Begegnung mit den *Sons* erzähle?«, frage ich.

»Alte Detektiv-Trick, verratest du nie zu viel, machst du dein Ding. Elisabeth und Rosemarie sich sehen als Meisterdetektiv, aber sie nix Ahnung. Deswegen sie lass spielen in Sandkasten mit dem Petertheorie und wir machen klar das hier.«

Das ist wieder dieses »Wir«! Mein Herz beginnt zu hüpfen vor Freude.

»Sorry, aber die erzählt genauso eine verquirlte Scheiße, wie Meister Yoda!«, vermiest Klaus mal wieder die Situation.

»*Du* redest Scheiße, Klaus! Fatima hat recht, wenn die Alten abgelenkt sind, können wir besser arbeiten und ...« Es zwickt in meiner Hose.

»Niemals, Leo, niemals!«, sagt Klaus, der Super-Wahrsager.

Ich schaue in den Rückspiegel und entdecke die Scheinwerfer mehrerer Motorräder in der Ferne. Dann schaue ich zu Fatima hinüber. Sie klappt den Schminkspiegel herunter. Ich stelle mir vor, wie sie ihre Lippen rot schminkt.

»*Rote Lippen soll man küssen, denn zum Küssen sind sie da! Rote Lippen sind dem Himmel ja so nah ...*«

»Verdammt, die *Sons*!«, ruft Fatima in Klaus' Gesangseinlage.

Mein Blick huscht wieder zum Rückspiegel. Die Scheinwerfer der Motorräder sind rasch näher gekommen, doch Einzelheiten kann ich nicht erkennen. »Woher willst du das wissen?«, frage ich Fatima.

»Weil so viele Motorräder.«

Da ist was dran.

»Oh Gott!«, ruft Klaus.

Doch solange ich in meinem 911er sitze, habe ich keine

Angst. Jetzt zeige ich meiner Fatima, was ich drauf habe.

»So bekommst du schon wieder einen Knollen! Hier stehen überall Blitzer rum«, mahnt Klaus.

»Tante Elisabeth wird mich da schon raushauen, aber wenn die *Sons* uns erwischen, machen die Hackfleisch aus uns. Oder glaubst du, Fatima könnte sie alle zusammenschlagen?«

»Ohne Bratpfanne ist das eher schwer!«, sieht sogar Klaus ein.

Also drücke ich das Gaspedal durch. Der Motor meines 911ers heult laut auf. Endlich! Wie gerne würde ich mir Fatimas begeisterten Gesichtsausdruck anschauen, während ich mit 170 km/h über die Bundesstraße rase, an all den Sonntagsfahrern und Blitzphobikern vorbei. Doch ich muss mich auf die Straße konzentrieren und auf den Rückspiegel. Die Maschinen der *Sons* scheinen gut mithalten zu können. Die Tachonadel steigt auf 180. Das Lenkrad vibriert trotzdem kein bisschen.

»Da rechts, nach Hohenrhein!«, ruft Fatima.

»Nein, Fatima, wir müssen raus aus dem Weingau, um sie abzuhängen!«, rufe ich gegen das laute Porsche-Motorengeräusch, »Frau Kronenstein muss warten!«

Doch Fatima kreischt: »Rechts, Mann!« Dabei greift sie mir ins Lenkrad. Mein Auto kommt ins Schleudern. »Verdammt, wir fahren doch nicht Autoscooter!«, schimpfe ich. Wir drehen uns ein paar Mal um die eigene Achse. Ich versuche meinen Liebling unter Kontrolle zu bekommen, doch Fatima hängt halb über mir und lässt das Lenkrad nicht los, bis wir in die Ausfahrt von Hohenrhein eingefahren sind. Ich stoße Fatima mit aller Kraft zurück auf ihren Sitz, bevor sie meinen 911er in einen Schrotthaufen verwandelt. Ich schaffe es gerade noch, das Lenkrad herumzureißen, bevor wir gegen die Weinbergsmauer krachen. Was für ein geiler Wagen! Selbst bei dieser Nummer liegt er bretthart auf der Straße. Ich gebe Gas. Dennoch bin ich stinksauer.

»Was soll der Scheiß?«, schimpfe ich mit Fatima.

»Guckst du auf Tacho!«, gibt sie mir zu Antwort.

Hundertdreißig.

»Ja, und?«, frage ich sie.

Wir rasen an dem Ortsschild »Hohenrhein« vorbei, lassen das 30er-Schild und ein Banner mit der Aufschrift: »Vorsicht, Schulkinder« hinter uns. Ich schaue in den Rückspiegel. Natürlich sind uns die Typen immer noch auf den Fersen. »Ich kann jetzt keine Rücksicht auf die Geschwindigkeitsbegrenzung nehmen. Wenn du Angst hast, mach die Augen zu«, schmeiße ich Fatima an den Kopf.

Ist doch wahr! Auf der Autobahn hätte ich die Burschen locker abgehängt. Jetzt muss ich mich durch dieses Kaff kämpfen, wo Nerven gefragt sind. Aber bitte schön. Ich rausche mit achtzig Sachen an Muttis mit Kinderwagen und Omis mit Einkaufstüten vorbei.

»Fahr in Wald« mischt sich Fatima schon wieder ein.

Als ob ich da nicht alleine drauf gekommen wäre.

»Nö!«, ruft Klaus.

»Sicher, auf den Serpentinen durch den Wald, die sich durch das Mittenrheingebirge schlängeln, sind wir mit meinem 911er klar im Vorteil. Ich kann die Kurven tausendmal besser kratzen als die *Sons* mit ihren Bierbäuchen auf zwei Rädern.«

Als wir aus der Stadt brausen, sind uns die *Sons* ziemlich dicht auf die Pelle gerückt. Doch da kommen schon die ersten Kurven. Ich drücke auf die Tube. Die Beschleunigung ist beachtlich; wir fahren dennoch wie auf Schienen, Kurve für Kurve. In diesem Moment verliebe ich mich zum zigsten Mal in meinen 911er. Die schweren Motorräder fallen zurück.

»In nächste Waldweg! Schnell, sie uns nix sehen!«, ruft Fatima.

Doch ich bin grad in Fahrt und lass mich nicht schon wieder von ihr ... In diesem Augenblick hört mein 911er auf zu brummen. »Verdammt, was ist los?«

»Guckst du Tacho, Mann! Benzin alle!«, ruft Fatima. »Warum du nix gefahren Waldweg wie ich hab gesagt? Jetzt *Sons* finden uns!«

»Ein Hackedotz aus Leo, ein Köfte aus Fatima«, ruft Klaus. Panisch lenke ich meinen noch rollenden 911er von der Straße nach links in das Gebüsch. Plötzlich verlieren wir den Boden unter den Rädern und es geht rasant eine Böschung hinunter. Es holpert und es kracht überall, die Äste der Büsche ziehen quietschend ekelhafte Kratzer in den wunderschönen Lack meines Lieblings. Mein Herz blutet. Da hören wir über uns auf der Straße die Motorräder vorbeiknattern.

Ich ziehe die Handbremse, wir rutschen dennoch weiter, bis wir in einem dichten Blätterwald endlich zum Stehen kommen.

»Verdammt, wallah«, ruft Fatima, »dem ist gleich vier Uhr dreißig und wir nix parken vor Haus von Frau Kronenstein!«

Eine gefühlte Ewigkeit später und am Ende meiner mentalen und körperlichen Kräfte stehen wir endlich vor Frau Kronensteins Villa. Meine Füße brennen wie Feuer, mein Auto – mein Ein und Alles – liegt im Wald verletzt und porscheseelenallein und ich halte eine Tupperdose in meiner Hand.

Fatima klingelt. Wir schauen durch ein kunstvoll geschmiedetes Metalltor in einen schmucken Vorgarten voller Rosen. »Ja!«, ruft eine tiefe Frauenstimme aus der Sprechanlage mit Kameralinse.

»Hier Spezial-Spundekäs von Rosemarie!«, antwortet Fatima.

»Ach, schon?«, erwidert die Stimme schnippisch. Dann passiert nichts. Fatima klingelt noch einmal. Nichts. Wir stehen uns die Füße platt. Dann endlich drückt Frau Kronenstein doch den Öffner und lässt uns ihr Reich betreten. Wir laufen durch den duftenden Vorgarten auf die elegante Villa zu. An der Eingangstür steht eine Lady Mitte siebzig, Typ Margaret Thatcher, die wahrscheinlich auch über Leichen geht.

»Ich hatte eben schwer zu kämpfen mit mir, ob ich Sie überhaupt hereinlasse. Ausgemacht war halb vier! Jetzt ist es viertel nach fünf!«

»Es tut uns sehr leid, gnädige Frau, aber mein Auto hatte eine Panne und wir mussten laufen«, erkläre ich ihr und verneige mich ein wenig. »Aber wir haben keine Mühen gescheut, Rosemaries Spezialkreation für Sie über Berg und Tal zu tragen!«, lasse ich all meinen Charme spielen.

Frau Kronensteins Augen funkeln für einen kurzen Augenblick, dann winkt sie uns hinein.

»Nun will ich mal kosten«, sagt sie und streckt mir ihre knochigen, mit funkelnden Ringen geschmückten Finger entgegen. »Hoffentlich ist der Spundekäse noch zu genießen, nachdem Sie die Kühlkette unterbrochen haben.«

Fatima und ich beißen die Zähne zusammen.

Während Frau Kronenstein mit einem Löffelchen von der Käsemasse nimmt, holt Fatima die Geheimschrift hervor.

»Hm, hm«, macht Frau Kronenstein und schließt ihre Augen. Kaut. Trinkt Wasser. Dann wieder ein Löffelchen Käse.

Fatima und ich trauen uns nicht, Frau Kronensteins Genussmomente zu unterbrechen. Nach dem fünften Löffel beginnen sich ihre Wangen zu röten und sie lächelt huldvoll. »Rosemarie, Rosemarie, immer noch die Alte! Wenn Sie mir ihren Spundekäs nicht angekündigt hätten, hätte ich Sie beide erst gar nicht hereingelassen. Ihre Unpünktlichkeit ist unerträglich!«

»Aber der Auto ist gegangen kaputt!«

»Oh, oh, junge Frau! Auch Ihr Deutsch ist unerträglich. Aber ich will Ihnen verzeihen, schließlich kommen Sie aus einem anderen Kulturkreis. Aber wenn Sie länger in Deutschland bleiben wollen, empfehle ich Ihnen unbedingt, an Ihren Sprachkenntnissen zu arbeiten. Sonst werden Sie es sehr schwer haben, auch nur einen Ausbildungsplatz zu finden.«

»Heil, Frau Kronenstein!«, ruft Klaus. Zum Glück kann ihn niemand hören.

»Sie sind sehr gut in Deutsch mit Worte?«, fragt Fatima unbeeindruckt.

»Oh ja! Das ist meine Passion. Die deutsche Sprache habe ich bis in ihre letzten Winkel durchleuchtet.«

»In einem Winkel fehlt noch Licht!«, sage ich.

Wäre Frau Kronenstein Godzilla, würde sie mich mit ihrem Blick in Asche verwandeln.

»Was meinen Sie damit?«, faucht sie mich an.

»Fatima, zeig Frau Kronenstein unseren Brief!«

Während sie die wahllose Aneinanderreihung der Wörter überfliegt, beginnen ihre Augen zu leuchten. »Eine geheime Botschaft«, haucht sie, »das ist eindeutig! Und ja, der Schlüssel zu diesem Geheimnis werde ich finden, so wahr ich Bärbel Kronenstein heiße.«

10. Kapitel: Monika

Ich habe zweimal versagt und das ist eine Katastrophe. Obwohl es ja eigentlich nicht meine Schuld ist, dass die Tochter von der Frau Müller da auf einmal in dem Bungalow aufgetaucht ist. Harald sieht das allerdings anders. Als ich ihm beichte, was passiert ist, läuft sein Hals von unten nach oben rot an. »Monika«, sagt er, mit einem ganz kurzen, harten »o« und presst dabei die Finger an seine wunderbar graumelierten Schläfen, als hätte er Kopfschmerzen. »Monika, ich habe Sie bisher immer für ein patentes Mädchen gehalten. Was ist denn jetzt so schwer daran, sich abschließend um eine Achtzigjährige zu kümmern? Sie wissen ja, ich würde es gerne selber tun, aber ich bin einfach viel zu bekannt im gesamten Weinland Mittenrhein.«

»Ich ... ich will es doch ... machen«, sage ich und ärgere mich über mein Stammeln. »Für dich«, möchte ich gerne noch hinzufügen, aber das lasse ich dann mal lieber, wo Harald doch so schlecht gelaunt und wütend auf mich ist. Also bin ich lieber still.

Ich verziehe mich hinter meinen Computer und hole seine Rede für die Eröffnung des Kreis-Chorkonzerts hervor, um sie für das Jubiläum des Tennisclubs umzuschreiben. So kann ich wenigstens heimlich bei ihm sein und meine Worte in seinen Mund legen. Ich ersetze das Wort *Musik* überall durch *Sport*, tausche die Namen der ersten Vorsitzenden aus, streue die Lobeshymne aus einer Glückwunschkarte zu Haralds Geburtstag ein und stelle mir dabei vor, wie er das alles sagt und dabei an mich denkt, weil ich die Rede ja geschrieben habe. Ob ich ein *Nur für Dich* oder *Du bist der Beste* darunter schreiben soll? Als Versöhnung?

Da fliegt die Tür auf. Harald.

»Ich habe einen Plan«, sagt er entschlossen und fängt an,

mit diesem männlich-energischen Schritt im Zimmer auf und ab zu laufen. »Morgen zieht Frau Müller in dieses verflixte Seniorenheim, da kennt Sie keine Menschenseele, alles ist ungewohnt, da können Sie sich bestens an die Alte ranschleichen und – zack!« Er macht mit der rechten Hand eine Bewegung, als wolle er jemandem auf den Kopf hauen.

Ich finde seinen Plan nicht besonders ausgefeilt, aber ich traue mich auch nicht, ihn nach Einzelheiten zu fragen. Stattdessen nicke ich nur und Harald schenkt mir sein strahlendstes Lächeln. »Und dafür, liebe Monika, gebe ich Ihnen am Freitag frei. Dann haben Sie ein langes Wochenende und können sich in Ruhe auf Ihre Aufgabe konzentrieren.«

Trotzdem fange ich fast an zu heulen, als er die Tür hinter sich schließt. Wenn ich zum dritten Mal versage, wird Harald sich niemals in mich verlieben. Nach der Arbeit beschließe ich, erst einmal auszuruhen und zu überlegen.

Auch am Donnerstag denke ich den ganzen Tag darüber nach, wie ich das mit der Frau Müller anstellen kann und kann mich kaum auf meine Arbeit konzentrieren. Zum Glück ist Harald auf Dienstreise in Wiesbaden und merkt nichts davon.

Mittlerweile ist schon Freitagnachmittag und die Frau Müller lebt immer noch. Also ringe ich mich dazu durch, die Lage zu peilen und gehe die Straße hinauf Richtung Klosterplatz. In einer der Gassen setze ich mich in das Café, von dem aus ich am besten die Seniorenresidenz beobachten kann, ohne dass die große Linde mir die Sicht versperrt. Natürlich kenne ich das ehemalige Ursulinenkloster, aber wenn man im Nachbarort wohnt, beachtet man ja nicht groß, was da so an Bauwerken rumsteht.

Leider ist das Café, von dem aus ich die beste Sicht habe,

das von den Bioleuten. Die sind ja ganz nett, aber dort gibt es weder Sahnetorte noch richtig guten Kaffee. Also bestelle ich mir einen Getreidekaffee extrastark und einen Bio-Dinkel-Amaranth-Florentiner. Wäre ich nicht so verzweifelt, würde mir die Sache jetzt fast Spaß machen: Detektivin Monika nimmt alles in Kauf, um an ihr Ziel zu gelangen!

Ich setze meine Sonnenbrille auf und nehme einen Schluck von dem Getreidekaffee. Der schmeckt zwar nicht gut, aber auch nicht so scheußlich wie der Kaffee aus der Kapselmaschine von der Frau Müller.

Vor der Seniorenresidenz tut sich nicht viel. Ein paar alte Leutchen sonnen sich auf den Bänken vor dem Gebäude, und ab und zu läuft jemand durch das große steinerne Tor hinein oder hinaus. Mir fallen schon fast die Augen zu, woran wohl der Kaffee Schuld hat, weil der ja nur aus Getreide besteht und nicht aus Koffein, da sehe ich plötzlich eine Schar Nonnen aus dem Haupteingang kommen. Sie lachen und schwatzen mit ein paar Alten, die sie in ihrer Mitte haben.

Wie sie sich so zu den alten Leutchen runterbeugen, fällt es mir wie Schuppen von den Augen: Ich werde mich als Nonne verkleiden und die Frau Müller im ehemaligen Ursulinenkloster willkommen heißen! Als Abgesandte des Klosters der Heiligen Burgunda, das sich am anderen Ende von Klosterley befindet und wo die Nonnen noch praktizieren! Das geht ganz leicht. Ich brauche nur so eine Kutte und so eine rote Schnur um den Bauch.

Und wo es so ein Nonnenkleid gibt, ist klar. Zuhause ziehe ich mir bequeme Sachen an, nehme mein Fahrrad und radle, obwohl es schon sehr spät und dunkel ist, zum Burgundakloster.

Während ich die Klostermauern passiere, komme ich mir

allerdings irgendwie blöd vor. Was soll ich jetzt machen? Etwa eine Nonne überfallen und ihr die Kleider vom Leib reißen? Ziellos schlendere ich ein Stück den Kiesweg entlang, der um das Kloster herumführt. Ich will schon wieder umkehren, als ich plötzlich etwas rieche, das überhaupt nicht hierher passt. Eine Art Blumenduft, aber sehr künstlich, es erinnert mich an ... Waschpulver.

Ich folge dem Duft. Er kommt aus einem Kellerfenster des Nebentrakts, aus dem warme Luft strömt. Fast klatsche ich mir mit der Handfläche an die Stirn: Natürlich! Das ist die Waschküche des Klosters!

Das ist das Ding schlechthin. Ich brauche nur in die Waschküche zu steigen und mir ein Nonnengewand zu nehmen. Ich kann es danach verbrennen oder sogar zurückgeben.

Das Fenster ist, wie ich feststelle, nicht nur gekippt, sondern halb geöffnet. Habe ich ein Glück! Ich öffne das Fenster ganz, stecke meinen Kopf durch den Rahmen und versuche, irgendetwas zu erkennen. Der Raum ist stockdunkel.

Aber wenigstens höre ich das vertraute Summen einer Waschmaschine, sodass ich weiß, dass ich auf der richtigen Spur bin. Ich nehme einen Kieselstein und werfe ihn durch die Fensteröffnung. Schnell höre ich ihn aufschlagen, der Fußboden kann also nicht allzu weit weg sein.

Ich denke an einen meiner Lieblingsfilme: *Über den Dächern von Nizza*. Wenn sie dort mir nichts, dir nichts auf Dächern spazieren gehen, kann ich, Monika Schmelzeis, es ja wohl bewerkstelligen, mich in einen Kellerraum hinunterzulassen. Zum Glück sieht mich niemand dabei, denn ich quäle mich ziemlich schwerfällig durch die Fensteröffnung.

Schließlich hänge ich mit beiden Händen am Fensterrahmen und taste mit den Füßen nach festem Boden. Bloß ...

da ist keiner. Mir bricht der kalte Schweiß aus und meine Kopfhaut fängt an zu prickeln. Ich versuche, mich wieder hochzuziehen, aber dazu bin ich zu schwach.

So überantworte ich mich meinem Schöpfer, lasse los und lande in etwas Weichem. Vor Erleichterung kann ich mich erstmal nicht rühren und schicke ein langes Dankesgebet zum Himmel, während ich mit dem Gedanken spiele, vielleicht auch Nonne zu werden. Aber dann würde ja definitiv nichts aus Harald und mir.

Ich stelle fest, dass ich in einem Haufen Kleidungsstücke gelandet bin. und taste einige davon ab. Sie sind rau und lang wie Kleider. Das können nur die Trachten der Nonnen sein. Ich probiere so lange herum, bis ich eine Tunika finde, die einigermaßen über mein Sweatshirt und meine Jeans passt und auch einen Schleier.

Den Weg zurückzunehmen, den ich gekommen bin, ist unmöglich – ich werde es niemals schaffen, mich am Kellerfenster hochzuziehen. Also krabbele ich aus dem großen Wäschebehälter und stoße mir dabei gehörig den Kopf an einer Ecke. Mir ist nach Heulen zumute und ich frage mich, warum ich nicht einfach in dem Wäschecontainer liegen geblieben bin, bis es draußen hell wird.

Ich arbeite mich durch die Dunkelheit, bis es plötzlich nicht mehr weitergeht. Vor mir fühle ich eine Wand aus Stein. Eine Welle der Hoffnung überkommt mich, denn wo eine Wand ist, muss irgendwo auch eine Tür sein. Stück für Stück taste ich mich an der Wand entlang. Plötzlich wird Stein durch Metall abgelöst, da ist tatsächlich eine Tür! Ich fingere fieberhaft nach einer Klinke, finde sie, drücke sie herunter, die Tür damit auf – und bin frei! Na ja, fast jedenfalls. Ich stehe am unteren Absatz einer Treppe, die von einer schwachen Glühbirne am oberen Absatz in mattes Licht getaucht wird.

Warum fällt mir ausgerechnet jetzt *Der schwarze Abt* von Edgar Wallace ein? Ich versuche, mich selber zu beruhigen, indem ich mir sage, dass dies hier ja ein Nonnenkloster ist und verdränge den Gedanken an Mördernonnen oder undurchsichtige Novizinnen. Mit zitternden Knien schleppe ich mich die Treppe hinauf, an deren Ende eine weitere Tür mich in die endgültige Freiheit entlässt. Na toll, wenn ich das gewusst hätte, hätte ich auch auf diesem Weg in die Waschküche marschieren können.

Am darauf folgenden Sonntagvormittag stehe ich endlich in meinem Nonnenkostüm vor dem Tor der Seniorenresidenz ›Himmelsleiter‹ in Klosterley. Dieses Mal bin ich sehr gut vorbereitet, denn gestern habe ich nach meinem Raubzug erst ausgeschlafen und dann den ganzen Tag die *Geschichte einer Nonne* mit Audrey Hepburn geguckt und studiert, wie man sich als Nonne verhalten muss.

Zugegeben, Audrey Hepburn ist in dem Film um einiges schlanker als ich, aber ich finde, dass ich trotzdem in meinem Kostüm eine sehr gute Figur mache. Als ich mich vorhin in meinem Spiegel am Flurschrank betrachtet habe, habe ich mich fast selbst nicht erkannt, so ohne meine graubraunen Locken, mit Stoff rund um das Gesicht und der Hornbrille, die ich mir gestern noch schnell in der Drogerie besorgt habe.

Ich gehe durch das Tor der Seniorenresidenz, falte die Hände und schreite gemächlich den Plattenweg an einer Rasenfläche entlang. Auf der gegenüberliegenden Seite des großen Rasens ist auch so ein Weg. Ich ziehe den Plan aus meiner Jutetasche. Harald hat mir alles genau aufgemalt, auch, wo ich langgehen soll, damit ich die neue Wohnung von Axel Bärbaums Schwiegermutter finde und mich nicht verlaufe. So süß!

Am Ende des Weges komme ich auf einen kleinen Hof und stehe vor einem langgestreckten Gebäude. Es ist schön hier. Die Mauern des Gebäudes sind frisch mit sonnengelber Farbe gestrichen und der Hof ist von großen Kübeln mit kleinen Olivenbäumen gesäumt. Dazwischen sehe ich Türen und laut Haralds Plan, soll hinter einer davon die Frau Müller wohnen. Und zwar hinter der Nummer 5.

Erst jetzt sehe ich, dass neben jeder Tür ein blaues Keramikschild mit einer weißen Nummer drauf hängt. Ich schaue noch einmal in meinen Jutebeutel und vergewissere mich zum x-ten Mal, dass ich das Medizinfläschchen dabei habe. Natürlich ist da keine richtige Medizin drin, sondern Rotwein, den ich mit dem Rest Gift, das noch von den Pralinen übrig ist, aufgefüllt habe. Wenn die Frau Müller nur daran nippt, fällt sie auf der Stelle tot um, da bin ich mir sicher. Damit sie sofort zur Sache kommt, habe ich ein kleines Schnapsgläschen dabei.

Ich drücke auf die Klingel unter dem Keramikschild mit der Nummer 5, auf der noch kein Name steht. Aber das macht mir nichts aus, die echte Frau Müller kenne ich ja jetzt. Sie öffnet mir die Tür und schaut mich fragend an.

»Ja, bitte?« Sie sieht immer noch so gut geschminkt und elegant aus wie beim letzten Mal, aber irgendwie traurig und müde.

»Grüsch Gott«, sage ich und merke sofort, dass es ein Fehler war, sich diese Styroporkissen aus dem letzten Bücherpäckchen in die Backentaschen zu stopfen. Aber irgendwie musste ich doch dafür sorgen, dass ich mich anders anhöre, als die Vertreterin der Stadtverwaltung Hohenrhein, in deren Rolle ich vorher bei der Frau Müller war. Und außerdem tragen die Kissen ja noch mal dazu bei, mein Aussehen zu verändern.

»Grüsch Gott«, sage ich also, »isch bin Schweschter Mathilde vom Kloschter der Heiligen Burgunda und möschte Schie herschlich willkommen heischen – im Namen von mir, meinen Mitschweschtern und natürlisch dem Herrn Jeschusch, dem heiligen Geischt und Gott.« Zur Bekräftigung meiner Worte nicke ich abschließend freundlich, aber energisch mit dem Kopf.

Frau Müller schaut mich irritiert an, was dazu führt, dass meine Wangen anfangen zu kribbeln. Ich hoffe nur, dass mir jetzt vor lauter Stress kein Styroporkissen aus dem Mund fällt. Doch ich behalte alles bei mir und Frau Müller öffnet die Tür weit, damit ich eintreten kann.

Genau wie in ihrem Bungalow komme ich von der Eingangstür direkt in ein Wohnzimmer. Was aber wesentlich kleiner ist als ihr altes. Vielleicht sieht die Frau Müller deswegen so traurig aus. Das würde mich wirklich mal interessieren, denn sie wollte doch unbedingt hierher, aber fragen kann ich ja nicht. Ich wäre jedenfalls nicht traurig, hier zu wohnen. Das Zimmer gefällt mir. Es ist vollkommen anders eingerichtet als das, in dem ich neulich war, fröhlicher und nicht so unterkühlt. Hier gibt es ein Blumensofa, Blumenvorhänge, Spiegel mit verschnörkelten Rahmen und weiße Regale, in denen Bücher dicht aneinander stehen. Vielleicht hat Frau Müller sich das alles ja schon lange so gewünscht?

Sie bietet mir einen Platz auf einem kleinen Sessel mit Rosenmusterbezug an, den ich dankbar annehme. Ich bin ziemlich kaputt von den Ereignissen der letzten Tage. Ich denke an Audrey und wie sie spricht in dem Film, als sie noch voll davon überzeugt ist, Nonne werden zu wollen und versuche, meiner Stimme einen berufenen Klang zu geben, während ich das Medizinfläschchen aus meinem Jutebeutel nehme. »Liebe Frau Müller«, sage ich, »isch wünsche Ihnen allesch

Gute für Ihren Neuanfang und möschte Ihnen für einen guten Start etwasch mit auf den Weg geben. Die Heilige Burgunda war eine treue Dienerin Gottesch und hat deschhalb die Kraft, sisch um all unschere Anliegen schu kümmern.«

Frau Müller schaut mich kritisch an, aber ich spreche weiter. Ich komme jetzt erst so richtig in Fahrt.

»Wir Schweschtern ausch dem Kloschter der Heiligen Burgunda haben ein gansch neuesch Produkt entwickelt – dasch Schlaschtschiff unscherer Schankt-Burgunda-Linie. Esch hat eine abscholute Wunscherfüllungschwirkung und isch überreische esch Ihnen heute vollkommen umschonscht alsch Willkommenschgrusch, um Ihnen Ihren Einschug in die ehemaligen Kloschtermauern schu verschüschen.«

Beim letzten Wort befürchte ich, dass das Styroporkissen in meiner rechten Backentasche anfängt, sich langsam an den Rändern aufzulösen. Allzu lange stehe ich das hier nicht mehr durch. Also nehme ich schnell das Schnapsglas aus meinem Jutebeutel, öffne das Medizinfläschchen und gieße etwas von der Flüssigkeit in das Glas, das ich der Frau Müller dann lächelnd hinhalte.

Frau Müller lächelt mich auch an, aber irgendwie sieht sie dabei so komisch aus. Sie nimmt das Glas, schaut es an, schaut mich an, schaut wieder das Glas an, sodass ich überhaupt nicht weiß, was jetzt los ist. Dann nimmt sie das Glas und schleudert es mit voller Wucht neben den wunderschönen, großen Spiegel, der an der rechten Wand des Zimmers hängt. Sie springt auf, fängt an zu schreien, kommt immer näher und deutet dabei mit dem Zeigefinger auf mich. »Ihre Burgunda, die ist genauso wenig heilig wie Sie und ich! Jahrzehntelang bin ich in die Kapelle in Ihrem Kloster gepilgert und habe diese Burgunda darum gebeten, mich von meiner Naschsucht zu befreien! Ich habe Kerze um Kerze angezündet, Münze um Münze in den Klingelbeutel geworfen und habe sogar eine größere Summe für die Erneuerung des Altars gespendet! Und was ist passiert? Gar nichts! Kein Schokoriegel, dem ich widerstehen konnte, kein Dessert, das ich verschmäht habe, keine Torte, die nicht auf meinem Teller landete - und jetzt bin ich zuckerkrank und darf mich mit Dinkelkeksen vergnügen!«

Bei den letzten Worten greift Frau Müller sich das Medizinfläschchen, das noch auf dem Tisch steht und wirft es ebenfalls an die Wand. Dann wirft sie sich selbst aufs Sofa und fängt an zu schluchzen.

Mord hin oder her, sie tut mir furchtbar leid. Ich denke an den Bio-Dinkel-Amaranth-Florentiner in dem Café vor dem Kloster und gehe auf die Frau Müller zu, um sie zu trösten. Bevor ich damit anfangen kann, klingelt es. Frau Müller hebt den Kopf. Ihre Schminke ist vollkommen verlaufen. Jetzt sieht sie wirklich aus wie achtzig. Sie wischt sich das Gesicht mit einem Stofftaschentuch ab, das sie aus dem Ärmel zieht und zischt: »Noch nicht mal hier hat man seine Ruhe!« Mit geradem Rücken geht sie zur Tür, um zu öffnen. Ich halte den Atem an. Das Klingeln passt mir überhaupt nicht ins Konzept.

Vor der Tür steht ihre Tochter, also die Frau von dem Axel Bärbaum, die meine Pläne schon mal kaputt gemacht hat. Ich greife mir meinen Jutebeutel, schüttele der Frau Müller die Hand und drücke mich an den beiden vorbei nach draußen. Ich gehe langsam über den Hof, zurück zum Ausgang der Seniorenresidenz. Dann fange ich an zu rennen. Ich will nach Hause. Ich will nie wieder woanders hin, auch nicht zu Harald. Ich habe versagt. Schon wieder.

Es ist vorbei.

11. Kapitel: Elisabeth

»Man sollte die Dinge immer beim richtigen Namen nennen. Alles andere ist Augenwischerei, Rosi«, sage ich. Damit positioniere ich mich hinter dem van-Ameln-Thron und bugsiere den Ohrensessel mithilfe meiner ganzen Körperkraft weg vom Fenster, Richtung hinterste Ecke meines neuen Zimmers.

»Sen-io-ren-ap-part-ment«, keuche ich, jede Silbe ein wütender Stoß, mit dem ich nicht nur der Wand, sondern auch meinen derzeit vorrangigsten Zielen näherkomme: meine steigende Panik zu kanalisieren, weil ich zum allerersten Mal in meinem Leben allein wohnen werde, und einen Sitzplatz zu wählen, von dem aus ich nicht sehen kann, wie verdammt hoch ich jetzt logiere. Erschreckend hoch. Vier Stockwerke höher als unser Mordopfer, um genau zu sein. Und auch ich habe Erben. Mehr als Klara und noch schwieriger einzuschätzen, wenn es um den erwünschten Zeitpunkt des begehrten Erbes geht.

»Also, ich finde, der Thron stand viel besser direkt neben dem Fenster«, kommentiert Rosi mein Tun.

Ich verschnaufe einen Moment und bin stolz auf mich und meine Schauspielkunst. Selbst Rosi, meine beste Freundin, hat noch immer nicht gemerkt, dass ich unter Höhenangst leide, die mit meiner ständig steigenden Abneigung konkurriert, fensterlose, geschlossene Räume zu betreten. Beides hat durch den Todesfall der lieben Klara neue Nahrung erhalten. Ich träume wieder davon, wie ich bei lebendigem Leib in einen Sarg gesteckt werde, der mit Daunenkissen ausstaffiert ist – und mich durch meine Allergie zu Tode niese. Der perfekte Mord. Nicht nachzuweisen. Mir bricht der Schweiß aus, wie in den schlimmsten Tagen der Wechseljahre.

»Wie dunkel es dahinten ist«, versucht Rosi mich zu überzeugen und bohrt damit weiter mit dem Finger in einer Wunde, von der sie nicht ahnt, dass sie vorhanden ist.

Jetzt zeigt sie auch noch in die entgegengesetzte Richtung. Ich folge ihrem Finger, sehe die spektakuläre Aussicht jenseits der bodentiefen Balkonfenster und verfluche den Architekten, der es trotz schärfster Denkmalschutzbestimmungen geschafft hat, die Genehmigung für diese Ungeheuerlichkeit zu erwirken, die sich im Volksmund völlig zu recht den Namen ›Himmelsleiter‹ erworben hat und deswegen jetzt auch offiziell so heißt. Würde mich gar nicht wundern, wenn dafür viel Geld in die Taschen irgendeines Bürgermeisters, Landrates oder sonstigen Stempelträgers geflossen ist. Eine Wohnung wie diese dürfte es von Rechts wegen gar nicht geben: Zwischen zwei Kirchtürmen, angelegt wie eine verbindende Brücke, mit – für meinen Geschmack – viel zu vielen Fenstern. Der rechte Kirchturm beherbergt die Bibliothek unserer Residenz und den Fahrstuhl. Alles andere, inklusive Kirchturm links, gehört mir. Um den van-Ameln-Ansprüchen treu zu bleiben, hatte ich telefonisch um die Reservierung der größten und schönsten Wohnung des Seniorenstiftes gebeten. Und die hat man mir auch gegeben. Leider. Jetzt stecke ich fest in meiner nigelnagelneuen Wohnung – und meinem traditionellen Stolz.

»Am Fenster hast du Licht!«

Rosi gibt nicht auf, mich auf das hinzuweisen, was mir an dieser Wohnung am wenigsten gefällt. Ich könnte von Schönhell bis nach Schoppegarten gucken, wenn ich wollte. Aber seit Klaras Fenstersturz will ich nicht mehr.

»Es gibt Lampen«, kontere ich deshalb. »Betrieben durch elektrisches Licht. Hundert Prozent Ökostrom, wenn ich den Hausprospekt richtig verstanden habe.«

Wütend über mich selbst verpasse ich dem van-Ameln-Thron einen letzten Knuff, damit er steht, wo er soll: jenseits des Generalüberblicks über das gesamte Weinland Mittenrhein. Schwer atmend lasse ich mich in den Sitz fallen und greife auf ein sichereres Thema zurück: »Seniorenapartment«, wiederhole ich noch einmal ohne Krafttraining am Sessel. »Wenn es noch ›Altenheim‹ hieße, würde meine neue Bleibe nur die Hälfte kosten. Hast du eine Ahnung, was ich für die größte und schönste Wohnung der ›Himmelsleiter‹ hinlegen musste?«

Rosemarie gibt einen unbestimmten Laut von sich, den ich leicht als Unmut interpretieren kann: »Und ob ich das ahne – deshalb liegt mein Zimmer im Souterrain und ist nicht mal halb so groß wie deines.«

Ich befinde mich schon wieder auf dünnem Eis und entscheide mich deshalb sowohl sie als auch mich auf andere Gedanken zu bringen. »Könntest du schon mal die CDs auspacken und Musik machen, meine Liebe?«, flöte ich. »Dann kriegen wir wieder mehr Schwung.«

Rosi dreht sich vor mir, als lägen zwischen Flower Power und heute keine Jahrzehnte, sondern ich – als lähmende Barriere. Sie zieht die linke Augenbrauen nach oben und die andere so weit nach unten, dass das rechte Auge fast völlig darunter verschwindet. Wie diese Gesichtsakrobatik möglich ist, wird ebenso ein ewiges Geheimnis bleiben, wie die Tatsache, dass sie es schafft, durch diesen Blick obendrein kritisch-intelligent zu wirken. Leider folgt der einzigen sportlichen Übung, die Rosi neben dem Beischlaf akzeptiert, mit hundertprozentiger Sicherheit ein Satz, der den Adressaten wahlweise beleidigt oder zur Weißglut bringt: »Musik? Du meinst, *deine* Musik? Händel? Wagner? Vivaldi? Ich dachte, wir wollten auspacken, nicht einschlafen.«

Rosi und ich gehen miteinander durch dick und dünn, aber wir schaffen es nicht, uns gegenseitig einzugestehen, wenn wir schachmatt sind. Stattdessen gehen wir auf Konfrontationskurs und zicken uns an. Dabei helfen bei Erschöpfung eigentlich nur zwei Dinge: Entweder die Klügere gibt nach – ein eher seltener Fall – oder das Schicksal schickt uns eine dritte Person, über die wir gemeinsam herfallen können.

Es muss an der klösterlichen Aura meines neuen Domizils liegen, dass sich diese dritte Person genau in diesem Moment durch das sanfte *Dingdong* meiner Türklingel ankündigt. Ich gebe es ungern zu: Das Läuten nehme ich nur wahr, weil Rosi plötzlich Richtung Flur guckt. Souverän gehe ich zur Eingangstür, als hätte ich die Klingel selbst gehört.

Ich reiße die Tür auf und staune: »Wilhelm! Wilhelm Schönlein!«

Vor mir steht der einzige Verehrer, den mir der Zahn der Zeit bis ins Heute gerettet hat und tritt nervös von einem Bein auf das andere, als wären wir zu unserem ersten Rendezvous verabredet.

»Ich dachte, du bräuchtest vielleicht Hilfe beim Auspacken, Elli«, sagt Wilhelm und schreibt sich damit ein dickes Plus auf sein imaginäres Karmakonto, das ich allerdings sofort wieder streiche, als er fortfährt: »Ich wollte schon unten bei Rosi helfen, die hat ja sonst niemanden. Aber sie ist nicht zuhause.«

Meine scharfe Antwort auf diese Degradierung zur zweiten Wahl geht in einem diskolauten Lied aus meiner heiligen Stereoanlage unter, das Rosi in ohrenbetäubender Lautstärke mitsingt. Vielleicht bin ich ja nur durch jahrelanges Zusammensein mit Rosi und ihrer Musik schwerhörig geworden?

Immerhin sieht Wilhelm jetzt eine Spur enttäuscht aus. »Ach, du bist nicht allein?«, brüllt er gegen das Duett von

Donna Summers und Rosi an. Zu *She works hard for the money* nehme ich ihn mit in den Wohn-Arbeits-Küchen-Multifunktionsraum, den ich jetzt mein Eigen nenne und in dem meine Freundin herumwirbelt wie ein Derwisch. Rosi schlägt mit zwei Kellen den Takt der Musik mit, dann zielt sie und addiert die beiden Suppenschöpfer mit Schwung zum van-Ameln-Silber in eine aufgezogene Besteckschublade. Wilhelm klatscht enthusiastisch Beifall und Rosi macht sofort Anstalten, das Kunststück mit meinem extrascharfen Wiegemesser zu wiederholen. Meine hypermoderne Küchenzeile in Stahlgrau bekommt ihre erste Kerbe in die Arbeitsplatte.

»Eingeweiht!«, singt Rosi mit ungerührtem Blick auf den Schaden, während Donna Summers ausnahmsweise die Klappe hält.

»Erst mit einem Kratzer ist ein Möbelstück wirklich wohnlich, hat meine Mutter immer gesagt«, meldet sich Wilhelm, aber ich bin zu wütend auf Rosi, um auf die Trauer in seiner Stimme angemessen reagieren zu können.

»Ach ja, hat sie das?«, antworte ich leicht säuerlich und sehe mich im Geiste mit Rosis riesiger Audiocassettensammlung eine Flatterbandabspannung um unsere frisch ausgesäten Gemüsebeete ziehen. Rosi hat Hunderte von Cassetten und es wird immer schwieriger, dafür auch die entsprechenden Abspielwege zu finden. Natürlich könnte man ihre Sammlung digitalisieren, aber das findet Rosi seelenlos. Jeder einzelne ihrer neunzigminütigen Tonträger ist mit Liebe aus dem Radio aufgenommen, die meisten unter einem passenden Motto. Da Dolly Parton jetzt über ihren *Nine-to-Five*-Büroalltag stöhnt, gehe ich davon aus, dass wir gerade die Sammlung *Work-Songs* genießen dürfen – passend zu der Sklavenarbeit des Auspackens meiner Kisten und

Kasten. Nur noch eine Frage der Zeit und Sam Cooke und die Arbeiter der *Chain Gang* trampeln durch mein Reich.

Während Rosi und Wilhelm meine Bücher nach Genre und Alphabet ins Regal stellen, befülle ich meinen Weinkühlschrank.

»Darf da auch Bier rein?«, fragt Wilhelm zaghaft und steht mit Dackelblick und zwei Buddeln ›Weingauer Gerstenglück‹ vor mir. Ich nehme ihm die Flaschen mit einem Seufzer ab und weiß wieder, warum ich seinen zahlreichen Heiratsanträgen widerstehe: Winzerin und Bierliebhaber, dass hält nicht mal bis zum Ende einer Kiste. Wein, wohlgemerkt, nicht Bier.

»Ich habe keine Biergläser«, versuche ich ihn auf den rechten Weg zu bringen und schwenke eine Flasche ›Klosterleydy‹.

»Macht nichts!« Mein Verehrer strahlt. »Ich trinke aus der Flasche.«

Der Mann kann nur durch mich gerettet werden. Da ich in Zukunft über mehr Freizeit verfüge, als mir lieb ist, werde ich Wege finden, mit ihm auf meine Art zusammenzusein. Wäre doch gelacht, wenn er dann nicht irgendwann vergorene Trauben dem Hopfen vorzöge.

Kurze Zeit später stimmen wir den Beatles lauthals zu: »*It's been a hard day's night and I've been working like a dog* ...« Wilhelm gibt den Ringo Starr und benutzt dafür die Kellen, die ich in meiner Küchenschublade bereits in Sicherheit glaubte.

Er steckt die beiden Bier natürlich besser weg, als Rosi und ich den Inhalt derselben Anzahl Weinflaschen. Todesmutig geht er auf den Balkon, der meine Wohnung von drei Seiten umschließt, um Gartenmöbel aufzustellen, die ich nie im Leben zu nutzen gedenke. Dabei lehnt er sich für meinen Geschmack viel zu weit über das Geländer.

»Wer wohnt unter dir?«, fragt er mit Blick in die Tiefe.

»Landrat Niggemeier a.D., aber den kenne ich nicht persönlich.«

»Du wirst ihn kennenlernen, wenn dir mal was vom Balkon fällt. Das landet alles bei ihm.«

Rosi eilt an mir vorbei auf den Balkon und guckt auch hinunter: »Echt! Schau mal, Elisabeth. Dir kann so was wie Klara nicht passieren – der Balkon unter deinem ist viel breiter als deiner. Du würdest in den Armen dieses Niggemeier landen. Erhalten Landräte eine gute Pension?«

Rosi sieht aus, als würde sie sich gerne ein Stockwerk tiefer legen, um sich diese Frage selbst zu beantworten und gegebenenfalls ihre spärliche Rente durch Körperkontakt mit Landrat Niggemeier aufzubessern.

»Ich wünschte, bei Mutter hätte es auch so einen Rettungsbalkon gegeben.« Wilhelm seufzt und kommt zu meiner Erleichterung wieder zurück in die Wohnung: »Dann wäre sie jetzt noch am Leben. Aber ihr Tod scheint ja schon jetzt keinen mehr zu interessieren. Jedenfalls nicht meinen lieben Sohn. Er hat sich nicht einmal gemeldet. Es ist eine Schande.«

»Oh, doch! *Uns* interessiert ihr Tod!« Rosemarie folgt ihm zurück in meine Wohnung und plappert dabei mehr, als mir lieb ist. »Deshalb ermitteln wir ja weiter auf eigene Faust. Schließlich haben wir dafür sogar Detektive engagiert. Die hast du doch beide kennengelernt.«

Ich knirsche mit den Zähnen. Hoffentlich posaunt meine liebe Freundin nicht aus, dass Wilhelms Sohn Peter mit der Brosche abgehauen ist und wir ihn deshalb für den Hauptverächtigen halten. Es reicht, wenn er davon erfährt, sobald keine Zweifel an dieser Theorie mehr bestehen. Besser ich hole zur Ablenkung noch eine Flasche aus dem Kühlschrank. Eiswein, bester Jahrgang, beste Lage.

Wilhelm strahlt: »Den trinke ich mit. Der ist süß.« Er sieht mein schmerzverzerrtes Gesicht und korrigiert: »Edelsüß. Wie seine Schöpferin.«

Damit hat Wilhelm soeben einen Liegeplatz für eine, ich sage *eine*, Flasche Bier ergattert. Bis auf Widerruf. Aber mitbringen muss er sie schon selbst. Für Konkurrenzgetränke gebe ich kein Geld aus!

Während mein Verehrer und ich es uns auf dem Sofa gemütlich machen, gibt Rosi einen detaillierten Bericht unserer Bemühungen um die Wahrheit im Fall Klara Schönlein zum Besten, tatsächlich ohne Peters Verschwinden zu erwähnen. Sie ist in ihrem Element und so lasse ich sie gewähren. Da, wo ich gerade sitze, fühlt sich nämlich Wilhelms Nähe ganz akzeptabel an. Ein gewisses Sicherheitsgefühl verleiht mir mein Liebster in spe auch, besonders so nah am Abgrund. Während ich ihr zuhöre, kommt mir die Idee, aus unserem gut funktionierendem Duo ein unschlagbares Trio zu machen, damit ich dieses Gefühl der Sicherheit öfter genießen kann.

»Und warum schweigt die Polizei und macht keinen Finger krumm?«, fragt Rosi mitten hinein in meine Gedanken. »Weil die Polizei des Mittenrheins korrupt ist. Durch und durch korrupt. Ich erinnere mich noch gut als achtundsechzig ...«

»Genau«, unterbricht Wilhelm: »Achtundsechzig. Vor zwei Tagen wurde der Anton achtundsechzig. Der wollte unbedingt in Frankfurt feiern und in Sachsenhausen um die Häuser ziehen, so wie früher. Ich wollte eigentlich nicht mit, aber er hat darauf bestanden und mir Aufmunterung verordnet. Aber selbst Riesenschnitzel mit Pommes konnten mich nicht von meinen düsteren Gedanken ablenken. Das schaffte erst die hiesige Polizei. Kurz nach Wisselbrunnen hatten die Bullen mal wieder eine Mausefalle aufgebaut. Und wer wurde rausgeholt? Wir! Und wen hat man passieren lassen? Die Herrschaften von der Weingauer Winzergenossenschaft! Die sind fröhlich winkend an uns vorbeigezogen – dabei kamen sie direkt von ihrer Jahreshauptversammlung aus der Gutsschänke *Bodenloses Fass*.« Er lacht sich ins Fäustchen und sieht dabei gar nicht so übel aus, wenn man sein Alter bedenkt. »Aber an mir haben sich die Blaumänner die Zähne ausgebissen. Ich hatte nichts getrunken.« Er schüttelt sich: »Auf dem Geburtstag gab es schließlich nichts als Äppelwoi ...«

Rosi nutzt seine Pause, um mit ihrer schlechten Meinung über die Polizei Mittenrheins wortreich eine Schleife bis nach Wackersdorf und in eine Zeit zu binden, als die Transportfahrzeuge der Einsatzkräfte noch ›Bullenbus‹ und ›Wanne‹ genannt wurden. Ich höre den beiden zu, wie sie sich jetzt gegenseitig die Missstände unserer Region aufzählen: Die Renaturierung der Mülldeponie kommt nicht voran, statt eines Naturparks im Wald haben wir ein Industriegebiet bekommen, in dem es ein Labor mit Tierversuchen geben soll und die ›Himmelsleiter‹ wäre um ein Haar in die Hände dieses geleckten Hoteliers gefallen, der hieraus einen Hort der Sünde für seine dubiosen Freunde machen wollte. Wenigstens das haben ich und alle anderen Bewohner der ›Himmelsleiter‹ verhindert.

»Es ist einfach keiner da, der diese Missstände aufzeichnet und aktiv etwas gegen sie unternimmt«, lamentiert Wilhelm und Rosi seufzt genüsslich: »Wir wären damals einfach in den Untergrund gegangen und hätten eine Keimzelle des Widerstandes gegründet. Aber von der heutigen Jugend kann man so etwas ja nicht mehr erwarten, die sitzen vor dem Computer und starren ins Internet.«

»Ich war noch nie fürs Delegieren. Wenn mir etwas nicht gefällt, ändere ich es selbst. Das geht schneller und das Ergebnis ist, wie ich es mir vorstelle«, tönt Wilhelm. »Wenn die Jugend heute nicht so aktiv ist, wie wir uns das wünschen, dann haben wir wohl versäumt, ein gutes Beispiel zu geben.«

»Na, dafür ist es ja wohl jetzt etwas zu spät«, sagt Rosi spitz, weil sie glaubt, in dieser Hinsicht alles Menschenmögliche getan zu haben. Aber plötzlich wird mir klar, wie hilfreich all ihr subversives Wissen und die Erfahrung durch ihre Anti-Establishment-Aktionen sein könnten. Mir ist nämlich auch nach Widerstand, schon allein weil meine heile Welt Kopf steht. Also sage ich: »Zu spät ist es erst, wenn wir nichts mehr tun wollen. Wenn wir bequem werden. Aber das haben wir drei doch nicht vor, oder?«

»Haben wir nicht?«, fragt Wilhelm vorsichtig.

»Wir nicht! Natürlich nicht!«, bestätigt Rosi, lässt sich dabei auf meinen Thron fallen und schwingt die Beine über die Lehne. Nur ich weiß, dass sie für diese flotte Bewegung morgen zur Apotheke gehen muss, um Beinwellsalbe zu kaufen.

»Wir finden Klaras Mörder«, sage ich, obwohl ich seit gestern nichts mehr von Leo und Fatima gehört habe und mich diese Tatsache von Stunde zu Stunde mehr beunruhigt. Hat Bärbel Kronenstein die beiden in ihrer Luxusvilla eingesperrt, oder wo treiben die sich rum? Aber was ich jetzt mache, ist Akquise bei Rosi und Wilhelm für kommende Aktivitäten und das geht nur mit durchgedrücktem Rückgrat und hoch erhobenen Hauptes. »Und wenn wir den haben, machen wir uns an alle anderen Probleme. Das Weinland Mittenrhein gehört uns!« Ich komme in Fahrt. »Richten wir es so ein, wie wir es in Zukunft haben wollen!«

»Zukuft? Wir sind auch nicht mehr die Jüngsten«, gibt Wilhelm zu bedenken.

»... wie wir es unseren Kindern und Kindeskindern hinterlassen wollen«, greife ich seinen Einwand auf und überhöre geflissentlich sein Seufzen. Da es immer gut ist, Mitarbeiter zu motivieren, stimme ich auch meiner Freundin zu. »Wir machen es genau so, wie du sagst, Rosemarie: Wir gründen eine konspirative Zelle.«

Sie grinst: »Nur gehen wir dafür nicht in den Untergrund, sondern hoch hinaus! In deinen Kirchturm!«

Ich bin zum ersten Mal seit Wochen richtig glücklich. »Hier oben haben wir den Überblick!«, rufe ich und packe Wilhelm an seinen Oberarmen, in denen ich noch ein paar kecke Muskeln spüre.

»Als wär's die *Wacht am Rhein.*« Jetzt ist auch Wilhelm angesteckt.

»Make W.A.R. for peace«, sage ich und recke die Beckerfaust. Die beiden beginnen gleichzeitig zu reden, um mich auf den Fehler im Zitat aufmerksam zu machen. Nur zu verständlich – die beiden können ja die gedachten Großbuchstaben und die Punkte dazwischen nicht hören. W.A.R.-Senioren. Die Wacht.Am.Rhein.-Senioren. Also erkläre ich ihnen meinen Kampfgesang ausgiebiger. Bei einer weiteren Flasche Wein setze ich ihnen genüsslich auseinander, dass sie beide jetzt einer Geheimgesellschaft angehören, gegen die die vier Musketiere reinste Waisenknaben sind. Wir werden die Probleme des Weinlandes Mittenrhein eines nach dem anderen lösen und damit drohende Gefahren für alle Bewohner abwenden. In unserem Alter müssen wir schließlich vor niemanden mehr Angst haben. Und wir haben jede Menge Zeit und nichts mehr zu verlieren. Eine gefährliche Mischung. Für unsere Gegner.

Zwei Stunden später stehen wir nicht mehr ganz sicher, aber äußerst gut gelaunt im Fahrstuhl und bringen Wilhelm zum

Taxi. Auf dem Weg zurück zu unseren Wohnungen ist Rosi durch unsere Pläne und meinen Wein so guter Laune, dass sie fröhlich durch den Kräutergarten zurück zum Hauptgebäude tanzt. Ich lasse mich ausnahmsweise einmal anstecken, ergreife ihre Hände und schiebe mit ihr im Polkaschritt den Plattenweg hinauf. Sekunden später liegt Rosemarie links vom Weg im Kräuterbeet und ich rechts in der Rabatte. Mitten auf dem Plattenweg sitzt eine Ordensschwester der Heiligen Burgunda auf ihrem Hosenboden, mindestens ebenso überrascht wie wir. Der Zusammenstoß hat mein linkes Knie, ihre rechte Schulter und Rosis Kräuterbeet touchiert.

»Mein Bilsenkraut! Mein schönes Bilsenkraut«, jammert Rosi und wagt kaum sich zu bewegen, aus Angst noch weitere der zarten Pflänzchen zu zerdrücken, die sie mit so viel Hingabe gepflanzt hat.

»Haben Sie keine Augen im Kopf? Schauen Sie mal, was Sie angerichtet haben«, schiebe ich die Schuld für die Kollision auf die Ordensschwester. »Wenn Sie mit Ihrer Christenburka nicht richtig gucken können, rennen Sie gefälligst nicht so!«

Die Nonne kämpft verzweifelt mit ihrer Habit und versucht wieder auf die Beine zu kommen, bringt aber kein Wort heraus außer: »Oh, oh, oh ...«

» ... mein Gott«, vollende ich ihren Satz und krabbele aus dem Blumenbeet heraus. »Passen Sie in Zukunft besser auf, wo Sie hintreten, wenn Sie ihre Schäfchen in der ›Himmelsleiter‹ begrüßen«, füge ich hinzu, »sonst zerstören Sie noch Schlimmeres als Rosis ...«

»Was kann es Schlimmeres geben als mein geliebtes Schwarzes Bilsenkraut zu zertrampeln?«, fragt Rosi ehrlich entrüstet. »Schließlich handelt es sich hier um nicht irgendeine Pflanze, sondern um Hyoscyamus niger, auch Hexenkraut genannt. Es ist lebenswichtig. Ohne Bilsenkrautrausch kann man die Welt kaum noch ertragen. Aber mit ihm wird alles wieder gut. Alles – jedenfalls bei den Käufern meiner Pflänzchen.« Rosemarie steht wieder, beugt sich zu den Pflänzchen hinunter und streichelt sie, als wären sie Babys. Sie redet auch mit anderen Pflanzen und das nicht nur nach Nutzung von Bilsenkraut. Mir ist das geläufig, aber die Nonne schaut völlig verschreckt. Sie macht dabei seltsame Pausbacken und schluckt schwer.

»Aber natürlich muss man vorsichtig sein«, erklärt meine Freundin munter weiter, als wäre unser unerwartetes Treffen ein Verkaufsgespräch für ihre Heilkräuter. »Mit Bilsenkraut muss man sich auskennen, sonst kann es tödlich enden. Schon zwölf klitzekleine Samen und ...« Rosi macht die Geste des Halsabschneidens.

Die Nonne steht mit offenem Mund da. Dabei quellen ihr ein paar winzige weiße Kügelchen aus dem Mund, die sie mit der Linken sofort wieder hineinstopft. »Die isch giftig?«, fragt sie dann und guckt uns an, als spräche sie von Rosi und nicht vom Bilsenkraut.

»Und ob«, sage ich und rücke ihr näher »Und wer uns in die Quere kommt, der ...«

Die Nonne stößt einen spitzen Schrei aus und flattert davon wie ein aufgeregtes Huhn vor dem Fuchs.

Rosi und ich sehen ihr nach und klatschen uns ab.

»Na also«, sage ich zufrieden. »Wir schlagen sogar die himmlischen Heerscharen in die Flucht! Alt und verrückt sein – das macht Spaß!«

12. Kapitel: Monika

Ich habe keine Tränen mehr. Alle weg. In den Papiertaschentüchern, die neben meinem Sofa liegen, in den Ärmeln meines Sweatshirts, in der Haut meines Handrückens. Und unter meinen Augen, wo sie dicke Säcke fabriziert haben. So kann ich nicht nach draußen.

Ich gehe in die Küche und brühe eine große Tasse Kamillentee mit zwei Beuteln auf. Dabei denke ich an die beiden hysterischen Schachteln, die sich mir in den Weg gestellt haben. Giftiges Hexenkraut, so ein Quatsch. Als ob die das einfach so da anbauen dürfen. Wer weiß, was die für Medikamente nehmen. Während der Tee abkühlt, falte ich das Nonnenkostüm zusammen und stopfe es in eine Plastiktüte. Ich werde es zurückgeben. Einerseits ist es eine Sache der Ehre, andererseits erhört die Heilige Burgunda vielleicht meine Bitte nicht, wenn ich es behalte.

Mit den Kamillenteebeuteln auf den Augen lege ich mich aufs Sofa. Der Tee rinnt mir über den Hals bis in meine Achseln. Es fühlt sich scheußlich an, aber im Vergleich mit allem anderen ist das nun auch vollkommen egal.

Morgen wird Harald mich entlassen, so viel ist klar. Und dann sehe ich ihn nie wieder. Mein Leben wird in Zukunft ohne Sinn sein, grau und leer ohne den Mann, den ich liebe.

Es ist das Ende. Doch ich habe hier gestern Abend auf meinem Sofa einen Entschluss gefasst. Mein Abgang wird würdevoll sein. Ich werde die Kündigung mit regloser Miene entgegennehmen und dann werde ich mich umdrehen und gehen. Ohne Blick zurück. Stolz und erhobenen Hauptes.

Der Teebeutel auf meinem linken Auge rutscht mir auf die Wange und während ich ihn wieder in die richtige Position bringe, denke ich an den einzigen Wunsch, der mir noch geblieben ist, damit ich in den einsamen Jahren, die mich erwarten, wenigstens etwas Schönes habe, an das ich mich erinnern kann: Ich möchte Harald, bevor ich für immer gehe, einmal berühren. Einmal nur. Und ewig davon zehren.

Natürlich kann ich mich ihm nicht einfach an den Hals werfen. Schließlich ist er der Bürgermeister. Abgesehen davon wird er sowieso fuchsteufelswild sein, weil ich, um mit seinen Worten zu sprechen, es nun schon wieder nicht geschafft habe, mich effektiv um die Frau Müller zu kümmern.

Also brauche ich ein Wunder. So was gibt es selten, ich weiß. Aber hier im Weingau sind wir ja schließlich nicht irgendwo. Und in Klosterley schon gar nicht. Hier haben wir die Heilige Burgunda, die Schutzheilige der außergewöhnlichen Anliegen.

Ich nehme die Teebeutel von meinen Augen und werfe sie in den Mülleimer. Die Uhr über der Küchentür zeigt drei. Ich kann also los. Um diese Zeit dürfte die Sonntagsmesse mit allem Drum und Dran längst vorbei sein.

Und das ist gut so. Schließlich brauche ich Ruhe, um mit der Heiligen Burgunda zu reden. Und Überzeugungskraft. Und dafür muss ich mich konzentrieren. Geschenke brauche ich natürlich auch. Zum Glück habe ich mir vorletzten Winter einen Sechserpack mit bunten Teelichtern gekauft. Die können glatt als Opferkerzen durchgehen. Sicherheitshalber packe ich noch die Bienenwachskerze mit der großen Biene vornedran ein, die mir meine Schwester zu Weihnachten geschenkt hat.

So gerüstet komme ich am Burgundakloster an, stelle mein Rad an der Mauer ab und lege das Päckchen mit dem Nonnenkostüm unter einen Busch neben dem Kiesweg. Ich laufe weiter, vorbei am frischen Grün der Streuobstwiesen, bis ich an die Kirche komme, stemme mich gegen die schwere hölzerne Tür, bis sie nachgibt, trete ein, bekreuzige mich und begebe mich ins rechte Seitenschiff. Da ist sie. Burgunda. Strahlend weiß, mit einer roten Schnur um den Bauch. Die Heilige, die mir meinen sehnlichsten Wunsch erfüllen kann. Hoffe ich jedenfalls.

Ich packe meine Teelichter und die Bienenwachskerze mit der großen Biene vornedran aus, stelle sie zu den Opferkerzen, die bereits neben Burgunda brennen, und zünde sie an. Knie mich auf den Steinboden und bete: »Liebe Burgunda, Schutzheilige der außergewöhnlichen Anliegen! Ich habe nur ein einziges außergewöhnliches Anliegen und das auch nur dieses eine Mal. Denn nie wieder wird etwas für mich so wichtig sein. Ich weiß, dass Harald mich auch liebt, kannst du wahrscheinlich eher nicht machen ...« Ich blinzele und hoffe, dass Burgunda mir ein Zeichen gibt, aber sie steht da, aus Stein, weiß, mit der roten Schnur um den Bauch, und verzieht keine Miene.

Ich falte die Hände fester. »Bitte mach, dass ich Harald, bevor ich ihn niemals mehr wiedersehe, einmal berühren kann. Bitte!« Ich schicke noch ein Gebet hinterher und dann sehe ich Burgunda direkt in die Augen. Sie sieht gequält aus. Aber vielleicht bilde ich mir das auch nur ein.

Ich zünde noch für zehn Euro Klosterkerzen an, falls das mit meinen Teelichtern und der Bienenwachskerze mit der großen Biene vornedran nicht klappen sollte und schaue Burgunda durch das Lichtermeer noch einmal an. Sie regt sich nicht.

Nun ja, das war's dann wohl, da Burgunda mir trotz der ganzen Kerzen kein Zeichen gibt. Schweren Herzens trete ich den Weg nach Hause an.

Ich bin deprimiert und erschöpft und froh, dass ich mich wieder auf mein Sofa legen kann.

Um mich abzulenken, schalte ich den Fernseher ein.

Und habe Glück. Sie bringen *Detektiv Rockford*, sechs Folgen hintereinander. Ich liebe es, wenn am Anfang das Telefon klingelt und auf dem Anrufbeantworter immer der gleiche Spruch zu hören ist.

Nach der dritten Folge dämmere ich langsam ein, dann klingelt das Telefon wieder und ich warte, dass Jimmys, also Detektiv Rockfords, Anrufbeantworter anspringt. Aber es läutet weiter. Bis ich merke, dass das Klingeln nicht im Fernseher ist. Es ist mein Apparat. Bitte nein, nicht jetzt, es geht mir nicht gut!

Ich gehe trotzdem ran. Und bekomme einen Schock. »Mooonika«, tönt es in der Leitung. »Moooonika, wir müssen uns sehen.« Das kann nur ein Perverser sein. Aber woher weiß der das mit »Mooonika?« Ich schnappe nach Luft und dann erst erkenne ich Haralds Stimme. »Chef!«, krächze ich.

»Ja, natürlich, wer denn sonst?« Die Stimme räuspert sich. »Hören Sie zu, Monika, es tut mir leid, dass ich Sie an einem Sonntag störe, aber wir müssen uns sehen.«

Stören? Ich japse nach Luft und halte den Telefonhörer einen Meter von mir weg.

»Na gut«, sage ich, als ich wieder normal atmen kann, »wenn es denn sein muss«, und könnte schreien darüber, wie cool ich bin. Gleichzeitig fällt mir allerdings ein, dass mein Chef mich wohl nur zur Rede stellen will, weil es mit meinem Auftrag hinsichtlich der Frau Müller heute Morgen nicht geklappt hat. Das weiß er bestimmt wieder von seinem Freund, dem Axel Bärbaum. Mit seiner sanften Stimme will Harald mich nur zu sich locken. Ja, und an einem Sonntag entlassen, weil er nicht bis Montag warten kann.

Egal, es ist Sonntag und ich sehe Harald! Das gab es noch nie.

Mir ist ganz komisch in dem menschenleeren Bürgermeisteramt. Meine Schritte hallen von den Wänden wider, als ich durch die große Halle und die Steintreppe hinauflaufe. Oben gehe ich ein letztes Mal ins Damenklo und überprüfe mein Spiegelbild. Frisur: sitzt. *Estelle Luder, Saharasturm No. 16*: sitzt. Cremefarbene Seidenbluse: sitzt. Auf *Black Opossum* habe ich dieses Mal verzichtet.

Ein letztes Mal schreite ich nun über den Flur zu Haralds Büro, ein letztes Mal klopfe ich an der Tür. Mir zittern die Knie. Doch mir tönt ein freundliches »Kommen Sie doch herein, liebe Mooonika«, entgegen. Was? Das ist ein Trick, garantiert. Ich kenne doch Harald.

Ich trete ein und mein Chef kommt mit ausgebreiteten Armen auf mich zugesegelt. Er lächelt. Jetzt verstehe ich gar nichts mehr. Weiß er etwa noch nicht, dass ich bei der Frau Müller wieder versagt habe? Oder ist das etwa das Werk der Heiligen Burgunda? Leider dreht Harald etwa einen Meter entfernt von mir ab und klopft dann einladend auf die Lehne des karamellfarbenen Sessels, auf dem ich schon neulich Platz nehmen durfte. Vorsichtig lasse ich mich auf die Kante sinken.

Ich sage jetzt mal lieber nichts und warte ab, was das hier alles bedeutet. Harald stützt die Ellenbogen auf den Tisch, faltet die Hände und schaut mir direkt in die Augen. »Monika, ich will ganz ehrlich zu Ihnen sein: Ich brauche Sie.« Mein Herz macht einen Freudensprung. Die Heilige Burgunda! Sie hat mir kein Zeichen gegeben, aber sie hat mich erhört!

Harald ist wieder aufgestanden und läuft durchs Zimmer. Er scheint sehr unruhig zu sein. Na klar, er ist ja auch noch verheiratet. »Natürlich ist das ganz großer Mist, den Sie da verzapft haben. Dass Sie es auch beim dritten Mal nicht geschafft haben, Ihren Auftrag hinsichtlich Frau Müller zu erledigen. Aber Sie müssen Ihr Werk zu Ende bringen. Das ist von essenzieller Bedeutung.«

Ach so, darum geht es. Dann hätte ich die Bienenwachskerze mit der großen Biene vornedran auch behalten können.

Harald geht ans Fenster, lehnt für einen langen Moment die Stirn an das Glas und dreht sich dann wieder zu mir um.

»Wissen Sie, Monika, es geht ja nicht nur um Frau Müller.« Er macht eine ausladende Handbewegung. »Es geht um ganz Klosterley. Ach was, um das ganze Weinland Mittenrhein.«

Ich nicke brav, auch wenn ich immer noch nicht verstehe, was jetzt die Frau Müller mit der ganzen Region zu tun hat. »Ich sage Ihnen, Monika, nach der Frau Müller beginnt eine rosige Zukunft. Pah, was sage ich ... goldene Zukunft. Komplett mit Weltklassehotel, Casino und als Tüpfelchen auf dem i eine Weinerlebniswelt, an der sich Walt Disney ein Scheibchen abschneiden könnte. Klosterley wird sich einreihen in die Städte von Weltruhm wie Monaco, Saint-Tropez und Cannes, wo man es sich gut gehen lassen kann! Aber bis es soweit ist, blicken wir auf diese verdammte Seniorenresidenz, wo Alte vor sich hinsiechen. Wer lässt sich denn so einen Humbug einfallen? Die machen aus Klosterley den Vorhof der Hölle, anstatt das Himmelreich einzuläuten.« Während Harald immer wütender wird, fährt er sich nervös mit den Händen durchs Haar. Er sieht schon ganz zerzaust aus, der Arme.

»Auf mich hat ja niemand gehört.« Harald legt eine Hand auf seine Brust und seufzt. »Warum muss das Gute immer erst gegen Windmühlen kämpfen? Warum müssen Axel und ich so viele Hindernissse überwinden? Dabei hätte alles so leicht sein können, wenn der Landrat mit seiner Schwägerin, dieser grässlichen Frau Hemmschuh, die sich die Heimleitung unter den Nagel gerissen hat, mir nicht dazwischen gegrätscht wären. Manchmal will ich alles nur noch hinschmeißen, Monika! Aber wenn wir immer gleich aufgeben würden, wäre die Erde noch immer eine Scheibe.«

Harald lässt sich erschöpft in seinen Sessel fallen. Er tut mir so leid. Am liebsten würde ich zu ihm hinübergehen und ihm das Haar richten. Aber ich traue mich nicht.

»Monika, ich weiß, wenigstens Sie sind mir treu ergeben.«

Oh, ja, das bin ich, oh, Harald!

»Deswegen verrate ich Ihnen mal was: Klosterley ist finanziell bald am Ende. Wenn es so weitergeht, müssen wir unter den Rettungsschirm des Landes. Das wäre so peinlich. Ich will das nicht. Und dann noch dieser Flaschenburg. Ich will erst recht nicht, dass dieser Schönheitsquacksalber hier seine Operationszentrale aufmacht.«

»Sie meinen den Fettabsauger?«, frage ich.

Harald guckt genervt. »Monika, das haben Sie schön gesagt. Er macht aus fetten Entstellten dünne Entstellte. Da wird einem schlecht.«

Ich nicke erneut. Ich freue mich, dass wir einer Meinung sind über den Fettabsauger und schaue zu, wie er eine der Schreibtischschubladen öffnet und ein Zigarillo herausholt. Er zieht daran, hustet und drückt ihn gleich wieder in dem großen Glasaschenbecher aus, den ich noch nie benutzt gesehen habe. Er versucht, seinen Krawattenknoten, der durch ständiges Ziehen fast auf Walnussgröße geschrumpft ist, aufzulockern und schaut mich wieder direkt an. Blaugrün gesprenkelt. Ich bekomme Gänsehaut.

»Ich will Sie was fragen, Monika.«

Ich nicke wieder.

»Sie kennen doch diese Dominosteinchen und was man damit machen kann?«, fragt er und schnippt so, als stoße sein

Finger gegen ein imaginäres Steinchen mitten auf seinem Schreibtisch.

Ich nicke nicht, denn ich verstehe den Sinn seiner Frage nicht. Aber Harald redet Gott sei Dank schon weiter. »Die Frau Müller ist wie das erste Steinchen und ihr Geld die Initialzündung zu unseren Träumen. Wenn sie umfällt, kommt endlich Bewegung in die Sache. Sie müssen sie nur anschubsen, Monika! Tsching!«, macht er und schnippt nochmals mit seinen Fingern. »Mit mehr Informationen will ich Sie im Moment gar nicht belasten, Sie haben ja genug zu tun.«

Das finde ich jetzt irgendwie nicht gut, aber ich bin ja froh, dass Harald so lieb zu mir ist und mich nicht entlässt und mich auch braucht für sein Dominospiel. Ich darf weiter in seiner Nähe sein!

»Und da kommen wir jetzt zu Ihrer Methode, liebe Monika. Sie waren bis jetzt nicht besonders erfolgreich, aber ich gebe zu, dass von meiner Seite her vielleicht ein bisschen Input gefehlt hat. Ich hätte Sie besser vorbereiten sollen. Wissen Sie ...« Er streicht sich mit der Hand über die Stirn. »Es ist nicht immer einfach, Bürgermeister zu sein, diese ganzen Aufgaben, die Menschen, denen ich dienen muss, die Stadt, die geführt werden will. Aber ich sehe ein, dass ich mir einfach mehr Zeit für Sie nehmen muss.«

Oh, ja, Harald.

»Und deswegen fangen wir heute an zu üben.« Harald bedeutet mir, auf einem Schwingsessel an der Stirnseite seines Schreibtisches Platz zu nehmen und breitet ein DIN-A3-Papier aus, auf dem allerlei Strichmännchen in merkwürdigen Positionen zu sehen sind. »Sehen Sie, Monika, das da oben ist eine Frau, die aus dem Fenster gefallen ist. Die da unten ist erwürgt und die da in der Mitte hat einen eingeschlagenen Schädel.«

Für mich sehen fast alle Figuren gleich aus, außer der in der Mitte, die einen roten Kranz aus Buntstiftstrichen um den Kopf hat.

»So.« Harald steht auf. Und da ist er wieder. Mein Held. So mutig, so schön.

»Das üben wir jetzt«, sagt mein Mann der Tat, packt mich am Oberarm und bugsiert mich auf die freie Fläche zwischen Schreibtisch und Tür. Er hat mich berührt! Zwar nicht so, wie ich es gerne wollte, aber er hat. Die kann was, die Burgunda.

»Erwürgen!«, befiehlt Harald. Ich verstehe nicht und schaue ihn nur an. »Mein Gott, Monika, Sie sollen mich erwürgen!«

Er nimmt meine Hände und legt sie um seinen Hals, »Zudrücken!« Jetzt ist er wahnsinnig geworden. Ich spreize meine Finger und schluchze. »Aber ich will Sie nicht erwürgen!«

»Monika, ich habe Ihnen eben gesagt, dass wir nur üben. Haben Sie mir nicht zugehört?«

Nein, das habe ich wohl nicht, diese Situation ist einfach zuviel für mich, aber jetzt habe ich kapiert: Ich soll mit Harald das Erwürgen üben. Nur üben und darf dazu meine Hände um seinen Hals legen. Danke, Burgunda!

Ich schließe meine Hände sanft um Haralds Hals. »Zudrücken!«, zischt er und ich gehorche. Fühle seine weiche Haut und den Herzschlag, der durch seine Adern pulsiert. Ich bin glücklich.

Harald fängt an zu keuchen und seine Fingernägel bohren sich in meine Handrücken. Ich lasse los. »Sehen Sie«, sagt er, »Sie können das doch.« Er hustet. »Monika, Sie haben Potential, das habe ich mir doch gedacht. Also, dann erschlagen Sie mich bitte jetzt.« Seine Augen leuchten und mir wird ganz mulmig. »Mit was denn?«, frage ich.

Harald stöhnt, ich fürchte, er wird gerade wieder ungeduldig, nachdem ich doch eben beim Würgen so gut abgeschnitten habe.

»Monika, das ist doch gerade das, was wir hier üben. Es geht auch um die Kunst der Improvisation. Stellen Sie sich einfach vor, Sie kommen in dieses Zimmer, um mich zu erschlagen. Überlegen Sie, wie Sie es anstellen, womit und wie. Deshalb üben wir das doch.«

»Gut«, sage ich und merke, wie ich schon wieder einen Kloß im Hals bekomme, aber ich versuche, ganz lässig zu bleiben. »Dann fangen wir am Anfang an. Ich gehe jetzt raus und dann komme ich rein und dann erschlage ich Sie.«

»Nur so tun«, höre ich noch, als ich das Büro verlasse.

Vor der Tür richte ich meine Bluse und ein kurzes Stoßgebet an Burgunda und gehe wieder in das Zimmer. Harald steht vor dem Schreibtisch. Wie um Himmels Willen soll ich ihn jetzt erschlagen? Er ist viel größer als ich. »Möchten Sie sich nicht setzen?«, frage ich, während mein Blick fieberhaft durch das Zimmer wandert, um nach einem geeigneten Gegenstand zu suchen.

»Ach nein«, antwortet Harald und grinst frech, »ich stehe ganz gut.«

Nett ist das nicht, aber ich darf jetzt auf keinen Fall schlapp machen – zum Glück habe ich neulich einen Kung-Fu-Film gesehen. Natürlich werde ich es nicht schaffen, anderthalb Meter hoch in die Luft zu springen, aber ich stoße einen spitzen Schrei aus, nehme Anlauf und werfe mich mit meinem ganzen Gewicht gegen Harald, sodass er zu Boden geht. Ich schwanke, richte mich auf, greife mir den Glasaschenbecher vom Schreibtisch und ziehe ihn einige Millimeter über Haralds Kopf durch die Luft, so, als würde ich ihm damit eins über den Schädel geben. Natürlich tue ich Harald nicht wirklich was, außer, dass der Rest vom Zigarillo und die Asche in seinem Haar landen. Ich bin vollkommen aus der Puste, aber ich fand meinen Auftritt jetzt nicht schlecht.

Bloß bewegt Harald sich nicht mehr. Er liegt auf dem Boden, alle Viere von sich gestreckt und hat die Augen zu. Oh, mein Gott, was habe ich getan? Ich habe ihn doch noch nicht einmal berührt mit dem Aschenbecher und er ist auch nirgends mit dem Kopf angestoßen. Aber er liegt regungslos da. Ich kriege Panik, kauere mich neben ihn und überlege, ob ich mit Mund-zu-Mund-Beatmung versuchen soll, ihm wieder Leben einzuhauchen. Das mache ich! Während sich meine Lippen den seinen nähern, schlägt er plötzlich die Augen auf und fängt an zu lachen.

Ich schnelle zurück.

Harald rappelt sich auf und schüttelt sich die Asche und den Zigarillo aus dem Haar. Wir sitzen nebeneinander auf dem Fischgrätparkett seines Büros, er lacht mich an und klopft mir auf die Schulter. »Monika, Sie sind mein Mädchen. Geht doch!«

Oh, Heilige Burgunda, ich danke dir aus tiefstem Herzen. Ich habe ihn mehr als einmal berühren dürfen und ich bin jetzt sein Mädchen. Die Frau Müller, die kann was erleben. Und zusammen mit Harald werde ich Klosterley, nein, das ganze Weinland Mittenrhein Richtung goldenes Zeitalter katapultieren.

13. Kapitel: Leo

Seit mein Vater abtauchte, war Tante Elisabeth der Meinung gewesen, meinen Lebensstandard ihrem anpassen zu müssen. Sie hat mich nie gefragt, ob ich ihr Geld haben möchte. Dass sie mich jetzt plötzlich, auf ihrem Selbstverwirklichungstrip im Seniorenheim, für sich arbeiten lässt, sehe ich, mit jedem Euroschein, der zu mir herüberwächst, positiver. Obendrein komme ich so Fatima Schritt für Schritt näher. »Schnarch!«, sagt Klaus, und das ist auch gut so, denn wenn er schläft, kann ich in Ruhe arbeiten und diesen Bericht für Tantchen fertig schreiben, auch wenn halb vier in der Nacht längst vorbei ist. Also ran an die Tasten: *Auf dem Weg zu Frau Kronenstein wurden wir von der Motorrad-Kolonne einer Rockerbande bedrängt. Wahrscheinlich befanden sie sich gerade auf einem Vereinsausflug ins Mittenrheingebirge.*

»Lügner!«, ruft Klaus in meine Ausführungen. »Das war kein Ausflug. Die *Sons* haben euch gesucht, ganz gezielt.«

»Leg dich wieder hin, Klaus! Wir hatten doch ausgemacht, dass Tante Elisabeth nicht alles wissen muss. Was bringt es, eine alte Frau mit übelgelaunten Rockern zu ängstigen?«, sage ich und schreibe weiter: *Um Ärger mit den Rockern zu vermeiden, fuhr ich meinen Wagen so weit wie möglich an den Straßenrand. Auf Grund des dichten Bewuchses konnte ich aber nicht erkennen, dass es uns den Abhang herunterreißen würde. Nach einer holprigen Rutschpartie ins Tal blieb der Wagen liegen. Wir und der Spundekäse blieben Gott sei Dank heil, im Gegensatz zu meinem 911er Porsche.* Bei diesen Worten blutet mir das Herz. Während ich hier im Gästezimmer unseres Familienweingutes in Schönhell sitze, steht mein armer 911er porscheseelenallein ganz weit weg im tiefen Taunus in der Garage von Fatimas Landsleuten. Keine Ahnung, ob das ihre Bekannten oder Verwandten sind. Obwohl ich den ganzen Samstagabend und Sonntag bei ihnen verbracht habe, konnte ich es nicht herausbekommen. Ich schlucke den Kloß in meinem Hals herunter und protokolliere weiter: *Frau Kronenstein zeigte sich sichtlich erfreut über Rosemarie Perabos Spezialspundekäs. Sogleich machte sie sich hochmotiviert über die Geheimschrift her und stellte uns allerlei Fragen über unsere Ermittlungen. Besonders die Geschichte mit Klara Schönleins Brosche ließ sie aufhorchen. Sie notierte alles in ein Notizbuch und unterstrich die Worte Quattrocento, Original, Botticelli. Frau Kronenstein war sichtlich erschüttert über den Tod von Klara Schönlein und das Verschwinden des Enkels Peter. Sie gab ihr Versprechen, dieses Schriftstück zu entziffern. Zwecks weiterer Bezahlung will sie sich persönlich mit Rosemarie Perabo in Verbindung setzen.*

Dass uns Frau Kronenstein um neunzehn Uhr fünfzehn mit den Worten »Ich möchte jetzt die Mittenrhein-Schau gucken, da ich sonst nicht weiß, was in der Welt vor sich geht«, hinauskomplimentierte, ist unwichtig. Aber Tante Elisabeth soll wissen, wie es um mich und meine Sorgen steht. *Als wir Frau Kronensteins Haus verließen, rief Fatima eine ihr bekannte günstige Werkstatt an, die meinen Porsche abholte. Um Geld zu sparen, bin ich am nächsten Tag höchstpersönlich mit dem Werkstattbesitzer auf der Suche nach Ersatzteilen von Schrotthändler zu Schrotthändler gefahren. Gut, dass er alle kennt, so konnten wir sogar an einem Sonntag alle notwendigen Ersatzteile ergattern. Mein Wagen befindet sich nun zu weiteren Rehamaßnahmen in jener Werkstatt. Wann ich ihn wiederhaben werde, hängt davon ab, inwieweit ich in der Lage sein werde, die Reparaturarbeiten durch üppige Finanzspritzen zu beschleunigen. Bis dahin werden Fatima und ich Taxi fahren.*

Tante Elisabeth ist eine kluge Frau, sie wird verstehen, dass es günstiger sein wird, mir die Reparaturkosten zu bezahlen als die Taxifahrten.

»Ja, sie ist klug«, gibt mir Klaus recht, »sie wird auch herausbekommen, was in der letzten Nacht noch alles geschehen ist!«

»Ach was, das regeln Fatima und ich zusammen. Sie hat Recht, die Alten brauchen nicht alles zu wissen.« Ich falte meinen Bericht zusammen und lege mich aufs Ohr. Jetzt ein wenig schlafen, bevor ich Tante Elisabeth vor die Augen treten muss.

»Ich finde aber, du könntest dir die Geschehnisse, die du Tante Elisabeth vorenthältst, noch einmal durch den Kopf gehen lassen, bevor du schlummerst, Leo«, nervt Klaus und erzählt unaufgefordert: »Der nette Werkstattbesitzer fuhr dich zurück nach Schönhell, wo Fatima im Weingut auf dich wartete. Gemeinsam wart ihr per Taxi unterwegs in die Seniorenresidenz, als ihr Handy klingelte. Aufgeregt rief sie in den Hörer: ›Scheißendreck!!!‹ und legte wieder auf. Du wolltest auf mein Anraten hin nicht nachfragen, was los war. ›Als Mann darf man seine Souveränität niemals durch doofe Fragen gefährden, sondern muss vorneweg gehen‹, waren deine Worte. Du dachtest, dass die Adresse, die sie dem Taxifahrer nannte, ihre eigene war. Als das Taxi vor dem Haus Bachstraße 3 in Gottesacker hielt, rief sie dir zu: ›Komm!‹ Da wähntest du dich schon unter ihrer Bettdecke. Freudig erregt bezahltest du mit deinen letzten Kröten das Taxi und eiltest Fatima hinterher, die an der Haustür wartete. ›Ah, hier wohnst du also‹, hast du ihr zugehaucht. ›Detektei Özdemir und Schultze‹ las ich dir das Klingelschild vor. Die Tragweite meiner Aussage hast du erst begriffen, als wir in die Wohnung im zweiten Stock eintraten. Das Interieur der Detektei brachte uns beide zum Schmunzeln. Wir kamen uns vor wie in diesen Film-Noir-Streifen mit Humphrey Bogart. Der Teppich schwarz, die Wände weiß, die Möbel grau. Schwarz-Weiß-Film-Feeling. Dann traten wir in das Büro und es war zu albern. Wirklich. Das Licht der Straßenlaterne schien durch die Lamellen zum Fenster herein und zeichnete Zebrastreifen an die Wand. Doch nicht Humphrey Bogart kam herein, sondern ein kräftiger Mann mit Dreitagebart zischte mit einem elektrischen Rollstuhl hinter seinen Schreibtisch hervor und schnauzte Fatima an: »Setz dich!« Fatima gehorchte sofort und ließ sich wie ein braves Schulmädchen auf den Stuhl nieder, der an der Wand stand.

»Sie auch!«, schnauzte er dich an, obwohl kein Stuhl mehr vorhanden war. »So, so, Sie sind also Leo van Ameln, der Neffe von Elisabeth«, brummte der Mann. Bevor du den Zusatz ›Lieblingsneffe‹ aussprechen konntest, schrie er dich an: »Was fällt Ihnen ein, so ein Schlamassel anzurichten?«

Wir waren beide ratlos. Wir wussten beide nicht, was er meinte.

»Stellen Sie sich nicht dümmer als Sie sind!«, bohrte er weiter in unserer Wissenslücke. Fatima schwieg die gesamte Zeit wie eine kleine Sünderin.

»Vor einer Stunde hat mich Hans-Peter Todtke, genannt Toddo, angerufen. Er ist einer meiner besten Klienten und Chef der *Sons of Fury*, für die ich normalerweise unauffällig die Aufenthaltsorte ihrer Gegner recherchiere. Todtke hatte einen neuen Auftrag für mich«, rief der Mann und schlug dabei so fest auf die Tischplatte, dass die Wände wackelten. »Er hat mich beauftragt, einen Schnösel und eine Türkin zu suchen. Drei seiner Jungs wären von denen zuerst verprügelt und dann im strömenden Regen an ihre Motorräder gefesselt worden. Zwei von denen haben jetzt eine Blasenentzündung, einer wird wegen Rippenbruchs behandelt.«

Fatima schwieg und du warst drauf und dran, sie wegen der Schlägerei in Peter Schönleins Haus zu verteidigen, doch der Mann hinter dem Schreibtisch ließ dich nicht einmal Luft holen. »Haben Sie Testosteronüberschuss, oder macht es Ihnen Spaß, unsere Recherchearbeit für Ihre Tante zu gefährden?«

Ich habe im Gegensatz zu dir sofort begriffen, was er damit meinte. Toddo hatte Schultze natürlich nicht erzählen können, dass Fatima seine Jungs allein verprügelt hat. Wie peinlich aber auch für seine Truppe. Scheinbar ahnt dieser Schultze nicht, was in Fatima steckt und denkt, du seist der Rockerschreck. »Ich führe diese Detektei seit zweiundzwanzig ... nein, seit sechsundzwanzig Jahren, und unsere oberste Devise lautet: Agiere unauffällig! Und da kommen Sie und hauen einfach so alles kurz und klein!«

Spätestens jetzt hattest auch du begriffen, auf welchem falschen Dampfer er war.

»Ich verlange, dass Sie zu den *Sons* gehen und sich entschuldigen!«, rief Schultze. Erstaunlicherweise schien Fatima nicht gewillt, seinen Irrtum aufzuklären, denn sie spielte selbstvergessen mit den Zipfeln ihres Kopftuches. »Bringen Sie die Sache wieder in Ordnung, sonst muss ich Fatima vom Fall Klara Schönlein abziehen. Aber das will ich nicht! Ich darf es mir mit Ihrer Tante nicht verscherzen. Sie wissen ja, wie sie ist ...« An dieser Stelle mache ich mal drei Pünktchen, wir wissen ja alle, wie sie ist.

Als wir aus der Detektei traten, war, um deines lieben Friedens willens klar, dass niemand anderes als Fatima an diesem Fall dranbleiben darf, und dass du ihren Fehler glattbügeln musst. Ich bin mal gespannt, wie du das anstellen willst, Leo. Vor allem, ohne dass Tante Elisabeth etwas davon erfährt. Aber ich gebe zu, dass sich daraus für dich die Chance ergeben könnte, Fatima wenigstes ein klein wenig zu beeindrucken.«

»Könntest du jetzt endlich mal die Klappe halten, Klaus? Ich würde gerne noch ein paar Stündchen schlafen.«

Völlig übermüdet sitze ich wenig später ohne Fatima in Rosis klappriger Ente. Tante Elisabeth hat es für nötig befunden, nach mir zu sehen, nachdem sie so lange nichts gehört hat.

»Dass der Bericht nicht so ausführlich ist, will ich diesmal entschuldigen, Leo. Ihr hattet schließlich auf dem Weg zu Frau Kronenstein genug Ärger mit diesen Rockern«, ruft sie mir vom Beifahrersitz aus zu. »Denen müsste man bei Gelegenheit die Leviten lesen.«

»*Ich will keine Schokolade, ich will lieber einen Mann ... einen Mann, der mich küssen und dem ich die Leviten lesen kann*«, singt Rosi alias Trude Herr ihr ureigene Version und gibt Gas.

Rosemarie muss bei diesem Fahrstil fünfzigtausend Schutzengel haben. Es ist ein Wunder, dass wir heil in Tante Elisabeths neuer Bleibe ankommen. Mit dem Fahrstuhl geht es bis in den ehemaligen Kirchturm. Wow! Der Blick aus dieser Wohnung ist einfach der Hammer. Am Samstag konnte man vor lauter Umzugskartons die wahre Pracht dieser Wohnung gar nicht erkennen. Hier könnte ich mir vorstellen, mit Fatima alt zu werden.

»Wenn du alt bist, ist Fatima immer noch knackig jung. Was will sie dann mit dir?«, fragt Klaus.

»Hier sollte man stundenlang am Fenster sitzen und staunen. Was für ein Blick!«, rufe ich. »Aber ich würde den van-Ameln-Thron direkt ans Fenster stellen, Tante Elisabeth!«

»Dein Neffe hat Geschmack«, stimmt Rosemarie mir zu.

»Aber keine Ahnung von Feng Shui. Wenn der Sessel vor dem Fenster steht, kann die Energie nicht frei fließen«, blafft Tante Elisabeth.

»Ach, seit wann interessierst du dich für Feng Shui?«, fragt Rosi.

Statt ihr zu antworten, befiehlt mir Tante Elisabeth: »Setz dich, Leo! Jetzt erzählst du mir noch mal alles haargenau.«

Ich gehorche ihr ... aber nicht ganz. »Die Geschichte mit den *Sons* kriegt sie doch noch raus«, ruft Klaus und kichert.

»Hach, das freut mich, dass mein Spezialspundekäs die

Frau Kronenstein beglückt hat«, ruft Rosemarie und klatscht in die Hände.

»Was macht diesen Spundekäs eigentlich so besonders?«, will ich wissen.

»Soll ich dir auch ein Löffelchen zubereiten, mein Lieber?«, fragt Rosi mit leuchtenden Augen. »Wir können gleich in meine Wohnung gehen und ... «

»Rosiii! Würdest du bitte Fatima anrufen und fragen, wo sie bleibt!«, zischt Tante Elisabeth ihre Freundin an.

In diesem Augenblick schellt es an Tante Elisabeths Tür.

Wilhelm Schönlein, der schießwütige Sohn unseres Mordopfers, umarmt Tantchen zur Begrüßung. »Na holla, na holla, wenn da nichts läuft«, ruft Klaus. »Bitte behalte die Bilder für dich!», beeile ich mich, Klaus zu stoppen.

Als Wilhelm mich sieht, ruft er hocherfreut: »Ein Mann in unserer Runde! Sehr schön. Gehört er auch zu den W.A.R.-Senioren?«

»Was sind die W.A.R.-Senioren?«, will ich wissen und frage mich, ob Tantchen mir jetzt für ihr Geld auch noch ihren Altersstatus aufbrummen will. Gerade als ich mich vehement gegen das Seniorentum wehren will, sagt sie: »Wir sind die W.A.R.-Senioren. We, Aah, Err-Se-ni-oren, Wilhelm! Mein Neffe darf uns nur zuarbeiten, denn ihm fehlen zwei wichtige Voraussetzungen: Die Weisheit und die Erfahrung unserer Jahre. Er darf sich draußen austoben, während wir hier die wichtigen Entscheidungen treffen.«

Ich atme erleichtert auf. Doch bevor ich weitere Erklärungen einfordern kann, klingelt es schon wieder.

Rosemarie reißt die Tür auf. Fatima! Mein Herz hüpft und springt in Anbetracht dieses bis oben zugeschnürten, leider immer noch verpackten Geschenks.

»Hab ich abgeholt gleich Frau Kronenstein!«, sagt Fatima.

»Was? Sie ist hier?«, ruft Rosi und schaut sich suchend hinter Fatima um.

»Wo ist sie?«, fragt Tante Elisabeth.

»Guckt Seniorenresidenz!«, antwortet Fatima.

»Die Heilige Burgunda soll uns davor bewahren! Sie wird doch nicht hier einziehen wollen«, raunt Rosemarie.

Tante Elisabeth schüttelt den Kopf. »Keine Angst, hier ist es ihr bestimmt nicht fein genug. Sie besitzt diese wundervolle Villa, die sie mit ihrem Mann – Gott hab ihn selig – in Hohenrhein bauen ließ. Sie hat doch Hausbedienstete und alles Drum und Dran. Warum sollte sie da ausziehen wollen?«

In diesem Moment schwebt Frau Kronenstein durch die Tür. Sie sieht auch heute aus wie Margret Thatcher, sogar die Handtasche scheint aus Eisen zu sein.

»Ich muss schon sagen«, ruft sie, »man hätte viel mehr aus diesem Anwesen machen können: Großzügigere Wohnräume zum Beispiel ... wo soll jemand wie ich hier mit seinen Gemälden hin?«

Es herrscht Stille, nur das Bonbon, das Wilhelm Schönlein in seinem Mund kreisen lässt, ist zu hören, wenn es klackernd an seine Zähne schlägt.

Frau Kronenstein sieht sich um. »Allerdings, meine liebe Elisabeth, für eine Wohnung wie die deine könnte ich mich erwärmen. Der Ausblick ist grandios. Man hat ja sogar Weinhessen zu seinen Füßen. Ich wünschte, ich hätte so einen Blick aus meiner Villa. In Hohenrhein ist ja alles verbaut. Ich bin nun mal gebürtige Weinhessin. Mich hat es nur wegen meines Mannes in den Weingau verschlagen. Auch wenn Weinhessen und Weingau als Weinland Mittenrhein zusammengehören: Mein Herz schlägt doch für meine Heimat und die andere Rheinseite. Deshalb, meine Teure, würde ich den

Ohrensessel an jenes Fenster dort schieben und mir einen Feldstecher besorgen. Ich bin sicher, damit kann man sogar bis nach Schoppegarten schauen, wo ich im Wintersemester in der *Wineland University* einen Kursus in Jura-Einmaleins geben werde.«

»Ich kann Ihnen einen Feldstecher besorgen«, ruft Wilhelm, der sofort von Tantchen einen tödlichen Blick erntet.

»Sie wollen auch hier einziehen?«, fragt Rosemarie panisch.

»Ich wäre nicht abgeneigt. Dieser Blick! Wir könnten außerdem Scrabble spielen und dabei Rosemaries Spundekäs verkosten. Ich werde mal den Nachbarturm besichtigen.«

Tante Elisabeths Augen verengen sich zu Schlitzen. »Der Nachbarturm ist nicht als Wohnung gedacht, dort ist die Bibliothek der Residenz untergebracht«, erklärt sie.

»Du kennst mich, meine Liebe. Dann klage ich mich in den Turm. Ich werde schon einen Schimmelfleck finden, der den Büchern schadet, nicht wahr?«

»Ich mach uns mal rasch ein wenig Musik«, ruft Rosi und springt zur Anlage.

»Ich habe euren Brief entschlüsselt. Aber wenn ihr jetzt lieber tanzen wollt, untersuche ich solange die Bibliothek im Nachbarturm auf Unzulänglichkeiten.«

Frau Kronensteins Drohung bringt alle sofort um Tante Elisabeths Esstisch. Zum Glück ist es sehr eng, sodass ich fest an Fatimas Seite gepresst sitze. Sie muss doch auch was spüren, oder nicht?

»Als ich gestern Fatima und Leo befragte, kamen wir auf die Brosche zu sprechen, mit der sich Peter Schönlein aus dem Staub gemacht hat«, beginnt Frau Kronenstein.

»Was? Mein Sohn ist mit der Brosche durchgebrannt?«, frage Wilhelm mit weit aufgerissenen Augen.

»Keine Sorge, wir finden deinen Sohn!«, sagt Elisabeth und tätschelt seine Hand.

»Warum habt ihr mir nichts davon gesagt?«, fragt er, Entsetzen in der Stimme.

»Um dich nicht zu beunruhigen, mein Lieber«, sagt Tante Elisabeth.

»Mich nicht beunruhigen?«, ruft er und springt auf. »Diese Flachschippe, dieser Bügeleisensammler! Beklaut seine eigene Oma«, schimpft er. Tantchen steht auf, will ihn beruhigen, doch er scheint die Situation auch zu genießen, denn er grinst plötzlich breit. »Ihr braucht ihn nicht zu suchen. Vielleicht wird er auf der Flucht endlich ein Mann! Oder wenigstens erwachsen! Mit Mutters Brosche abzuhauen ist immer noch besser, als Bügeleisen zu sammeln!« Er setzt sich wieder hin.

»Deine Tante steht auf den Alten. Schau, jetzt legt er seine Hand auf Elisabeths und sie lächelt«, stellt Klaus fest.

»Ach, ich wusste gar nicht, dass Peter Schönlein Ihr Sohn ist«, sagt Frau Kronenstein.

»Man kann sich seine Kinder ja auch nicht aussuchen«, antwortet er.

»Damit sind Sie Klara Schönleins Sohn«, stellt Frau Kronenstein zufrieden fest. Wilhelm nickt.

»Dann werden Sie meine Entdeckungen besonders interessieren. Als die beiden Detektive hier mir erzählten, dass die mitsamt dem Enkel verschwundene Brosche ein Original aus dem Quattrocento ist, welches der Maler Sandro Botticelli in seinem Bild verewigt hat, kam ich auf die Idee, den verschlüsselten Brief mit Bildern des besagten Malers zu vergleichen. Das Internet ist ja voll von seinen Bildern. Und siehe da, ich fand das passende Gemälde und brütete die ganze Nacht darüber. Ich muss schreckliche schwarze Ringe unter den Augen haben.«

»Nein, gnädige Frau, Sie sehen wundervoll aus«, schwärmt Wilhelm.

Tante Elisabeth zieht sofort ihre Hand aus seiner zurück. Sie fragt ungeduldig: »Was haben Sie denn nun herausgefunden, Frau Kronenstein?«

»Das Bild, das zu den verwendeten Worten passt, ist Botticellis *Frühling*. Ich dachte zunächst, dass die Worte irgendeine Bedeutung haben, die ich aus dem Bild herauslesen könnte, doch das hat mich nur auf die falsche Spur gelenkt. Die Sache ist viel einfacher. Um diesen Brief zu entschlüsseln, braucht man das Bild nämlich nicht. Jedes Wort steht für einen Buchstaben. Sehen Sie, das Wort Ast kommt am häufigsten vor, also steht Ast für den Buchstaben E, weil der Buchstabe E in der deutschen Sprache am häufigsten vorkokmmt; und so weiter und so fort.«

Frau Kronenstein schiebt Wilhelm ein Blatt über den Tisch hinüber. Wilhelm liest: ›*Meine liebste Klara, Du weißt, wie sehr ich Dich liebe. Mein Herz ist immer bei Dir, egal wie, egal wann, doch ach, mein Körper und mein Verstand dürfen ihm nicht folgen. In Liebe, Dein untröstlicher Graf und Diener, Dein Karel.*‹

Stille.

»Und was soll das heißen?«, will Wilhelm wissen.

»Dass dem Klara Schönlein hatte Liebhaber!«, ruft Fatima.

»Meine Mutter?«

»Klara, Klara«, murmelt Tante Elisabeth, »du ausgekochtes Lauseluderchen.«

»Wahnsinn!«, ruft Rosemarie. »Und dieser Liebhaber muss auch noch sehr reich gewesen sein! Er hat ihr doch sicher diese Botticelli-Brosche geschenkt. Was steht da? Dein Diener? Und Graf?«

»Was für ein Graf denn?«, fragt Wilhelm.

»Na, hier steht es doch: Karel! Graf Karel von Flaschenburg aus Flaschenburg in Weinhessen. Als Weinhessin kannte ich den Hausherrn natürlich persönlich. Ich habe ihn einst auf einem Wohltätigkeitsball kennengelernt. Ein Jammer, dass ein Mann von solchem Rang und Namen so jung verstarb.«

»Hat er keine Erben hinterlassen?«, frage ich.

»Doch, doch. Einen Sohn ...«

»Doktor Thoralf von Flaschenburg wohnt noch heute im Schloss seiner Ahnen und besitzt eine chirurgische Schönheitspraxis drüben in Weinhessen«, unterbricht Rosemarie Frau Kronenstein. »Da bin ich platt, Kinder! Unsere Klara hatte ein Techtelmechtel mit dem Grafen von Flaschenburg.«

»Das ist doch starker Tobak, meine Mutter hatte niemals einen Liebhaber. Erst recht keinen Grafen«, mischt sich Wilhelm entrüstet ein.

»Warum nicht? Sie war doch eine sehr schöne Frau mit ihren wallenden roten Haaren«, sagt Rosemarie und schüttelt ihre Hennamähne.

»Sehr gut, in diese Richtung wird weiter recherchiert«, ruft Tante Elisabeth.

»Moment, stop! Ich weiß nicht, ob ich begeistert davon bin, dass ihr in der Vergangenheit meiner Mutter herumstochert. Ich will nicht wissen, ob sie einen Liebhaber hatte oder nicht.« Wilhelms Kinn bebt, ebenso wie seine Stimme.

»Aha, dann willst du also weder wissen, wo dein Sohn ist, noch wer deine Mutter ermordet hat«, zickt Tante Elisabeth sofort. Da ist sie ja wieder, meine grantige alte Tante.

Wilhelm antwortet nicht, er steht auf und verlässt wortlos die Turmwohnung.

Alle außer mir und Klaus rufen wie aus einem Munde: »Männer!«

14. Kapitel: Elisabeth

»Wie alt ist deine Ente jetzt genau?«, frage ich, als Rosi das Gaspedal bis zum Straßenbelag durchtritt und das Chassis des 2CV bedrohlich zu schlackern beginnt. Über die Weiterentwicklung der Sicherheitsstandards der Automobilindustrie der letzten dreißig Jahre lässt sich eine Menge Positives sagen. Wie viel würde es wohl kosten, meine Seite mit Airbags nachzurüsten? Dabei fahren wir nicht einmal übermäßig schnell. Ich kann die Landschaft noch in Einzelheiten erkennen, aber sie wirkt eher wie eines dieser Wackelbilder, die zur gleichen Zeit modern waren wie dieses Auto.

Während meine Freundin weiter die Gänge malträtiert, als gäbe es da noch einen, den sie in all den Jahren nicht gefunden hat, sagt sie mit Stolz in der Stimme: »Dieses Auto ist genau fünfunddreißig Jahre alt – und seit seiner Geburt bei mir. Mein Miguel ist die Super-Luxus-Ausgabe seiner Familie, kein anderer Wagen mit dieser Ausstattung ist mir je begegnet.«

»Ah ja, ich erinnere mich«, sage ich und denke an den verheirateten Spanier, der Rosi das Gefährt als Dankeschön für eine offenbar denkwürdige gemeinsame Reise durch Südfrankreich vor die Tür stellte.

»*Eviva España!*«, legt Rosi auch sofort los und schlägt dazu mit beiden Händen den Takt auf das Lenkrad.

Bevor sie Ähnliches mit den Pedalen im Bodenraum versucht, fauche ich sie an: »Könntest du bitte dieses Auto auf Kurs halten, ohne einen Flamenco aufzuführen?«

»Erst heißt es, *beeil dich, Rosi, beeil dich bloß. Dann erreichen wir die 17 Uhr-Fähre noch und haben die Chance, den Sohn des Grafen von Flaschenburg in seiner Praxis anzutreffen, bevor er Feierabend macht. Ich will nicht bis morgen warten, um mit diesem Schönheitsfritzen zu reden!*«, äfft mich meine Freundin sehr gekonnt nach und schiebt dann beleidigt die Unterlippe vor: »Wenn ich und Miguel dann alles daransetzen, deinem Wunsche Folge zu leisten, sozusagen alles geben, was wir haben, ist es dir auch nicht recht.«

Es ist genau vier Minuten vor fünf und Rosi drosselt demonstrativ das Tempo so weit, dass die gewünschte Fähre schon das andere Ufer des Rheins erreicht haben wird, bevor wir an der Anlegestelle sind.

»Jetzt fahr schon!«, versuche ich sie wieder auf Kurs zu bringen. »Du willst doch auch herauskriegen, was Thoralf, einziger Erbe des Grafen Karel, über die Brosche oder unsere Klara weiß.«

Wenn Rosi Oberwasser hat, kostet sie es genüsslich aus. Sie legt die Hand ans rechte Ohr und fragt: »Wie war das? Was hast du gesagt? Ich hatte den Eindruck, da fehlt Entscheidendes ...«

Also bitte, wenn es sein muss: »Würdest du *bitte* zusehen, dass wir rechtzeitig auf die »Schwimmende Brücke« und zur anderen Rheinseite kommen? Bitte, bitte, bring mich rechtzeitig zu Thoralf von Flaschenburg.«

Ich hätte es bei einem »Bitte« belassen sollen, denn jetzt zeigt mir Rosi leider, dass auch diese Ente fliegen kann: Genau fünf Sekunden *nach* Ablegen der Roll-On-Roll-Off-Fähre erreichen wir die Stelle, an der man auf unsere »Schwimmende Brücke« nach Weinhessen auffahren kann. Der Kapitän lässt bereits die Rampe hochziehen, aber Rosi hält trotzdem darauf zu und landet so gekonnt, dass die ansteigende Klappe uns wie ein Katapult millimetergenau hinter einen Lkw der *Vereinigten Weinländer Winzergenossenschaft* schießt. Mein Entschluss steht fest: Das Geld für die Airbags geht noch heute an einen angesehenen Fachbetrieb raus. Darum kann sich Leo kümmern. Der wird wissen, wo man das am besten machen lässt. Sein Auto ist ja auch ständig in der Werkstatt.

Ich überlasse es Rosi, unsere Überfahrt zu bezahlen, steige mit wackeligen Knien aus dem Auto aus und stelle mich an die Reling, um frische Luft zu schnappen und mich so zu beruhigen.

Der Blick vom Wasser auf meine Heimat hat immer eine meditative Wirkung auf mich. Hier auf der Mitte des Rheins wird klar, warum der Weingau und Weinhessen zum Weinland Mittenrhein wurden. Jedes Landesteil ist für sich ein Juwel, aber erst gemeinsam sind sie vollkommen: sanft rollende Hügel auf der einen, die Berge des Mittenrheingebirges auf der anderen Seite, auf denen sich Rebenhänge mit Wäldern aus Buchen, Fichten und Eichen abwechseln und jedes Dorf, jede Kleinstadt ein anderes Gesicht, einen anderen Charakter hat.

Die langgestreckte Uferpromenade von Gottesacker kommt in Sicht. Auf der anderen Rheinseite kann ich Ringelheim erkennen. Um den Namen der Stadt zu ehren, ist auch in diesem Jahr jeder freie Platz mit Tausenden von Ringelblumen in Gelb, Rot und Orange bepflanzt. Von meinem Platz aus kann ich auf beiden Ufern allein drei Burgen und Schlösser zählen – und natürlich den Turm meiner neuen Residenz. Zum ersten Mal beschleicht mich ein Gefühl des Stolzes, von meiner Wohnung nicht nur alles überblicken zu können, sondern auch von allen gesehen zu werden. Mein Turm: die Wacht am Rhein!

Unter die Freude, mich richtig entschieden zu haben, mischen sich die disharmonischen Laute eines Streites.

»Don't pay the ferryman, don't even fix a price«, singt Rosi dem jungen Mann ins Gesicht, der von ihr Geld für unsere Überfahrt kassieren will. Ich drücke ihm einen Schein in die Hand

und verzichte auf das Wechselgeld, damit ich in Zukunft wenigstens als Fußgängerin wieder auf die Fähre kommen darf.

»Aber das ist trotzdem Wucher!«, mault Rosemarie. »Hast du gehört, was der haben wollte?«

»Wenn du dir endlich angewöhnen würdest zuzugeben, dass wir Rentnerinnen sind, könnten wir das Geld für uns zwei sparen. Dann müssten wir nur für das Auto zahlen«, stoppe ich ihre Tirade.

Sofort guckt Rosi sich um, ob irgendjemand in der Nähe ist, der mich gehört haben könnte und wechselt dann das Thema: »Hast du einen Plan?«

Würdevoll entgegne ich: »Ich habe immer einen Plan.«

»Und was sieht der diesmal vor?«

So wie Rosi nicht zugeben kann, dass sie zwar eine durchaus ansehnliche, aber eben trotzdem *alte* Frau ist, genauso schwer fällt es mir zuzugeben, dass ich mit unserem Besuch bei Doktor Thoralf von Flaschenburg einen Schnellschuss abgebe, weil ich ansonsten keine Ahnung hätte, wie ich die zukünftige Arbeit der W.A.R.-Senioren am Fall Klara Schönlein gestalten soll, geschweige denn, wie man eine Person befragt, die in diesem Zusammenhang alles andere als koscher erscheint.

»Also, was hast du jetzt vor?«, drängelt Rosi weiter und ich gebe mich professionell: »Herausfinden, ob die Liaison zwischen unserer Klara und Graf Karel dem Rest der Familie bekannt war – und ob man von der überaus großzügigen Schenkung dieser Botticelli-Brosche wusste.«

Zehn Minuten später verlassen wir die Fähre und fahren Richtung Flaschenburg. Ich atme therapeutisch ein und aus. Den Rückweg werden wir über die andere Fähre von Schoppegarten nach Hohenrhein nehmen. Ich möchte bei der

Besatzung erst in Vergessenheit geraten, bevor ich die diese Fähre wieder nutze.

»Ich lotse dich zur Praxis«, biete ich Rosi an und fische meine Wanderkarte *Mit dem Weinland Mittenrhein auf Du und Du* aus der Handtasche.

»Nicht nötig«, winkt Rosi ab. »Ich war schon mal dort, um mir an der Rezeption eine Preisliste geben zu lassen.«

»Du?« Ich höre wohl nicht richtig. »Ich verstehe ja, dass du versuchst, deinen Körper durch den Inhalt deiner Töpfe und Tiegel und Fläschchen vor dem Altwerden zu bewahren – aber den Wunsch nach Optimierung durch einen Schönheitschirurgen wie Graf von Flaschenburg hätte ich dir nun doch nicht zugetraut!«

Rosi klappt zu wie eine Auster und kräuselt dann pikiert die Lippen. »Die Preisliste war nicht für mich«, kontert sie und biegt dabei in eine Hangstraße ein, die in eine besonders ansprechende Villengegend des Städtchens führt und von Schloss Flaschenburg überragt wird. Der gute Doktor scheint mehr als erfolgreich zu sein, wenn er hier residieren kann. Der Blick von hier auf die Weingauer Seite von Mittenrhein kann zwar nicht mit meinem konkurrieren, aber sich dennoch sehen lassen.

»Nein, die Preisliste war nicht für mich«, wiederholt Rosi mit offensichtlichem Vergnügen, als sie vor einem schneeweißen, hochmodernen Designerhaus einparkt. »Die war für dich. Ich hatte erwogen, dir zum siebzigsten Geburtstag ein Komplett-Lifting zu schenken, aber als ich ausgerechnet habe, wie viele Sitzungen du für ein sehenswertes Ergebnis brauchen würdest, habe ich mich doch für den Callboy aus Frankfurt entschieden.«

Ich schließe für eine Sekunde genervt die Augen, reiße sie aber sofort wieder auf, denn ich sehe Bilder, die ich ganz gewiss nicht zulassen will. Rosi hat ja recht, ich habe diese Retourkutsche verdient. Insgeheim gestehe ich mir ein, dass ich ratlos bin, wie wir weiter verfahren sollen. Und Ratlosigkeit macht mich nervös. Nervosität wiederum macht mich unausstehlich, sogar meiner besten und anstrengendsten Freundin gegenüber.

»Okay, dieser Punkt geht an dich«, sage ich statt einer Entschuldigung und überspiele ihre und meine Verlegenheit, indem ich das Gespräch mit Schwung in eine den W.A.R.-Senioren angemessene Richtung bringe; ganz so als hätten wir die ganze Zeit über nichts anderes geredet. »Wir werden Thoralf von Flaschenburg selbstverständlich nicht sagen, warum wir wirklich gekommen sind. Schließlich ist der Mann im Lichte der neuesten Erkenntnisse einer unserer Topverdächtigen.«

Rosi wirft mit einen ihrer »Das-lass-ich-diesmal-als-Entschuldigung-durchgehen«-Blicke zu, lässt mich aber weder mit einem Wort noch einem Nicken ganz von der Leine.

»Abendessen in einer hiesigen Straußwirtschaft?«, zünde ich die nächste Stufe, um um Nachsicht zu bitten. »Auf meine Rechnung?«

»Und keine Meckereien über meinen Fahrstil nach einem Riesling und einem Spätburgunder?«, erkundigt sich Rosi mit sichtlicher Genugtuung.

Ich nicke. »Dafür lässt du mich allein reden, sobald wir den Doktor zu fassen kriegen. Wir können uns keine Fehler erlauben.«

Zu meiner Überraschung zuckt meine Freundin nur mit den Schultern. Statt einer Gegenwehr steigt sie aus dem Auto und geht ein paar Schritte bis zu einem überdimensionierten Messingschild neben einer Freitreppe, die zur Eingangstür hinaufführt:

Beautyklinik Weinhessen – Alle Privatkassen, alle Währungen
Chefarzt Professor Dr. Thoralf Graf von Flaschenburg
Absolvent und Lehrkörper der Weinland University

In diesem Moment öffnet sich die Tür des Bungalows und ein großer, hagerer Mann strebt die Treppenstufen hinunter auf ein Auto zu, das so tief liegt, dass mir allein beim Anblick die Bandscheiben brennen. Während ich überlege, ob solche Autos Sportwagen heißen, weil es eine sportliche Leistung ist, in sie einzusteigen, stürzt sich Rosemarie auf den Mann.

»Aber wo wollen Sie denn hin, Herr Doktor? Meine Freundin und ich haben doch jetzt einen Termin bei Ihnen!«, lügt sie hemmungslos. »Wir sind extra von der anderen Rheinseite gekommen, um uns beim besten Schönheitschirurgen, den Mittenrhein zu bieten hat, beraten zu lassen.«

»Extra von der anderen Rheinseite gekommen ist gut. Sie nehmen die Fähre und schon sind Sie hier«, kommt die sperrige Antwort.

Das ist Thoralf von Flaschenburg? Der Mann ist ja viel jünger, als ich erwartet habe. Der schwamm noch viele Jahre in Abrahams Wurstkessel, als Klara und ihr Graf techtelmechtelten. Einem solchen Jungspund vertraue ich doch nicht meinen Busen an geschweige denn mein Gesicht. Unsinn, Elisabeth van Ameln, das hattest du gar nicht vor, du bist wegen Klara hier! Ich schlage mir mit der Hand vor die Stirn, während Rosi den Mann wie selbstverständlich einhakt und die Treppenstufen wieder hinauf zum Eingang zieht.

»Meine Freundin da …«, Rosi zeigt über die Schulter, während ich wirklich keine gute Figur mache, als ich aus ihrem Auto steige. »… meine Freundin möchte eine Rundumerneuerung, wissen Sie. Das ganze Programm! Geld spielt keine Rolle. Man lebt ja nur einmal! Und das will man in vollen Zügen genießen und mit möglichst all der Schönheit, die Ihr Skalpell schenken kann.«

Bevor Rosi bereits einen Operationstermin klarmacht, haste ich hinter den beiden her und muss aushalten, wie Thoralf von Flaschenburg mir einen abschätzenden Blick mit jeder Menge Eurozeichen in den Augen zuwirft und Rosi munter weiterplappert: »Natürlich möchte die liebe Elisabeth erst alles über Sie wissen. So viel Geld und vor allem den eigenen Körper vertraut man ja nur jemanden an, der sein Fach wirklich versteht. Sie haben doch sicher ein paar Referenzen für uns. Namen von Damen, die mit Ihrer Arbeit so zufrieden waren, dass sie gerne wieder zu Ihnen kämen? Sie haben vielleicht auch schon die eine oder andere unserer Bekannten behandelt, oder? Wäre mal interessant zu erfahren, wer sich hier alles schon so getummelt hat. Keine Angst, unter uns Freundinnen besteht so etwas wie Arztgeheimnis nicht, da können Sie ruhig plaudern, was das Zeug hält. War nicht auch schon mal eine Frau Klara Schönlein bei Ihnen?«

Thoralf von Flaschenburg zögert den Bruchteil einer Sekunde und eilt dann weiter. »Tut mir leid, ich gebe grundsätzlich keine Auskünfte über meine Patientinnen, ohne sie vorher konsultiert zu haben.«

Ich hole die beiden an der Rezeption ein, wo eine erstaunte Sprechstundenhilfe ertappt ihr privates Telefongespräch beendet, als ihr Chef ihr zuruft: »Sie haben den Beratungstermin für diese Patientinnen vergessen, Fräulein Salzbach. Ich erwarte unsere Informationsmappen in meinem Gesprächszimmer. In zweifacher Ausfertigung.«

Bevor ich die verzweifelte Suche der jungen Frau nach Terminen, die es nie gegeben hat, mit ansehen muss, haste ich Rosi und dem Arzt hinterher. Das Gesprächszimmer sieht so gut wie leer, kalt und sehr teuer aus, aber als Thoralf von Flaschenburg sich hinter seinen schneeweißen Schleiflackschreibtisch in den Chefsessel fallen lässt, gewinnt er tatsächlich an Kontur. Ich beschließe loszulegen, bevor daraus zu große Selbstsicherheit wird und entscheide mich für Schock als probates Mittel.

Ich setze mich nicht, sondern lehne mich über den Schreibtisch und stütze mich mit den Fingern darauf, damit ich ihm noch näherkommen kann, obwohl ich dabei leider die Politur der Putzfrau zunichte mache. »Sind Sie schon mal erpresst worden?«, frage ich honigsüß.

Nicht nur Thoralf von Flaschenburg, auch Rosi ist sprachlos, wobei Letzteres ungleich schwerer zu erreichen ist.

»Erpresst?«, fragen beide unisono.

»Womit? Wofür?«, geht Thoralf von Flaschenburg hinterher.

»Um das ehrende Andenken Ihres Herrn Vaters, Karel Graf von Flaschenburg, nicht beschmutzen zu lassen. Oder das ehrende Andenken Ihrer Frau Mutter. Je nachdem, wer Ihnen wichtiger ist.«

Mein Gegenüber starrt mich an, als würde ich von böhmischen Dörfern erzählen. »Ihr Vater hatte ein Verhältnis, das soll doch sicher nicht publik werden.«

»Mit wem?«, fragt der Schönheitschirurg automatisch.

»Wieso?« Rosi flankt sich auf eine Ecke des Schreibtisches, als gäbe es keine Stühle im Raum. »Hatte er mehrere?«

Ich werfe ihr mit meinem Blick Dolche zu und rede weiter: »Uns interessiert das Verhältnis Ihres Vaters zu Klara Schönlein aus Hohenrhein im Weingau.«

»Was reden Sie denn da? Mein Vater war Karel Graf von Flaschenburg und somit Nachkomme der Fürsten von Weinhessen.« Der gute Doktor ist ehrlich entrüstet. »Es wäre höchst unklug gewesen, sich ausgerechnet auf der Weingau-Seite eine Geliebte zu suchen.«

»Aber auch viel sicherer als auf der Heimatseite«, gibt Rosi zu bedenken. »Auf dieser Seite hätte es doch keine unbeobachtete Minute für die beiden gegeben.«

»In der Tat. Es wäre so gut wie unmöglich gewesen für einen der bekanntesten Bewohner von Weinhessen, sich hier außerehelich zu vergnügen«, stimme ich ihr zu. »Und noch weniger denkbar ist, dass er hier irgendwo eine wunderschöne, sündhaft teure Brosche gekauft hat, um eben diese seiner Geliebten als Erinnerung zu überreichen.«

Sieh an! Flaschenburg nimmt einen strahlendweißen Kugelschreiber aus der strahlendweißen Schale seines strahlendweißen Schleiflackschreibtischs. Knips an, knips aus, knips an, knips aus. Vor Nervosität kaut er auf ihm herum. Leider habe ich keine Ahnung, ob das an uns liegt oder an irgendetwas, was wir dummerweise erst noch herausfinden müssen. Es sei denn ... es sei denn … diese vermaledeite Brosche ...

»Ich weiß überhaupt nicht, was Sie wollen«, quengelt er wie ein Kleinkind. »Mein Vater ist seit Dutzenden von Jahren tot. Ich ging noch zur Schule, als er starb. Aus welchem Grund sollte ich mich also heute dafür interessieren, was lange vor meiner Geburt passierte? Lange bevor mein Vater meine Mutter traf?«

»Aha«, sage ich und grinse breit, weil ich Land sehe. »Sie glauben also, Klara Schönlein hat das Verhältnis zu Ihrem Vater bei der Hochzeit mit Ihrer Mutter gelöst? Hat Ihre Mutter Ihnen das so erzählt? Und was hat sie über das Abschiedsgeschenk an ihre Rivalin verlautbart? Es handelte sich doch um eine Brosche aus dem Familienbesitz, die zu ihrer Morgengabe gehört hätte, richtig?«

Leider steckt in diesem Moment die Sprechstundenhilfe den Kopf zur Tür herein: »Ich bin ganz sicher: Diese Damen haben keinen Termin, Herr Doktor. Ich hätte das sicher verzeichnet.« Sie legt zwei große Werbemappen demonstrativ auf den Tisch, statt sie uns selbst zu geben. »Die gewünschten Unterlagen. Ich gehe dann jetzt, oder brauchen Sie mich noch?«

Flaschenburg springt auf, als wäre die junge Frau seine Fluchthelferin. Ehe ich auf eine Antwort für meine Frage pochen kann, ist er schon an uns vorbei und an der Tür. Durch seine Hektik ist der Kugelschreiber auf die Tischplatte gefallen und rollt in meine Richtung. Geistesgegenwärtig greife ich danach. An diesem Kugelschreiber klebt jede Menge DNA. Mit so viel Spucke lässt sich doch ganz bestimmt etwas anfangen. Und wenn nicht, ist es immer noch eines der schönsten Schreibgeräte, die ich je gesehen habe. Trotzdem will ich den Sohn und Erben des Liebhabers meiner ermordeten Freundin nicht einfach von der Angel lassen. Zeit, seinen ungeordneten Rückzug zu stoppen.

»Sollen wir in der Angelegenheit ›Karel Graf von Flaschenburg und Klara Schönlein‹ mal mit unseren Bekannten bei der *Mittenrhein-Galawelt* reden? Diese farbigen Gazetten lieben ja jegliche Art von aufwirbelndem Staub. Wenn man dann noch ein wenig Wein der Flaschenburg-Weingüter – um die Sie sich ja leider nicht sonderlich kümmern – darüber gießt, könnte daraus herrlich interessanter Dreck werden.«

Der Schönheitschirurg wirft die Tür hinter seiner Sprechstundenhilfe zu und sieht uns wütend an: »Ich sage nichts. Zu niemandem. Und ich gebe auch kein Geld.«

»Also ich wäre auch mit andersartiger Unterstützung zufrieden«, legt Rosi sofort los. »Eine kleine Korrektur an den Schlupflidern? Unterspitzen lästiger Falten? Dauerhafte Haarentfernung?«

Zu meiner Überraschung geht Flaschenburg auf ihre Forderungen ein und gibt so unseren Vermutungen neue Nahrung: Der Mann weiß mehr, als er zugibt, und er will dieses Wissen möglichst einem erlauchtem Kreise vorbehalten.

»Also gut, aber nutzen Sie meine Großzügigkeit nicht aus«, warnt er. »Von mir aus lassen Sie sich morgen ein paar Termine für Behandlungen Ihrer Wahl geben. Aber wie gesagt: nicht ausnutzen und erst morgen!«

»Kein Problem.« Rosi strahlt. »Jetzt ist Elisabeth so lange mit diesem Gesicht herumgelaufen, das hält auch noch bis morgen.«

15. Kapitel: Leo

Heute werde ich endlich Fatimas Herz erobern. Ich begebe mich ohne über Los zu gehen und 2000 Euro einzuziehen, direkt zu den *Sons of Fury* und bügle Fatimas Fehler glatt.

»Seit wann kannst du bügeln?«, fragt mich Klaus.

»Du hast doch selbst gehört, was Chef Schultze gesagt hat. Wenn ich, Leo van Ameln, den Ärger mit den *Sons* nicht aus der Welt schaffe, muss er Fatima von unserem Fall abziehen. Ich will das aber nicht, bevor ich am Ziel bin!«

»Der Weg über die *Sons of Fury* führt dich aber nicht in das Herz deiner Angebeteten, sondern direkt in einen Knabenchor. Obwohl, Haremsdamenbewacher wäre besser, du kannst ja gar nicht singen.«

»Ich weiß, was ich tue, du Pausenclown!«, antworte ich.

»Ach ja? Dann hat sich dein Wissen vor mir gut versteckt. Na, hinter welcher Synapse versteckt es sich? Halloo,

Echooo!«, bohrt er weiter. Was mich aber unbeeindruckt lässt, denn das Geheimnis eines jeden erfolgreichen Menschen ist, nicht auf die nörgelnde innere Stimme zu hören, sondern sich stattdessen frischen Mutes ins Abenteuer zu wagen.

»No risk, no fun, Klaus. So was kann man nicht im Voraus planen, so was muss man spontan entscheiden und das Handeln der Gefahr anpassen.«

Als Klaus zu seinem Du-bist-nur-hormongesteuert-Vortrag ansetzt, übertöne ich diesen gekonnt mit Radiogedudel aus den Boxen des klitzekleinen Smarts, den Tante Elisabeth mir mit den Worten »Taxi? Sicher nicht. Du wirst Gesines Wagen fahren«, zugewiesen hat. Über dieses fahrbare Untersätzlein müsste ich mich als Porschefahrer aufregen, tue es aber nicht. Wo sonst, wenn nicht in dieser Kiste, könnte ich Fatima so nahe sein, wenn ich sie nach meiner erfüllten Mission abhole? Außerdem laufe ich mit dieser Kiste nicht Gefahr von Sandra Schnabel doch noch entdeckt zu werden, mein gelber Porsche wäre da vielleicht doch zu auffällig gewesen.

»Siehst du, Klaus, ich habe sogar einen sehr präzisen Plan.« So streiche ich zärtlich über das Lenkrädchen, während ich auf der Fähre zur anderen Rheinseite schippere, um mit den *Sons of Fury* ein Friedenspfeifchen zu rauchen.

Ich habe herausgefunden, dass der Anführer der Bande, Hans-Peter Todtke, in Ringelheim lebt. Warum hat sich so ein Garstling ausgerechnet in meinem Lieblingsstädtchen niedergelassen? Wie der Name schon sagt, wird in Ringelheim hauptsächlich die Ringelblume angepflanzt, also Medizin und keine Drogen. Statt Weinbergen sieht man rund um die Stadt bunt leuchtende Ringelblumenfelder. Die Ringelheimer Pharmafabrik *Rhein-Gen AG* verwendet die Blüte für allerlei Arznei gegen allerlei Entzündungen.

»Wie gut, dass du gerade daran denkst!«, ruft Klaus gegen das Radiogedudel an. »Ringelblumensalbe ist gut gegen Hämatome. Davon solltest du vorsorglich ein paar Tuben kaufen.«

Endlich stehe ich vor dem Haus Nummer 73.

»Nein, tue es nicht, Leo. Das wird dein Verderben«, warnt Klaus, während ich mich der Tür nähere.

Todtke steht auf der Klingel und ein Pferdetotenkopf prangt neben dem Namen. Klaus bibbert, meine Hand zittert, doch ich drücke auf den Knopf. Ich will Fatima! Und wenn ich mir blaue Flecken und eine blutige Nase hole, dann ist es sogar noch besser. Denn wenn ich aussehe wie Bruce Willis nach *Stirb langsam* Teil 18, kann mir Fatima nicht mehr widerstehen. Ich balle die Fäuste, als die Tür geöffnet wird. Ach? Vor mir steht kein bärtiger *Son of Fury*, sondern eine Super-Chantal in Bonbonfarben. Sie trägt knallenge schwarze Jeans, auf der rosa Steinchen glitzern, darüber ein knappes pinkfarbenes T-Shirt mit einem so weiten U-Boot-Ausschnitt, dass ihre Schultern und die Träger ihres rosa Spitzen-BHs zu sehen sind.

»Körbchengröße Z wie Zuckerdose!«, analysiert Klaus.

Ich gebe ihm recht. Ihre blonde Mähne hat sie wild um den Kopf drapiert und lächelt mich mit breiten rosa geschminkten Lippen an. Ihre aufgeklebten schwarzen Wimpern klimpern dazu. Sie dürfte so alt sein wie Fatima, etwa Ende zwanzig.

»Hallo, mein Name ist Walter Hübscher! Wohnt hier Herr Todtke?«, starte ich meinen Versuch.

»Herr Todtke? Kenn' ich nicht!«, antwortet sie.

Ich zeige lächelnd auf das Namensschild neben der Klingel. Sie lacht. »Sie sind ja ulkig. Ich hab' noch nie gehört, dass jemand Herr Todtke zu Toddo gesagt hat. Sie sind bestimmt von den Zeugen Jehovas.«

»Ich, von den Jehovas?«, frage ich schockiert. Seit wann sehe ich aus wie ein Wanderprediger?

Klaus kichert und ich erkläre langsam zum Mitschreiben: »Nein, mein Name ist Walter Hübscher und ich möchte mit Herrn ... mit Toddo sprechen!«

»Kommense rein, er wird hoffentlich gleich aufkreuzen«, sagt sie und zieht mich am Arm in das Innere des Hauses. Ich schaue mich in dem Chaos gar nicht erst um; hier sieht es ja aus wie bei den Hottentotten. Bevor ich der begriffsstutzigen Super-Chantal darlegen kann, dass ich genau das Gegenteil eines Zeugen Jehovas bin, plappert sie los, als hätte sie seit Jahren niemanden zum Reden gehabt.

So erfahren Klaus und ich, dass sie seit vier Monaten mit Toddo zusammen ist und ihren Job als Model und Schauspielerin wegen ihm an den Nagel hängte. Viele große Schauspielerinnen hätten das für ihre Macker gemacht. »Aber das ist so, so, so schwer, Mann! Toddo ist nie da, und wenn er da ist, schmeißt er alles rum und hat ständig seine Jungs um sich, die auch alles rumschmeißen. Und ich muss den ganzen Tag in der Bude warten und soll das alles aufräumen. Ich kann das nicht mehr, echt nicht! Und wie ich mir so überlege, was ich machen soll, klingeln Sie an der Tür. Was'n Glück, weil Toddo hört auf ältere fromme Männer ja hoffentlich eher als auf mich.«

Super-Chantal fängt plötzlich an zu weinen. Oh nein, Frauentränen! Mein Steinzeitgehirn ergreift sofort die Initiative und ich nehme sie in den Arm. »Ich helfe dir beim Aufräumen und Putzen und dann rede ich mit Toddo! Alles kein Problem.«

Sie schluchzt und schmiegt ihre Körbchen fest an mich.

Ich streichle über ihre blonden Haare und wie wir so eng umschlungen dastehen, springt die Tür auf. Ein grimmiger *Son* steht im Zimmer. Er sieht aus wie George Clooney mit Bart und aufgepumpten Muskeln.

»Der ist von den Zeugen Jehovas und hat mich angegrabscht«, ruft sie und stößt mich von sich.

Der bärtige Clooney funkelt mich zornig an.

»Nein, nein, ich wollte ihr nur Trost spenden und beim Putzen helfen«, lässt mich mein Stammhirn wiederholen. Wohl die einzige Region meines Denkapparates, die in Stresssituationen funktioniert. Sogar Klaus schweigt.

Drei Stunden später auf der Fähre zurück in den Weingau zu Tante Elisabeth weiß ich nicht, ob ich sauer oder glücklich sein soll. Immerhin lebe ich noch. Toddo hat sich schlapp gelacht, als er gehört hat, was ich von mir gegeben habe. Putzen! Während ich daraufhin genau das tun musste, hat er seine Zuckerschnecke – wie er seine Freundin nennt – im Schlafzimmer zum Quieken gebracht. Die zwei *Sons*, die er im Schlepptau hatte, haben am Computer gezockt, mit Chips gekrümelt und mich herumkommandiert. Sie haben mir das Märchen mit dem frommen Putzmann nicht geglaubt, aber es gegen mich verwendet, um mich zu demütigen.

»Ich habe den Dreckskerlen die ganze Bude auf Vordermann bringen müssen, ich könnte kotzen«, schimpfe ich. Verdammt, und das alles wegen ein paar Frauentränen.

»Siehste, was glaubst du, was sie mit dir gemacht hätten, wenn sie gewusst hätten, dass du der Typ bist, der angeblich ihre Kumpels vermöbelt hat?«, sagt Klaus. Und ist mal wieder zufrieden.

Als ich mit dem Smart auf den Hof des van Amelschen Weinguts fahre, steht Fatima mit vor der Brust verschränkten Armen da und schaut mir grimmig entgegen. Sogar mit diesem Gesichtsausdruck ist sie eine Augenweide, ein Lichtstrahl am Ende des Tunnels. Mein Herz klopft.

»Wo du warst ganze Zeit?«, fragt sie vorwurfsvoll.

»Ich weiß es, ich weiß es!«, nervt Klaus.

Noch bevor ich mir eine Ausrede ausdenken kann, ruft Fatima: »Egal! Jetzt schnell zu Wilhelm Schönlein, wir haben Aufgabe!«

Nach diesem grauenvollen Vormittag ist es einfach nur schön, so eng neben Fatima zu sitzen, auch wenn sie die unromantischste Frau ist, die ich je kennengelernt habe. »W.A.R.-Senioren haben Theorie, dass Wilhelm könnte sein leiblichen Sohn von Fürst Karel Flaschenburg«, sagt Fatima auf der Fahrt nach Wisselbrunnen, dem bewaldeten Höhenort, an dessen Rand Wilhelms Blockhütte steht.

»Wilhelm war ja nicht gerade begeistert, dass seine Mutter ein Verhältnis mit dem Fürsten hatte. Na, das wird nicht einfach werden, mit ihm darüber zu sprechen.«

»Ich nix spreche mit Wilhelm Schönlein. Ich nix Therapeut. Ich Detektiv und nehmen einfach Spuckenprobe.«

»Du meinst, die W.A.R.-Senioren wollen eine Speichelprobe für einen DNA-Test?« Ich sehne mich nach ihrer »Spuckenprobe« auf meiner Haut. Sie macht mich noch fertig mit ihrer Art und ihrem süßen Deutsch.

»Wir müssen das anstellen schlau, wenn Wilhelm will nix geben Spucke.«

»Ich helfe dir, keine Frage. Aber wie werten die W.A.R.-Lords die Probe aus? Mit einem Chemiebaukasten aus dem Spielwarenladen?«

»Sie gesagt, haben Möglichkeit zu analysieren.«

Ich bezweifle, dass das, was die älteren Herrschaften da vorhaben legal ist, aber mir ist alles recht, was mich Fatima näherbringt.

Als wir auf Wilhelms Waldgrundstück treten, geht die Schieß- und Spritzorgie wieder los. Doch diesmal ist Fatima gewappnet. Statt sich auf mich zu legen, reicht sie mir ein Regencape. So rennen wir wie zwei wasserabweisende blaue Zipfelmützenzwerge durch das Weingespritze und Geballer zur Blockhütte des alten Herrn.

»Er ist nicht da, Fatima«, brülle ich gegen den Lärm an und hämmere an die Tür. Fatima läuft hinter das Haus. »Nichts wie ihr nach«, ruft Klaus.

Doch hinter dem Haus ist sie nirgends zu sehen. »Die Terrassentür steht auf«, kleidet Klaus in Worte, was ich eben auch entdeckt habe. Hat Fatima etwa die Tür aufgehebelt? Diese Frau ist eine Wucht.

»Was ist denn hier passiert?«, rufe ich, als ich das Haus betrete.

Fatima steht vor einem Stuhl, und auf diesem Stuhl sitzt Wilhelm Schönlein. Mit einem Klebeband um den Mund und mit einem Strick am Stuhl gefesselt. »Hm, hmm, hmmm«, gibt er von sich, während Fatima mit ihrem Handy Fotos von ihm knipst.

»Mach isch schnell Foto für Beweis. Wischtisch!«, sagt Fatima.

Nachdem sie ihre Fotos geschossen hat, entfessele ich Wilhelm. Dieser macht sich sogleich schimpfend daran, die Alarmanlage auszuschalten, während Fatima und ich unsere rieslingnassen Capes ausziehen. Ich stelle mir vor, wie wir das mit allen anderen Kleidungsstücken auch tun – und seufze.

»Verdammte Scheiße, verfluchte, was soll diese Fotografiererei?«, brüllt Wilhelm in meine Träume.

»Sie macht nur ihren Job, damit wir denjenigen fassen können, der Ihnen das angetan hat«, verteidige ich Fatima.

»Das ist nicht ihr Job! Da muss die Polizei ran, ich bin überfallen, gefesselt und geknebelt worden«, ruft Wilhelm.

»Nix Sie rufen Polizei!«, befiehlt Fatima mit ruhiger Stimme.

»Und wie ich das mache!«, entgegnet ihr Wilhelm und rennt durch das Zimmer. »Verflucht und zugenäht, wo ist mein Handy? Haben diese Affenärsche auch noch mein Handy geklaut?«, schimpft er.

»Du nix rufen Polizei«, wiederholt Fatima.

»Aha, und warum nicht?«, will Wilhelm wissen.

»Wir in Deutschland, richtig?«, fragt Fatima.

Wilhelm hebt den Zeigefinger und sagt: »Sogar im Weinland Mittenrhein, wo Zucht und Ordnung herrschen!«

»Genau, deshalb du müssen bewahren Waffen zu Haus in sichere Safe. Dem ist Gesetz. Du haben nix sichere Safe. Deine Waffen kann jedem holen aus Keller! Wenn Polizei das sieht, dann du Ärger!«

»Verflixt«, ruft Wilhelm und eilt die Treppen herunter zu seiner Schatzkammer.

Fatima rennt ihm hinterher. Während sich die beiden mal wieder im Waffenkeller tummeln, schaue ich mich in Wilhelms rustikaler Hütte um.

Am schlimmsten sieht es in seinem Arbeitszimmer aus. Ordner, Papiere, aufgerissene Schubläden. Es wird nicht ganz einfach sein, herauszubekommen, was fehlt. Wahrscheinlich hat der Dieb Wilhelms Sparbuch oder Sparstrumpf gesucht. Ältere Leute haben ja immer so was zu Hause. Ich lasse alles unangetastet liegen. Ich habe für heute genug aufgeräumt.

Ein Tohuwabohu ist das! Ordentlich ist nur der Flur.

»Das kommt dir nur so vor, weil die Umzugskartons fehlen«, sagt Klaus und hat vollkommen recht.

»Die Umzugskartons mit dem Plunder meiner Mutter? Ich hätte schwören können, dass die Einbrecher wegen meiner Waffen hier waren, aber es ist alles noch da. Nicht einmal eine Gewehrkugel fehlt«, sagt Wilhelm Schönlein verwundert, als wir wenig später an seinem Esstisch sitzen. Ich schreibe alles haargenau für Tante Elisabeth mit.

»Und was ist mit Geld? Aktien, Festgeld, Sparbücher und so weiter?«, frage ich.

»Ich habe keine Sparbücher, ich investiere in Waffen«, antwortet Wilhelm.

»Haben Sie erkannt Einbrecher?«, fragt Fatima.

»Was für eine blöde Frage, natürlich nicht! Sonst würden wir hier nicht rumrätseln, sondern denen gleich das Fell über die Ohren ziehen.«

»Wie hat ausgesehen Einbrecher?«

»Zwei Männer, der eine kräftig, der andere schmal, beide etwas größer als ich. Schwarz gekleidet, mit so einem Strumpf über dem Gesicht und einer Mütze auf dem Kopf. Außerdem haben beide kein Wort geredet. Sie hätten IS-Kämpfer oder Lappen aus der norwegischen Tundra sein können!«

»Die Lappen leben auch in Finnland und Schweden«, gibt Klaus seinen Senf dazu.

»Was mit Schießanlage draußen? Als Einbrecher kam, Alarmanlage tot?«, fragt Fatima.

»Ich möchte nicht darüber reden«, antwortet Wilhelm.

»Wallah, sonst ich kann nix machen Recherche und wir nix finden Verbrecher.«

»Ja, ist ja gut! Bis ich vom stillen Örtchen runter war, als die Ballerei draußen losging, standen die maskierten Männer in meinem Haus und haben mich mit vorgezogener Waffe gezwungen, die Alarmanlage erstmal zum Schweigen zu bringen. Dann musste ich mich auf den Stuhl setzen und sie fesselten mich«, erzählt er.

»Sie sagten doch, dass die beiden nichts gesprochen haben«, hake ich nach.

»Der eine hat Handzeichen gegeben«, sagt Wilhelm.

Danach beobachte ich Fatima, wie sie Wilhelm dabei zuschaut, wie er seine Sachen auf Vollständigkeit überprüft. »Alles da! Es ist alles da!«, murmelt er vor sich hin und Klaus hängt in der Dauerschleife »Du kriegst sie nicht, du kriegst sie nicht« fest.

»Nur die Kartons mit dem Plunder meiner Mutter fehlen. Warum?«

»Was war in Kartons?«, fragt Fatima.

»Hättest du mal alle Kartons durchsucht, als ihr das erste Mal bei Wilhelm wart, könntest du antworten, du Faulpelz!«, sagt Klaus.

Ich starre konzentriert auf meinen Notizblock, wie damals in der Schule, wenn ich keine Hausaufgaben gemacht hatte.

»Nichts Besonderes«, antwortet Wilhelm zum Glück. »Nur ein paar Sofakissen und Sammeltassen, die ich noch aus meiner Kindheit kannte, das Zeugs, das auf ihrem Lieblingsregal stand. Eine Eule, die ich ihr mal aus Athen mitgebracht hatte, ihre Geldkassette mit dem Kleingeld drin. So'n Zeugs, und ein paar Fotoalben«, zählt er auf.

»Noch was Wertvolles?«, will Fatima wissen.

»Nein, ich habe nur die Sachen, die ich gerne für mich

wollte, eingepackt, bevor mein Sohn sie sich unter den Nagel reißt.«

»Leo, du weißt doch, was war in Kartons«, sagt Fatima in meine Richtung. »Hast du in Geldkassette geguckt?«

Klaus kichert.

»Bitte, was? Ich?«, stammele ich ertappt.

»Vielleicht war in Geldkassette etwas genauso wertvoll wie dem Brosche, mit dem Ihr Sohn verschwunden.«

»Nein, das glaube ich nicht«, ruft Wilhelm.

»Das wir finden heraus. Nun wir brauchen DNA-Probe von Ihnen«, sagt Fatima.

»Von mir? Wozu? Ich bin doch nicht hier eingebrochen und gefesselt und geknebelt habe ich mich auch nicht. Warum sollte ich die dämlichen Kartons klauen, die sowieso in meinem Flur stehen?«

»Wegen Mord an Ihr Mudder.«

Wilhelm wird wütend. Es dauert seine Zeit, bis wir ihm erklärt haben, dass nicht er verdächtigt wird, sondern dass die Vermutung besteht, dass er, Wilhelm Schönlein, ein Nachfahre der von Flaschenburgs sein könnte. Da wird er plötzlich still.

»Ich, ein von Flaschenburg?«, fragt er.

»Wenn Ihr Mudder hatte was mit Karel Flaschenburg vor über siebzig Jahre, dann vielleicht Sie sein ...«

»Ich, ein Kuckuckskind? Das wäre ... unglaublich. Dann wäre mein Sohn auch ein von Flaschenburg. Wobei ich bei ihm den Zusatz ›Burg‹ streichen würde.«

»Apropos Burg, dann hätten Sie eventuell sogar Anspruch auf Schloss Flaschenburg auf der andern Rheinseite«, sage ich.

»Und auf die Weinberge?«

»Dem wir recherchieren«, sagt Fatima.

»Das wär' ein Ding. In welcher Form hättet ihr denn gerne die DNA-Probe?«

Fatima zieht aus der Tasche ihres Sackhemdes ein Wattestäbchen. Was wäre ich so gerne das Wattestäbchen in ihrer Hand.

»Spucke, mach drauf«, sagt sie und reicht es Wilhelm.

»Na, willst du das immer noch?«, fragt Klaus. Ich schaue aus dem Fenster.

»Und wie analysiert ihr das?«, will Wilhelm wissen.

»Dem kümmert Elisabeth. Wie, weiß ich nix«, antwortet Fatima und schiebt das Wattestäbchen in ein Glasröhrchen.

»Diese alte Krawallschachtel«, sagt Wilhelm zärtlich und lächelt verträumt.

Auf dem Weg zurück nach Klosterley, in die Zentrale unserer Auftraggeber, sagt Fatima: »Hättest du geguckt in Kartons, wir vielleicht Fall gelöst!«

»Na, was fällt dir darauf für eine Entschuldigung ein, du Schlauberger?«, provoziert mich Klaus.

»Du hättest doch auch in die Kartons schauen können! Aber du *musstest* dich ja mit Wilhelm im Keller bei seinen Waffen herumdrücken«, kontere ich.

»Du noch mal umkehren«, faucht sie neben mir.

»Warum? Ich ...«

»Du haben recht, ich nicht gründlich genug. Habe vergessen, dass du nix Detektiv. Du umkehren, will ich gucken in Hohenrhein in Frau Schönleins und dann in Peters Haus. Gründlich.«

16. Kapitel: Monika

Der letzte Sonntag war einer der schönsten Tage in meinem Leben. Ich habe Harald berührt und das mehr als einmal.

Gestern hat er mir dann freigegeben, weil ich mich bei dem Üben von dem Ermorden so gut angestellt habe. Was für ein Schatz! Er kann ja nicht wissen, dass für mich ein Tag, an dem ich ihn nicht sehe, ein verlorener Tag ist.

Aber ich habe die Zeit genutzt und mich mal wieder richtig auf Vordermann gebracht. Schließlich sind Harald und ich uns jetzt ja ziemlich nahe. Da muss ich natürlich so gut wie möglich aussehen. Deshalb habe ich es mal richtig krachen lassen. Nichts mit Drogerie und Haarfärbemittel und dann zuhause die Prozedur über der Badewanne. Nein. Sondern zum Coiffeur. Angenehm war das dort. Musik und Kopfmassage und ein Capuccino mit Amarettogeschmack und ich habe sogar zehn Prozent gespart, weil es diese Woche im *Mittenrheiner Anzeiger* diesen Gutschein gab. Meine Haare sind jetzt wieder so dunkel wie vor zwanzig Jahren.

Danach bin ich dann in die Parfümerie und habe mir Nachschub von *Estelle Luder, Saharasturm No. 16*, geholt. Ich habe das Gefühl, das Make-up kommt bei Harald ganz gut an. Leider habe ich mich nicht getraut, das Pröbchen mit *Black Opossum* abzulehnen und nach etwas anderem zu fragen.

Für heute hat Harald mich dann ganz früh ins Bürgermeisteramt bestellt – er hat mich tatsächlich gestern extra dafür angerufen. Das zweite Mal, dass ich zuhause den Telefonhörer abgehoben und seine wunderschöne Stimme gehört habe. Von mir aus könnte er das jeden Tag machen.

Eben bin ich wieder einmal im Bürgermeisteramt die altehrwürdigen Steintreppen in den zweiten Stock hochgegangen, nein, gerauscht, in meinem neuen blauschwarzen Hosenanzug, den ich gestern in der Boutique *Viva Bella* am Marktplatz in Schönhell erstanden habe. Dieses Mal habe ich nicht erst einen Abstecher in die Damentoilette gemacht. Ich weiß, dass ich gut aussehe.

Unterwegs zu Haralds Büro begegne ich natürlich der blöden Elfie aus der Registratur – die hat auch nichts anderes zu tun, als den Gang hoch und runter zu laufen und zu gucken. Jetzt guckt sie auch wieder. Blöd eben. Ich grüße sie mit einem kurzen Nicken und werfe mir mit elegantem Schwung mein dunkelbraunes Haar aus dem Gesicht.

Harald sitzt auf seinem Platz. Süß wie immer. Gerne würde ich ihn fragen, ob wir nicht noch mal das Ermorden üben wollen. Aber ich bin still und setze mich auf den Rand des Besucherstuhles ihm gegenüber.

Er lächelt mich an und nickt anerkennend. Ob sich das auf mein neues Outfit oder auf meine Leistung von Sonntag bezieht, weiß ich nicht, und es ist mir auch egal, ich bade in seinem Lächeln.

»Mooonika, Mooonika«, er hat die Fingerspitzen aneinandergelegt und wiegt den Kopf hin und her, »Sie haben ja Sonntag eine ausgesprochen gute Figur gemacht.«

Ich lächele bescheiden.

»Meinen Sie, dass Sie sich nun auch endlich abschließend um die Frau Müller kümmern könnten? Ich meine – mit Ihrem Talent?«

Ich bekomme wieder einen Kloß im Hals, denn das *endlich* habe ich wohl gehört. Aber andererseits hat Harald eben vorher von meinen Qualitäten nicht so viel gewusst. Also beruhige ich mich und nicke. »Keine Sorge, das kriege ich hin.«

Da ich aber keine Ahnung habe, wie ich das hinkriegen

soll, kann ich mich den ganzen Vormittag nicht richtig auf meine Arbeit konzentrieren.

In der Mittagspause fahre ich erstmal nach Hause und trinke einen Ringelblumentee, damit ich besser nachdenken kann.

Da ich als Giftmischerin nicht geeignet bin und auch zur Mördernonne nicht tauge, beschließe ich, es bei der Frau Müller als Putzfrau zu versuchen.

Natürlich werde ich ihr nicht einfach einen Wischmopp über den Kopf ziehen, auch wenn ich jetzt bei Harald das Erschlagen so gut gelernt habe. Nein, ich werde viel raffinierter vorgehen: Ich locke die Alte auf eine Leiter und dann sorge ich dafür, dass sie aus dem Fenster segelt. Das hat erstens den Vorteil, dass mir keiner drauf kommt, weil alle denken werden, es war ein Unfall, und zweitens wird Harald deshalb wahnsinnig stolz auf mich sein. Außerdem kenne ich mich mit dem Befördern von oben nach unten ja schon bestens aus. Bei der Frau Schönlein hat es jedenfalls prima geklappt, der einzige Nachteil war, dass es nicht die Frau Müller war.

Am Mittwoch ziehe ich gleich nach dem Aufstehen den grünen Nylonkittel mit den roten Rosen aus den Fünfzigerjahren, den ich früher zu Fasching getragen habe, über meinen Hosenanzug, lade die Putzutensilien in meinen Fahrradkorb, schnalle meine Trittleiter obendrauf und mache mich ohne Frühstück auf den Weg in die Seniorenresidenz.

Unterwegs überlege ich, wie ich die Frau Müller in das obere Stockwerk ihrer Maisonettewohnung locken kann. Dort dürfte sich das Schlafzimmer befinden. Im Erdgeschoss gab es keine Tür mehr, hinter der es hätte sein können. Wie also kann ich sie davon überzeugen, dass sie mich in ihr Schlafzimmer lässt? Ich komme ins Grübeln, aber ich wäre nicht Monika Schmelzeis, wenn mir nicht etwas einfallen würde.

Vor dem sonnengelben Gebäude springe ich mit Schwung vom Rad, lehne es an den Kübel mit dem Olivenbäumchen neben dem Eingang von der Frau Müller, hole meine Putzutensilien aus dem Korb auf dem Gepäckträger und schnalle die Trittleiter ab. Dabei laufe ich die ganze Zeit sehr dynamisch auf der Stelle, so wie die Soldaten bei den Übungen in den amerikanischen Militärfilmen.

Als die Frau Müller auf mein Klingeln hin endlich öffnet, bin ich schon ziemlich außer Puste und ich merke, wie der Schweiß mir von der Stirn in die Augen läuft.

Frau Müller sieht wieder mal aus wie aus dem Ei gepellt, das Make-up akkurat wie immer. »Geht es Ihnen gut?«, fragt sie besorgt, nachdem ich ihr ein atemloses »Guten Tag, liebe Frau Müller«, entgegengebrüllt habe.

»Ja«, schreie ich weiter, »Frau Müller, ich heiße Sie herzlich willkommen zu unserer ersten ergotherapeutischen Putzstunde. Wir in der Seniorenresidenz ›Himmelsleiter‹ tun alles erdenklich Mögliche, damit Sie fit bleiben!«

Bevor sie etwas erwidern kann, drücke ich ihr den Besen in die Hand und stürme mit dem Rest meiner Putzutensilien und der Trittleiter an ihr vorbei durch das Wohnzimmer und die Treppe hinauf.

»Moment mal ...«, protestiert Frau Müller.

»Wir beginnen mit dem Schlafzimmer!«, schreie ich zu ihr herunter und reiße die Tür vor mir auf. »Willst du des Nachts in Ruhe ruhn, so sollst du das im Sauberen tun.« Dichten kann ich auch noch! Es ist unglaublich, welche verborgenen Talente Haralds Aufträge in mir zutage fördern.

Frau Müller steht im Schlafzimmer vor mir, hält den Besen am ausgestreckten Arm von sich weg und funkelt mich böse an. »Sie glauben doch nicht, dass ich das Ding hier benutze? Ich habe in meinem ganzen Leben noch nie selber geputzt.«

Dann wird es aber Zeit, würde ich am liebsten sagen, kann die Antwort aber gerade noch runterschlucken. Stattdessen nehme ich der Alten den Besen aus der Hand, lächele sie zuckersüß an und beginne mich wie eine Eiskunstläuferin ohne Schlittschuhe mit gleitenden Bewegungen durch das Zimmer zu arbeiten, wobei ich den Besen vor mir her schiebe.

Frau Müller schaut mich entgeistert an.

»Ergotherapeutisches Putzen, Lektion eins«, doziere ich, »immer schön geschmeidig. Mit einem Wischmopp macht das natürlich noch viel mehr Spaß.«

Frau Müller atmet hörbar aus. »Um fit zu bleiben, spiele ich Golf. Ich werde weder einen Besen noch einen Wischmopp anfassen, hören Sie, Frau, äh ...«

»Meyer«, sage ich und könnte mich im gleichen Moment selber ohrfeigen.

»Meyer?« Frau Müller schaut mich misstrauisch an. »Da war doch neulich schon mal eine da, als ich noch zu Hause war. Von der Stadtverwaltung!«

Gerade, als ich anfangen will, ihr zu erzählen, dass Meyer doch ein ebenso häufiger Name ist wie der ihre, kommt die Frau Müller ganz nah an mich heran.

»Sie kommen mir sowieso schon die ganze Zeit bekannt vor«, sagt sie und fängt an, mich an den Haaren zu ziehen. Das tut richtig weh und aus lauter Reflex schlage ich die Hand von der Alten weg. Die kichert: »Entschuldigen Sie bitte, ich wollte nur mal sehen, ob das eine Perücke ist. Trotzdem merkwürdig, ich habe Sie doch schon mal gesehen.«

Nun muss ich retten, was zu retten ist, ich kann diesmal

nicht wieder versagen, ich muss die Frau Müller unbedingt auf die Leiter bringen.

»Da sind Sie nicht die Erste, die das denkt«, sage ich daher ganz lässig. »Die Myriam von der Stadtverwaltung, das ist meine Schwester.«

»Myriam? Die, die ich meine, hieß Claudia und sie sah aus wie Sie!«

Scheiße, aber wie sich in den letzten Tagen herausgestellt hat, bin ich ja verdammt cool. »Myriam-Claudia. Sie findet Claudia schöner, daher nennt sie sich so.«

»Ach was?« Frau Müller guckt ziemlich spöttisch.

»Ja, nach ihren Patentanten.« Zur Bekräftigung nicke ich ein paar Mal.

»Ach ja?« Frau Müller zieht eine Augenbraue bis fast unter den Haaransatz. Krass. Das muss ich auch mal üben.

»Und eine Nonne haben Sie nicht zufällig im Angebot? So als Schwester? Eine mit Sprachfehler. Pamela-Felizitas vielleicht?«

Jetzt wird es langsam brenzlig. Ich gehe schnell auf Frau Müller zu, nehme ihre Hände und schüttle sie. »Liebe Frau Müller, es ist großartig, was für eine aufmerksame Frau Sie sind. In der Tat sind wir drei Schwestern. Im Guten verbunden, dem Guten verbunden. Myriam-Claudia dem Wohl der Gemeide, Schwester Ignazia dem Wohl des Geistes und ich dem Wohl des Körpers.«

Bei diesen Worten drücke ich ihr einen Schwamm in die Hand. Frau Müller wirft ihn in eine Zimmerecke.

»Na, na«, sage ich, »so wird das aber nichts mit dem ergotherapeutischen Putzen.«

Ich öffne resolut das Fenster, stelle meine Trittleiter auf, hole den Schwamm unter dem Bett hervor, wo er hingerollt ist und mache ihn im Badezimmer nebenan ordentlich nass.

Ich lege ihn Frau Müller wieder in die Hand, packe sie am Arm und ziehe sie zur Leiter. Vielmehr, ich will sie ziehen, denn die Alte wehrt sich mit Händen und Füßen, wobei sie mir den nassen Schwamm immer wieder ins Gesicht klatscht.

Am liebsten würde ich ihr eine Ohrfeige verpassen, aber ich denke an Harald und meine Mission. Koste es, was es wolle, von mir aus auch meinen ganzen Stolz, ich muss diese sture Alte auf die Leiter kriegen!

Also ändere ich meine Taktik, lege der Frau Müller beschwichtigend eine Hand auf die Schulter und den Schwamm, den ich ihr wieder abgenommen habe, ganz oben auf die Trittleiter.

Ich schaue der Frau gerade ins Gesicht. »Ehrlich gesagt verstehe ich Ihre Aufregung, Frau Müller.« Ich seufze. »Es ist ja auch nicht schön, wenn man alt und gebrechlich ist und es nicht mal mehr auf eine Trittleiter schafft. Klar, dass man dann so tut, als bräuchte man nicht zu putzen.«

»Alt und gebrechlich?!«, kreischt die Müller, kommt auf mich zu, stößt mich mit aller Kraft von der Leiter weg und fängt an, mit ihren rosa Pantoletten hinaufzuklappern.

Alles in mir jubelt. Gleich habe ich die Zielperson da, wo ich sie haben will. Noch ein Schritt und ich werde mich gegen die Leiter werfen. Ich spanne alle Muskeln an.

Plötzlich sehe ich, wie Frau Müller mit einem Bein zwischen zwei Stufen glitscht, sich krampfhaft festhält und mir dann mit der kompletten Trittleiter entgegensegelt. Ich schaffe es gerade noch, zur Seite zu springen. Das Ganze ist so schnell gegangen, dass die Alte noch nicht mal geschrien hat.

Mein Herz klopft und ich traue mich kaum, richtig hinzuschauen, aber da liegt sie, die Frau Müller, auf dem Rücken, die Augen geschlossen, über sich die Trittleiter.

Zwar ist das jetzt nicht so gelaufen, wie ich es geplant hatte und die Alte ist in die falsche Richtung gefallen, aber gefallen ist sie und hin ist sie auch.

Denke ich. Bis die Müller anfängt zu stöhnen. Sie macht die Augen auf, sieht mich und beginnt zu schreien: »Hilfe! Feuerwehr! Hilfe! Notarzt! Hilfe! Polizei!«

Sie hört überhaupt nicht mehr auf damit und klingt wie eine dieser Puppen von früher mit der kleinen Schallplatte im Bauch. Ich lasse alles stehen und liegen und renne die Treppe runter und raus.

Vor dem Ausgang reiße ich mir den Nylonkittel vom Leib, schnappe mir mein Rad und trete in die Pedale, was das Zeug hält. Bloß weg von dieser Verrückten.

Ich radle und radle, bis ich weit weg bin von der Seniorenresidenz. Meine Augen sind blind vor Tränen. Wieder mal. Ich weiß nicht, wo ich bin, bis ich plötzlich den Anleger der Fähre nach Ringelheim vor mir sehe.

So weit bin ich gefahren? Ich steige ab, wische mir über die Augen und lasse mich in das sattgrüne Gras am Ufer fallen. Von Weitem klingt Motorengeräusch an mein Ohr und durch die Sommerluft höre ich Stimmen.

Ich rappele mich auf und schaue. Behäbig liegt er da, der Rhein. Die Fähre, voll von Autos und Passagieren, ist kurz davor abzulegen. Soll ich schnell noch aufspringen, mich davonmachen auf die andere Seite? Das wäre wohl das Beste. Weg. Weg für immer und Harald niemals mehr unter die Augen treten.

Aber ich bin zu müde und zu schwach und schaffe es nicht. Stattdessen strecke ich mich aus und lege meine Wange auf das kühle Gras.

Als ich wieder zu mir komme, sehe ich, dass da wieder eine Fähre voll mit Autos und Menschen ist. Wie lange habe ich geschlafen?

»Alles in Ordnung?«

Der Mann, zu dem die Stimme gehört, ist genau neben mir. Marke Winzer, braungebrannt, Gummistiefel und mit großen Pranken . Er hält mir ein Päckchen mit zum Anbieten herausgezogenen Zigaretten entgegen.

»Sehe ich so aus, als würde es mir nicht gutgehen?«, fauche ich.

Der Winzer zuckt mit den Schultern und setzt sich neben mich.

Ich schaue an mir herunter. Mein neuer Hosenanzug ist zerknittert und grün vom Gras. Na, toll. Wahrscheinlich ist Estelle Luder mittlerweile auch schon vollkommen verlaufen, obwohl in dem Beipackzettel ja steht, dass es resistent ist.

Der Mann zündet eine Zigarette an und reicht sie mir. »Hier, das beruhigt.« Ich bedanke mich mit einem Nicken und nehme einen tiefen Zug, fange an zu husten und dann zu heulen.

»Oh«, sagt er. »So schlimm?«

»Ja«, antworte ich, nehme einen weiteren Zug und keuche. »Ich kann das nicht!«

Der Mann nimmt mir die Zigarette aus der Hand. »Dann lassen Sie es doch.«

»Aber ich muss!«

»Quatsch«, sagt er und drückt die Zigarette an einem Stein aus.

Ich schluchze und hasse mich dafür. »Was würden Sie denn machen, wenn Sie eine Aufgabe zu erfüllen hätten für jemanden, den Sie lieben, und es nicht tun können? Und auch nicht zugeben können, dass Sie es nicht schaffen?«

Der Mann zündet sich seinerseits eine Zigarette an. Er atmet den Rauch herzhaft ein und dann aus. »Ich weiß, was Sie meinen. Meine Mutter gibt auch nie was zu. Da zieht sie lieber aus und quengelt. Ich wette, dass sie aber trotzdem hintenrum mitmischen wird. Aber das Einzige, was zählt, ist Ehrlichkeit. Beim Weinmachen und im Leben. Dann wird alles einfacher.«

Ich starre ihn an. »Danke«, sage ich, nehme seine Hand und schüttele sie wild, »Danke! Wenn Sie mal Hilfe brauchen, mein Name ist Monika Schmelzeis und ich bin Sekretärin des Bürgermeisters in Klosterley. Sie können jederzeit auf mich zukommen.«

»Vielleicht! Meine Mutter wohnt in Klosterley. Elisabeth van Ameln heißt sie«, ruft er mir hinterher.

Ich packe mein Rad, schiebe es über die Wiese, weg vom Flussufer und winke dem Mann noch einmal zu: »Jederzeit!«

Ich weiß nun, was ich zu tun habe. Es ist mutig, aber es muss sein.

Ich muss Harald sehen. Ihm sagen, dass ich das mit der Frau Müller mal wieder nicht hingekriegt habe. Und ihm zu verstehen geben, dass ich das auf jeden Fall noch schaffe. Weil ich ihn liebe. Das muss er wissen. Jetzt. Auch, wenn er heute Urlaub hat, wie ich gestern in seinem Terminkalender gesehen habe.

Ich fahre in das Villenviertel von Klosterley. Ich weiß ja, wo Harald wohnt, schließlich hatten wir vorletztes Jahr die Weihnachtsfeier vom Rathaus bei ihm und außerdem beobachte ich ihn manchmal.

Langsam schiebe ich mein Rad über die Einfahrt mit dem weißen Kies. Mir ist schlecht, aber ich denke daran, was der

Mann am Fluss gesagt hat. Ehrlichkeit, dann wird alles einfacher.

Ich lehne das Rad an die Buchsbaumhecke neben der Eingangstür, fasse mir ein Herz und drücke auf die goldumrandete Klingel mit Haralds Nachnamen drauf.

Es passiert nichts. Bis ich Schritte und Stimmengemurmel höre und die Tür sich einen Spalt breit öffnet. Ich zittere. Gleich wird Harald vor mir stehen!

Aber die Person, die jetzt vor mir steht ist nicht Harald. Es ist eine Frau. Seine Frau.

»Ja, bitte?«

Sie lächelt mich an. Ich starre sie an. Ihr feingeschnittenes Gesicht, die blonden, wundervoll frisierten Haare. Und ihren Hosenanzug. Blau und schwarz wie meiner. Aus der Boutique *Viva Bella* in Schönhell. Ohne Grasflecken, makellos glatt.

»Entschuldigen Sie, ich habe mich geirrt.« Ich taumele zurück.

»Frau Schmelzeis?«, höre ich noch, doch ich schnappe mir mein Rad und fahre los.

Ich kann nicht mehr, ich muss nach Hause. Ich nehme die Abkürzung quer durch die Weinberge und biege dann mit Schwung rechts in den Sonnenberg ein.

Das nächste, was ich spüre, ist, dass mein Körper irgendwo aufprallt. Das nächste, was ich höre, ist ein Lied aus einem Film, den ich schon ein paar Mal gesehen habe, das aber jetzt von zwei schrillen, brüchigen Stimmen mitgesungen wird. Das nächste, was ich sehe, sind roter Lack und eine Glasscheibe, hinter der mich zwei faltige Gesichter anstarren.

Jetzt ist es so weit. Ich habe einen Fahrradunfall gehabt und bin in der Hölle gelandet. Und vor mir sitzen der Teufel und seine Großmutter. Ich fange an zu schreien. Die beiden starren mich mit weit aufgerissenen Augen an.

Aus dem Augenwinkel sehe ich mein Fahrrad. Wie kommt das denn in die Hölle? Egal. Ich rutsche von dem roten Lack, springe auf das Rad und rase los. Vielleicht gibt es noch eine Chance, dem Fegefeuer zu entkommen.

Hinter mir ruft jemand etwas von ärztlicher Hilfe und Krankenwagen. Das wäre nicht schlecht, mir tut wirklich alles weh. Ich bleibe kurz stehen, drehe mich um und sehe ein rotes Auto, in dem zwei alte Frauen sitzen. Das war also der Lack. Die eine der Frauen ruft etwas von Polizei. Na, danke. Nicht mit mir. Ich mache, dass ich wegkomme.

17. Kapitel: Elisabeth

Warum bin ich schon wieder unterwegs? Und diesmal auch noch in einem Alfa Romeo Spider, einem Auto, für das ich einen Schuhanzieher brauche? Und für das ich viel Geld bezahle, obwohl es nicht einmal ein ordentliches Verdeck hat? Bei der Summe, die für die Tagesmiete dieses Gefährts aufgerufen wird, würde ich gerne auch die schützende obere Hälfte nutzen. Aber da macht Rosi nicht mit. Ein Cabrio muss offen gefahren werden. Ganz gleich, ob ich nun friere oder nicht. Deshalb tut sie so, als würde sie meine Verstimmung nicht bemerken. Wenn sie etwas will, ist sie gegen alles immun, was sie davon abhalten könnte. Und jetzt will sie eben einen Alfa Romeo Spider. Und zwar auf meine Kosten.

Rosis Ente ist in der Werkstatt. Sie wird mit allen heute gebräuchlichen Sicherheitsstandards ausgerüstet, inklusive Airbags und Fünfpunktgurten. Ebenfalls gut und richtig, dass wir in Anbetracht des erhöhten Mobilitätsdrucks durch unsere Mordermittlungen nicht auf meinen Trecker Schorsch umgestiegen sind, sondern ein flottes Auto wollten. Bis die lahme Ente in einen Schwan verwandelt ist, dachte ich, kann es auch für Rosi im Zeitalter des Car-Sharing nicht schwer sein, einen Wagen zu leihen, und war mir sicher, sie würde der Einfachheit halber irgendeinen unserer Bekannten bitten, uns ihr Gefährt für ein paar Tage zu überlassen. Stattdessen rief meine liebe Freundin mich Stunden später von unterwegs an und erklärte mir, auf der Suche nach einem Leihwagen bis nach Mainz vorgestoßen zu sein, wo sie bei einer Autovermietung endlich das uns angemessene Gefährt gefunden habe. Der Vertrag beinhalte sämtliche Reparaturkosten, selbst in schuldhaftem Schadensfall.

»Ich habe zwar in all den Jahren meinem Miguel nie auch nur die kleinste Blessur verpasst, aber mir fehlt das Vertrauen in die Fahrkünste der restlichen Verkehrsteilnehmer«, argumentierte sie für eine ungleich teurere Variante unserer Ausgangsplanung. »Heutzutage sind die Leute abgelenkt. Allein durch Handys ist es im letzten Jahr in Deutschland zu Tausenden von ...«

Um zu verhindern, dass Rosi blutige Unfallszenarien vor mir ausbreitete, stimmte ich ihrem Vorschlag schneller zu, als sie reden konnte.

Als Ergebnis dieses Zugeständnisses klammere ich mich gerade am Haltegriff der Beifahrertür fest und fürchte, dass meine Haare im Fahrtwind davonfliegen. Es fühlt sich an, als würde jedes einzelne mit einer Pinzette ausgerissen. Die Vorstellung, die nächste Stunde so zu verbringen, erscheint mir nachgerade als ein Opfer, welches ich allerdings für Klara Schönlein – und von mir aus auch für Rosemarie – zu bringen gedenke.

»Zu dumm, dass wir bis nach Heidelberg fahren müssen

für diesen DNA-Test«, schreie ich gegen den Fahrtwind an. »Meine liebe, alte Freundin ...«

» ... langjährige ...«, verbessert mich Rosi, um ihr Unwort des Jahrzehnts aus meinem Satz zu eliminieren.

»Meine langjährige Freundin Ruth Bellheim«, setze ich noch mal an und betone jedes Wort, »findet leider kein anderes Labor mehr, in dem man sie frei schalten und walten lässt. Ist vielleicht auch ganz gut so, im Weinland Mittenrhein kann ja niemand etwas für sich behalten, was er unter dem Siegel der Verschwiegenheit erfahren hat. Wir wären mit Sicherheit innerhalb kürzester Zeit das Gesprächsthema Nummer Eins und das wäre für unsere Ermittlungen nicht gut. Besonders jetzt nicht, wo Leo und Fatima, ohne weiteres Aufsehen zu erregen, nach Peter Schönlein fahnden sollen.«

»Die Lehrtätigkeit der Frau Professor ist eben schon zu lange her«, erinnert mich Rosemarie, ganz gegen ihre Gepflogenheit, Zeit und Alter flexibel zu gestalten. »Da gerät man schon mal in Vergessenheit. Besonders, wenn man nicht aktiv bleibt, sondern sich ins stille Kämmerlein zurückzieht, um einen Chemiecocktail zu erfinden, der selbst Dumme klug macht. Eine Zeitverschwendung, wenn du mich fragst. So bekommt sie ihren Manni auch nicht wieder. Sie sollte ihm Schierlingssaft in einen ihrer genialen Cocktails mischen – und gut ist's.«

Beim Zusammentreffen zwischen meiner Kräuter-Rosi und meiner Chemie-Ruth kommt es regelmäßig zu Meinungsverschiedenheiten, und das nicht, weil die eine das pharmazeutische Wissen der anderen als minderwertig betrachtet, sondern weil Professor der Chemie Ruth Bellheim die einzige mir bekannte Person ist, die Rosemarie Perabo, ewiges Blumenkind, selbsternannte Künstlerin und Hexe, einmal einen Mann ausspannte. Vor fünzig Jahren. Einen

Mann, der sich dreißig Jahre von Ruthchen durchfüttern ließ, nur um in den männlichen Wechseljahren, mittellos wie er war, mit einer jungen Thailänderin durchzubrennen und seine Frau anschließend auf Unterhalt zu verklagen, um damit für den Rest seines Lebens in Phuket am Strand zu liegen. So wurde aus dem warmherzigen Ruthchen Bellheim, Studentin der FU Berlin, ehemalige Hausbesetzerin und Mixerin beachtlicher Cocktails, deren Inhalt man schmecken, aber nicht kennen sollte, eine stets unterkühlte Frau Professor. Oder, wie meine Freundin Rosi es formulieren würde, ein stets auf Abstand bedachter ... Leerkörper statt Lehrkörper, der fortan für nichts als für die Chemie und ihre Experimente lebte. Selbst Rosemarie sieht, dass sie Glück hatte, als Manni Bellheim Ruth fürs *dolce far niente* wählte – aber hier geht es ja ums Prinzip.

Mir ist Ruth freundlich gesonnen, was die sofortige Zusage, den illegalen DNA-Abgleich zwischen Wilhelm Schönlein und Dr. Thoralf Graf von Flaschenburg durchzuführen, hinlänglich beweist. Leider verdanke ich dieses Entgegenkommen wohl der Tatsache, dass sie in mir eine Leidensgenossin sieht. Gott sei Dank mit dem Unterschied, dass mein Göttergatte, bevor kein Tropfen des van-Ameln-Weins mehr übrigblieb, vernünftigerweise aus dem Leben schied – während ihr Ex unter südlicher Sonne seine Zipperlein pflegt und weiter Geld kostet.

»Alfa Romeo Spider! Das einzig wahre Cabrio. Kein anderes kommt ihm gleich.« Meine Freundin verleiht ihrer Begeisterung Ausdruck, indem sie beide Hände vom Lenkrad nimmt und in die Luft wirft. Selbst auf unseren ersten paar Metern auf der Landstraße ist mir ihr Verhalten nicht geheuer. Ich sehe sie von der Seite an. Sie ist auf unsere Fahrt nach Heidelberg deutlich besser vorbereitet als ich. Sie hat ihre Haarpracht vorsorglich mit einem Kopftuch geschützt, dessen Enden sie sich à la Audrey Hepburn um den Hals geschlungen hat. So schnell wie Rosi fährt, muss sie vom Straßenrand her wie ein Original aus den Sechzigern wirken – und genau betrachtet ist sie das ja auch.

»Erinnerst du dich an die *Die Reifeprüfung* mit Dustin Hoffman und Anne Bancroft?«

»Ja«, knurre ich. »Seit fünfzig Jahren.«

»Da hatte der Alfa seinen ersten Auftritt und ich finde, er sah deutlich besser aus als Dustin. Seine Nase ist nicht so plattgedrückt wie der Riesenzinken dieses Schauspielers.« Rosis Hände finden das Lenkrad wieder und ihr rechter Fuß hat plötzlich noch mehr Kraft für das Gaspedal. »*And here's to you, Mrs. Robinson, Jesus loves you more than you will know. Whoa whoa whoa* …«, intoniert sie Simon & Garfunkel.

Ich gebe zu, dieses Lied gehörte auch mal zu meinen Favoriten und so lasse ich mich hinreißen. »*God bless you, please, Mrs. Robinson, heaven holds a place for those* ...«

»Scheißeeeeeee!!!!« Das kommt von uns beiden. Laut und im Dreiklang zu qualvoll quietschenden Reifen. Rosi steht fast senkrecht auf der Bremse und der Spider beweist, dass er in zehn Sekunden nicht nur von Null auf Hundert, sondern auch von Hundert auf Null sein kann. Leider ist das dennoch zu lang. Wir haben eine Radfahrerin auf der Haube, die uns anglotzt, als ob sie überlege, wie sie dahin gekommen ist. Ich überlege das auch. Eben war doch die Straße noch völlig frei.

Einen Wimpernschlag lang herrscht völlige Stille. Wir starren uns gegenseitig an. Die Frau auf unserer Kühlerhaube und wir – zwischen uns die Windschutzscheibe. Bevor sich nach der Schrecksekunde mein Gehirn wieder einschaltet und ich aus dem Auto raus bin, um der Frau zu helfen, ist sie bereits von der Haube gerutscht, humpelt zu ihrem Fahrrad und ist im nächsten Moment auf und davon.

»Halt! Warten Sie!«, rufe ich ihr nach. »Sie stehen unter Schock! Sie brauchen ärztliche Hilfe. Wir holen einen Krankenwagen.«

Die Radfahrerin bremst kurz und sieht sich um.

Da schreit Rosi: »Und die Polizei, natürlich rufen wir auch die Polizei – die kümmert sich um alles Weitere.«

Sofort tritt die Frau wieder in die Pedale. Wie von Furien gehetzt, schießt sie verkehrt herum in eine Einbahnstraße. Ich bin ein wenig neidisch. Eine wie unsere Kühlerfigur, die anderen am hellichten Tag den Weg abschneidet, die darf das, aber wenn ich und mein Schorsch dasselbe tun, regt sich alles auf, obwohl doch Gefahr im Verzug war, damals beim Antiquität ...

»Das ist jetzt mal Fahrerflucht der etwas anderen Art«, sagt Rosi, aber ihre Stimme zittert.

Dass ich das noch erlebe! Rosi ist aus dem Konzept gebracht! Wenn sie sich jetzt noch schuldig bekennt, mache ich mir ernsthaft Sorgen. Um die Radfahrerin und um Rosi.

»Wo kam die denn so plötzlich her? Kennt die keine Verkehrsregeln?«, zerstreut Rosi meine Befürchtungen, indem sie loswettert wie immer. Ich lasse sie gewähren, damit sie ihren Schreck und das überschüssige Adrenalin abbauen kann. »Was da alles hätte passieren können! Nicht auszudenken.« Rosi steigt aus dem Wagen aus und besieht sich die Kühlerhaube. Dann streicht sie liebevoll über den grellroten Lack. »Alles heil geblieben«, sagt sie.

»Hoffentlich auch bei der Radfahrerin«, lege ich nach, damit sie nicht gleich wieder übermütig wird.

Rosi beißt sich auf die Lippen, dann sieht sie sich suchend

um. »Zeugen, wir brauchen Zeugen«, sagt sie. »Und wir müssen diese Frau aufsuchen. Stell dir nur mal vor, die hat irgendwas, innere Verletzungen oder so.«

»Nein, stelle ich mir lieber nicht vor«, sage ich, schaue mich aber trotzdem nach jemanden um, der die Szene beobachtet haben könnte. Die Landstraße flimmert in der Mittagshitze; das ist aber auch schon die einzige Bewegung, die ich bemerke. Weit und breit kein Unfallzeuge. So ausgestorben habe ich die Strecke zwischen Schönhell und Klosterley schon ewig nicht mehr gesehen.

»Wir sollten jetzt wirklich die Polizei rufen und den Unfallhergang aus unserer Sicht schildern«, schlage ich vor. »Wenn die uns zuvorkommt und uns anzeigt, stehen wir dumm da.«

»Und?«, will Rosi wissen: »Was willst du denen erzählen? Plötzlich klebte eine hysterische Frau an unserer Windschutzscheibe? Wir wissen ja nicht mal richtig, wie sie aussah. Mich erinnerte sie an die Nonne aus meinem Bilsenkrautbeet. Dich nicht auch? Sie hatte zwar einen grünen Fahrradhelm auf statt eines schwarzen Schleiers, aber ihr Gesicht war genauso krebsrot wie damals.«

»Ich erinnere mich nur, dass beides farblich nicht harmonierte.«

Rosi lässt sich wieder in den Fahrersitz fallen, manövriert das Cabrio an den Straßenrand und parkt. Während sie im Handschuhfach nach ihrem Handy wühlt und schließlich tatsächlich die Polizei ruft, betrachte ich den Rhein. Seine träge dahinfließenden Wasser haben mich schon immer beruhigt. Und mir geholfen, mich auf das Wesentliche zu konzentrieren. Das Wesentliche ist in diesem Fall Rosis Sorge, falsch reagiert zu haben.

Während wir auf die Gesetzeshüter warten, versuche ich sie auf andere Gedanken zu bringen, um ihr diesen Canossagang zu erleichtern und rekapituliere deshalb, was wir alles schon über unseren Mordfall wissen. »Unsere Tatverdächtigen sind derzeit Peter, der sich obendrein aus Angst vor uns zu verstecken scheint, und unser windiger Herr Schönheitschirurg«, zähle ich auf.

»Damit ist die Liste der Mörder ja recht übersichtlich«, springt Rosi auf mein Ablenkungsmanöver an. »Aber falls es von Flaschenburg ist, wäre es mir lieb, wenn wir ihn erst überführen, nachdem er mir meine Schlupflider wegoperiert hat.«

Das ist sie wieder, meine Rosi.

»Hier geht es nicht darum, dass du einen strafferen Hintern bekommst oder jemand deine Falten glättet. Hier geht es um Mord«, erinnere ich sie.

»Klara ist zwar tot, aber auf diese Weise kann sie mir noch ein kleines bisschen behilflich sein«, quengelt Rosi und ich beschließe, ihr die Gefährlichkeit unseres Killers einmal deutlich vor Augen zu führen.

»Sieh es doch mal realistisch«, sage ich und begreife erst während des Sprechens, was ich da tatsächlich äußere: »Sollte von Flaschenburg wirklich der Täter sein und verhindern wollen, dass wir zwei seine Schandtat aufdecken, dann wäre es doch ein Leichtes für ihn, dich auf seinem OP-Tisch zu unserer Klara auf Dauerbesuch zu schicken.«

Rosi greift sich an den Hals und lässt ein unbestimmtes Gurgeln hören.

»Man muss jede Möglichkeit in Betracht ziehen, schließlich hätte er ja durch Klara schon einige Übung«, gebe ich zu bedenken.

Rosi betrachtet sich angelegentlich im Rückspiegel, zieht hier eine Falte am Auge glatt, bedeckt dort einen Altersflecken mit der Hand. »Und wenn ich nur lasern lasse? Da bekommt man keine Narkose.«

»Ich finde, man sollte in Würde alt werden«, sage ich. »Falten sind weiter nichts als ein Hinweis auf ein erfülltes Leben.«

»Aha«, kontert meine Freundin, für meinen Geschmack eine Spur zu bissig. »Deshalb bist du noch so aalglatt – bis auf diesen scharfen Zug um den Mund und die tiefen Stirnrunzeln.«

Es lässt sich nicht leugnen: Wir können beide nicht gut mit Stress umgehen. Jedes Mal, wenn wir unter Druck geraten, streiten wir miteinander statt füreinander. Ich tappe auch jetzt in diese Falle und mache Rosi meinerseits Vorwürfe. »Erinnerst du dich, was im Werbeprospekt über unsere Seniorenresidenz stand?«, frage ich und präpariere mich für das Halten einer saftigen Schimpftirade, aber Rosi entwaffnet mich in drei kurzen Sätzen: »Nein, keine Ahnung. Ich habe die Prospekte nie gelesen. Mir hat gereicht, dass du einziehen wolltest. Da wusste ich, jetzt kommt meine schönste Zeit.«

Meine Anspannung fällt von mir ab wie Blütenblätter von einer Rose und ich atme ganz langsam ein, um das Kompliment meiner Freundin so tief wie möglich zu inhalieren. Rosi ist immer ehrlich. Das ist nicht immer einfach, aber in Momenten wie diesen zeigt sich, wie sehr es sich lohnt zu lernen, die andere auch in schwierigen Momenten auszuhalten. Ich schaue wieder auf den Rhein und schweige so lange, bis die Leere in meiner Gefühlsschublade mit der Aufschrift ›Gesine und Gernot haben mich noch nicht besucht‹ durch ein ›Macht nichts, ich hab ja Rosi‹ ausgefüllt ist. Dann beginne ich noch einmal von vorne mit dem, was ich sagen wollte, aber es klingt jetzt völlig anders. »Im Werbeflyer stand: *Vom Balkon ihrer Wohnung schauen Sie über Ihr Reich und das dürfen Sie genießen, denn Sie sind tatsächlich reich. Reich an Erfahrungen, die das Weinland Ihnen schenkte. Ab jetzt dürfen Sie sich zurücklehnen und anderen dabei zusehen, wie sie rennen, wie sie arbeiten, für andere springen. Sie dürfen derweil auf Ihrem Balkon sitzen, in die Weite schauen und denken: Ich bin angekommen. In Eleganz. In Ruhe. In Frieden.*«

»Klingt für mich wie eine Einladung, auf Grabsteinen zu tanzen«, unterbricht mich Rosi und grinst breit. »Und genau das tun wir jetzt. Für Klara.«

»Für Klara!« Rosi und ich klatschen uns ab.

»Wer uns beide jetzt sieht, der hält uns für zwei verrückte alte Weiber«, sage ich, »aber für den Neid anderer bin ich nicht verantwortlich.«

Leider wird Rosi einer passenden Antwort enthoben, weil der Streifenwagen endlich eintrifft. Sind im gesamten Weinland Mittenrhein wirklich immer nur Ludwig Petz und sein Kollege Hornbusch im Einsatz? Wir stöhnen alle vier unisono auf.

»Und?«, fragt Polizeihauptwachtmeister Petz, »was haben Sie sich diesmal ausgedacht? Wollen Sie mir nur Ihr neues Auto präsentieren oder gibt es irgendwo eine Leiche?«

Dummerweise liegt seine Vermutung nicht so weit von der Wirklichkeit entfernt, wie ich mir das wünschen würde. Die Frau könnte jetzt ja tatsächlich statt auf der Flucht auf dem Weg in den Himmel sein – wenn Rosemarie nicht so schnell reagiert hätte und wir heute nicht zufällig in einem Auto mit langgezogener Schnauze sitzen würden. Da ich annehme, dass Petz das anders sieht, versuche ich es mit den zwei großen A als bester Verteidigung: Angriff bei gleichzeitiger Ablenkung.

»Nein, keine Leiche, aber Sie dürfen uns gerne erzählen, wie weit die Polizei mit ihren Ermittlungen im Mordfall Klara Schönlein ist«, antworte ich spitz und füge in Gedanken hinzu: Dann können wir Ihre Ergebnisse mit unseren abgleichen.

»Es konnten an der Leiche keinerlei Anzeichen von Fremdeinwirkung festgestellt werden«, erklärt Hornbusch für seinen Kollegen, »deshalb wurden alle weiteren Ermittlungen eingestellt, bis auf ...«

»Moment. Was die Polizei wie, zu welchem Zeitpunkt und in welcher Angelegenheit unternimmt, geht nur die Polizei etwas an oder die betroffene Familie, haben wir uns verstanden?«, sagt Petz mit eisiger Stimme und betrachtet dann den völlig unversehrten Alfa Romeo Spider. »Es geht um einen Unfall mit Fahrerflucht, hieß es in der Notrufzentrale. Wenn Sie uns dann mal sagen könnten, wo dieser Unfall stattgefunden haben soll und wer vor wem geflüchtet ist?«

»Die Frau kam aus dem Nichts, und saß plötzlich auf unserer Kühlerhaube«, beginnt Rosi, die Ereignisse zwar in durchaus chronologischer Reihenfolge, aber für Außenstehende doch etwas unpräzise, zu erläutern, während ich verzweifelt versuche, mir irgendetwas ins Gedächtnis zu rufen, was mir an der Frau aufgefallen ist. Braun, die Augen waren braun, entsinne ich mich. Und die Haare in einem ähnlichen Ton.

»Grün, die Augen waren grün, wie die einer Katze«, erklärt Rosi gerade mit dem Brustton der Überzeugung. »Und die Haare blond. Eine seltene Kombination, finden Sie nicht?«

Ich blinzele und entscheide mich, auch über die blaue Jacke und die schwarze Hose zu schweigen, als meine Freundin eine Denkpause einlegt und sich am Kopf kratzt, wie sie es gerne tut, wenn ihr plötzlich ein ganz neuer Gedanke kommt. Zu meinem Erstaunen plappert sie dann aber weiter wie vorher: »Die Arme muss morgen überall blaue Flecken haben, zumindest an den Beinen. Sie trug ja keine

Hose und so ein leichtes Sommerkleidchen ist ja kein Schutz. Überhaupt sollte man sich auf dem Fahrrad immer seinem Fahrstil gemäß anziehen, damit man sich keine Abschürfungen holt. Aber diese Frau hatte ja nicht einmal Schuhe an den Füßen.«

Polizeihauptwachtmeister Ludwig Petz sieht aus, als würde er Rosi kein Wort glauben und sicher sein, dass er mit der Beschreibung die gesuchte Person niemals findet – und genau das denke ich auch.

Wenn die ehrliche Rosemarie also in dieser Situation plötzlich das Blaue vom Himmel herunterlügt, muss es dafür einen Grund geben. Denselben, der mich jetzt schweigen lässt. Wenn eine Nonne in Zivil durch die Welt radelt, werden wir sie und den nach Rosis Meinung einzig möglichen Grund ganz sicher nicht verraten. Weder sie noch ihn.

18. Kapitel: Monika

Mit meiner Figur war ich noch nie besonders zufrieden, aber das ist nicht der Grund, warum ich jetzt anfange zu heulen, wie ich so nach dem Duschen vor dem Spiegel stehe. Mein ganzer Körper ist grün und blau, ich sehe aus, als wäre ein Trecker über mich rübergerollt.

Ich muss auch wieder an die faltigen Fratzen hinter der Glasscheibe denken, die mich angestarrt haben, als ich da gestern auf dem roten Lack gelandet bin. Natürlich waren das nicht wirklich der Teufel und seine Großmutter, sondern die beiden ›Himmelsleiter‹-Hexen, aber mir hat es gelangt – ich schüttele mich.

Mir tut alles weh. Ich humpele zum Kleiderschrank und überlege, was ich anziehen soll. Meinen Auftrag hinsichtlich der Frau Müller habe ich wieder nicht erfüllt, also muss ich doppelt gut aussehen, wenn ich Harald unter die Augen trete.

Den neuen Hosenanzug kann ich vergessen, den haben mir die alten Schachteln komplett ruiniert und außerdem ziehe ich den sowieso nie wieder an, nachdem ich gesehen habe, dass Haralds Frau den gleichen hat und darin viel besser aussieht als ich. Am besten schmeiße ich das Ding gleich weg.

Hektisch schiebe ich im Schrank einen Kleiderbügel nach dem anderen zur Seite. Ich will heute extrafrüh im Büro sein. Durch meine Spezialaufträge ist viel liegengeblieben in letzter Zeit und Harald hat gestern schon zum zweiten Mal nach seinen Reisekostenabrechnungen gefragt. Das macht mich ziemlich nervös. Wenn ich schon keine gute Mörderin bin, muss ich wenigstens eine perfekte Sekretärin sein.

Schließlich entscheide ich mich für eine graue Bundfaltenhose, eine weiße Bluse und einen schwarzen Blazer. Das sieht ansprechend und seriös aus und vor allem kann ich dazu meine schwarzen, flachen Halbschuhe anziehen. Da fällt dann hoffentlich das Humpeln nicht so auf.

Ich werfe einen abschließenden Blick in den Spiegel und könnte ganz zufrieden sein. Wenn da nicht diese hässliche Beule auf der Stirn wäre, die ich der Windschutzscheibe des Sportwagens zu verdanken habe.

Ich habe das Gefühl, dass die Schwellung seit gestern stündlich gößer geworden ist und sich jetzt blauschwarz verfärbt. Wie soll ich das verstecken? Meine Augen füllen sich schon wieder mit Tränen.

»Reiß dich zusammen, Monika!«, schreie ich mich innerlich selbst an und krame in der Badezimmerkommode nach dem Abdeckstift, den meine Schwester mir vor ein paar Jahren mal geschenkt hat. Ich benutze so was ja sonst nicht. Als ich den Stift endlich ganz hinten in der untersten Schublade finde, muss ich feststellen, dass er vollständig eingetrocknet ist.

Ein Schluchzer kommt ganz tief aus mir raus. Die Zeit wird langsam knapp. Sehr knapp. So schnell kann ich nun auch nicht rechnen und dann auch noch die ganzen Formulare ausfüllen.

Ich atme tief durch. »Monika Schmelzeis,« sage ich zu mir selbst, »du hast so viel durchgemacht in den letzten Tagen und alles überstanden, da wirst du dich doch nicht von so einem kleinen eingeschrumpften Stift fertigmachen lassen.«

Kurz entschlossen schnippe ich den Abdeckstift in den Badezimmermülleimer und verteile eine großzügige Portion Estelle Luder auf der Beule. Perfekt sieht das nicht aus, aber schon viel besser als vorher. Falls Harald fragt, werde ich ihm einfach sagen, dass einer von den Nachbarjungs mir beim Spielen einen Fußball an den Kopf geschossen hat. Ich bin ja nicht doof und behaupte, dass ich gegen eine Tür gelaufen bin, wie man das öfter als Ausrede im Fernsehen so hört. Sonst denkt er noch, ich bin ungeschickt.

Punkt zwei Stunden früher als sonst komme ich im Bürgermeisteramt an. Kein Mensch da. Auch nicht die blöde Elfie. Vielleicht sollte ich mal öfter um diese Uhrzeit mit der Arbeit anfangen.

Ich kann nicht widerstehen und schlüpfe vom Gang aus erstmal in Haralds Büro. Tief atme ich die Luft ein, in der noch ein Hauch von seinem Rasierwasser liegt. Gänsehaut überzieht meinen ganzen Körper.

Ich setze mich auf einen der karamellfarbenen Gästesessel, lehne mich zurück und schaue mich um. So oft ich auch schon in diesem Zimmer war, es ist eines der wenigen Male, in denen ich in Ruhe alles betrachten kann.

Harald hat Geschmack. In der Mitte des Raumes der Schreibtisch aus Mahagoni, links von mir das Regal mit den diversen Obstbränden aus Gottesacker, von denen ich auch schon eine Rarität kosten durfte. Davor das Tischchen aus Rauchglas mit den Gläsern drauf, das man immer dorthin rollen kann, wo man es gerade haben will. Rechts von mir ein Ölgemälde, das die Weinberge von Klosterley zeigt und ein Regal mit Ledermappen, in denen sich Unterlagen befinden.

Es ist gemütlich hier. Fast wie in einem Wohnzimmer. Auf dem Schreibtisch liegen zwar einige Papiere, aber Aktenordner gibt es nicht. Die sind alle in meinem Büro.

Ich schaue auf die Uhr. Es wird noch lange dauern, bis jemand hier auftaucht. Also wage ich es. Stehe auf, humpele über das glänzende Fischgrätparkett in Richtung von Haralds Sessel hinter dem Schreibtisch und setze mich hinein. Einfach so. Ich, Monika Schmelzeis.

Mein geschundener Körper versinkt in weichem Leder und ich sehe die Welt aus Haralds Perspektive. Ich fühle mich fantastisch. Lege die Fingerspitzen aneinander und betrachte das Wasserglas, aus dem Harald gestern noch getrunken haben muss. Langsam fahre ich mit dem Zeigefinger den Rand entlang. Irgendwo dort waren seine Lippen ... Ich schließe die Augen, lege meine Wange in die Handfläche und möchte von Harald träumen, höre seine Stimme ...

Höre seine Stimme! Und die ist nicht in einem Traum, ich bin ja noch gar nicht eingeschlafen. Nein, die Stimme ist echt. Draußen auf dem Gang und sie kommt immer näher und eine andere Stimme ist auch noch mit dabei.

Ich springe auf, ramme mir die Schreibtischkante in die rechte, von gestern schwer lädierte Hüfte, unterdrücke einen Schmerzensschrei und renne so schnell ich kann zur Verbindungstür zu meinem Büro. Ich reiße die Tür auf und rette mich in mein Reich, gerade rechtzeitig, bevor Harald sein Zimmer betritt.

Mein Herz klopft wie wild. Und ich verstehe nicht, was hier los ist. In den acht Jahren, die ich im Bürgermeisteramt arbeite, ist Harald noch nie vor neun im Büro gewesen.

»So, lieber Graf Flaschenburg«, höre ich seine Stimme ganz nah an der Verbindungstür, »Sie wollen in Ruhe reden, dann mal los, um diese Uhrzeit stört uns niemand. Tragen Sie mir also gerne Ihr Begehr vor. Mir kommt ein Gespräch mit Ihnen auch sehr gelegen.«

Ach du Scheiße, der Fettabsauger. Den können Harald und ich doch beide nicht leiden. Ich höre, wie sich Schritte von meiner Bürotür entfernen und verstehe jetzt nur noch Bruchstücke: »Patientenaufkommen ... Erweiterung ... Kosten ... «

Das scheint auf jeden Fall ein wichtiges Gespräch zu sein.

Es macht mich wahnsinnig, dass ich nicht alles verstehe. Wenn ich doch bloß einen leeren Joghurtbecher hätte, so wie damals, als ich mit meiner Schwester Detektiv gespielt habe. Oder ein Glas. Ich schaue zu meinem Schreibtisch hinüber und alles in mir jubelt. Auch dort hat die Putzfrau vergessen abzuräumen. Ich schnappe mir mein leeres Wasserglas, drücke es mit der offenen Seite an die Wand und presse mein Ohr an die Unterseite. Perfekt.

»Ich möchte ja nicht, dass Sie mir die neue Schönheitsklinik bezahlen«, sagt die Stimme, die wohl zu dem Fettabsauger gehört, »aber ich brauche allerlei Genehmigungen und die müssen Sie mir verschaffen. Das Haus und das Grundstück sind da. Sie kennen das Jagdhaus am Waldrand von Klosterley bei den großen Wiesen, mitten im Kristalltal.«

Die Fettabsaugerstimme lacht dämlich. »Alles meins. Da baue ich die neue *Flaschenburgs World of Beauty* hin. Blöd ist nur, dass die Villa unter Denkmalschutz steht und das ganze Gelände unter Naturschutz. Es dürfte etwas schwierig werden, die Erlaubnis für Umbauten und Erweiterungen zu bekommen. Vor allem, da ich auch ein paar Bäumchen fällen lassen müsste für einen großen Parkplatz und, na, sagen wir mal dreitausend Quadratmeter Wellnessbereich. Und da kommen Sie jetzt ins Spiel, lieber Herr Bürgermeister.«

Dieser Graf redet und redet und redet, mein Ohr fühlt sich schon ganz taub an. Am liebsten würde ich es mal massieren, aber ich muss wissen, wie jetzt Harald ins Spiel kommt.

»Wissen Sie, Graf Flaschenburg. Ihre Schönheitsklinik in allen Ehren, aber das wäre doch für uns alle unendlich viel Arbeit. Sie müssten den ganzen Tag Fettab... ich meine Schönheitsoperationen durchführen und ich hätte einen immensen Papierkrieg gegen die Behörden auszufechten. Nicht auszudenken!«

Der Graf lacht wieder so komisch, irgendwie hinterhältig. »Ich operiere für mein Leben gerne. Sie dürfen mir auch gerne Ihre Frau schicken.«

Beinahe hätte ich losgekichert, ich würde ja jetzt zu gerne mal Haralds Blick sehen. Aber ich kann ihn leider nur hören.

»Ich will nicht mit Ihnen streiten. Ich bin durchaus bereit, mich für Sie in die Schlacht zu begeben. Doch ich muss dabei auch an meine Gemeinde denken. Der *Wein-Park* im Kristalltal gehört zu den zukunftweisenden Projekten für Klosterley und die Region. Dafür bräuchte die Gemeinde ... na, sagen wir mal, so ungefähr die Hälfte des Grundstücks, das um Ihr Jagdhaus herum liegt.«

Über die Idee von dem Grafen, dass er an der Frau Förster rumschnibbeln will, sagt Harald nichts.

Der Fettabsauger lacht noch einmal, aber irgendwie klingt es wieder nicht fröhlich. »Eine grandiose Idee, lieber Bürgermeister. Und wer Ihren *Wein-Park* besucht, will sich auch erholen – also kann er das auch gleich in der Wellnessoase meiner Schönheitsfarm im Kristalltal tun. Unsere beiden Projekte könnten sich gegenseitig befruchten. Wenn ich das denn zulasse.«

»Apropos Zulassung«, antwortet Harald ganz ruhig. »Wie sieht es mit einem Schönheitschirurgen aus, der praktiziert, obwohl er keinen entsprechenden Abschluss hat?«

Was meint denn Harald nun damit? Genau das fragt jetzt auch der Graf. Seine Stimme klingt dabei wie ein Messer, wenn es auf einem Teller entlangschrappt. Ich presse mein Ohr fester gegen das Glas.

»Ich bin der Bürgermeister von Klosterley. Schon vergessen? Ich weiß so gut wie alles, was im Weinland Mittenrhein vor sich geht. Ich habe da so meine Verbindungen.«

»Die können Sie gerne alle nutzen, um mir die erforderlichen Genehmigungen zu besorgen, sonst können Sie das mit dem Stück von meinem Land vergessen. Und das wäre schmerzlich, denn wie ich das sehe, halte ich die Wegerechte.«

»In bestimmten Fällen kann man auch in unseren Landen und in der heutigen Zeit enteignen. Besonders dann, wenn es dem Allgemeinwohl dient«, erinnert Harald seinen Gesprächspartner. »Und was die Genehmigungen angeht, tja, da müssten Sie mir schon entgegenkommen mit ein paar Quadratmetern, sonst sind mir die Hände gebunden.«

»Ach ja, so wie hier?«, sagt die Fettabsaugerstimme und klingt diesmal wie das Messer selbst.

»Wo haben Sie das Foto her?«, zischt Harald.

»Na, meinen Sie jetzt nicht auch, dass wir hervorragend zueinander passen? Wenn ich es genau betrachte, bleibt uns gar nichts anderes übrig, als zusammenzuarbeiten, sonst findet dieses Bild versehentlich noch den Weg zu Ihrer Frau Gemahlin. Und das wäre doch jammerschade«, sagt der Graf, »gerade, wo die abgebildete Dame so spärlich bekleidet ist und Sie in rosafarbenen Plüschhandschellen ...«

Mir wird schwindelig und ich kann gerade noch verhindern, dass mir das Glas aus der Hand fällt. Ich setze mich auf den Boden.

Harald in Handschellen? Mit einer Dame? Das kann nur ein Irrtum sein. Eine Verwechslung. Vielleicht habe ich mich auch einfach nur verhört.

Ich robbe zur Tür, wobei ich jeden einzelnen blauen Fleck an meinem Körper spüre und schaue durchs Schlüsselloch. Der Fettabsauger wedelt mit einem Stück Papier vor Haralds Nase herum.Ich muss unbedingt hören, was er sagt und drücke das Glas wieder an die Wand.

»Wie gesagt, ich bin sicher, wir werden uns einig. Eine Hand wäscht die andere, lieber Herr Bürgermeister. Oder die Presse wäscht dreckige Wäsche, Ihre oder meine. Je nachdem, über wen zuerst geschrieben wird. Deshalb bin ich der Meinung, wir sollten uns lieber gegenseitig unterstützen, wie gute Freunde das tun.«

Harald räuspert sich. »Sehr verehrter Graf, ich denke, wir verbleiben so: Sie händigen mir das Foto aus und überlegen sich schon mal, für welch geringe Summe Sie einen Teil Ihres Grundstücks und die Wegerechte im Kristalltal an die Gemdeinde von Klosterley verkaufen und im Gegenzug bewahre ich Stillschweigen über Ihre nicht vorhandenen Abschlüsse als Schönheitschirurg.«

Die Fettabsaugerstimme hört sich zufrieden, fast

schmeichlerisch an. »Sehen Sie, Bürgermeister, geht doch. Dann ist hier die Liste der Dinge, die ich benötige: Parkplatz für mindestens dreißig Autos – und ich spreche nicht von Kleinwagen – und dreitausend Quadratmeter Wellnessbereich. Ach ja, und dann am besten noch ein Tennisplatz. Das Foto können Sie übrigens gerne haben. Das ist bloß ein Abzug. Das Original habe ich gut verwahrt, als Rückversicherung. Immer wichtig, auch unter Freunden!«

Ich muss mich unbedingt in Sicherheit bringen. Wenn der Graf jetzt geht, ist Harald allein in seinem Büro. Er darf mich nicht hören und nicht sehen. Und auf keinen Fall darf er wissen, dass ich gelauscht habe.

Ich stelle das Glas auf meinem Schreibtisch ab, husche durch mein Büro zur Tür, die auf den Gang führt und mache mich so leise wie möglich auf den Weg zur Damentoilette. Dort schließe ich mich in eine Kabine ein und setze mich auf den zugeklappten Toilettendeckel.

In meinem Kopf schwirrt es. Harald. Dame. Handschellen. Das mit der Schönheitsklinik und dem Land von dem Fettabsauger interessiert mich nicht. Es geht um mich, um Ehrlichkeit und um die Liebe meines Lebens.

Ich muss dieses Foto in die Hände kriegen und sehen, was und wer da drauf ist. Danach bringe ich dann entweder Harald um oder mich selbst. Oder uns beide.

Mir fällt ein, dass ich im Ermorden nicht so gut bin, also beschließe ich, erstmal ganz normal weiterzumachen. Ich darf mir Harald gegenüber nichts anmerken lassen. Und vielleicht ist ja doch alles nur ein Irrtum.

Im Büro lasse ich geräuschvoll meine Handtasche auf den Schreibtisch fallen, huste ein paar Mal und gieße mir Wasser ein, wobei ich die Flasche ordentlich an das Glas knallen lasse.

Es wirkt. Die Verbindungstür zwischen meinem und Haralds Büro öffnet sich. Mein Chef sieht erbarmungswürdig aus. »Guten Morgen, Monika! Sie sind aber früh heute.«

Am liebsten würde ich ihn umarmen. Wie süß, dass er gleich gekommen ist, als er mich gehört hat. Aber bevor ich ihm völlig vergebe, muss ich das mit den Handschellen klären.

»Ich werde heute vor allem anderen Ihre Reisekostenabrechnungen fertig machen, Herr Förster«, sage ich deshalb kühler als sonst.

»Schön, schön«, Harald wirkt zerstreut, »aber kommen Sie doch zuerst einmal in mein Büro.«

Hat er jetzt nach dem Schock mit dem Foto wirklich Nerven für etwas anderes? Für mich ist das ein Hinweis, dass das alles ein Missverständnis ist. Wahrscheinlich ganz harmlos. Wie auch immer, auf jeden Fall kriege ich das raus.

Diesmal setzt sich Harald nicht in seinen Chefsessel, sondern stellt sich vor das Fenster mit den weißen Sprossen, das Gesicht zu mir gerichtet.

»Monika«, sagt er, »dass Sie begabt sind im Hinblick auf gewisse Aktivitäten, haben Sie ja neulich bei unserer Übungsstunde bewiesen.«

Er greift sich an den Hals und ich denke daran, wie schön es war, Harald beim Würgen zu berühren.

»Leider hat es aber mit der Frau Müller dieses Mal wieder nicht geklappt. Ich würde Sie also bitten, sich morgen noch mal in diese Seniorenresidenz zu begeben und Ihren Auftrag abzuschließen.«

Er sagt das ganz ruhig, ohne mir Vorwürfe zu machen. Was für ein Mann! Ich versinke in seinen blaugrün gesprenkelten Augen und fasse einen Entschluss: Auch wenn ich mich nicht verhört habe und Harald wirklich mit einer Dame auf dem Foto ist, ich werde ihm verzeihen und alles tun, damit er nur mich liebt. Und wenn ich noch mehr Alte erlösen muss. Dann wird er gar nicht anders können, als mich zu lieben. Mich, Monika Schmelzeis, seine einzige auserwählte persönliche Assistentin auf dem Weg zu seinen Träumen.

Was auf dem Foto ist, will ich aber trotzdem wissen.

Ich kann mich kaum auf diese blöden Reisekostenabrechnungen konzentrieren, aber ich zwinge mich dazu. Wahnsinn, wo Harald überall war: München, Berlin, Paris ...

Er könnte mich ja ruhig mal mitnehmen.

Ich rechne und rechne und rechne. Und tippe und tippe und tippe. Bei den meisten Restaurantbesuchen hat er noch eine Person eingeladen. Der gute Harald, hält seine Geschäftspartner immer bei Laune.

Irgendwann streckt Harald den Kopf durch die Tür zu meinem Büro.

»Monika, ich mache für heute Schluss, denken Sie an Ihre Aufgabe und begeben Sie sich bitte morgen gleich in die Seniorenresidenz. Die Reisekostenabrechnungen sollten aber heute noch fertig werden.«

Ich verspreche ihm beides.

Nachdem Harald weg ist, drucke ich alle Reisekostenabrechnungen aus und warte dann noch zwanzig Minuten, um sicherzugehen, dass er nicht wie so oft noch mal zurückkommt, weil er was vergessen hat. Dann gehe ich durch die Verbindungstür in sein Büro.

Wieder hängt sein Rasierwasser in der Luft, noch deutlicher als vorhin. Es riecht viel besser als *Black Opossum.*

Mein Herz klopft, als ich eine Schublade von Haralds Schreibtisch öffne. Das habe ich mich noch nie getraut.

Nacheinander öffne ich alle Schubladen. Nichts. Kein Foto. Bloß Papierkram und ein paar Stifte.

Auch in den Unterlagen im Regal finde ich nichts. Bestimmt hat Harald das Foto mit nach Hause genommen. Und ich werde nie erfahren, was darauf zu sehen ist.

Um ihm nahe zu sein, gehe ich wieder zu seinem Schreibtisch und fahre wie vorhin mit dem Finger an dem Rand von seinem Wasserglas entlang. Ich werde der Putzfrau sagen, dass sie es nie mehr abzuräumen braucht. Dann werde ich es ab und zu gegen meins austauschen.

Putzfrau!

Der Papierkorb unter Haralds Schreibtisch ist ziemlich voll. Kurz entschlossen kippe ich den Inhalt auf den Parkettfußboden und fange an, mich systematisch durch alles durchzuwühlen. Wenn dieses verflixte Foto hier irgendwo ist, werde ich es finden, so wahr ich Monika Schmelzeis heiße.

Ich falte jedes Blatt Papier auseinander, öffne jeden Umschlag und schaue hinein. Kein Foto in Sicht. Dafür finde ich einige von diesen süßen Zeichnungen, die Harald immer macht. Diesmal sind keine Strichmännchen darauf zu sehen wie neulich, als wir das Ermorden geübt haben, dafür eine Krone, Herzen, Sternchen, Dominosteine. Wie niedlich. Auf einem Blatt stehen auch Worte gekritzelt: *River-Rhine-Casino, Wein-Park, Superior-Hotel ›Himmelsleiter‹, Frau Müller, Monika, Herzblatt.* Wahnsinn! Ich schiebe das Blatt unter meine Bluse und überlege, ob ich weitersuchen soll. Habe ich nicht gefunden, wonach ich suchte? Ja? Nein? Ich muss die Wahrheit wissen.

Ich nehme den Inhalt des Papierkorbs weiter unter die

Lupe. Eine Menge Kassenzettel ... kein Foto ... ein Haufen Korrespondenz ... kein Foto ... ein leerer Hauspostumschlag ... kein Foto. Langsam habe ich die Nase voll. Noch ein Hauspostumschlag, in dem ein kleiner Umschlag steckt ...

Ich mag nicht mehr, doch Monika Schmelzeis wird nichts unversucht lassen! Also öffne ich auch den kleinen Umschlag und greife hinein.

Darin sind lauter Schnipsel. Wer verschickt denn so was?

Ein paar von den Schnipseln nehme ich in die Hand. Sie sind härter als normales Papier. Das ist Fotopapier! Ich klatsche mir mit der flachen Hand gegen die Stirn. Natürlich! Harald hat das Foto durch den Aktenvernichter gejagt.

Ich nehme die Schnipsel aus dem Umschlag und stecke sie in die Hosentasche.

Zum Glück war ich schon immer sehr gut im Puzzeln.

19. Kapitel: Leo

Tante Elisabeths Esstisch im Turmzimmer der Seniorenresidenz ›Himmelsleiter‹ in Klosterley ist nun endgültig die Schaltzentrale der W.A.R.-Senioren geworden. Die Damen gehen auf in ihrer Rolle, als hänge der Weltfrieden von ihnen ab. Die sollen ruhig weiter träumen, dann sind sie beschäftigt. Was ich wohl mal mache, wenn ich alt bin?

»Du gründest die S.E.X-Senioren, die davon träumen, schöne junge Fatimas aus ihrer Verpackung zu lösen. Darauf brauchst du aber gar nicht warten, such dir einfach gleichgesinnte ältere Herren und los geht's«, streut Klaus Salz in meine Wunde.

Ich schaue zu Fatima hinüber, die an der Stirnseite des Esstisches sitzt und mich mal wieder keines Blickes würdigt und habe die Schnauze gestrichen voll. Wie lange soll ich noch schmachten und mir den Kopf darüber zerbrechen, was ich falsch mache bei ihr?

»Ich weiß, woran das liegt ...«, beginnt Klaus.

Bevor er auch nur ein weiteres Körnchen Salz streuen kann, springe ich auf und drücke die Playtaste des Kassettenrecorders: »*I believe in miracles, where're you from, you sexy thing*«, kippt mir Hot Chocolate gleich die gesamte Ladung eines Streufahrzeugs in mein brennendes Herz. »... *Yesterday I was one of the lonely people. Now you're lying close to me, giving it to me ... I believe in miracles ...*«

Schnell drücke ich die Stopp-Taste.

»Sex, Sex überall Sex, nur nicht für dich«, ruft Klaus, und Tante Elisabeth faucht: »Rosi, warum liegt *deine* Kuschel-Rock-Kassette in *meinem* Rekorder?«

»Weil ich alle besonders schönen Kassetten zu dir nach oben gebracht habe. Ich habe Angst, dass unten bei mir im Erdgeschoss eingebrochen wird und man sie klaut. Das würde mir das Herz zerreißen.« Rosi zieht eine Schublade auf, in der gestern noch Papiere von Tante Elisabeth lagen, in der jetzt aber Dutzende säuberlich aufgestellte Kassetten aufgereiht sind. »Deine Steuerunterlagen sind jetzt bei mir unten. Die sind auch unten sicher, die klaut ja keiner. Leo, schalt ruhig wieder an.«

»Tut er nicht. Und die Papiere wandern noch heute wieder zu mir hinauf, verstanden?«, mahnt Tante Elisabeth in strengem Ton. »Könnten jetzt bitte alle wieder aufmerksam mitarbeiten?«

Ich beobachte Fatima, die konzentriert meinen Bericht studiert. Das ist wohl die einzige Art, wie ich in sie dringen kann: durch meine Texte. Ich seufze. Ich werde nie wieder Sex haben, nur noch platonisch lieben. Denn seit dieses Wesen in meinem Leben aufgetaucht ist, macht mich keine andere Frau mehr an. Dummerweise bin ich für Fatima kein Mann aus Fleisch und Blut, sondern nur eine Schreibmaschine für diese dämlichen Berichte. Als Detektiv habe ich seit der Umzugskistennummer auch versagt. Es ist zum Heulen. Ich lasse mich in den van-Ameln-Ohrensessel fallen und meine Arme über die Lehnen herunterbaumeln.

»Leo, was ist los? Warum so schlaff?«, fragt Rosi besorgt und reicht mir einen Becher Tee.

Ich schnappe danach. Es ist mir völlig egal, ob da Tein, Koffein oder sonst ein Nervengift drin ist. Das Leben hat eh keinen Taug mehr. Fatima steht nicht auf mich. Ich bin ein alter Sack, meine Zeit ist vorüber.

»Na, endlich! Wie lange predige ich das schon?«, ruft Klaus und ich nehme einen großen Schluck von Rosemaries Tee. Er schmeckt süß und fruchtig. Mmh, köstlich und hoffentlich schön giftig.

»Kinder, Ruthchen Bellheim schickt mir gerade eine Textnachricht«, ruft Tante Elisabeth in meine Todesfantasien. »Sie macht Fortschritte bei der Analyse von Thoralfs und Wilhelms DNA. Es wird aber noch etwas dauern, bis sie brauchbare Ergebnisse liefern kann.«

»Oh, Lizzie, ich bin ja so, so aufgeregt!«, ruft Rosi und klatscht in die Hände.

»Wir werden aber nicht untätig hier herumsitzen, und warten«, stellt Tantchen gleich die nächste Weiche, was mir gerade völlig egal ist. Ich nehme noch einen großen Schluck von Rosemaries süßem Gift.

»Nein, nix untätig warten. Wir suchen dem Peter«, schlägt Fatima vor und schnickt beim ›wir‹ ihre Nasenspitze kurz zu mir.

»Wir!« Ja, dieses »Wir« war am Anfang noch so hoffnungsgeladen, doch jetzt ist es nichts mehr als ein Personalpronomen in einem Satz, der mich zur hohlen Figur in einem hirnverbrannten Spiel macht. Die spinnen, die Alten! Kein Mensch hat Klara Schönlein umgebracht und Peter Schönlein bügelt wahrscheinlich irgendwo fröhlich vor sich hin.

»Was, wenn *Sons* haben gesucht und gefunden dem Peter? Und sie ihn halten fest?«, fragt Fatima.

»Die *Sons*? Was für *Sons*?«, fragt Tante Elisabeth.

Da hat die schlaue Fatima unser Geheimnis verraten. Die Damen wissen noch gar nichts von unserem Ärger mit den Burschen.

»Dem *Sons of Fury*, dem Rockerbande«, antwortet Fatima wie selbstverständlich.

»Warum sollten sie das tun? Was haben sie mit Peter zu tun?«, will Tantchen wissen. Auch Rosemarie spitzt ihre Ohren.

»Ich Detektiv, richtig?«, fragt Fatima.

Die Damen nicken.

»Ich Informationen, die ich kann nicht verraten, auch nicht Auftraggebern. Aber euch erzählen. Dem Rocker dafür bekannt, dass entführen Menschen, mit denen sie haben Rechnung offen.«

»Das sind ja ganz neue Tatsachen, Fatima! Was wissen Sie darüber?«, fragt Rosi.

»Das könnte geben Verbindung, weil Peter ist doch den Bewährungshelfer und hat Kontakt mit Rockern«, erzählt Fatima die halbe Geschichte. »Das wir müssen finden heraus. Allen Verdächtigungen wir nachgehen müssen.«

»Fatima, bist du dir auch sicher? Ich kann diesen Einsatz nur erlauben – schließlich bezahle ich ihn auch –, wenn er uns weiterbringt«, sagt Tante Elisabeth. »Auch scheint mir dieser Einsatz nicht ganz ungefährlich.«

»Wenn wir wollen befragen dem Peter, wir ihn müssen finden ... und ich glauben, er bei *Sons.*«

Tante Elisabeth und Rosi nicken. Ich zucke mit den Schultern. Die *Sons of Fury* sehen mich nie wieder, da kann sie alleine hingehen. »Haha, weil du Schiss hast, dass Fatima rauskriegt, dass du dich von denen hast zum Hampel…, Hampel…, Hampelmann machen lassen«, singsangt Klaus. Was ist denn mit dem los?

»Leo, komm, besuchen wir *Sons*!«, ruft Fatima und springt auf.

»Und du willst bei denen so mir nichts, dir nichts einmarschieren und Peter befreien«, blaffe ich Fatima an. Ich mag nicht mehr nett zu ihr sein. Ich wünsche sie dahin, wo Kopftücher geklöppelt werden und nehme den nächsten Schluck Nervengift.

»Huiiiiiiiii«, macht Klaus und verschwindet in den Tiefen meiner Synapsen.

Oh, wie schön, endlich bin ich den los. Jetzt kribbelt es auch noch in meinen Adern. Ohne es zu wollen, stehe ich auf und drehe mich im Kreis.

Rosi reckt ihre Faust wie Che Guevara. »Das was Fatima da erzählt, hört sich plausibel an. Und mir kam die Liste unserer Verdächtigen die ganze Zeit so bedenklich kurz vor. Vielleicht haben die uns sogar unsere Klara genommen, weil sie das Geld bei ihr holen wollten. Lizzie und ich kommen mit zu den *Sons*. Zu viert werden wir diesen Rockern schon die Flötentöne beibringen.«

Fatima und ich wechseln einen Blick. Natürlich ist dieser Blick so unerotisch wie nur was und hat nur mit unserer Arbeit zu tun, denn die beiden Damen wissen ja nicht, dass Fatima die bärtigen Männer bereits verdroschen hat. Aber damit soll sie jetzt allein fertig werden, ich bin raus aus diesem Spiel.

»Ich müsste noch irgendwo Pfefferspray haben. Also los Kinder, auf zu den Rockern!«, ruft Rosemarie euphorisch.

»Nein, nur ich und Leo gehen zu *Sons*«, entscheidet Fatima.

Ich tue so, als hätte ich nichts gehört und eile zur Musikanlage. Das Kribbeln unter meiner Haut verstärkt sich dabei zunehmend. Ich schalte diesmal den CD-Player an, der mir entgegentönt: *»Da sprach der alte Häuptling der Indianer, wild ist der Westen, schwer ist der Beruf! Uh, Ah!«*

»Leo, mach diese Musik aus!«, befiehlt Tante Elisabeth.

Ich denke gar nicht daran. Meine Beine können gar nicht mehr stillhalten und ich hüpfe herum wie ein Navajo-Indianer.

»Ich wusste gar nicht, dass du auf Gassenhauer stehst, Lizzie«, ruft Rosi und springt mir hinterher.

»Tue ich auch nicht! Ich weiß überhaupt nicht, wo diese CD herkommt«, sagt Tante Elisabeth ungehalten und will an die Anlage, doch Rosi und ich stellen uns ihr tanzend entgegen.

»Böse geht, er nach Haus, und er gräbt, Kriegsbeil aus, Seine Frau, nimmt ihn keck, Kriegsbeil und Lasso weg«, singt Gus Backus dazu. »*Da sprach der alte Häuptling der Indianer, wild ist der Westen, schwer ist der Beruf!*«.

Ich würdige Fatima keines Blickes, außer mal kurz. Sie schaut aber gar nicht herüber, sondern tippt und wischt auf ihrem Smartphone herum. Wenn ich den Hassan erwische, mit dem die da chattet, den ... in diesem Augenblick geht die Musik aus. Nanu?

»Hab ich runtergeladen Fernbedienung-App und hab ich ausgemacht konkrete Anlage!«, triumphiert die eiskalte Fatima und lächelt.

»Danke, Fatima! Auf dich ist Verlass. Wir müssen jetzt

den Einsatz bei den *Sons* besprechen, denn es ist in der Tat wichtig, diesen neuen Verdächtigen auf den Zahn zu fühlen. Setzt euch! Alle!«, befiehlt Tante Elisabeth.

Ich sollte öfter von Rosemaries Tee trinken, denn mir gelingt dadurch gleich zweierlei: Ich höre den Frauen mit keiner Silbe zu und ich weigere mich souverän, mit zu den *Sons* zu fahren. Ach ja, noch eins gelingt mir: Fatimas zorniges Funkeln an mir abperlen zu lassen. Außerdem ist Klaus verschwunden. Hihihi, ich werde mich in Zukunft nur noch mit Rosis Tee vergnügen. Grinsend sage ich: »Nehmt ein wenig von diesem Zeugs mit, dann sind die *Sons* gleich handzahm. Darf ich fragen, was da drin ist, liebste Rosemarie?«

»Rosi? Du hast doch nicht etwa ...?«, fragt Tante Elisabeth vorwurfsvoll.

»Nur ein paar klitzekleine Blättchen«, antwortet Rosemarie und reckt ihre Hand wieder nach oben, diesmal zum Schwur.

»Dann wundert es mich nicht, dass der Junge so durcheinander ist«, sagt Tantchen und schaut mich mitleidig an. Ich grinse. Warum, weiß ich nicht. Tante Elisabeth seufzt, steht auf und kippt den restlichen Tee aus der Kanne in den Ausguss: »Also gut, dann machen wir drei uns mit geballter Frauenpower auf zu den *Sons* und Leo schläft seinen Rausch aus.« Der Ärger in ihrer Stimme ist nicht zu überhören.

»Aber wieso ist Leo so hinüber? Ich habe doch auch vom Bilsenkrauttee getrunken und merke nix«, protestiert Rosi.

»Du könntest auch an einem Pfeilgiftfrosch lecken, ohne etwas zu merken. Leo aber hat noch niemals in seinem Leben Rauschmittel zu sich genommen. Bei dem wirkt auch ein Brausebonbon.«

In diesem Augenblick wird die Wohnungstür mit Karacho aufgestoßen und Wilhelm Schönlein steht mit wildem Blick im Türrahmen. Sein Kinn bebt, nein, falsch: Der ganze Kerl bebt. »Eine Katastrophe!«, raunt er. »Eine Katastrophe apokalyptischen Ausmaßes!«

Während Tante Elisabeth Wilhelms zitternde Hand hält, erzählt dieser: »Als ich eben vom Einkauf nach Hause kam, ballerte schon wieder meine Alarmanlage herum. Da dachte ich, dass sich vielleicht ein Reh oder ein Wildschwein in meinem Garten verirrt haben könnte. Schließlich bin ich doch schon ausgeraubt worden. Nachdem ich die Alarmanlage ausgeschaltet hatte, bin ich durch mein Haus gegangen und auch in den Keller ...« Wilhelm seufzt laut. Fatima schaut mich entsetzt an. Ich lächle cool zurück, obwohl ich ihr lieber die Zunge herausstrecken würde.

»Die Waffen?«, fragt Fatima.

Wilhelm nickt und senkt den Kopf. »Alle weg!«

»Alle?«, fragen Fatima und Elisabeth unisono.

»Sogar die Munition. Jetzt bin ich geliefert. Das war's dann mit meinem schönen Lebensabend. Was, wenn jemand durch meine Nachlässigkeit zu Tode kommt?« Seine Augen werden feucht.

Tante Elisabeth lässt seine Hand los und fuchtelt wild mit den Armen. »Was ist nur los mit euch? Sind wir hier im Kindergarten? Erst knockt meine Freundin meinen Ermittler mit Tee aus, dann lässt sich mein Freund mal eben seine Waffen klauen. So habe ich mir die W.A.R.-Senioren nicht vorgestellt! Ich dachte, wir wollen unser Weinland Mittenrhein zu einem besseren Ort machen. Stattdessen benehmt ihr euch wie tüdelige Tattergreise aus schlechten Komödien! Aber ich lasse mir von euch meine W.A.R.-Senioren nicht kaputt machen.«

»So, so, *deine* W.A.R.-Senioren ...«, zischt Rosemarie.

Leider lässt jetzt die Wirkung ihres Tees nach und vom

anschließenden Streit perlt nichts mehr an mir ab. Die drei sind völlig aus dem Häuschen und schreien sich gegenseitig an. Hilfesuchend schaue ich zur leeren Teekanne neben der Spüle, als mich Fatima am Arm zieht. »Komm, wir gehen, bevor die sich haben beruhigt!«, raunt sie mir zu.

Wie durch den Fleischwolf gedreht folge ich Fatima, der Eiskalten.

»Eiskalt wie Vanilleeis ohne heiße Himbeersoße«, sagt Klaus. Er ist also wieder da. Ich will Tee!

»Meinst du, die vertragen sich noch mal?«, frage ich Fatima, als wir in den Smart steigen.

»Wenn wir haben gefunden dem Peter und Waffen, dann sie wieder lachen zusammen.«

»Und wo bitte schön, willst du beides finden?«, frage ich sie, während ich das kleine Auto durch Klosterley steuere.

»Du weißt genau«, sagt Fatima.

Mein Magen krampft sich zusammen. Ich will nicht zu den *Sons*! Ich will nicht zu den *Sons*!

»Du wirklich noch nie Rauschmittel?«, fragt sie mich nach einer Weile.

Wie kommt sie jetzt da drauf? Will sie mich testen? Frauen sind mir ein Rätsel. »Was hat Tante Elisabeth schon für eine Ahnung von meinem Leben? Keine! Ich habe schon alles durch, was es an Rauschmitteln so gibt«, sage ich trotzig. Sie soll mich auf keinen Fall für einen Weichling halten.

Die weitere Fahrt über schweigen wir uns an, und ich überlege krampfhaft, wie ich aus der Nummer herauskomme. Doch mir will außer »Flieh!« nichts Intelligentes einfallen. Nicht einmal, als wir auf der Fähre unbarmherzig Richtung andere Rheinseite und gen *Sons of Fury* in Ringelheim schippern.

»Gibst du Gas, Leo!«, sagt Fatima, als die Fähre angelegt hat und die Fahrzeuge vor uns ans Festland gerollt sind. »Aber es macht überhaupt keinen Sinn, zu den *Sons* zu fahren. Willst du denen allen eins über die Rübe hauen, falls sie Peter wirklich gefangen halten sollten oder die Waffen gestohlen haben?«, quengele ich.

»Yalla! Fahr!«

Okay, ich starte das Motörchen des Smart. Doch kurz vor der Abfahrtsrampe reiße ich das Lenkrad herum, wende den Smart mitten auf der Fähre und stelle mich auf der anderen Seite des Schiffes wieder an, zur Rückfahrt bereit. Dem Fährmann scheint dieses unkonventionelle Manöver nicht zu schmecken, denn er schwenkt die Arme. Aber ich bin hier der Kunde, und der Kunde ist König.

»Was machst du?«, ruft Fatima.

»Wir fahren jetzt zurück und schmieden einen anständigen Plan. Das, was du da vorhast, ist verrückt und da mache ich nicht mit!«, sage ich. Es wird Zeit, das Zepter in die Hand zu nehmen.

»Aber wir mussen finden dem Peter und Waffen, sonst die Auftraggeber ...«

Doch weiter kommt Fatima nicht, ihre Stimme wird vom lauten Geknatter schwerer Motorräder übertönt, die hinter uns auf die Fähre fahren: Vor uns fließt der Rhein, rechts, links und hinter unserer fahrbaren Sardinenbüchse mauern uns die *Sons of Fury* komplett ein ... nur noch Superman kann uns aus diesem Schlamassel retten.

»Wallah, das hast du gut gemacht«, sagt Fatima und verschränkt die Arme beleidigt vor ihrer Brust.

»Ha, schau mal an! Da ist ja der Pfannenkobold mit seiner Teflonfotze!«, schreit ein Helm mit Bart unser Auto so laut an, dass ich befürchte, über Bord geschleudert zu werden. »Sagt dem Fährmann, wir gehen mit den Fruchtzwergastronauten wieder von Bord.«

»Superman lacht sich wahrscheinlich gerade schlapp, wenn er von oben auf uns runter guckt«, traut sich Klaus aus seinem Versteck, während Fatima und ich in der Blechdose von sechs schweren Maschinen und bärtigen Burschen durch Ringelheim eskortiert werden. Das Beste, was mir nun passieren kann, ist, dass sie Fatima verraten, dass ich ihre Putze war. An das Schlimmste will ich gar nicht denken.

Da kommt mir die rettende Idee. »Ruf die Polizei, du hast doch ein Handy, Fatima«, schlage ich vor.

»Nix Polizei haben Senioren gesagt, sonst die machen Recherche futsch und Wilhelm ist dran, wegen Waffen im Keller!«

»Bloß nicht, am Ende schicken sie noch die gruselige Sandra!«, sagt Klaus. Sein Argument überzeugt mich am meisten.

»Aber gut, dass du erinnerst an Handy«, sagt Fatima und platziert das Gerät unter der Haarprachtbeule, die sie in ihrem Kopftuch eingewickelt hat.

Vor dem Hottentotten-Haus der *Sons* in Ringelheim bleibt die Eskorte stehen. Mir ist vor Herzklopfen ganz schwindelig.

»Hier riecht es nach frisch Gegrilltem« ist alles, was Klaus zu sagen hat, als wir hineingeführt werden.

»Das ist doch der Zeuge Jehovas«, freut sich Super-Chantal, als sie mich sieht. Fatima schaut mich fragend an. Toddo, der auf einem Barhocker mitten im Zimmer thront, grinst mich überlegen an.

»Von wegen Zeuge Jehovas, Präsi«, brummt ein Bärtiger,

der mir entsetzlich bekannt vorkommt. »Das ist der Typ, der uns mit seiner Türkenschlampe in die Falle gelockt hat. Wir haben die beiden zufällig auf der Fähre entdeckt.«

»So, so, das sind also die beiden Querfurzflöten«, sagt Toddo und schnalzt mit der Zunge.

Der Bärtige massiert seine Faust. »Ich schwöre, das sind die! Ich werde denen ihre Fressen niemals vergessen.«

»Aber Toddo, seit wann tun Zeugen Jehovas mit Moslemfrauen Leute verprügeln?«, fragt Chantal.

»Schnauze, Fury!«, faucht Toddo und Chantal kichert albern.

»Bevor ich euch das Fell über die Ohren ziehe, will ich wissen, was für ein beschissenes Spiel das hier ist«, poltert Toddo.

»Es ist alles nur ein Missverständnis«, fange ich an. »Ich mache einen Vorschlag: Ich gebe eine Runde Tee ... Bier aus und wir begraben das Kriegsbeil. Ich ...«

Toddo sieht mich so zornig an, dass mir die Worte im Hals stecken bleiben.

»Warum warst du am Dienstag hier, du Lusche? Ich habe mir doch gleich gedacht, dass du nicht von den Zeugen Jehovas bist.«

»Aber süß geputzt hat er. Picobello«, schwärmt Chantal. »Das könnte der ab jetzt jeden Tag machen. Ja, Toddo? Ja? Darf er?«

Ich vermeide Fatimas Blick, die zu mir herüberfragt: »Du warst putzen hier? Warum?«

»Alles, was ne Muschi hat, Klappe halten!«, brüllt Toddo, steht auf und stellt sich dicht vor mich hin. »Also, raus mit der Sprache, was wolltest du hier?«

»Ich, ich ... wollte mich entschuldigen für die verprügelten *Sons*. Aber da begann Ihre Freundin so schrecklich zu weinen, wegen der ganzen Unordnung hier. Wissen Sie, ich kann keine Frauentränen sehen. Das tut mir in der Seele weh ... da, da habe ich versucht, ihr ein wenig Trost zu spenden und in diesem Augenblick sind Sie hereingekommen und ... und ...«

»Hör auf zu lügen, du Steckdosenbefruchter! Und raus mit der Sprache, warum hast du meine drei Jungs vermöbelt?«, faucht Toddo mich an.

»Ich ... ich ...«, versuche ich nachzudenken. Der Chef der Rocker scheint nicht zu wissen, was bei Peter passiert ist. Wenn der rauskriegt, dass Fatima die Jungs alleine erledigt hat, wird alles nur noch schlimmer.

»Nix, er! Ich habe verprugelt Männer! Allein!«, ruft Fatima.

Oh, nein! Diese Typen stehen der modernen Weiblichkeit so aufgeschlossen gegenüber wie die Taliban oder Donald Trump. Das müsste Fatima doch wissen.

Doch bevor irgendjemand kapiert hat, was sie da eben gesagt hat, stürmt ein anderer *Son* herein. »Präsi, Präsi ... Auftrag ausgeführt, plus eine Überraschung im Sack.«

»Spuck schon aus«, fährt Toddo ihn an. »Was für eine Überraschung?«

»Wir haben den Bügeleisenwichser.«

Fatima und ich schauen uns an, doch wir kommen nicht dazu, auch nur ein Wort zu sagen, geschweige denn Peter zu retten, von dem offenbar die Rede ist. Denn Toddo gibt seinen Männern ein Zeichen und wir werden sogleich unsanft aus dem Raum befördert. Ich hoffe, dass Superman in diesem Augenblick nicht auftaucht und die Jungs erschreckt, denn zwei von ihnen halten den Lauf ihrer Knarren in unsere Nacken. Wir müssen eine schmale, dunkle Treppe hinunter in den Keller und sie sperren uns in ein feuchtes dunkles Loch, das nach Pisse stinkt.

»Wie romantisch«, sagt Klaus, »jetzt bist du endlich mit ihr allein, fehlt nur noch ein Candle Light!«

20. Kapitel: Elisabeth

»Was glauben Sie, wo wir hier sind?« Anastasia Hemmschuh, die Leiterin unserer Seniorenresidenz, steht vor Rosi und mir, die Hände in die Hüften gestemmt, als wäre sie der Racheengel der ›Himmelsleiter‹. »Und was glauben Sie, was *das* hier ist?«

»Der Parkplatz unserer Anlage«, beantworte ich die Frage souverän und überlege, ob ich in dieser Haltung ähnlich wirken würde wie sie, nur in deutlich älterer Ausführung. Falls ja, muss ich mir dieses Gebaren dringend abgewöhnen. Diese Pose sieht nicht beeindruckend aus, sondern lächerlich. Wie ein HB-Männchen, dem die Abschussrampe fehlt. Wer so unter Druck steht wie unsere Leiterin, der hört nicht gut zu. Ich wiederhole also in beruhigendem Tonfall und jedes Wort betonend: »Dies ist der Parkplatz für unsere Autos.«

»Genau!« Anastasia Hemmschuh atmet stoßweise ein und aus. »Ein Parkplatz für Autos.« Sie zeigt hinter mich auf meinen Schorsch. »Nicht für Traktoren, Mähdrescher oder Amphibienfahrzeuge, die mindestens vier Parkbuchten blockieren. Die Wohnung hinter Ihrem Ungetüm bekommt überhaupt kein Licht mehr. Die Bewohnerin hat sich bereits beschwert.«

Ich habe Schorsch quer geparkt, damit er die Einfahrt unseres Geländes nicht versperrt und um meinen Mitbewohnern den Anblick seiner Breitseite zu gewähren. Wer die ganze Schönheit eines Klassikers zu schätzen weiß, wird den Anblick eines Fendt-Dieselrosses in vollen Zügen genießen.

»Das Ding muss weg«, negiert die Leiterin mein großmütiges Angebot, bevor ich es ausgesprochen habe. »Und zwar sofort.«

Ich zucke mit den Achseln: »Ich hätte Schorsch ohnehin wieder in seinen Stall gebracht. Mir fehlte bisher nur die Zeit dazu. Möchten Sie vielleicht mitkommen? Es ist wie eine Fahrt mit einem Cabrio, nur romantischer. Aus der erhöhten Position sieht man mehr und die Frisur sitzt selbst bei Höchstgeschwindigkeit.«

Aber Anastasia Hemmschuh hört mich nicht mehr, denn sie geht zu Rosis Küchenfenster hinüber, das genau auf den Parkplatz hinausgeht. Meine Freundin hat wirklich die ungünstigste Wohnung der gesamten ›Himmelsleiter‹ abgekriegt. Obwohl das bei der derzeitigen Aussicht relativ ist. Sie hat sich ein Kissen auf die Fensterbank gelegt, um sich bequem abstützen zu können, während sie den Alfa Romeo Spider anschmachtet.

»Sie parken Ihr neues Auto bitte ebenfalls in nur einer einzigen Parkbucht, Frau Perabo. Das Cabrio ist ja wohl schlank genug, um nicht quer abgestellt werden zu müssen.«

»Kommt gar nicht in Frage. Dann sehe ich nur die Rücklichter und das Heck«, protestiert Rosi. »Ich will die Silhouette sehen. Wenn die Sonne untergeht, liegt das Abendlicht genau auf dem Auto und ich kann im richtigen Moment ein Foto mit Heiligenschein schießen, bevor ich ...«

Ich werde Zeugin eines wirklich seltenen Moments: Rosi erstarrt vor dem Blick unserer Leiterin, die wortlos mit einer Hand auf den Alfa und mit der anderen auf Schorsch zeigt und dann die Geste des Halsabschneidens folgen lässt. Schon sehe ich Blut und Diesel spritzen. Nicht auszudenken, wenn unseren Lieblingen etwas angetan würde. Also greife ich ein. »Jetzt mach schon, Rosi. Stell das Auto mit der Schnauze Richtung Küchenfenster. Dann könnt ihr euch auch besser unterhalten.«

Leiterin Hemmschuh blickt mich an, als dürften Frauen, die solche Aussagen machen, weder Traktor noch Auto fahren, und auch besser nicht in ihrem Heim, sondern hinter vergitterten Fenstern wohnen, sagt aber stattdessen mit zuckersüßer Stimme voll ungebremstem Neid: »Wenn Ihre beiden Fahrzeuge in zehn Minuten nicht nach der Straßenverkehrsordnung parken, hole ich den Abschleppdienst.«

Rosi schließt krachend das Fenster und geht keine Minute später hoch erhobenen Hauptes an Frau Hemmschuh vorbei. Die runzelt die Stirn, als sie das Gesicht meiner Freundin von Nahem betrachtet. »Sagen Sie mal, sind Sie hingefallen, Frau Perabo? Ihr Gesicht ist ja überall geschwollen.«

»Bei *mir* verzieht sich das in ein paar Tagen ...«, antwortet Rosi würdevoll und wirft einen beredten Blick auf Frau Hemmschuhs Pfannkuchengesicht. Ich unterdrücke ein Grinsen, denn Rosi sieht derzeit wirklich aus, als hätte sie Zahnschmerzen – und zwar gleichzeitig in Ober- und Unterkiefer. Sie hat am Freitagnachmittag den für mich geplanten Termin bei Dr. Thoralf von Flaschenburg selbst wahrgenommen und die verhassten Altersflecken wegmachen lassen, dabei aber leider nicht auf ihre sprichwörtliche Bindegewebsschwäche hingewiesen. Ich hoffe für sie, dass die Schwellungen auf ihren Backen bald verschwinden und sich danach tatsächlich das gewünschte Ergebnis zeigt. Im Moment sieht sie jedenfalls aus, als hätte sie sich im Namen der W.A.R.-Senioren foltern lassen.

Rosemarie schwingt sich mit tödlich beleidigter Miene in den Spider, lässt den Motor aufheulen und parkt so rasant aus, dass Frau Hemmschuh und mir ein paar Kiesel um die Ohren fliegen. Eine Sekunde später ist meine Freundin aus der Einfahrt, ganz sicher um ihren Blues durch die Landschaft zu fahren, bis der sich ebenso aufgelöst hat, wie die dicken Beulen in ihrem Gesicht.

Ebenso wortlos wie meine Freundin klettere ich auf meinen Trecker und zuckele gemächlich aus dem engen Parkplatz in die Freiheit der Weinberge, Richtung eigenes Weingut. Mit Bedacht wähle ich die Wirtschaftswege durch die Wingerte, die dem normalen Autoverkehr verschlossen sind, und mache einen kleinen Umweg, um mir eine Neupflanzung Riesling auf dem Hügel anzusehen. Nein, ich will Gernots Arbeit nicht kontrollieren, ich brauche einfach nur Zeit zum Nachdenken. Wenn ich dabei gleichzeitig nachsehe, wie weit die Setzlinge gediehen sind, so ist das keine Überwachung, sondern alte Gewohnheit. Und der Wunsch, mich wieder mit etwas zu beschäftigen, von dem ich wirklich etwas verstehe.

Ich brauche keine fünf Minuten und das Rebenmeer liegt vor mir. Soweit das Auge reicht, nichts als Riesling und Spätburgunder. Erst in dieser Umgebung fühlen mein Schorsch und ich uns richtig wohl.

Ich tuckere den steil ansteigenden Weg zum Hohen Herrmann (560 Meter über Normalnull) hinauf, ein Hügel, auf dessen Anhöhe eines der van-Ameln-Versorgungshäuschen steht. Dort lagern immer ein wenig Proviant für unsere Mitarbeiter und ein paar gute Flaschen Wein. Den Schlüssel habe ich zusammen mit einem Korkenzieher seit Jahrzehnten an meinem Schlüsselbund, für den Fall, dass ich mal Ruhe zum Nachdenken brauche. Nirgendwo kann man die Welt wieder so glattziehen wie auf der Bank vor dem Häuschen, die mein Gatte selig noch gebaut hat. Gut, er hat sie dort platziert, weil er so einen Schoppen nach dem anderen trinken und uns gleichzeitig beim Arbeiten zugucken konnte, aber man hat trotzdem einen atemberaubenden Blick auf den Rhein, hinunter auf die Inseln und bis ans andere Ufer. Auf dieser Bank hier erscheint selbst mir die Welt ab und an weniger ... säurehaltig.

Während ich auf das gleichmäßige Tuckern meines Traktors höre, lasse ich mir noch einmal durch den Kopf gehen, was Fatima und Leo berichtet haben. Und was passiert sein könnte, dass die beiden davon abhält, sich endlich zu melden. Seit gestern, unserem letzten Treffen, hat mich keine Nachricht erreicht. Nicht per Telefon, nicht per Handy, nicht per SMS. Die zwei werden doch nicht mit- und übereinander die Zeit und ihren Auftrag vergessen haben? So sehr ich meinem lieben Neffen eine anständige Frau gönne, Ablenkung durch eine Liaison kann ich jetzt gebrauchen wie einen Kropf. Mir reichen schon die Irrungen und Wirrungen um Klara und ihren gräflichen Verehrer.

Ich brauche Leo und Fatima an meiner Seite. Auch wenn ich alles Vertrauen in unsere geistige Frische habe: Wilhelm, Rosemarie und ich sind allein aufgeschmissen. Ich gestehe mir ein, dass mich die Entwicklung, die unser Mordfall nimmt, wenn schon nicht ängstigt, so doch überfordert. Ein Gefühl, das ich bisher nicht kannte. Wenn der Fall Wein wäre, würde ich sagen, die Kellerarbeit ist nicht sorgfältig geplant worden und obendrein findet sich kein gutes Fass, das ihn noch retten könnte. Bleibt nur eins: Gelee kochen und so tun, als wäre es immer der Plan gewesen, so neue Absatzmärkte zu erschließen.

In meine Gedanken hinein höre ich ein seltsames Zischen, das eindeutig von Schorsch kommt, aber nicht kommen sollte. Kurz bevor wir die Anhöhe erreichen, beginnt er zu husten und zu spucken. Sein gleichmäßiges Motorlied singt deutlich zu kurze Strophen. Mit allerletzter Kraft erreichen wir den Platz vor dem Versorgungshäuschen. Dann spuckt Schorsch noch einmal gewaltig aus und gibt keinen Ton mehr von sich.

Das hat mir gerade noch gefehlt! Gerade weil meine Welt aus den Fugen geht, brauche ich meine Treckerkonstante. Schorsch ist eine meiner gesetzten Größen. Ich kann jetzt nicht auch noch auf meine tröstenden Ausflüge durch die Weinberge verzichten. Und schon gar nicht auf den einzigen Freund, der mir nie widerspricht.

Zwei Bastelstunden später muss ich mir eingestehen, dass ich alles Menschenmögliche probiert habe, um Schorsch wiederzubeleben. Er bleibt stumm. Erschöpft und durstig öffne ich eine Flasche Riesling, aber sie gleitet mir durch die ölverschmierten Hände. Auf dem gepflasterten Platz vor der Bank zerbirst sie in tausend Scherben. Bester van-Ameln-Jahrgang versickert im Boden. An Tagen wie diesen ist die Anziehungskraft der Erde stärker als meine Energie. Ich lasse mich auf die Bank fallen und heule los. Ich bin so mit mir selbst beschäftigt, dass ich sogar das Motorengeräusch überhöre, das sich mir nähert. Erst als Rosi den Alfa schwungvoll neben Schorsch zum Stehen bringt, sehe ich mich ertappt. Aber Rosi wäre nicht seit Jahrzehnten meine Freundin, wenn sie sich in derartigen Situationen nicht schon hundertfach bewährt hätte. Sie tut, als würde sie die Tränen nicht sehen, dreht geschäftig an den Knöpfen der Stereoanlage und präsentiert das Gegenprogramm zu Erschöpfung und Hoffnungslosigkeit. War klar, dass Rosi für ihr italienisches Traumauto ihre italienische Sommerhits-Kassette parat hat.

Adriano Celentanos *Una Festa Sui Prati* fegt in einer Lautstärke über mich und den Hohen Herrmann hinweg, die Mitsingen geradezu erzwingt, selbst wenn man überhaupt nicht in Stimmung für ein ›Fest auf der Wiese‹ ist.

Rosi steigt aus dem Spider aus und tanzt an mir vorbei. »Ich guck mal nach deinem Secco«, singt sie, nicht ganz im Takt. Und ich schließe die Augen, bis sie nicht nur die Scherben zu meinen Füßen beseitigt hat, sondern mit dem ersten Glas Winzersekt auch die in meinem Kopf und meinem Herzen.

Wir sitzen einträchtig nebeneinander, trinken flüssige Perlen und genießen schweigend unseren weinländischen Toskanablick, bis die Kassette zu Ende ist.

»Ich dachte mir, dass du mit Schorsch hier oben bist«, erklärt Rosi in die folgende Stille hinein. »Durch den Spider erkenne ich erst die Wirkung, die eine Fahrt mit Schorsch durch die Weinberge für dich haben muss. Mich hat das schnelle Fahren durch die herrliche Landschaft auch beruhigt.«

Ich sage, wohl wissend, dass Rosemarie auf so etwas wartet: »Es ist verboten, mit normalen Autos die Wirtschaftswege zu befahren.«

»Stimmt.« Rosi grinst. »Das hat mich ja so beruhigt! Ich wusste, es würde mir keiner entgegenkommen.«

Als ich mir noch einmal nachschenke, schaut Rosi mich besorgt an: »Das wäre Glas Nummer fünf. Es ist also noch schlimmer als ich dachte. Du würdest nur mit höchstens zwei Gläsern noch Traktor fahren. Was fehlt Schorsch?«

»Wenn ich das wüsste! Ich kenne all seine Wehwehchen aus dem Effeff. Aber diesmal ist es was Ernstes. Ich schätze, er braucht ein neues ... Herz. Könnte eine teure Angelegenheit werden.«

Rosi geht zu Schorsch hinüber und streichelt über sein makelloses Äußeres. »Mach dir keine Sorgen. Diesmal kann ich dir helfen. Ich bekomme in den nächsten Tagen eine größere Summe Geldes.«

Sie sammelt all das Werkzeug ein, mit dem ich gerade versucht habe, mein Dieselross zum Leben zu erwecken und wirft es auf den Rücksitz unseres Mietwagens.

Ich sehe erst mein leeres Glas an, dann Rosi. So viel kann ich doch gar nicht getrunken haben. Geld erwartet meine Freundin ja immer von irgendwoher, nur kommt es nie an. »Hast du wirklich *bekommen* gesagt?«, hake ich vorsichtig nach.

Rosi toppt mein Erstaunen, indem sie in die Tasche ihrer Steghose fasst und ein Bündel Geldscheine herausholt. »Das ist die Anzahlung. Die kannst du schon mal haben.«

Die Welt ist aus den Fugen. Rosi hat Geld. *Übrig.* Ich bin schlagartig wieder nüchtern. »Wo hast du das her?« Ich nehme das Bündel Geld und zähle nach. »Das sind ja fast eintausend Euro ...«

Rosemarie strahlt mich an. »Ehrlich verdientes Geld. Durch Handschlag. Thoralfs Anwälte setzen gerade einen anständigen Vertrag auf, dann gibt es mehr. Aber ich wollte mich erst mit dir beraten. Du bist hier die Geschäftsfrau. Was findest du besser: Soll ich auf Gewinnbeteiligung bestehen oder komme ich bei einem Buy-out besser weg. Ein bisschen muss schon für mich übrigbleiben, wenn ich meine besten Rezepturen zum Wohle der Wissenschaft verkaufe.«

»Du willst was?«, frage ich eher hilflos, weil ich weder Rang- noch Reihenfolge der einzelnen Fragen geschweige denn ihren Grund verstehe.

Rosi setzt sich wieder neben mich und erklärt. »Ich wollte es dir unter vier Augen erzählen. Schließlich ist dies mein erster Schritt von der belächelten Kräuterhexe in die Kosmetikindustrie.«

Ich mache eine Geste, die anzeigt, dass sie weitererzählen soll, ob ich ihre Ausführungen nun verstehe oder nicht.

»Thoralf von Flaschenburg denkt schon seit Jahren darüber nach, eine eigene Produktserie für reifere Haut auf den Markt zu bringen. Alles ganz natürlich, auf Kräuterbasis. Da will und kann ich beratend zur Seite stehen. Ich verkaufe ihm die eine oder andere meiner Rezepturen – und ziehe vom Erlös endlich in eine Wohnung mit Balkon«, schwärmt Rosi. »Thoralf ist von der Idee ganz begeistert. Damit ich es mir ja nicht anders überlege, hat er mir gleich die Anzahlung in die Hand gedrückt.«

Ich schließe für einen Moment die Augen und atme tief ein und aus. Dann hole ich Rosi auf den Boden der Tatsachen zurück. »Du kannst doch nicht gemeinsame Sache mit der Gegenseite machen, wie denkst du dir das bloß? Thoralf von Flaschenburg kann faktisch alles sein, ein Lügner, Betrüger, Quacksalber bis hin zum Mörder an der Geliebten seines Vaters!«

»Jetzt übertreibst du aber wirklich. Und ehrlich: Seit ich bei ihm war, halte ich für ausgeschlossen, dass er was mit unserem Fall zu tun hat. Der Mann hat goldene Hände. Sieh doch nur, wie er meine Pigmentverfärbungen wegbekommen hat.« Rosi streckt mir ihr Kinn entgegen. »Besser hätte ich das mit Besprechen bei Vollmond auch nicht gekonnt – völlig ohne Narben. So musste ich nicht mal mitten in der Nacht aufstehen.«

Ich gebe zu, dass die Stelle sauber bearbeitet wurde, halte aber die Schneidekunst unseres windigen Schönheitschirurgen für kein Argument für seine Gutmütigkeit: »Rosi, merkst du was? Der Mann hat dich ganz und gar eingewickelt. Muss ich jetzt davor Angst haben, dass die Dinge, die ich mit dir bespreche und die unseren Fall angehen, früher oder später auch bei ihm landen? Dann wäre ich ja ganz allein. Peter Schönlein wird seit einer Woche vermisst, seit gestern haben wir nichts mehr von Leo und Fatima gehört – aber du und Flaschenburg machen gemeinsame Sache?«

Meine Freundin spitzt beleidigt ihre Lippen. »Nur weil ich meine Rente mit Bilsenkraut-Tinktur aufbessern möchte, bin ich noch lange keine Verräterin. Im Gegenteil. Gestern habe ich mein Talent als erstklassige Ermittlerin bewiesen, denn ich habe durch die Gespräche über Kräuterkraft Thoralfs Zukunftspläne aus ihm herausgequetscht, ohne dass er es gemerkt hat.«

»Zukunftspläne?« Ich bin ganz Ohr. »Wofür? Und mit welchem Geld?«

»Seine Praxis läuft wie ein Uhrwerk. Er will unbedingt expandieren und plant sogar, einen Assistenzarzt einzustellen, der die leichteren Fälle übernimmt.« Rosemarie gießt sich noch einen Secco ein, bevor sie fortfährt. »Du solltest mal sehen, wer da alles bei ihm im Wartezimmer sitzt. Frau Malinowski aus dem dritten Stock der ›Himmelsleiter‹ geht regelmäßig zur Fettabsaugung hin. Und die Schwester deines Antiquitätenhändlers habe ich auch im Wartezimmer sitzen sehen. Die hat sich ganz sicher auch nicht nur ein Rezept gegen Fußpilz abgeholt.« Rosemarie macht eine weitere Kunstpause, um die Spannung zu steigern, dann grinst sie genüsslich, weil sie weiß, dass sie mich gleich fest an der Angel hat. »Außerdem konnte ich einen kleinen Blick in den Terminkalender werfen, als Thoralf kurz mal nach draußen gerufen wurde und das Sprechzimmer verließ ...«

Ich ziehe scharf die Luft ein und Rosemarie zückt triumphierend ihr Smartphone. Sie schaltet es ein und wischt darauf herum, als würde sie Fenster putzen. Schließlich präsentiert sie mir stolz zwei Fotos. »Schau mal, da! Das sind seine nächsten Termine!«

»Aha«, sage ich, »heute trifft er sich also mit dem Filialleiter der Mittenrheinbank und gleich danach mit der Leitung der Weinhessischen Sparkasse. Und nicht allein, sondern zusammen mit unserem Herrn Bürgermeister.«

»Interessant, nicht wahr? Es muss um eine größere Investition gehen, wenn Harald Förster involviert wird.«

»Und zwar eine, bei der etwas für ihn persönlich abfällt, sonst bewegt der sich doch keinen Millimeter aus seinem Chefsessel heraus«, spekuliere ich und schaue mir dann das zweite Foto an. »Und was bedeutet: Angebot für Zusammenlegung von WP und Beautyfarm gemeinsam mit Bärbaum einholen? Was ist WP und wer ist Bärbaum? Und von welcher Zusammenlegung spricht er hier?«

»Keine Ahnung, ich konnte ihn ja schlecht danach fragen.«

»Thoralf von Flaschenburg, Harald Förster, Geld von Bank und Sparkasse«, murmele ich vor mich hin. »Halt ... Bärbaum. Axel Bärbaum, etwa der Schwiegersohn der Frau Müller, die gerade zu uns in die ›Himmelsleiter‹ gezogen ist? Er ist von Beruf Hotelier und Lackaffe und sieht am Kopf aus, als hätte er einen Friseur, der ihn nicht leiden kann. Der ist doch bekannt für seine krummen Geschäfte. Was hecken die da zusammen aus?«

In diesem Moment geht eine Textnachricht auf Rosemaries Handy ein. Frau Professor Bellheim will angerufen werden! Da ich das Telefon noch in der Hand halte, wähle ich sofort und warte mit klopfendem Herzen darauf, dass Ruthchen antwortet. Fünf Sekunden später haben Rosi und ich Gewissheit.

»Eindeutig«, tönt es durchs Telefon. »Euer Verdacht hat sich bestätigt. Wilhelm Schönlein und der derzeitige Graf von Flaschenburg sind verwandt! Eng verwandt. Sie haben ein gemeinsames Elternteil.«

Als ich aufgelegt habe, schweigen Rosi und ich einen Moment. Es ist eine Sache, etwas in die Welt hineinzufantasieren und eine ganz andere, der Fantasie als Wirklichkeit zu begegnen.

Rosemarie steht auf und geht Richtung Versorgungshäuschen: »Ich hole mal eine Flasche Spätburgunder. Spritziges passt nicht mehr richtig.« Während sie nach dem ältesten und besten Wein sucht, den das Regal unserer Proviantkammer zu bieten hat, mache ich mir klar, dass Thoralf von Flaschenburg jünger ist als Wilhelm Schönlein. Wie ist das mit der Erbfolge bei Grafens? Und zwischen ehelichen und unehelichen Söhnen? Sind die nicht inzwischen völlig gleichgestellt? Könnte sogar der Titel meinem Freunde zustehen – oder *nur* die Hälfte aller Besitzungen? Ganz gleich wie: Unser Schönheitschirurg hatte ein glasklares Motiv, Klara umzubringen, und erst recht in das Haus ihres Sohnes, seines Halbbruders, einzubrechen, um sich an Dokumenten zu vergreifen, die die familiäre Verbindung bestätigen. Nach seiner Reaktion auf unseren Auftritt in seiner Praxis zu schließen, muss er davon wissen.

Ich schnicke auf Rosemaries Smartphone herum, bis ich Wilhelms Telefonnummer finde. Als er sich meldet, erkläre ich ihm, wo er uns findet. Dass er tatsächlich ein Brüderchen bekommen hat, werde ich ihm erst eröffnen, wenn er neben mir sitzt. Stattdessen gebe ich weitere Anweisungen: »Komm, so schnell du kannst, zieh dir schwarze Kleidung an und bring ein paar Taschenlampen mit. Da Leo und Fatima offenbar andersweitig beschäftigt sind, müssen wir drei selbst eingreifen. Wir steigen bei Thoralf von Flaschenburg ein und holen uns Klaras Unterlagen zurück! Was der Herr Graf kann, können die W.A.R.-Senioren erst recht!«

21. Kapitel: Monika

Ich bin so froh, dass endlich Wochenende ist.

Niemals in den vergangenen acht Jahren hätte ich mir träumen lassen, dass ich so was mal sage, weil ich ja am Samstag und Sonntag Harald nie sehe. Aber jetzt ist es tatsächlich so weit. Denn was ich jetzt brauche, ist Zeit. Erstens muss ich das Foto zusammensetzen, das angeblich Harald mit einer Dame zeigt. Und zweitens muss ich wieder in die Seniorenresidenz.

Ziemlich viel zu tun für zwei Tage, aber ich habe alles generalstabsmäßig vorbereitet.

Schon gestern, gleich nachdem ich aus dem Bürgermeisteramt gekommen bin, habe ich den Esstisch im Wohnzimmer abgeräumt und poliert. Gegessen wird ab sofort nur noch in der Küche an dem kleinen Beistelltisch. Aber ich habe sowieso keinen Hunger.

Auf dem Esstisch liegen jetzt die ganzen Schnipsel aus dem Umschlag, den ich in Haralds Papierkorb gefunden habe, schon alle nach Farben sortiert. Bis drei Uhr morgens habe ich daran gerarbeitet. Meine Augen brennen davon. Wenn ich die Fetzen nur zusammenhätte. Doch ich schaffe das schon. Im Kindergarten war ich die beste im Puzzeln: kein Kätzchen, kein Krümelmonster und keine Pippi Langstrumpf war vor mir sicher.

Da soll mir mal einer was ezählen!

Ich fange mit dem an, was mich am meisten interessiert

– mit den hellen Papierfetzen, auf denen die Farbe wie ein Hautton aussieht.

Aus denen wähle ich wiederum die aus, die am Rand noch etwas dunkler sind, etwas, das Haar sein könnte, sodass ich vielleicht bald ein Gesicht bekomme.

Ich konzentriere mich, schiebe hin und her und her und hin. Es ist schwierig. Und es dauert. Zwischendurch muss ich Pause machen und nasse Kamillenteebeutel auf meine Augen legen.

Mittlerweile ist es schon zehn und ich bin um fünf aufgestanden. Wow, also komme ich, wenn es nötig ist, mit zwei Stunden Schlaf aus.

Ich trinke ein Schlückchen Ringelblumentee und schiebe weiter. Und schiebe. Und schiebe.

Plötzlich fällt mein Blick auf drei Streifen, die von identischem hellem Ton sind und auf denen man schmale dunkelblaue Linien sieht, die sich durch das Helle ziehen. Ich muss die Stücke instinktiv zur Seite gelegt haben. Da wird was draus, das gehört zusammen!

Ich krame weiter nach hellem Ton mit dunkelblauen Linien und lege alles auf ein Häufchen wie ich es als Kind mit den roten Haaren von Pippi Langstrumpf gemacht habe. Dann schiebe ich alles so zusammen, wie ich glaube, dass es zusammengehört. Fast passt es. Wenn ich jetzt noch das Stück oben links gegen das unten rechts austausche ...

Mir wird heiß. Ich kenne das, was ich da sehe. Es ist ein Bein. Vielmehr eine Fessel. Eine Fessel mit einem Tatoo drauf.

Und ich weiß, zu wem die Fessel gehört.

Das hat jetzt noch nicht so viel zu bedeuten, denn es ist ja noch nicht sicher, ob Harald da auch irgendwo auf dem Foto ist. Aber wenn es so ist, dann ist es ein wahr gewordener Alptraum. Ruhig, Monika, sage ich zu mir. Ganz ruhig. Und ich erkläre mir, dass ich jetzt ganz genau sechs Möglichkeiten habe: Erstens, ich gebe auf und heule mir die Augen aus dem Kopf, zweitens, ich bringe die Besitzerin des Tatoos um, drittens, ich bringe Harald um, viertens, ich bringe mich selbst um, fünftens, ich bringe uns alle um, sechstens, ich schreite zur Tat und überzeuge Harald davon, dass ich die Allerbeste bin. Auch, wenn ich nicht so ein bescheuertes Tattoo habe. Aber ich glaube ja immer noch nicht, dass mein Harald mit auf dem Foto ist.

Ich entscheide mich gegen Nummer eins und für Nummer sechs: Ich bringe es zu Ende.

Jetzt verstehe ich plötzlich, was Harald meint mit dem Dominostein. Wenn ich die Frau Müller endlich erledige, dann fällt das erste Steinchen und stößt alle anderen um, die zwischen mir und ihm liegen.

Ich fahre heute nicht mit dem Rad in die Seniorenresidenz, sondern mit dem Bus. Mir tut immer noch alles weh und ich habe keine Lust, in nächster Zeit noch einmal Bekanntschaft mit einer Kühlerhaube, dem Straßengraben, dem Asphalt oder irgend etwas anderem, das mir blaue Flecken beschert, zu machen.

Zum Glück befindet sich die Bushaltestelle genau um die Ecke meiner Wohnung und ich muss auch nicht lange warten, bis der Bus, der die Ortschaften des Weingaus stündlich verbindet, mich direkt zur Haltestelle ›Himmelsleiter‹ in Klosterley fährt. Scheinbar hat das Puzzeln eine sinneserweiternde Wirkung auf mich. Jetzt verstehe ich auch, was ›Himmelsleiter‹ bedeutet. Ich sehe die Frau Müller vor mir, wie sie mit ihren Pantoletten die Leiter zum lieben Herrn Petrus hinaufklettert.

Die Bushaltestelle befindet sich direkt am Parkplatz der Seniorenresidenz. Das Erste, was ich entdecke, ist dieser angeberische Sportwagen, mit dem ich letztens die unangenehme Begegnung hatte.

Ich ärgere mich, dass ich keinen Hammer dabei habe. Am liebsten würde ich dieses ekelhafte Gefährt sofort zertrümmern.

Andererseits habe ich eine Vision: zwei verknitterte Schachteln, die mit der Kiste geradewegs zu Luzifer flitzen. Somit wären dann mit der Frau Müller drei Alte weg vom Fenster.

Ich suche in meiner großen braunen Handtasche nach dem Schweizer Taschenmesser, das ich letztes Jahr von Onkel Berti geerbt habe und schaue mir alle Autos an, die da so rumstehen. Der Aufschneidersportwagen, drei neuere Kleinwagen, zwei Mittelklassewagen, die schon bessere Zeiten gesehen haben, ein Geländewagen. All diese Autos gehören den Senioren, das weiß ich, denn auf dem Parkplatzschild steht *Nur für Anwohner*. Es ist also egal, welchen Wagen ich auswähle. Mein Plan wird in jedem Fall aufgehen: Aber ich entscheide mich für den roten Mistflitzer, wegen meiner Vision und weil ich eine Rechnung mit denen offen habe. Ich klappe das Taschenmesser auf und nähere mich dem Cabriolet.

Ich schaue nach vorne, nach hinten und zur Seite, um zu sehen, ob mich jemand beobachtet, aber da ist zum Glück niemand. Bestimmt machen die Senioren jetzt gerade alle Mittagsschlaf und die Angestellten hier in der Residenz nutzen die Zeit, um sich auch mal auszuruhen. Die haben sicher einen ziemlich anstrengenden Job.

Ich nehme mein Messer ... da sehe ich auf dem schmalen Platz hinter den beiden Vordersitzen des Sportwagens einen

Kreuzschlüssel und anderes Werkzeug in der Sonne blinken. Das ist ja noch besser als ein Loch in einen der Reifen zu stechen. Ich sichere das Terrain mit Blicken in alle Richtungen und schnappe mir den Kreuzschlüssel.

Ich versuche, die Radkappe des linken Vorderreifens abzunehmen, aber das blöde Ding bewegt sich keinen Millimeter.

Es erscheint vollkommen aussichtslos, an die Radmuttern ranzukommen, aber zum Glück habe ich ja das Schweizermesser aus Onkel Bertis Erbmasse mitgenommen, Gott hab den Bruder meiner Mutter selig.

Ich ramme den Schraubenzieher des Messers unter den Rand der Radkappe und ... ja, es funktioniert!

Mit einem *Plopp* springt die Radkappe ab, ich kann sie gerade noch festhalten, bevor sie sonstwohin kullert.

Jetzt sind die Radmuttern dran. Mit dem Kreuzschlüssel löse ich sie fast vollständig, auch wenn ich dabei jeden einzelnen malträtierten Knochen im Leib spüre. Egal. Radkappe wieder drauf und es sieht aus, als wäre ich niemals hier gewesen. Zufrieden betrachte ich mein Werk: den in der Nachmittagssonne leuchtenden Sportwagen mit den unschuldig glänzenden Radkappen. Nicht nur Harald wäre stolz auf mich, sondern auch Onkel Berti oben auf seiner Wolke. Der ist auch immer mutig seinen Weg gegangen.

Plötzlich höre ich, wie sich die Tür zum Parkplatz der Residenz öffnet und eine ziemlich schrille Stimme rufen: »Nein, Rosi, ich brauche keinen Tee. Nur Schlaf! Genauso wie du und Wilhelm. Wir können uns nicht leisten, unausgeschlafen zu sein.«

Ich hechte hinter das einzige Objekt, das mir auf die Schnelle Deckung verschaffen kann – einen Busch an der gelb verputzten Außenfassade der Seniorenresidenz.

Ducke mich, warte und höre keinen Aufschrei, kein *Was machen Sie hier auf dem Parkplatz?!*, also habe ich wohl gerade noch mal Glück gehabt und niemand hat mich gesehen.

Ich atme durch, aber mein Herz schlägt wie verrückt. Ich habe das Gefühl, dass mir die Brust zespringt. Und das wird auch nicht besser, als ich durch die Zweige den Teufel und seine Großmutter sehe.

Die Großmutter trägt ein buntes Walla-Walla-Kleid, das irgendwie afrikanisch aussieht und zieht eine Flunsch: »Ganz ehrlich, Lizzie, ich halte das ohne Tee nicht durch und du solltest Wilhelm auch sein Bier gewähren. Das beruhigt die Nerven.«

»Dafür, dass er mir meinen Schorsch wieder flott gemacht hat, will ich mal nicht so sein. Aber ich möchte mich heute Nacht auf euch verlassen können. Ich trinke bis dahin ja auch keinen Schluck Riesling mehr!«

»Keine Sorge, Lizzie. Du kannst dich gerade wegen Bier und Tee auf uns verlassen«, sagt die in dem Walla-Walla-Kleid und lacht. Beide zwängen sich in die Blechbüchse. Des Teufels Großmutter dreht den Schlüssel im Zündschloss und das Cabrio setzt sich in Bewegung. »Gas«, schreie ich innerlich, »gib Gas!«

Der Sportwagen passiert die Ausfahrt und biegt nach rechts Richtung Schönhell ab.

Ja!

Ich verlasse die Deckung hinter meinem Busch und renne auf die Straße. Ich will auf keinen Fall die Früchte meiner Arbeit verpassen. Das Auto biegt um die nächste Kurve. Da höre ich es schon scheppern. Ja!

Ich eile weiter, schaue vorsichtig um die Häuserecke.

Nein!

Nein! Nein! Nein!

Und ein großes SCH mit EI und ESZETT und einem E hinten dran!

Da steht der dämliche Wagen. Steht! Auf drei Rädern, das vierte liegt auf der anderen Straßenseite. Und die beiden Alten sitzen weiter quietschlebendig im Auto und diskutieren.

Na toll. So viel zu meinem Plan. Ich bin enttäuscht. Von mir. Und dem Wagen.

Am liebsten würde ich jetzt ins Kloster zur Heiligen Burgunda gehen. Sie hat mir schon mal geholfen. Schließlich habe ich Harald berührt. Die kann was, die Burgunda. Aber darf sie den Teufel und seine Großmutter überhaupt in den Himmel befördern?

Um all das kümmere ich mich später, jetzt ist die Frau Müller dran. Da fällt mein Blick auf meine Schuhe, meine Hose, meine Tasche. Scheinbar bin ich vor lauter puzzlen und Visionen ganz durcheinander. Ich habe mich ja gar nicht verkleidet. So kann ich nicht vor die Frau Müller treten und womit will ich sie überhaupt ermorden? Da fällt mir mein Schweizermesser ein und dass es egal ist, ob sie mich erkennt oder nicht. Sie wird heute sowieso sterben.

Ich lenke meine Schritte schnurstracks zu ihrer Wohnung. Den Weg kenne ich ja jetzt im Schlaf. Ich klingele. Die rechte Hand in der Handtasche, das aufgeklappte Messer fest im Griff. Ich warte. Es tut sich nichts. Ich klingele noch mal. Warte. Klingele wieder. Nichts rührt sich. Das hast du wieder mal gut gemacht, Monika Schmelzeis, schreie ich mich in Gedanken an. Doch mein Entschluss steht fest. Ich mache es wie Onkel Berti. Nicht aufgeben und neunundachtzig Jahre alt werden. Das sind noch über fünfundreißig Jahre. Die ich, wenn ich alles gut mache, mit Harald vebringen werde.

Und für diese Aussicht werde ich alles geben. Nichts mehr

mit vorgetäuschter Nonne oder Putzfrau und diesen ganzen weichgespülten Sachen. Ich werde jetzt härtere Geschütze auffahren.

Als ich wieder zuhause bin, werfe ich sofort den Computer an und gebe *Schießunterricht Weingau* ein. Die Suchmaschine zeigt mir einige Adressen an. Einen Jagdverein, einen Schützenverein und eine Ankündigung der Volkshochschule Weinland-Mittenrhein. Die bieten einen Schießworkshop an. In zwei Wochen. Verdammt, das ist viel zu spät.

Aber zum Glück sind der Name und die Telefonnummer des Schießdozenten angezeigt. Ich wähle die Nummer und erschrecke mich, als gleich jemand rangeht.

»Bob Glashorst. Schießen ist mein Leben, was kann ich für Sie tun?«

Mein Mund ist trocken. »Guten Tag, Herr Glashorst, sage ich. »Ich würde gerne das Schießen erlernen.«

»O ja«, sagt der Mann am anderen Ende der Leitung, »da sind Sie bei mir richtig.«

Ich muss mich erst einmal gerade hinsetzen. Die Stimme ist nicht so, wie ich es erwartet hätte. Nicht schroff, nicht quäkend, nicht gefährlich, nichts von allem, was man denken würde, wenn es ums Erschießen geht. Sondern sehr, sehr sanft. Mir läuft ein Schauer über den Rücken.

»Ja, äh«, sage ich. »Das freut mich, dass Sie der richtige Mann sind.«

Wie blöd bin ich eigentlich? »Ich meine, ich freue mich, dass ich bei Ihnen das Schießen erlernen kann.«

Zum Glück antwortet er nicht gleich, sodass ich noch schnell ein »Es wäre mir auch sehr eilig« hinzufügen kann.

Der Schießlehrer lacht. Oh, mein Gott, was für ein wunderbares Lachen, fast wie das von Harald!

»Wie wäre es mit sofort?«, höre ich nur noch und die Frage, ob ich die Adresse kenne. Da bin ich schon halb auf dem Weg.

Eine Stunde später stehe ich auf einer Wiese in Klosterley-Kristalltal, neben einer Holzhütte und einem Stand mit einem Wellblechdach. In meiner ältesten Jeans und in dem lilafarbenen Werbe-T-Shirt, das ich neulich von meinem Telefonanbieter bekommen habe.

Ich fand, dass dies das richtige Outfit für Schießstunden ist, aber als ich jetzt sehe, was oder vielmehr wer da auf mich zukommt, schäme ich mich in Grund und Boden. Und wünsche mir, ich hätte mir heute noch mal die Haare gewaschen, nein, das ganze Tönungsprogramm hingelegt und wäre gestern noch mal im Sportshop in Schönhell gewesen, um mich neu einzukleiden.

»Guten Tag«, sagt der schwarzgelockte Adonis, der sich mir als Bob Glashorst vorstellt und in echt sogar noch schöner ist als seine Telefonstimme.

Ich nicke. Mehr schaffe ich gerade nicht.

»Schießen wollen Sie also?«

Ich nicke wieder und komme mir vor wie die dümmste Pute der Welt.

»Dann wollen wir mal. Zuerst geht es natürlich darum, welches Ihr Zielauge ist, das, auf dem Sie am besten sehen.«

Er nimmt mein Gesicht in die Hände und befiehlt mir, zuerst das eine Auge zu schließen und dann das andere. Und ihm dann zu sagen, auf welcher Seite ich besser gucken kann.

Ich weiß es nicht. Ich sehe nur seine grünblau gesprenkelten Augen. Wie die von Harald.

Um ihn nicht zu enttäuschen, sage ich dem Schießlehrer einfach, dass ich mit dem rechten Auge besser gucken kann.

Er drückt mir eine Waffe in die Hand. Ein Gewehr.

»Gut«, sagt er, »wir fangen mit Tontaubenschießen an. Da geht es jetzt gleich um die richtige Haltung.«

Er umfasst meine Beine, schiebt sie in irgendeine Richtung, sodass ich kaum noch stehen kann. »Spüren Sie das? So geht es besser.« Er legt das Gewehr in meine rechte Hand und die Arme um mich, damit ich Stand habe. Sein Mund ist ganz dicht an mein Ohr und er flüstert: »Schießen!«

Ich drücke den Abzug und mein Kopf explodiert.

Als ich wieder zu mir komme, erwarte ich die Lippen des schwarz gelockten Adonis über mir. Aber da ist nichts. Nichts und niemand.

Nur die laue Luft eines Abends im Kristalltal im Juni und der Schießlehrer, der weit weg von mir auf dem Bildschirm seines Smartphones herumtippt.

22. Kapitel: Leo

Die Mikroben in diesem schwülen und stinkenden Loch bringen mich um. Pest, Lepra und Herpes kriechen durch meine Poren. In Bataillonen.

»Scheißendreck, Wallah!«, schimpft Fatima, und ich muss trotz der schrecklichen Lage schmunzeln. Was hat diese Frau mit mir gemacht? Sogar in der größten Finsternis mit einem »Scheißendreck« auf den Lippen, zaubert sie mir ein Lächeln aufs Gesicht.

»Du wirst kitschig«, murrt Klaus, »wir sind hier nicht in einem Rosamunde-Pilcher-Film, sondern bei den *Sons of Fury* im stinkenden Keller, wo wir verfaulen werden, wenn wir Glück haben. Ich denke da eher an das *Kettensägenmassa-*

ker. Du erinnerst dich doch an den Blutspritzfilm, in dem ...«

»Halt die Klappe, Klaus!«, bringe ich ihn zum Schweigen, befürchte aber, dass er es doch noch schafft, mich in Panik zu versetzen. Wenn wir nur ein wenig Licht hätten ...

In diesem Augenblick erhellt das Display von Fatimas Handy die Schwärze. Kann sie meine Gedanken lesen? Sie sieht im kühlen Schein des Gerätes aus wie ein Engel. »Mit dem Kopftuch eher wie die Jungfrau Maria«, berichtigt mich Klaus. Bei ihrem Anblick schlägt mein Herz trotzdem wild. »Du hast Herzklopfen vor lauter Schiss«, nervt Klaus. Wie gerne würde ich Fatima jetzt in meine Arme nehmen und heulen.

»Haben wir hier nix Netz. Funkloch!«

»Aber wenigstens haben wir ein wenig Licht«, gebe ich so ruhig, wie ich kann, zum Besten. Zum ersten Mal im Leben bin ich richtig froh, dass es diese Geräte gibt. Vielleicht sollte ich mir doch eins zulegen.

Fatima leuchtet die Wände ab, auf denen Gekrakel zu sehen ist. Strichmännchen, Penisse, Brüste, Striche in Fünferbündeln und Sprüche wie: »Wand hat keine Ohren.«

»Was für Menschen das wohl dahin gekritzelt haben?«, frage ich.

»Hulk, Hannibal Lecter und die toten Kuscheltiere«, antwortet Klaus. Schwätzer!

Fatima leuchtet weiter die Decke, den Boden und die Wände ab: Beton, Beton und glatter Beton. Die rostige Metalltür, durch die wir hineingestoßen wurden, hat von innen nicht einmal einen Griff.

»Was jetzt?«, will ich wissen.

»Nix!«

»Wie, nix?«, frage ich und Fatima schaltet ihr Handy wieder aus. Finsternis! Gestank! Tote Kuscheltiere!

»Oh, nein Fatima, könntest du bitte wieder ...«

»Müssen sparen wir Akku und warten hier, bis *Sons* machen auf Tür. Ich kann dem nix öffnen. Machen wir Schläfchen und sammeln Kraft.«

»Schläfchen? Auf diesem ekelerregenden Boden?«, frage ich.

»Mikroben, Mikroben, Mikroben geboren aus Rotze, Kotze, Pisse und Scheiße«, ruft Klaus. In mir bricht Panik aus. Völlig unkontrolliert renne ich gegen die Stelle, wo die Metalltür ist: einmal, zweimal, dreimal. Meine Schulter schmerzt. Die metallenen Schläge klingen dumpf und verhallen im Nichts. Ich sehe die *Sons* vor mir, wie sie sich vor Lachen auf die Schenkel klopfen. Schleimsabbernde Monster, die nach mir greifen. Ich sollte die Wände abtasten, vielleicht gibt es ja doch noch eine Fluchtmöglichkeit? Mir läuft der Schweiß über die Stirn. Ich kann diese Wände nicht anfassen! Ich kann nicht. Ich kann es einfach nicht. Es ist, als ob die Wände immer näher rücken, dazu dieser Gestank. Ich kriege keine Luft.

»Leo, Leo, beruhige dich!«, dringt Fatimas Stimme zu mir herüber.

»Siehst du nicht, in was für einer Scheiße wir stecken?«, brülle ich durch die Dunkelheit.

»Eher Pisse«, antwortet sie.

»HA! HA! HA! Sehr lustig!«

»Nix lustig, aber sinnlos jetzt Kraft verschwenden, wir die brauchen, sobald Tür geht auf. Haben wir Mission. Komm, setz dich zu mir!«, sagt sie.

Setzen? Ist sie verrückt geworden? Ich habe Angst ... schreckliche Angst vor den Mikroben.

»Und, dass du anfängst zu heulen, du Lusche«, ergänzt Klaus.

»Keine Angst vor Angst«, sagt Fatima und ergreift meine Hand. Eine warme Woge geht durch meinen Körper. »Du pilcherst schon wieder«, mahnt Klaus.

»Du schließen Augen und träumen mit mir von Sonnenschein«, sagt Fatima, fasst meine Hand fester und will mich mit sich hinunter auf den Boden ziehen.

»Ich kann das nicht! Dieser Gestank, der aus dem Boden steigt, macht mich kirre!«

Als Antwort stellt sie sich dicht neben mich, ohne meine Hand loszulassen. »Ich dich bewundern«, sagt sie zu meiner Überraschung.

»Mich?«

»Ja, weil du noch nie hast genommen Drogen ...«

»Ich ... ja, aber ...«

»Und dass du kannst niemand schlagen ...«

»Sie hat dich durchschaut, sie hat dich durchschaut«, jubelt Klaus.

»Ich ... nein, du verstehst da was falsch, ich ...«

»Bist du Chaot, wirr im Kopf, aber mit gutem Herz. Willst sein harter Bursche und lügst wie gedruckt; aber ich sehe dem richtige Leo. Dafür ich nix brauche Licht.«

Wie schön. Aber mehr Entblößung ertrage ich nicht. Ich muss unbedingt eine Kehrtwende des Gesprächs schaffen.

»Sag mal, wo kommst du genau her? Warum macht dir diese Enge gar nichts aus? Wieso kannst du bärtige Rocker ausknocken?«

»Ich weiß, ich kann ganz ehrlich zu dir sein, Leo. Ist es nicht so, dass wir beide aus dem gleichen Holz gemacht sind? Wir lügen, um uns zu schützen.«

»Nanu, Fatima, du sprichst ja plötzlich fehlerfrei Deutsch.«

Sie hält weiter meine Hand, als sie erklärt: »Ich bin in Weinhessen geboren und habe meine ersten Jahre in Gottesacker verbracht. Meine Großeltern waren Gastarbeiter und mein Großvater arbeitete beim Pharmaunternehmen *Rhein-Gen AG* in Ringelheim.«

»Du bist Weinhessin? Aber dann müssten dich doch die Leute hier kennen. Das ist immer so auf dem Land.«

»Mich kennt hier niemand mehr. Als ich fünf war, zogen meine Großeltern in die Türkei zurück und meine Eltern gingen in die Frankfurter Bronx, wo ich groß geworden bin. Da gibt es viel Kriminalität, weiß du? Deshalb wollte ich von klein auf Polizistin werden. Wollte für Gerechtigkeit kämpfen.«

»Und, warum bist du keine Polizistin geworden?«

»Wäre ich beinah. Aber in der Türkei. Das mit der deutschen Polizei hat nicht geklappt, dafür war mein Abschlusszeugnis zu schlecht. Ich habe mir aus Enttäuschung ein Tattoo auf dem rechten Arm stechen lassen.«

»Ein Tattoo?« Das habe ich am wenigsten an ihrem Körper erwartet.

»Warum nicht? Genau hier«, sagt sie und führt meine Hand über ihren rechten Arm. Von oben nach unten. Da durchströmt mich wieder diese warme Woge und der unbändige Wunsch, ihre Hautmalerei zu betrachten, zu küssen, zu lecken. »Mein Onkel Özdemir arbeitete bei der türkischen Polizei und brachte mich dort in der Polizeischule unter, aber ... « Fatima seufzt.

»Aber was?«

»Ach, man hat es nicht leicht als kämpferische Frau, die ihren Mund aufmacht. Ich glaube, meine männlichen Kollegen konnten mit mir nicht umgehen, jedenfalls wurde behauptet, ich könnte nicht richtig Türkisch und dann hat man mich durch die Prüfung rasseln lassen. Man wird ja nicht nur angefeindet, weil man eine Frau ist, sondern in der Türkei auch, weil man eine Türkin ist, die in Deutschland aufgewachsen ist, und hier in Deutschland, weil man eine Türkin ist, die auch noch ein Kopftuch trägt. Es ist kompliziert.«

»Ja, das ist kompliziert. Gut, dass du kämpfen kannst! Aber wo hast du gelernt, so um dich zu schlagen? Auf der türkischen Polizeischule?«

»Kickboxen habe ich von meinem Vater gelernt. Er war früher Kickboxlehrer und hat mich von klein auf trainiert!«

»Wahnsinn! Ich bin ehrlich, ich mach gar keinen Sport. Aber ich lebe gesund.«

»Keine Drogen.«

»Nicht einmal Kaffee!«

»Dann haben wir noch etwas gemeinsam, Leo. Ich trinke nicht einmal Cola.«

»Widerliches Gesöff!«

»Nur Wasser.«

»Medium ist mir am liebsten. Oder Leitungswasser. Das aus Wisselbrunnen ist das beste.«

»Hast du schon mal Rheinwasser gekostet?«, fragt sie.

»Was? Bist du des Wahnsinns? Weißt du, wie viele Mikroben da drin schwimmen?«

»Und Entenkacke!«, ergänzt Klaus.

»Da ich öfter im Rhein schwimme, um zu trainieren, habe ich schon ein paar Mal das Wasser getrunken. Es schmeckt vorzüglich!«

»Also echt, aber wofür musst du trainieren?«

»Onkel Özdemir hat Großes vor. Was, weiß ich nicht genau. Aber bis er wiederaufgetaucht ist, soll ich in seiner Detektei arbeiten, mich aber bedeckt halten; so tun, als verstünde ich nicht alles – deswegen rede ich auch mein komisches Deutsch. Bei all dem soll ich weiter fleißig trainieren. Kickboxen, Schwimmen, Klettern ...«

»Und in dunklen, stinkenden Löchern ausharren.«

»Ja, das habe ich auch geübt. Aber als ich diesen Auftrag bekam, hätte ich nicht im Traum gedacht, dass ich es dafür brauchen würde. Ich habe den Auftrag von Elisabeth zuerst nicht ernst genommen.«

»Ich auch nicht. Aber wo haben wir uns nun hineinmanövriert?«

»Und du wolltest wirklich die Sache mit den verprügelten *Sons* glattbügeln?«, wechselt sie das Thema, ohne Rücksicht auf meine Frage.

»Na klar!«

»Warum?«

»Damit Schultze dich nicht vom Fall abzieht. Das hatte er doch angedroht.«

»Oh, Leo, ich weiß das sehr zu schätzen.«

»Echt? Na ja, viel ausgerichtet habe ich ja nicht.«

»Erzähl mir von dir!«

»Am besten die Geschichte mit Sandra Schnabel, der Polizistin hinterm Dixiklo«, schlägt Klaus vor.

»Wie gesagt, ich meide Sport, Gewalt und Drogen. Als Journalist schreibe ich nur Artikel über die schönen Dinge des Lebens wie Feste, Veranstaltungen, Kultur und so was.«

»Du schreibst so wunderschöne Texte.«

Die warme Woge umhüllt mich wieder und ich fasse ihre Hand. Meine Berichte waren ja jetzt nicht so berauschend, aber wenn sie meint.

»Ich habe alle deine Artikel und Kolumnen gelesen«, sagt sie.

»Wie, wo, was?«

»Die habe ich letzten Dienstag, als ich so lange auf dich im Weingut der van Amelns gewartet habe, gefunden. Gesine bat mich, ihr beim Einpacken von Tante Elisabeths Ordnern zu helfen. Deine Tante hat alle deine Artikel feinsäuberlich abgeheftet.«

»Tante Elisabeth sammelt meine Artikel?« Da bleibt mir die Spucke weg.

»Wer so schreiben kann, muss ein großartiger Mensch sein.«

Jetzt ist sogar Klaus sprachlos. Wir schweigen.

»Hast du dich schon einmal richtig verliebt?«, fragt sie plötzlich in die Finsternis.

Ich komme mit ihren Themenwechseln nicht mit, außerdem muss ich ihren letzten Satz noch verdauen.

»Wie kommst du jetzt darauf?«, frage ich.

Doch es kommt keine Antwort, nur leises Schluchzen.

Ich lege meinen Arm um Fatimas Schulter. »Hey, was ist denn los?«

Sie legt ihr Gesicht auf meine Brust und fängt bitterlich an zu weinen. Ihr schlanker, zarter Körper zittert und ihre Tränen fließen durch mein Hemd auf meine Haut. Oh, was für süße Frauentränen. Ich will sie alle haben.

»Wer weiß, welchem Hassan sie da nachweint«, meint Klaus.

»Hat er dir weh getan?«, frage ich sie.

»Wer?«, schluchzt sie mir entgegen.

»Der, in den du dich verliebt hast.«

»Er hält mich gerade in seinen Armen und ist schwer von Begriff.«

Lava umspült meinen Körper. »Autsch, autsch, heiß, heiß, heiß!«, brüllt Klaus und ich höre mich fragen: »Du meinst mich?«

Sie klammert sich fest an mich und fragt: »Hast du in all den Tagen nicht gemerkt, was ich für dich empfinde?«

»Oh, Fatima, ich, ich, nein ... ich dachte ... ja, hast du denn nicht gesehen, was ich für dich …?«

Ich streichle über ihren Rücken, sie presst ihren Körper fest an mich.

»Du meinst, wir haben noch etwas gemeinsam, Leo: Wir sind beide schwer von Begriff?«

Wir halten uns zärtlich in den Armen. Niemand sagt etwas außer Klaus: »Das ist ja dämlich, dass es hier so dunkel ist. Willst du nicht lieber warten? Wir Männer sind ja Augentiere. Wenn ihr mal zwanzig Jahre verheiratet seid, könnt ihr das Licht immer noch auslassen. Und dazu dieser Gestank. Also das ist der dämlichste Ort, den du dir für ein Techtelmechtel aussuchen kannst. Obwohl, hier kann dich Sandra, die Furie, nicht entdecken. Ich denke ... ups!«

Klaus wird von Fatima gestoppt: Mit einem Kuss. Ihre Lippen, diese ungeschminkten, makellosen Lippen liegen zitternd auf meinen. Ich schmelze, fließe über ihre ebenmäßigen Zähne, die mit meiner Zunge noch schöner zu fühlen, als mit den Augen zu betrachten sind. »Oh, meine Göttin«, hauche ich ihr zu, als wir uns für Sekunden trennen. Sie drückt sich noch fester an mich, greift mit ihren Händen in meine Haare und drückt mich noch näher an ihr Gesicht. Oh, ihre Zunge fährt ...

Krrrrrrrr, wuuuuusch! Krachend wird ein metallener Riegel zur Seite geschoben und die Tür aufgestoßen.

»Alles frisch da drin?«, schallt Super-Chantals Stimme zu uns herein. »Gott, bei euch stinkt es ja wie im Katzenklo.«

Fatima lässt mich los und geht auf Chantal zu. »Wir gehen können?«, fragt sie wieder in ihrem seltsamen Deutsch.

Ich stelle mich neben sie und lächele Chantal zuckersüß an. Ich kann in diesem Augenblick gar nichts anderes tun als grinsen. Ich bin Fatima-high.

»Gehen? Neee, natürlich nicht. Aber die Jungs sind weggefahren und ich habe echt keinen Bock schon wieder zu putzen.« Während sie das sagt, hält sie ihre Arme hinter ihrem Rücken verschränkt, streckt uns ihre Körbchengröße entgegen und wiegt ihren Brustkorb hin und her.

»Du willst, dass ich die Arbeit für dich mache?«, frage ich und weiß, dass das unsere Chance ist.

»Ich bin ja nicht blöd, ne. Nachher haut ihr ab und ich krieg den Ärger. Aber ich will trotzdem, dass ihr für mich putzt. Tatatataaa«, ruft sie und zaubert hinter ihrem Rücken Handschellen hervor. Fatima und ich schauen uns amüsiert an. Wir denken beide dasselbe: Die hat nicht mehr alle Kerzen auf der Torte. Wir brauchen sie nur einmal umzustoßen und schon können wir fliehen. Doch Fatima sagt zu meiner Überraschung: »Gut, dann wir putzen. Besser als sitzen in Scheißendreckloch!«, und streckt dabei Super-Chantal ihre Arme entgegen. Ich traue meinen Augen nicht. Sie schlägt die *Sons* nieder, aber lässt sich von einem Busenwunder Handschellen anlegen? Während Chantal die Fessel an Fatimas linkem Handgelenk befestigt, zwinkert mir Fatima zu. Was hat sie vor?

»Hm. Aber ich muss euch ja irgendwo dranbinden, damit ihr nicht abhauen, aber trotzdem saubermachen könnt. Hm ... Ah, ich hab's, ich Dummerchen!«, sagt sie und kichert. Dann klickt die zweite Hälfte der Handschelle um mein rechtes Handgelenk. Ist das ihr Ernst? Sie glaubt, wir können zusammengebunden nicht fliehen? Fatimas süßes Kinn bebt vor Vergnügen.

»Sodele, dann kommt ihr beiden mal schön brav mit!«, quietscht Chantal und geht vor uns die Kellertreppe hinauf.

Während wir ihr folgen, flüstert mir Fatima zu: »Das ist perfekt, als Putzkräfte können wir überall herumschnüffeln. Mal sehen, was wir so finden.«

»Was wird denn da gepischpert, he?«, schnauzt Super-Chantal. »Ich will nicht, dass ihr redet. Ich will, dass ihr putzt. Am besten, ihr fangt gleich hier im Hof an. Der ganze Dreck muss weggefegt werden.«

Es ist alles andere als einfach, einen Besen zu bedienen, wenn man mit den Händen aneinandergebunden ist. Wie schön, dass Fatima den Spaß mitmacht und sich dabei auch noch – genauso wie ich – dämlicher anstellt, als eine Rockerbraut erlaubt.

»Das ist doch Scheiße! So dauert es ja ewig, bis ihr fertig seid«, meckert unsere gestrenge Herrin.

»Dann du uns losbinden«, sagt Fatima.

»Haha ... ihr glaubt wohl, ich bin doof. Aber haltet den Besen fest. Ich bin gleich wieder da!«, ruft sie und rennt in das Haus.

Ich bin baff. Das sind so Augenblicke, wo man am Verstand der Menschheit zweifelt, und sich in der Hoffnung, aus einem Traum zu erwachen, in den Arm zwickt.

»Na, dann wollen wir mal nach Hause schlendern«, sage ich und will zum Tor. Doch Fatima hält mich fest. »Nein, die *Sons* holen uns sowieso wieder ein, und wir haben eh noch nicht gefunden, wonach wir suchen. Schnell, wir schauen uns lieber im Schuppen da hinten um.«

»Ich weiß jetzt nicht, wer dämlicher ist, Super-Chantal oder Fatima«, meldet sich Klaus zu Wort. »So eine Fluchtgelegenheit bekommt ihr nie wieder.«

Auch wenn dies einer der seltenen Momente ist, in denen Klaus und ich einer Meinung sind, folge ich lieber meiner Angebeteten in einen Schuppen auf der anderen Seite des Hofes.

Es riecht nach Öl und Benzin. Tausenderlei Werkzeuge und Motorradersatzteile fliegen munter durcheinander.

Doch da überkommt mich die Leidenschaft. Mir ist alles egal außer Fatima. Ich schnappe mir meine süße Detektivin und sie lässt sich schnappen.

»Von wegen auskundschaften, die will nur auskussschaften«, mischt sich Klaus ein.

Bla, bla! Unsere Körper dicht aneinandergepresst, küssen wir uns innig. Mein ganzer Körper besteht nur noch aus dahinschmelzendem Vanilleeis. Heiß, süß und saftig fließt ihr himbeersüßes Verlangen über meine Haut, sammelt sich in meinem ...

»Ach, guck mal einer an!«, unterbricht uns Chantals schrille Stimme. »Ich bekomme einen Riesenschreck, weil ihr verschwunden seid, dabei steht ihr hier im Schuppen und knutscht rum. Also echt, ihr sollt nicht bei *youporn* auftreten, ihr sollt putzen.«

Als wir in den Hof treten, trauen wir unseren Augen nicht. Sie hat den Staubsauger geholt. »Das geht so viel schneller, außerdem ...«

Doch weiter kommt sie nicht. Das Knattern der Motorräder, die sich dem Haus nähern, schallt von der Straße zu uns herüber. »Oh, Scheiße, da kommen die Jungs. Auf, in euer Gefängnis«, ruft sie. »Sobald die wieder weg sind, hole ich euch wieder raus.«

Damit kann sie sich ruhig Zeit lassen.

»Mit den Handschellen wird es aber nicht einfach mit dem Sex«, gibt Klaus zu bedenken.

»Ein wenig mehr Fantasie, mein Lieber«, schleudere ich ihm entgegen.

Während Klaus nachdenkt, eilt Chantal die Treppen mit uns in den Keller hinunter, reißt aber nicht die Tür unseres bisherigen Gefängnisses auf, sondern die Tür gegenüber.

»Schnell, wenn die rauskriegen, dass ich euch rausgelassen

habe, bringen die mich um!«, sagt sie mit bebender Stimme.

Mir ist es egal, wo ich jetzt mit Fatima kuscheln kann. Das Verlangen ist größer als alles andere. Wir gehen ohne Widerworte hinein. Zum Glück stinkt es in dieser Unterkunft auch nicht so schlimm; das entfacht die Leidenschaft gleich doppelt und dreifach.

Die Tür schließt sich krachend und die Dunkelheit umhüllt uns. Gerade als ich Fatima »Ich liebe dich«, ins Ohr hauchen will, krächzt uns eine männliche Stimme entgegen: »Um Gottes Willen, Sie hier? Das hat mir gerade noch gefehlt.«

23. Kapitel: Elisabeth

»Jetzt pass doch auf, wo du hintrittst!« Ich reibe mir den rechten Hacken, der gerade einen äußerst schmerzhaften Tritt eingesteckt hat. Bis zum Morgen wird er sich blau verfärbt haben, darauf wette ich. »Was trägst du für Schuhe, Wilhelm? Mit Stahlkappen?«

»Im Gelände immer«, flüstert er mir kleinlaut zu. »Entschuldige bitte, ich war abgelenkt, weil ich die Stirnlampe aus meiner Umhängetasche ziehen wollte.«

»Die lass lieber, wo sie ist. Der Lichtkegel könnte von der Straße her zu sehen sein, so lange wir noch nicht hinterm Haus sind«, bitte ich meinen Komplizen.

Der harte Kern der W.A.R.-Senioren, bestehend aus mir, Rosemarie und Wilhelm Schönlein, stolpert das abschüssige Gelände in den Garten der Praxis des zwielichtigen Schönheitsdoktors Thoralf von Flaschenburg hinunter, um dort nach einer Möglichkeit zu suchen, ihm einen nächtlichen Besuch abzustatten.

Das nächste Mal überlasse ich bei einer solchen Aktion Wilhelm die Führung. Rosemarie jedenfalls nicht, denn die rennt gerade ungebremst gegen eine mannshohe Skulptur und kichert nervös, um zu überspielen, dass sie sich höllisch erschreckt hat. Selbst bis aufs Äußerste angespannt, beiße ich mir auf die Lippen, um sie nicht wütend anzufahren und muss mich daran erinnern, dass es um zwei Uhr nachts leider auch nichts nützt, sie durch einen scharfen Blick zum Schweigen zu bringen. Dankenswerterweise ist der Garten durch hohe Hecken bestens von den Nachbargrundstücken abgeschirmt und das Anwesen so groß, dass selbst in einer stillen Sommernacht wie dieser niemand durch uns geweckt wird, wenn wir es denn schaffen, einigermaßen leise zu sein. Jedenfalls hoffe ich das.

»Und du bist dir wirklich sicher, Wilhelm«, erkundige ich mich noch einmal, »dass die Alarmanlage des Bungalows nichts anderes ist als eine Attrappe?«

»Ganz sicher. Dein Einverständnis voraussetzend, habe ich mich gestern Nachmittag hier umgesehen und mich gegenüber der hübschen Sprechstundenhilfe als Experte für Alarmanlagen ausgegeben, der kostenlos die vorhandenen Überwachungssysteme auf ihre Effizienz überprüft. Sie hat mir jedes Wort geglaubt, ich habe mich also ganz gut geschlagen, als Sicherheitstechniker.«

»In gewissem Sinn bist du das ja auch, bei all den Vorsichtsmaßnahmen, die du für dein eigenes Haus getroffen hast«, lobe ich ihn.

Rosi macht das Kompliment zunichte, indem sie schon wieder losgackert: »Wenn seine Sicherungssysteme denn im richtigen Moment funktionieren und nicht dazu führen, dass er sich seine Waffen ...«

»Wie hast du die Angestellte überzeugt?«, unterbreche ich,

um zu verhindern, dass Wilhelm beleidigt ist und nicht mehr mitspielen will. Wir sind heute Nacht in gefährlicher Mission unterwegs, da kann ich mir keinen Ausfall in meinem Einsatzkommando leisten.

»Sie hat alles geschluckt, besonders als ich ihr die Prospekte unter die Nase hielt, die ich im Laufe der Zeit gesammelt habe. Die junge Frau war gebührend beeindruckt, was es da alles an Equipment gibt«, führt Wilhelm aus, »von Bewegungsmelder bis hin zu winzigen Spionagekameras und kompletten Überwachungssystemen, durch die blinde Flecken gänzlich ausgeschlossen werden können.« Mein Sicherheitsexperte bleibt stehen und seufzt hingebungsvoll über so viel Interesse an seinem Hobby. »Sie hat sogar einige der Prospekte behalten, um sie dem Doktor zu zeigen. ›Wissen Sie‹, hat sie mir erklärt, ›er spart gerne an der falschen Stelle. Hiermit kann ich ihm klarmachen, wie wichtig es wäre, dieses Haus wirklich einbruchsicher zu machen.‹ Dann hat sie mich durch die Praxis geführt, um mir ihre Anlage zu zeigen.« Wilhelm schüttelt den Kopf. »Unglaublich, aber die Überwachungskameras sind tatsächlich innen hohl. Teures Gehäuse – aber kein Innenleben. So hat alles höchstens zehn Prozent einer echten Anlage gekostet. ›Kann man sich so etwas vorstellen?‹, hat die nette junge Dame gesagt, ›so knausert er sonst nur bei unseren Gehältern‹. «

Ich spüre so etwas wie Eifersucht in mir aufsteigen. Sollte er noch mal die Attribute ›nett‹ und ›jung‹ wählen, wenn er von der Sprechstundenhilfe spricht, nehme ich morgen sein Bier aus meinem Kühlschrank und stelle es auf den Balkon in die pralle Sonne.

»Ich habe die hübsche Kleine dann beruhigt«, setzt mein – wie ich in Klammern denke: gewesener – Verehrer noch eins drauf, »und habe ihr erklärt, dass Attrappen erwiesenermaßen eine ebenso abschreckende Wirkung auf Einbrecher haben wie das Original und sie sich nicht ängstigen soll.«

»Warum sollte eine kleine Angestellte überhaupt Angst haben?«, kann ich es nicht lassen, über die Arzthelferin herzuziehen. »Die ist doch ohnehin nur tagsüber hier. Nachts ist das natürlich was anderes, da könnte es auf einem so einsamen Grundstück schon mal gefährlich werden. Durch Einbrecher oder so.«

»Der soll doch ganz egal sein, wer nachts einsteigt«, gibt Rosi ihren Senf dazu und kaschiert damit dankenswerterweise meinen Anfall von Neid auf jüngere Semester. »Es ist das Haus deines Halbbruders, Wilhelm. Ist doch nicht ihr Problem, wenn hier was fehlt.«

Ich bin froh, dass wir endlich auf der Liegewiese hinter dem Bungalow angekommen sind und jetzt Wichtigeres zu tun haben, als über das Interesse der Mitarbeiter an Thoralfs Besitz zu diskutieren. Ich sehe mich um. Wer so viele sündhaft teure Liegen und Polster über Nacht einfach im Garten stehen lässt, aber an anderen Enden spart, dem fehlt es an Überblick. Das erleichtert mich, denn das macht ihn verwundbar.

»Bei schönem Wetter kann man sich nach einer Behandlung hier draußen entspannen statt im Ruheraum zu liegen«, erklärt Rosi und zeigt auf eine Hängematte der Luxusklasse, die zwischen zwei mächtigen Ahornbäumen gespannt ist. »Hier habe ich prächtig geschlafen. In unserem Seniorenheim ist ja ständig Halligalli. Wenn man direkt am Parkplatz wohnt so wie ich, hört man ständig die Tür klappen oder den Aufzug losfahren. Hier aber war geradezu himmlische Ruhe. Schönheitsschlaf pur!«

Ich erwäge einen Moment, Rosemarie darauf hinzuweisen, dass die Wohnungen mit Gartenblick nur unwesentlich teurer gewesen wären als die zur Straße liegenden, sie aber – ganz Concierge – nicht darauf verzichten wollte, beobachten zu können, wer, wann, wie und mit wem die Residenz betritt, entscheide mich aber, derzeit keine Themen anzuschneiden, die zu lautstarken Auseinandersetzungen führen könnten. Deshalb ertrage ich mit stoischer Gelassenheit, wie Rosi in allen Einzelheiten erklärt, wie sehr ihr meditative Ruhe fehlt, seit sie in die ›Himmelsleiter‹ gezogen ist.

»Fehlender Schlaf ist Gift für mich. Dann gehen mir die kreativen Ideen aus.«

»Das wäre zu schön«, murmele ich halblaut und untersuche derweil die gläsernen Schiebetüren auf eine Möglichkeit, Thoralf von Flaschenburgs Praxis betreten zu können.

Finde aber keine.

»Das wird nicht so leicht, ohne Aufsehen zu erregen, hier hereinzukommen«, konstatiere ich.

»Einbrechen, du willst einbrechen, Elisabeth, nenn das Kind ruhig beim Namen«, bringt Rosi mich kurzzeitig aus der Fassung. Dann kichert sie schon wieder. Ich werde den Verdacht nicht los, dass sie sich aus dem Versorgungshäuschen auf dem Hohen Herrmann ein paar Flaschen Sekt mitgenommen und sich die Zeit bis zu unserem nächtlichen Ausflug damit verkürzt hat.

»Sei doch mal leiser«, bitte ich sie genervt. »Wilhelm und ich versuchen hier einen Weg zu finden, der uns möglichst ohne Spuren bis zu Flaschenburgs wichtigsten Dokumenten vorstoßen lässt. Dafür brauchen wir Konzentration.«

Während ich das sage, zwängt Wilhelm seine Kreditkarte in den Spalt zwischen den Schiebetüren und versucht das Schloss zu öffnen. Was in Fernsehfilmen aussieht wie ein Kinderspiel, erweist sich in Wahrheit als Ding der Unmöglichkeit. So sehr Wilhelm auch schiebt und stößt und ruckelt

– das Ding sitzt jetzt bombenfest und lässt sich so lange nicht mehr vor- und zurückziehen, bis er wütend gegen die Tür tritt und die Karte zu Boden fällt. Dummerweise auf der Innenseite. Die Dringlichkeit unseres Sesam-öffne-dich-Unternehmens ist gerade erheblich gestiegen.

»Super«, kommentiert Rosi. »War der Sinn eines Einbruchs nicht, sich etwas zu holen anstatt etwas zu bringen? Mit dieser Visitenkarte da kann sich die Gegenseite auch noch den Rest des Schönlein-Vermögens unter den Nagel reißen. Als gestohlen kannst du die schließlich nicht melden, Wilhelm.«

Wilhelm lässt sich durch die Einwände meiner Freundin erstaunlicherweise nicht beirren, sondern holt eine ganze Batterie verschiedener Angelhaken, Dietriche und Drähte aus seiner Umhängetasche, mit denen er nacheinander das Schloss malträtiert. Erfolglos.

»Ich habe mir sagen lassen, dass ein Einbrecher, der sein Handwerk versteht, entweder nach drei Minuten drin ist oder er sein Vorhaben abbricht.«

Rosi spricht aus, was ich denke. Wir haben beide denselben Vortrag der Polizei über Vorsichtsmaßnahmen im eigenen Haushalt zugehört.

Wilhelm auch, deshalb flucht er leise vor sich hin. »Wenn meine Mutter mal wieder ihre Schlüssel im Haus vergessen hatte und die Tür ins Schloss fiel, habe ich mit meinem Werkzeug immer Erfolg gehabt. Aber diese Dinger hier sind ein anderes Kaliber. Geradezu unfair, wie sicher solche Glastüren heute sind.«

Nach weiteren fünf Minuten sieht Wilhelm sich um, ob in der Nachbarschaft noch immer alles ruhig ist und zieht dann eine Knarre aus dem Hosenbund. »Das ist die einzige, die mir noch geblieben ist«, erklärt er. »Und der Schalldämpfer hier.« Er holt ein dünnes Rohr aus den Tiefen seiner Umhängetasche und befestigt es am Lauf seiner Pistole.

Ich schnappe nach Luft. »Bist du denn von allen guten Geistern verlassen? Du kannst doch nicht auf das Schloss schießen. Wenn dabei das Glas zerspringt, haben wir nicht nur Glassplitter im ganzen Körper, sondern durch den Knall auch die Hunde der Nachbarschaft geweckt und danach sämtliche ihrer Herrchen auf dem Hals.«

»Das müssen wir riskieren«, entgegnet Wilhelm, offenbar zu allem entschlossen. »Oder hast du eine bessere Idee?«

»Elisabeth nicht«, antwortet Rosi und die Genugtuung in ihrer Stimme lässt sich nicht überhören, »aber ich!« Sie fingert in der Hosentasche ihrer Steghose herum und hält triumphierend einen Schlüssel in der Hand, der wie Butter ins Schloss gleitet und mit dem sich die großen Schiebetüren nur Sekunden später lautlos auseinanderbewegen lassen.

»Bitte einzutreten«, sagt sie und fügt hinzu: »Und vergiss nicht, deine Kreditkarte aufzuheben, Wilhelm.«

Ich lasse Rosi ihren Triumph durchgehen, uns ins Haus gebracht zu haben, ohne ein Wort darüber zu verlieren. Ein Lob würde uns nur länger aufhalten – und signalisieren, dass sie eine Idee hatte, auf die ich auch in sieben kalten Wintern nicht gekommen wäre.

Also folgen wir stumm ihrer Einladung und Rosi schließt hinter uns wieder ab, als wäre es das Normalste von der Welt. »Ich bin vorsorglich bis zum Praxisschluss geblieben und als letzte Patientin gegangen. Danach war ich meine Problemchen los und die ihren Schlüssel. Keine gute Idee, sämtliche Duplikate an einem Ort aufzubewahren«, moniert sie und ich kann *hören*, wie sie grinst, als sie ihn wie selbstverständlich wieder an ein Schlüsselbrett neben dem Fenster hängt. »Wenn wir das Haus durch den Vordereingang wieder verlassen, darf dieser bleiben, wo er herkam, ohne dass jemand sein Fehlen bemerkt.« Rosi tänzelt vor uns her, als würde sie eine Führung durch Flaschenburgs heilige Hallen anbieten. »Angestellte sind einfach zu nachlässig, findet ihr nicht? Besonders solche, die von ihren Chefs nicht gut genug bezahlt werden, um Verantwortungsgefühl entwickeln zu können. Die Studentin, die hier unten nach dem Rechten sieht, hat sich nicht einmal dafür interessiert, ob meine malträtierte Haut heilende Creme benötigt, geschweige denn überprüft, ob alle Schlüssel am Brett hängen. Das Zweite mag ja noch angehen, aber das Erste hat mit *Der Kunde ist König* nun wirklich nichts mehr zu tun.«

In den eigentlichen Praxisräumen teilen wir uns auf: Wilhelm durchsucht die Behandlungsräume, ich Flaschenburgs Büro und Rosemarie übernimmt die Rezeption und das Wartezimmer. Wilhelms Idee, Stirnlampen zu benutzen, um beide Hände frei zu haben, bewährt sich jetzt.

Aber wo versteckt man Dokumente, die niemand in die Finger bekommen soll? Im Schreibtisch? Zwischen Aktenordnern? Wir suchen überall.

Nachdem wir mehr als eine Stunde schweigend jeden Schrank durchkämmt, jede Schublade inspiziert haben, gehe ich in die Rezeption hinüber, um Rosi zu fragen, ob sie fündig geworden ist. Meine Freundin steht völlig versunken vor einer weit ausgezogenen Schublade und studiert eine Krankenakte.

»Das glaube ich jetzt nicht«, sagt sie. »Unsere Heimleiterin Anastasia Hemmschuh war auch hier in Behandlung. Sie hat sich liften lassen.«

»Deshalb hat die immer so ein eisiges Lächeln drauf. Die hat sich ihre überflüssige Haut bis hinter die Ohren ziehen und dort festtackern lassen.« Wir prusten beide los – bis das Licht eines Autoscheinwerfers durch das Fenster zur Straße fällt und wir gleich darauf Einparkgeräusche und das Klappen einer Autotür vernehmen. Nur Sekunden später hören wir Schritte, die die Treppe zum Eingang hinaufkommen.

So fühlt sich also Panik an. Unsere erste Reaktion ist, hinter dem Tresen der Rezeption in Deckung zu gehen.

»Hier können wir nicht bleiben«, flüstert Rosi. »Wer immer das ist und was er hier will, an diesem Tresen muss er vorbei. Hier stehen wir geradezu auf dem Präsentierteller.«

»Und Wilhelm«, erinnere ich mich an unseren Dritten im Bunde. »Wo ist Wilhelm? Hat der mitbekommen, dass Gefahr im Verzug ist?«

Hat er nicht. Just in dem Moment, in dem unser Gegenspieler den Schlüssel in die Haustür steckt, tritt mein Freund aus dem Behandlungsraum, den er gerade durchsucht hat, heraus: »Sagt mal ...«, beginnt er.

Weiter kommt er nicht. Rosi, die Einzige, die sich in diesem Laden einigermaßen auskennt, packt mich am Arm, zieht mich hoch und stößt mich so hart gegen Wilhelm, dass er und ich in Sekundenschnelle im Behandlungszimmer übereinander landen. Geistesgegenwärtig halte ich Wilhelm den Mund zu, während Rosi nachdrängt. Wilhelm und ich können gerade noch die passenden Gliedmaßen wieder den entsprechenden Körpern zuordnen, als wir durch den Spalt unter der Tür sehen, dass der nächtliche Besucher das Licht angeschaltet hat. Zu meinem Entsetzen öffnet Rosi millimeterbreit die Tür, um zu beobachten, was auf der anderen Seite vor sich geht.

»Der Graf höchstselbst«, flüstert sie. »Und allein.«

Wen hat sie erwartet? Die Konkurrenz von der Einbrechergilde? Mir reicht der Herr Doktor. Wenn ich jetzt einen

Herzinfarkt bekomme vor Aufregung, darf ich dann froh sein, einen Arzt in der Nähe zu haben oder sollte ich besser fürchten, bei Rettung im Knast gesund werden zu müssen? Das mit der Wacht am Rhein in Kombination mit Senioren, speziell meiner Person, werde ich noch einmal gründlich überdenken.

Ich höre, wie Flaschenburg mehrere Schubladen aufzieht und mit Schwung wieder schließt. Er flucht vernehmlich, und zwar auf eine Art und Weise, wie ich es eher irgendwelchen Rockertypen aus Rosis Umfeld zutrauen würde als einem adligen Herrn. Dieser Mann da draußen ist offensichtlich mit seinem Ferrari durch die Kinderstube gerast. Rosi findet seine Ausdrucksweise offenbar sehr viel unterhaltsamer als ich, denn sie macht sich kaltschnäuzig Notizen. Ich kann davon ausgehen, dass Freundlichkeiten wie »diese Blaupause eines Spatzenhirns« oder »wenn ich den erwische, sorge ich dafür, dass keine Kinderwunschklinik an seiner Impotenz mehr etwas ändern kann« in ihren Sprachschatz übergehen. Soll mir recht sein – solange ich all die anderen Bezeichnungen, die Flaschenburg parat hat, nie wieder hören muss. Jedenfalls nicht, wenn es dabei um einen mir lieben Adressaten mit Stahlkappen an den Schuhen geht, auf den Thoralf so wütend ist, dass ich ihm alles zutrauen würde.

»Mich würde interessieren, wem diese Liebeserklärungen gelten«, zischelt Rosi und ich hoffe inständig, Wilhelm kann sich das ebenso wenig vorstellen.

Ich schleiche mich direkt hinter Rosi und kann erkennen, wie Thoralf von Flaschenburg ein Bild von der Wand nimmt und dahinter ein Safe zum Vorschein kommt. Ich unterdrücke ein Stöhnen. Dass wir daran nicht gedacht haben! Das Versteck wird schließlich in jedem schlechten Hollywoodschinken benutzt und der Herr Graf ist genau der Richtige, sich daran ein Beispiel zu nehmen. Jetzt tippt er eine Nummer auf ein Tastenfeld und wir hören die sechs Töne, die den Anfang zu *Alle meine Entchen* ergeben.

»Hach, ein Tresor mit Musikfeld. Das neueste Modell. Super leicht zu bedienen, entwickelt für Menschen mit Dyskalkulie«, flüstert Wilhelm mir zu. »Das ist der letzte Beweis, dass Thoralf und ich verwandt sind. Ich kann mir auch keine Zahlen merken.«

Dem Safe des Grafen hat die Melodie offenbar auch gefallen, denn die Tür öffnet sich mit leisem Schnarren. Thoralf von Flaschenburg fördert ein paar Aktendeckel zutage, die er wütend auf den Rezeptionstresen knallt. Nein, guter Laune ist dieser Mensch nicht, und ich bin es auch nicht, als ich von ihm höre, welche Papiere er da befingert.

»Gut«, erklärt Thoralf von Flaschenburg, »alles da, was ich brauche. Die ganzen verdammten Unterlagen über einen Vater, der mir mehr Ärger macht, als er mir je genutzt hat! Die Beweise seiner Liebschaft werde ich mal schön bei mir zuhause in Sicherheit bringen!«

Damit knallt er die Tresortür mit Wucht wieder zu. Keine zwei Minuten später geht das Licht aus und Graf von Flaschenburg hat das Haus ebenso schnell wieder verlassen, wie er es betreten hat. Wir warten noch, bis wir das Auto wegfahren hören.

»Das ist ja noch mal gut gegangen«, sagt Wilhelm und Rosi fügt hinzu: »Jetzt wissen wir wenigstens, wo die Dokumente ... waren.«

»Wir wissen sogar noch mehr«, knurre ich grimmig. »Die gute Sache zuerst: Wir wissen, wohin er die Unterlagen bringt. Die schlechte: Wir müssen morgen Nacht noch mal auf Tour. Alles wieder auf Anfang.«

24. Kapitel: Monika

Mein Kopf tut schrecklich weh. Das liegt daran, dass mir gestern beim Schießen fast das Gehirn weggeflogen ist. Da gehe ich nicht mehr hin. Erst drückt mir dieser Schießlehrer ein Gewehr in die Hand und als ich dann vor Schreck ohnmächtig werde, kümmert er sich einen feuchten Kehricht um mich und tippt nur auf seinem blöden Smartphone rum. Er hätte ja auch helfen können. Adonis her oder hin.

Außerdem habe ich Kopfschmerzen vom nächtlichen Puzzlen bis Sonnenaufgang und von dem, was ich dann entdeckt habe.

Auf dem Foto sind tatsächlich ein Mann und eine Frau. Nicht ganz nackt. Sie hat noch ihr Höschen an und er rosa Plüschhandschellen.

Das Gesicht der Frau habe ich genau um sechs Uhr dreißig fertig zusammengesetzt und dann erstmal einen Heulkrampf bekommen. Nichts Neues leider und die Haut unter meinen Augen wird immer knittriger.

Es ist tatsächlich *sie* – als wenn ich es nicht schon gewusst hätte, nachdem ich das Tattoo gesehen hatte. Meine schlimmsten Befürchtungen sind also wahr geworden. Falls der Mann auf dem Foto Harald ist.

Mit dem Gesicht des Mannes bin ich noch nicht fertig und ohne was an habe ich Harald ja noch nie gesehen. Deswegen weiß ich auch nicht, ob die Haare auf der Männerbrust, die man auf dem Foto sieht, zu ihm gehören. Er hat doch im Bürgermeisteramt das Hemd immer bis ganz oben geschlossen und noch dazu eine Krawatte an.

Ringelblumentee hilft jetzt auch nicht mehr. Meine ganzen Träume sind vielleicht kurz davor, sich in nichts aufzulösen. Wahrscheinlich habe ich deshalb vorhin erst einmal ein Bad genommen anstatt weiterzumachen. Damit ich das Gesicht des Mannes nicht so schnell zusammensetzen muss. Wenn es wenigstens mit dem Schießlehrer besser gelaufen wäre. Dann hätte ich mich noch mal neu verlieben können und das hätte mich von Harald abgelenkt. Aber so ...

Ich denke daran, wie in Haralds Büro die Wände auf mich zugekommen sind, weil er nicht mit mir zufrieden war wegen der Frau Müller und wie er mir eine Rarität angeboten hat. Danach ging es mir viel besser. Natürlich habe ich so was Gutes nicht im Haus, aber irgendetwas brauche ich jetzt, um mich zu beruhigen, auch wenn es erst elf Uhr vormittags ist Ich gehe in die Küche und inspiziere das kleine Regal in der Ecke, das ich neulich beim Weingauer Flohmarkt in Klosterley erstanden habe.

Auf den sandfarbenen Brettern habe ich neben Reis, Nudeln und Kartoffelbreitütchen auch meine Hausbar untergebracht. Vorher standen die Flaschen immer verstreut in den Vorratsschränken. So gefällt es mir viel besser.

Allerdings gibt die Bar nicht wahnsinnig viel her. Eine alte Flasche Likör, die ich vor Jahren zu Weihnachten bekommen habe, eine angebrochene Flasche Gin nebst einer fast vollen Flasche Wermut, die noch daher stammen, als meine Schwester und ich vor ein paar Jahren Martini Cocktails üben wollten, und die Flasche Sekt vom Gut Fürstenau, die ich letztes Jahr im Bürgermeisteramt zu meinem Geburtstag bekommen habe.

Auf den Sekt hätte ich jetzt Lust, aber so warm schmeckt der ja nicht. Also entscheide ich mich für ein Glas Wermut. Wer weiß, vielleicht ist das jetzt auch genau das Richtige um diese Uhrzeit, mit Wermut kenne ich mich nicht so aus.

Ich nehme eins von den schönen Kristallgläsern, die ich

nur zu besonderen Gelegenheiten verwende, aus der Vitrine im Wohnzimmer, schenke es bis zum Rand voll mit Wermut und setze mich auf mein Sofa.

Ich muss nachdenken.

Ich halte das Glas gegen das Fenster, die Vormittagssonne trifft auf das Kristall und lässt die Flüssigkeit darin leuchten wie einen Diamanten. Ich nippe daran. Mir wird schlecht. Das schmeckt ja scheußlich – überhaupt nicht nach ›wehren‹ und ›Mut‹. Ich sehne mich nach Harald und seinen Raritäten. Lehne mich zurück und schließe die Augen.

Was, wenn der Mann auf dem Foto wirklich er ist?

Der Winzer an der Fähre erscheint vor meinen Augen. Ehrlichkeit! Harald muss wissen, was ich für ihn empfinde. Ich nippe noch mal am Wermut. Puh.

Es ist ja nicht gesagt, dass es Harald ist auf dem Foto. Aber wenn. Ja, wenn. Und wenn schon? Ich bin Monika Schmelzeis, Onkel Bertis Nichte, Haralds Mädchen und ich werde seine Dominosteine in Bewegung bringen. Ich spiele nicht mit rosa Handschellen. Ich mache Harald nicht lächerlich. Ich mache ihn zu dem, was er sich so sehr wünscht. Obwohl ich ja immer noch hoffe, dass nicht er der Mann ist, der die Dinger auf dem Foto trägt.

Auf jeden Fall werde ich mich jetzt abschließend um die Frau Müller kümmern. Und zwar auf meine Weise. Dass ich zum Schießen mit echten Waffen nicht geeignet bin, hat sich gestern gezeigt.

Vielleicht könnte ich es stattdessen mit Pfeil und Bogen oder mit einem Blasrohr versuchen, das macht nicht so einen Krach.

Allerdings habe ich nicht mehr so viel Zeit für entsprechende Unterrichtsstunden. Ich muss Harald so schnell wie möglich zeigen, was ich kann.

Ich stelle den ekligen Wermut auf den Tisch, gehe in den Flur und nehme das Päckchen vom Buchversand, das dort schon seit vorgestern neben dem Telefon liegt, vom Sideboard. Vor lauter puzzlen bin ich noch nicht dazu gekommen, es auszupacken. Jetzt wird es höchste Zeit.

Ich setze mich wieder auf mein Sofa, schäle sorgsam das Buch aus der Verpackung und dem gepolsterten Plastik und öffne es. Fächere es auf und stecke dabei mit geschlossenen Augen meine Nase in die Seiten. Ich liebe diesen Geruch von frisch Gedrucktem, da muss ich immer daran denken, wie ich als Kind unterm Weihnachtsbaum saß und an den Abenteuern von Winnetou gerochen habe.

Ich schaue mir das Cover an. *Der Almanach der Serienmörder.* Das wird mir weiterhelfen. Ich blättere durch das Buch. Kaum zu glauben, wieviele Arten es gibt, einen Menschen umzubringen. Allerdings muss die Mordmethode ja auch zu mir passen.

Deswegen überspringe ich die Kapitel, in denen es um Axtmord, Enthaupten und Zerstückeln geht, blättere weiter und bleibe schließlich an dem Kapitel *Erdrosseln mit Nylonstrumpf* hängen.

Es schüttelt mich. Ich hasse ja diese fiesen, glitschigen Strümpfe, die sich so komisch auf der Haut anfühlen. Leider muss ich sie manchmal trotzdem tragen. Zum Beispiel, wenn Harald hohen Besuch empfängt oder wenn ich ihn ganz selten mal zu einer Besprechung begleiten darf.

Aber dieses Mal muss ich sie zum Glück nur der Frau Müller um den Hals schlingen, zuziehen und das war es dann für sie.

Die Frage ist nur, wie ich nah genug an die Alte rankomme, der Strumpf muss schließlich um den Hals. Und wie stelle ich es an, dass sie sich nicht wehrt? Auch muss ich aufpassen, dass sie mich nicht erkennt. Eine vierte Schwester neben der Myriam-Claudia Meyer von der Stadtverwaltung, der Schwester Ignazia aus dem Kloster und der Putztherapeutin würde sie stutzig machen.

In welcher Verkleidung kann ich der Frau Müller jetzt noch einmal nahe kommen? Ernährungsberaterin, Krankenschwester, Ärztin?

Ärztin wäre gut und es würde mir auch gefallen, mal so aufzutreten, schließlich hätte ich mich fast mal mit einem Medizinstudenten verlobt.

Das Blöde ist nur, dass heute Sonntag ist. Wo soll ich da einen Arztkittel herkriegen und am besten noch ein Stethoskop? Und eine Perücke bräuchte ich auch, sonst sehe ich mir selbst wieder zu ähnlich.

Ich schmeiße den Computer an, und gebe meine Wünsche ein.

Unter den von mir gewählten Stichworten erscheinen jede Menge Kostümverleihe und ein Haufen Onlineshops und Läden. Aber alle mindstens vierundzwanzig Stunden Lieferzeit oder am Sonntag geschlossen.

Na prima und na danke. So werde ich Haralds Herz ja dann wohl doch nicht erobern.

Ich hole mir mein Glas Wermut und denke dabei an Onkel Berti. Niemals aufgeben. Nippe, schüttle mich und denke nach. Doch da ist nichts außer rosa Handschellen, Nylonstrümpfen und dieses Ziehen im Magen. Ich brauche eine Inspiration. Nehme mir also meinen Kasten mit den Visitenkarten und Ausschnitten aus Zeitungen. Vielleicht ist da was dabei.

Elektro Müller: Immer unter Strom. Abwasser Gundelbach: Damit es läuft. Thaimassage Titaporn: Massieren nach uraltem Muster. Umzug Grobner: Starke Männer nur für

Sie. Letztere wären mir ja vielleicht auch irgendendwann mal ganz willkommen, aber im Moment ist nichts dabei, was ich gebrauchen könnte. Warum um alles in der Welt habe ich diese ganzen Visitenkarten überhaupt aufgehoben?

Ich wühle weiter und weiter und genehmige mir zwischendurch immer mal ein Schlückchen. Davon wird der Geschmack leider nicht besser. Visitenkarten von Blumenläden, Bäckereien, Metzgereien, Zeitungsausschnitte aus dem *Weingau-Kurier: Ufer wurde frisch begrünt, neue Tanzgarde für Klosterleyer Faschingsverein, größter Fischfang seit achtzig Jahren im Rhein, Travestieshow mit Gundula P., Spundekäs so gut wie nie, Ringelblumen am anderen Ufer ...*

Am anderen Ufer? Ich werfe die letzten beiden Zeitungsausschnitte auf den Boden und nehme mir den mit der Travestieshow vor.

Schaue mir das Foto lange und genau an.

Natürlich! Das ist Gunther Pellheim, der in seiner Freizeit als Gundula P. auftritt. Der wohnt in derselben Straße wie ich. Deswegen habe ich den Zeitungsausschnitt damals doch überhaupt aufgehoben. Wenn jemand weiß, wie man sich verkleidet, dann er. Aber er kennt mich ja gar nicht. Ich halte keinen regen Kontakt zu den Nachbarn. Aber was bleibt mir jetzt anderes übrig? Ich muss nur noch beten, dass er zu Hause ist und ich seine Telefonnummer finde. Ansonsten muss ich bei ihm an der Tür klingeln.

Aber ich habe Glück. Im Internet hat er sogar eine eigene Homepage mit Impressum. Ich tippe die Nummer, die da steht, in mein schnurloses Telefon, ein Geschenk meiner Schwester.

Es klingelt und klingelt und klingelt, ich will schon wieder auflegen, doch als ich bereits vollkommen hoffnungslos bin, hebt endlich jemand ab. »Pellheim«, meldet sich eine verschlafene Stimme.

Das ist mir jetzt so peinlich. Aber ich bin tapfer, denke an die Dominosteine und Haralds Augen.

»Guten Tag, Herr Pellheim«, sage ich, »hier spricht Monika Schmelzeis aus dem Haus Nummer Fünf. Ich brauche dringend Ihren Rat.«

Der Mann am anderen Ende der Leitung klingt plötzlich um einiges wacher. »Da will jemand *meinen* Rat?«, fragt er und ich weiß im ersten Moment nicht, was ich sagen soll, doch dann sprudelt es aus mir heraus: »Ja, Sie müssen mir helfen! Ich brauche eine Verkleidung ... ich ... ich will einen Mann verführen und weiß nicht ... weiß nicht wie.« Ich schlucke den Kloß in meinem Hals herunter. Was habe ich eben nur gesagt? Das muss an dem Wermut liegen.

Das andere Ende der Leitung kichert. »Da sind Sie bei mir aber so was von an der richtigen Adresse. Komm rüber, Mädchen!«

Gunther hat gemeint, ich müsste femininer auftreten. Das wäre das Leichteste von der Welt und er hat ein blaues Thai-Seidenkleid rausgeholt. Als ich mich damit im Spiegel gesehen habe, bin ich erschrocken. Ich bin mir schon ein wenig wie die Walla-Walla-Großmutter vorgekommen. Doch Gunther hat dann viel an mir gearbeitet und auch Make-up benutzt. Von Estelle Luder, Saharasturm No 16, hält er nichts, das deckt zu wenig ab, hat er gesagt.

Ich drehe mich nach seiner Behandlung vor dem Spiegel um meine eigene Achse. Ich erkenne mich kaum wieder. Mit den Blumen in der Perücke, den künstlichen Wimpern, den beinahe zu Schlitzen geschminkten Augen, den knallroten Lippen und zwei Tonnen Rouge sehe ich fantastisch aus.

Schade, dass ich so nicht ins Rathaus kann. Aber ... kann ich so zum Morden?

Gunther grinst und sagt: »So kriegst du jeden Mann rum, Mädchen, sonst will ich nicht Gundula heißen.«

Diesmal fahre ich mit dem Taxi zur Seniorenresidenz. Ich fühle mich so auffällig. Auf der Fahrt überlege ich krampfhaft, was ich der Frau Müller erzählen soll, wer ich bin. Da fällt mir etwas ein. Genau! Das ist die genialste Idee, die ich je hatte.

Wieder gehe ich an der Bilsenkrautrabatte vorbei und stehe wenig später vor dem Maisonette-Appartement von der Frau Müller, ganz Thai mit Kleid und Seidenschuhen. In meiner Handtasche befindet sich eine nagelneue Nylonstrumpfhose, die ich eben erst ausgepackt habe. Eigentlich schade drum. Aber das wird was heute!

Ich drücke auf die Klingel.

Wie beim letzten Mal dauert es einige Zeit, bis die Frau Müller öffnet. Jetzt steht sie im Türrahmen und starrt mich an. Dabei fühle ich mich zwar etwas unwohl, aber Angst, dass sie mir diesmal wieder meine Rolle nicht glaubt, habe ich keine. Der Herr Pellheim hat ein Meisterwerk in Sachen Inkognito aus mir gemacht.

»Haben wir schon Fasching?«, faucht die Alte mich an.

Ich lächele sie thailändisch an. »Guten Tag, Frau Müller«, piepse ich wie ein Vögelchen. »Ich komme vom Massagesalon Titipolomali.«

Gott, ich hätte mir vorher einen Namen ausdenken sollen.

»Massagesalon? Nein, danke!«, krächzt die Alte und will die Tür zuknallen.

Doch ich stelle mein zartes Seidenschühchen in die Tür. »Einen schönen Gruß von der Heimleitung. Sie sind von der

Leiter gefallen und deshalb ich soll sie ein wenig verwöhnen. Mit Massage, um Ihre Verspannung aufzuheben.« Fantastisch, wie ich reagiere.

»Aha?«

Ich nicke eifrig, doch sie scheint noch nicht überzeugt, also muss ich nachlegen: »Die Massage ist ein Geschenk der Residenz an Sie, liebe Frau Müller!« Dann verbeuge ich mich anmutig.

Frau Müller nickt zufrieden. »Na, wenn das so ist, dann kommen Sie mal rein.«

Sie sieht wieder topfit aus und natürlich wieder mal wie aus dem Ei gepellt, und zu ihrem Sommerkostüm trägt sie einen extralangen Seidenschal, den sie sich ein paar Mal um den Hals geschlungen hat. Seltsam bei dieser Hitze, aber praktisch. Da kann ich gleich diesen Schal benutzen und muss nicht meinen nagelneuen Strumpf nehmen.

Seit meinem letzten Besuch hat sich im Wohnzimmer nichts verändert. Außer vielleicht, dass die Frau Müller jetzt noch ein paar Bilder mehr aufgehängt hat. Die Tänzerinnen über dem Sofa sind auf jeden Fall neu. Und auch das ganze Porzellanzeugs auf dem Sims unter dem großen Spiegel stand da vorher noch nicht.

Ich bitte die Alte, hoch in ihr Schlafzimmer zu gehen, sich obenrum freizumachen und bäuchlings auf ihr Bett zu legen. Ihren Schal, so betone ich, kann sie ruhig anlassen.

»Den hätte ich auch nicht abgelegt«, antwortet sie darauf zu meiner Überraschung. Ich frage dann aber gar nicht weiter nach, denn das ist mir so was von recht.

Im Schlafzimmer lege ich den Wälzer, den sie auf dem Nachttisch liegen hat, auf ihr Kopfkissen, breite ein Handtuch drauf aus und erkläre ihr, dass sie ihre Stirn darauf platzieren soll. So muss sie sich, wenn sie sich auf den Bauch legt, nicht verrenken und bekommt Luft.

Wow! Solche Spitzenunterwäsche würde ich mir gerne auch mal leisten können, denke ich, als sie dann massier- und würgefertig vor mir liegt.

Mit dem Bratöl, das ich auf ihrer Küchenzeile gefunden habe, reibe ich ihren Rücken ein, damit sie sich erst einmal entspannt. Meine Hände wandern dabei immer wieder Richtung Halstuch.

Ich spüre, wie sie immer lockerer wird und werde schon selber ganz müde. Was ja auch kein Wunder ist. Schließlich bin ich vor lauter Puzzelei in letzter Zeit nicht so viel zum Schlafen gekommen.

Während ich darüber nachdenke, ob ihr Gesicht wohl blau anläuft und ihr die Zunge aus dem Mund quillt, wenn ich sie gleich stranguliere, höre ich plötzlich, wie sie schnarcht.

Klasse! Besser konnte das jetzt nicht kommen.

Ich massiere sie noch einen Moment, höre dann auf, packe das Halstuch um ihren Hals links und rechts. Spanne meine Muskeln an.

Jetzt gilt es!

Mit aller Kraft ziehe ich das Tuch um den Hals der Frau Müller zu. Nichts passiert, die Alte wacht noch nicht mal auf. Das kann doch nicht sein! Ich ziehe weiter. Es passiert immer noch nichts. Ich werde gleich wahnsinnig. Irgendwas stimmt da nicht. Der Hals von der Frau Müller fühlt sich auch so komisch an, ich spüre nichts Weiches, nichts, was nachgibt. Ich meine, sie ist gut durchtrainiert für ihr Alter. Aber sie hat doch keinen Hals aus Stahl?

Ich kann nicht mehr, diese Frau ist unverwüstbar. Egal, was ich probiere, es funktioniert nicht. Vielleicht ist sie gar kein richtiger Mensch, sondern ein Alien? Und Harald weiß das vielleicht und will sie deswegen loswerden? Weil sie eine Bedrohung ist? Für ihn, für Klosterley, für den ganzen Weingau? Und vielleicht auch für mich?

Ich ziehe trotzdem noch mal, wieder hat das keinerlei Effekt. Langsam bekomme ich es mit der Angst zu tun. Aber ich muss wissen, was hier gespielt wird. Schließlich bin ich die persönliche Auftragskillerin des Bürgermeisters.

Ich löse den Schal vom Hals der Alten. Die Frau schnarcht immer noch. Was ich jetzt sehe, bringt mich an den Rand des Wahnsinns und fast zum Schreien. Frau Müller trägt eine Halskrause! Deswegen wollte sie auch das Tuch nicht ausziehen, weil sie eine eitle, alte Schachtel ist.

Jetzt langt es mir, ich bringe sie um. Egal wie.

Mein Blick fällt auf das Bücherreagl auf der anderen Seite des Bettes. Mit einem Buch kann ich sie natürlich nicht erschlagen, aber diese bronzene Buchstütze, in Form eines Pferdekopfes ...

Ich springe auf, schnappe mir das schwere Ding und will es gerade der Frau Müller über den Kopf ziehen, als sie die Augen öffnet und seufzt: »Hach, hat das gut getan! Es geht mir schon viel besser!«

Ich muss an die blutigen Bilder in meinem Serienmörderalmanach denken und lasse die Buchstütze sinken.

Ich kann das nicht.

25. Kapitel: Leo

»In seinen dunkelsten Stunden wird man spirituell. Deshalb kommt hier mein Gebet: Wenn es dich gibt, lieber Gott, dann hör auf damit! Erst werden wir von den *Sons* auf der Fähre entdeckt und dann seit zwei Tagen in ihrem Bunker festgehalten. Obwohl, die Knutscherei am Anfang war okay, aber weiter sind wir nicht gekommen. Fatima steckt immer noch in ihren Tüchern. Als wir von Chantal – aus welcher hohlen Rippe hast du die eigentlich erschaffen? – in die falsche Zelle gesteckt wurden, freuten wir uns über dieses blick- und schalldichte Nest ohne Geruchsbelästigung. Doch was für ein Ei hast du uns dort hineingelegt? Peter Schönlein, Bügeleisensammler, der von diesem Augenblick an unser Schmachten niederquatscht. Ohne Pause.

Wenigstens wissen wir jetzt, was mit ihm passiert ist. Statt zu fliehen, ist er bei einem Freund untergetaucht und hat sein äußeres Erscheinungsbild verändert. Nun sieht er aus wie ein Erstsemester-Taliban mit blondem Flaum am Kinn und kurzer Seitenscheitelfrisur. Seine Sozialfuzzi-Langhaarpracht stand ihm besser, Herr! Egal, die *Sons* haben ihn trotzdem erkannt, als er zum zweiten Mal vor dem Antiquitätenladen ›Stilbruch‹ stand. Lieber Gott, hilf diesem dämlichen, aber ehrlichen Angsthasen, der die unverkäufliche Brosche aus Angst, dass ihn neben den *Sons* auch Interpol verfolgen könnte, in dem Laden, dessen Inhaber ja um die Existenz dieses Schatzes weiß, in einem Umschlag DIN-A5, wattiert, in den Briefkasten geworfen hat mit der Bitte, dieses Erbe der Menschheit einem Museum zu überbringen. Der Händler wird hoffentlich ein gewissenhafter Mensch sein, oder Herr?

Aber, vorrangiger ist: Hilf uns aus diesem Gefängnis, damit wir diesen Fall lösen und endlich zu den heiß ersehnten Kuschelstunden kommen. Und erlöse uns von Chantal, dieser tiefintelligenten Busenlotte, die jetzt mit uns einsitzt, nachdem die *Sons* herausbekommen haben, dass sie uns aus dem Stinkegefängnis geholt hat, Amen!«

Klaus beendet endlich seinen Sermon. Ich lasse seinen Erguss unkommentiert und versuche zu ertragen, was hier geschieht, bzw. nicht geschieht, und hoffe dabei auf ein Wunder.

»Was anderes bleibt uns ja auch nicht übrig, denn eine Flucht ist aussichtslos.«

Klaus hat recht. Wir werden ständig von zwei bewaffneten *Sons* bewacht und schon wieder oder immer noch mit Hausarbeit gequält. Das traute Heim der bärtigen Brüder blitzt und blinkt dank dieser Foltermethode selbst aus den hinterletzten Löchern. Jetzt werden auch noch die Daumenschrauben angezogen. Wir sollen das Bad neu fliesen und die Dachkammer tapezieren. Danke auch!

In diesem Augenblick wird die rostige Tür aufgerissen: »Toddo will dich sehen!«, schnarrt die Stimme eines *Sons* zu uns hinein.

»Mich?«, fragen wir alle vier im Chor.

Ohne ein Wort zu sagen, schnappt sich der Grobian Chantals Arm und zieht sie mit sich aus dem Loch.

»Ich will Toddo aber nicht sehen!«, kreischt sie. »Nie wieder! Sobald ihr Deppen mich freigelassen habt, verlasse ich ihn. Das lasse ich mir nicht bieten. Echt nicht. Ich bin doch nicht ...«

Bamm! Ihr Schimpfen erstickt jäh hinter der eisernen Tür, die zugeschmissen wird. Stille! Immerhin haben sie uns diesmal eine Stehlampe gegeben, die den Betonbunker beleuchtet; wir dürfen auf Matratzen sitzen und auch auf die Toilette gehen. Zu essen gibt es Döner vom *Sultan Kebab* oder Pizza von *da Moni*.

»Wie lange soll das hier noch dauern?«, fragt Peter. »Es ist doch sinnlos, uns so lange hier festhalten zu wollen. Davon bekommen sie doch ihr Geld auch nicht schneller.«

»Denen geht es nicht mehr um das Geld, das du ihnen schuldest«, erkläre ich. »Solche Leute leben nach dem Motto:

Auge um Auge, Zahn um Zahn. Erst wenn sie glauben, dass die Gerechtigkeit in ihrem Sinne hergestellt und dieses verdammte Haus grundsaniert ist, werden sie von uns ablassen. Wenn überhaupt.«

»Ich könnte mal duschen«, wechselt Peter das Thema.

Ja, ich auch. Am liebsten mit Fatima. Ach, was würde ich dafür geben, wieder ihr lupenreines Deutsch zu hören und ihre noch lupenreinere Haut mit Duschgel einzuseifen. »So lupenrein nun auch wieder nicht, hast du vergessen, dass sie ein Tattoo trägt?«, befeuert Klaus meine Sehnsüchte.

»Ich frage mich, warum mein Vater und deine Tante Elisabeth nicht nach uns suchen lassen«, grübelt Peter.

»Woher weißt du, dass sie das nicht tun? Allerdings werden sie ganz sicher nicht die Polizei verständigen. Dann ist dein Vater dran, wegen all der Waffen, die er sich hat klauen lassen. Außerdem wäre unsere eigentliche Mission damit abrupt beendet und niemand würde mehr nach dem Mörder deiner Großmutter suchen.«

»Aber wir fast alles gefunden, was wir haben gesucht«, sagt Fatima. »Wir haben gefunden Peter und wissen, wo ist Brosche. Und ich haben gefunden noch was!«

»Was denn?«, will ich wissen.

»Wilhelms Waffen!«, antwortet sie trocken.

»Was?«, rufe ich.

»Wie, wo, wann?«, fragt Peter.

»Vorhin, nach putzen Klo, ich mich geschlichen in Toddos Schlafzimmer. Da sind Kisten mit Wilhelms Waffen.«

»Bist du des Wahnsinns? Niemand darf einfach in das Zimmer unseres Präsis schleichen«, rufe ich.

»*Unser* Präsi? Leo zeigt Symptome des Stockholm-Syndroms«, erklärt unser Sozialpädagoge. »Er hat eine Bindung zu seinem Peiniger aufgebaut.«

»Hab ich nicht, der kann mir gestohlen bleiben. Aber ich mache mir Sorgen um Fatima!«, gebe ich zu.

Fatima lächelt verstohlen und sagt: »Jetzt wir holen uns Wilhelms Waffen und dann wir endlich fliehen.«

»Aha, und wie machen wir das? Durch Auspuffteleportation oder einem Lenkradflug über Ringelheim?«, will ich wissen.

Peter lacht bitter: »Wir gehen in den Putzstreik.«

»Ich haben Plan. Guten Plan«, ruft Fatima entschlossen.

Auch wenn ich mich wiederhole. Diese Frau ist einfach ne Wucht. Ich will sie jetzt, sofort. Ungeduldig frage ich: »Was müssen wir machen?«

»Kann ich nix verraten, sonst ihr zu sehr haben Angst zu machen was falsch. Aber ihr beiden befolgen alles genau, was ich sagen«, raunt sie verschwörerisch.

Bevor wir unsere angebliche Angst ausdiskutieren können, wird die Metalltür mit Karacho geöffnet.

»Rauskommen, aber dalli!«, brummelt ein *Son*.

Fatima nickt uns beiden Ahnungslosen zu und geht voran. Peter und ich wechseln einen besorgten Blick und ich versuche mich in einem Es-wird-schon-alles-gut-gehen-Lächeln.

»Nichts wird gut gehen. Ihr habt nicht einmal ein Handy. Fatimas Handy unter ihrem Kopftuch hat schon seit der Ankunft in diesem Kabuff keinen Akku mehr«, übt sich Klaus in Schwarzmalerei.

»Doch sie schafft das«, streue ich Blumen darüber.

»Los, ihr Raumkosmetiker, geht schneller! Der Präsi will euch sehen!«, pflaumt der *Son* uns an.

Als wir vor Toddo treten, steht Chantal wimpernklimpernd hinter ihrem Scheich als wäre nichts gewesen. Sie spielt mit einer glitzernden Strasskette um ihren Hals. Wahrscheinlich sein Versöhnungsgeschenk. »So, ihr Ampelpopler, ihr habt ja vor meiner Zuckerschnecke – die ich extra zu euch gesperrt habe – nicht gerade viel verraten, außer dass das Geld von Peters Oma verschwunden ist und dieser Gänseblümchenpflücker auch noch die Brosche seiner Oma in einem Umschlag zu den Vereinten Nationen geschickt hat. Alles andere habt ihr Hinterfurztrolle leider nicht zur Sprache gebracht.«

»Da gibt es ja nichts weiter zur Sprache zu bringen«, beeile ich mich zu sagen und freue mich zum ersten Mal über Chantals mangelhafte Merkfähigkeit.

»Wer's glaubt, wird selig! Aber ich verrate euch was: Ich, Toddo, werde stinksauer, wenn jemand in mein Reich eindringt, rumschnüffelt und Geheimnisse mit sich rumträgt, wie diese Kopftuch-Bitch«, schimpft er und zeigt auf Fatima.

»Na hören Sie mal, wie reden Sie denn mit meiner Freundin?«, poltere ich los.

»Die hat bestimmt was unter ihrem Kopftuch versteckt. Nicht mal mit Extensions bekommt man so viele Haare hin«, ruft Super-Chantal und zeigt auf Fatimas Beule am Hinterkopf.

»Nix Extensions, Naturhaar. Wir aus Türkei haben alle kräftig Haare.«

»Klappe halten, Kopftuch-Bitch, zeig her deine Haare!«, befiehlt Toddo.

»Niemals nehme ich ab Hidschab vor fremde Männern!«, wehrt sich Fatima. Zum ersten Mal spüre ich eine kleine Unsicherheit in ihrer Stimme. »Allah u Akbar! Niemals!«, gibt sie ihrem Vorsatz Nachdruck.

Toddo gibt zweien seiner Männer ein Zeichen, die sich sogleich auf Fatima stürzen und sie festhalten. Da sehe ich rot. Mein ganzes Leben bin ich Schlägereien aus dem Weg gegangen, aber jetzt stürze ich mich auf die Grobiane und schlage auf die *Sons* ein, was das Zeug hält. Rechts, links mit Fäusten und Tritten. Nicht einmal ihre Gegenhiebe können mir Schmerzen bereiten. Im Gegenteil, es macht mich noch wütender.

Fatima schreit und zappelt. Der Präsi legt seinen Arm, der so dick ist wie mein Oberschenkel, um meinen Hals, sodass ich mich nicht bewegen kann, ohne mich selbst zu erwürgen. Einer der *Sons* hält Fatima ein Messer an die Kehle, der andere krallt sich in ihr Kopftuch und reißt es ihr ab.

»Nein!«, schreit Fatima. Zum ersten Mal sehe ich ihre Haare: glatte schwarze Haare, die nach hinten gebunden sind.

»Ei, schau mal einer guck, Präsi!«, gluckst der *Son* vergnügt und fummelt an Fatimas Hinterkopf herum.

»Ich hab's!«, ruft er triumphierend und hält wie ein Fischer ein Netz in die Höhe. Doch da ist kein Fisch drin, sondern eine Pistole. Ich schaue fragend entsetzt oder entsetzt fragend zu Fatima, die mit gesenktem Kopf dasteht. »Ha! Da hatte ich doch wieder den richtigen Riecher!«, jubelt Toddo und lässt ab von seinem Würgegriff. Ich ergreife sofort die Initiative, schleudere herum und boxe ihm in seinen Bart. Toddo kommt ins Straucheln, doch bevor ich nachlegen kann, trifft mich ein harter Schlag gegen den Hinterkopf. Dann wird mir schwarz vor Augen.

»Hallo, Leo, du Boxanfänger, wach auf, deine Fatima küsst dich«, ruft mir Klaus zu. »Komm, mach keinen Scheiß, wach auf, Junge! Ich sehe nichts.«

Ja, ich kann ihre Lippen auf meinen spüren. Ich mobilisiere alle meine Kräfte und reiße die Augen auf. Oh! Ich schließe sie gleich wieder, um Fatimas Kuss zu genießen. Endlich! »Ich weiß jetzt, wo wir sind«, labert Klaus, »dieses Zimmer hast du heute Morgen geputzt. Das ist das Zimmer mit der

Couch und der überdimensionalen Glotze, wo die *Sons* immer Fußball gucken und Chips rumkrümeln.«

Da schmecke ich beim Küssen Salz auf meiner Zunge. Weint Fatima etwa?

»Oh, nein, Fatima bitte nicht weinen. Alles wird gut«, hauche ich ihr zu, und bin mir sicher, warum sie Tränen vergießt: Ich, Leo van Ameln, konnte es nicht verhindern, dass die *Sons* ihr das Kopftuch heruntergerissen und sie gedemütigt haben. Ich halte sie fest in meinen Armen. Mir ist auch zum Heulen zumute. Ich bin ein Superweichei mit einem Klausproblem.

»Jetzt können wir nicht mehr fliehen«, schluchzt sie.

»Es ist alles meine Schuld, ich ...« In diesem Moment löst sich Fatima aus meiner Umarmung, reißt sich ihr Kopftuch ab und schleudert es in die Zimmerecke. Zum zweiten Mal in meinem Leben sehe ich ihr Haar und bin immer noch erstaunt. Statt der riesenhaften Lockenpracht, wie ich sie mir vorgestellt habe, hat sie glattes, schwarzes Haar, das zu einem kleinen, eher dünnen Zopf zusammengebunden ist.

»Du hast die ganze Zeit eine Waffe bei dir getragen?«, krächze ich.

Fatima nickt.

»Warte mal, warte mal! Heißt das, dass du das Kopftuch nur trägst, damit du deine Waffe verbergen kannst?«

»Ja, natürlich. Und auch dieses Sack-Kleid ist sehr gut als Versteck für alles Mögliche geeignet.«

Ich schaue meine Fatima an. Sie sieht einfach zauberhaft aus, auch ohne Kopftuch. In diesem Augenblick fängt mein Schädel an zu brummen. Ah, das war ein harter Schlag.

»Danke, dass du mich verteidigt hast, Leo! Aber mach das nie wieder! Hast du gehört? Die *Sons* sind stärker als du, und sie sind in der Überzahl.«

»Aber du hast sie doch auch schon mal ...?«

»Ja, aber da hatte ich eine gusseiserne Bratpfanne, ein Küchenmesser und das Überraschungsmoment spielte mir in die Hände. Hier, wo die auf jede Zuckung vorbereitet sind, hätte auch ich keine Chance.«

»Hm, verstehe! Wo ist Peter eigentlich?«

Fatima zuckt mit den Schultern. »Nachdem du die Besinnung verloren hast, haben die *Sons* mich mit dir in dieses Zimmer gesperrt. Keine Ahnung, was sie mit Peter gemacht haben. Wie soll das nur weitergehen?«

»Weiß du, was mich wundert? Ich habe beim Putzen nirgends Akten, Papiere, Rechnungen oder so was gefunden. Hat Toddo denn kein Büro oder so etwas?«

»Ich sehe, du mauserst dich zum Detektiv! Ist mir ebenfalls aufgefallen. Ich habe auch nirgends die Umzugskisten aus Wilhelms Haus entdeckt. Waren die *Sons* also nicht die Diebe? War es nur Zufall, dass die *Sons* drei Tage nach dem ersten Einbruch bei Wilhelm zugeschlagen und seine Waffen geklaut haben?«

In diesem Augenblick wird wieder mal die Tür aufgestoßen. Das Spiel kennen wir schon. Diesmal werden wir in den Partyraum der *Sons* geführt. Die Fenster sind mit dicken schwarzen Stoffbahnen zugehängt. Die Wände sind mit dunkelbraunem Teppichboden tapeziert. Wahrscheinlich als Schallschutz. An der Stirnseite des Raumes befindet sich eine Bar, hinter der Super-Chantal mit wippenden Brüsten einen Cocktailshaker betätigt. Rauchschwaden hängen in der Luft. Nur zwei bunte, um die Bar drapierte Lichterketten erhellen den Raum. In der Mitte steht ein Billardtisch. Es stinkt nach Zigarrenqualm und Whisky. Widerlich. Auch Fatima rümpft die Nase. Da entdecken wir Peter. Er steht an der Wand vor einer Dart-Scheibe. Er ist gefesselt und Messer stecken rund um seinen Kopf in der Scheibe. Tränen laufen über sein Gesicht.

»Die haben Messerwerfen gespielt«, ruft Klaus aus, was ich nicht mal zu denken wage.

Aus den Rauchschwaden von der anderen Seite des Raumes raunt uns Toddos Stimme zu: »Setzt euch an die Bar und trinkt etwas mit uns.«

»Wir trinken nichts«, schnauze ich ihn an.

Chantal, die zwei mit bunten Schirmchen dekorierte Gläser auf den Tresen stellt, kichert.

»Ich weiß, mein Zuckerschneckchen hat mir verraten, dass ihr an ein Leben ohne Alkohol glaubt.«

Toddo lacht, tritt aus dem Schatten und kommt auf uns zu. Hinter ihm erscheinen zwei grinsende Rocker. Ich glaube, dass er nicht einmal ohne seine Jungs aufs Klo geht oder Chantal flachlegt.

»Du hättest mir ruhig vorher sagen können, dass ich unsere Putzen belauschen soll, dann hätte ich mir alles gemerkt, was die gesagt haben. So habe ich die ganze Zeit geheult, weil du mich zu denen gesperrt hast«, plappert Chantal.

»Schade, dass du so eine Zuckerschnecke bist, sonst würde ich dich den Krokodilen im Rhein verfüttern«, sagt Toddo.

»He? Im Rhein gibt es doch gar keine Krokodile«, stellt Chantal fest.

»Sag ich doch! So, ihr zwei Nicht-Trinkbolde, ihr setzt euch jetzt dahin«, befiehlt Toddo und zeigt auf die Barhocker vor dem Tresen.

Die Jungs helfen unserem Unwillen nach und reichen uns je ein buntbeschirmtes Glas. Fatima schnappt danach und schüttet den Inhalt in den Bart ihres Aufpassers. Das Schirmchen rollt lustig an seinem dicken Bauch herunter und fällt auf den Boden. Was für eine Frau! Ich fege mein

Glas mit einem Wisch vom Tresen. Es zerspringt auf dem Boden in tausend Scherben. Der Gestank von Alkohol steigt in meine Nase. Mir wird schlecht.

»So, so, ihr wollt also mit mir spielen, ja?«, fragt Toddo.

»Was Sie wollen von uns?«, fragt Fatima

»Ihr sollt wissen, mit wem ihr es zu tun habt. Keiner – versteht ihr? – keiner treibt solche Spielchen mit mir, ohne dafür zu büßen. Und außerdem will ich wissen, was ihr hier macht und warum du Kopftuch-Bitch statt einer Frisur eine Waffe unter deinem Kopflappen trägst. Also raus mit der Sprache!«

»Ich habe Ihnen doch schon alles erklärt«, ruft Peter von seinem Platz aus, »lassen Sie uns doch endlich in Ruhe.«

Fatima und ich wechseln einen fragenden Blick. Hat Peter etwa unseren Verdächtigen verraten, dass wir den Mörder seiner Großmutter suchen? Ich fasse es ...

Zschschschsch ... Fop ... Drrrrrrrr landet ein Messer dicht an Peters Ohr in der Dartscheibe.

»Klappe halten auf den billigen Plätzen, sonst lass ich noch eine Klinge springen«, faucht Toddo. »So, nun zu euch Pisspottpiloten, wenn ihr also nicht quatschen wollt und auch keine Lust auf die liebevoll geschüttelten Cocktails habt, dann nehmen wir eben die harte Methode.«

Kaum hat er das ausgesprochen, hält er mir auch schon ein Messer an die Kehle. Völlig bewegungsunfähig muss ich zusehen, wie die beiden anderen *Sons* versuchen, Fatima den Inhalt einer Flasche Wodka in den Hals zu gießen. Sie schreit und zappelt. Bei aller Liebe, das ist zu viel. Wir sind doch keine Geheimagenten im Auftrag durchgeknallter Diktatoren. Wir ermitteln bloß für die W.A.R-Senioren. »Stooooppp!«, schreie ich. »Ich will alles sagen!«

Und so kommt es, dass ich den *Sons of Fury* die ganze

traurige Geschichte von Klara Schönlein, der neunzigjährigen Frau, die sterben musste, da es offenbar jemand auf ihr Geld abgesehen hat, erzähle.

»Hmm, hmmm«, macht Toddo und fährt durch seinen Bart, »fast dasselbe hat auch Peter gesagt, also stimmt diese Geschichte wohl.«

»Na klar, stimmt sie!«, rufen wir alle drei.

»Ihr seid also nicht von der Polizei oder vom BND, und wollt bei mir rumschnüffeln?«

»Seh ich konkret aus wie BND oder was?«, schimpft Fatima. »Wallah! Wir sind hier in Auftrag von W.A.R.-Senioren, weil ihr seid Verdächtige Nummer eins.«

»Wer sind denn die We, Aa, eR-Senioren?«, will Toddo wissen.

»Das sind die besten Freunde der ermordeten Klara Schönlein, die sich dafür einsetzen, dass ihr Mörder gefunden wird. Die Polizei macht ja nix!«, erkläre ich.

»Und wir euch haben in Visier! Ihr habt entführt Peter, weil ihr wolltet Geld! Ihr gewusst, er bekommt Geld von Oma, dann ihr habt Geld geholt bei ihr. Oma-Mörder! Feige Oma-Mörder!«

»Hey, hey, immer langsam mit den jungen *Furys*«, mahnt Toddo. Doch Fatima ist nicht mehr zu bremsen.

»Dann ihr seid eingebrochen bei Wilhelm Schönlein Haus, dem Sohn von Ermordete und habt geklaut wichtige Dokumente und dann ihr habt geklaut von ihm Waffen! Oma-Mörder, armselige Schwächlinge!«

»Moment mal, wir sind harte Jungs, wir sind zu allem bereit und fähig, aber wir haben auch ein Gesetz. Dieses Gesetz heißt: Kinder, Schwache und Kranke sind tabu! Das lasse ich nicht auf mir sitzen, denn darauf haben wir einen Eid geschworen. Stimmt's, Jungs?«

»Soll ich den Schwur noch mal wiederholen, Präsi?«, fragt der eine.

»Später! Niemals! Hört ihr? Niemals bringt ein *Son* Unschuldige und Wehrlose um, niemals! Und wisst ihr was, ihr Putzakrobaten, jetzt werden die *Sons* aktiv! Wir helfen diesen We, Aa, eR-Senioren, den feigen Mörder zu finden. Und wenn wir den gefunden haben, dann ist das Weinland Mittenrhein viel, viel zu klein für ihn und uns! So wahr ich Toddo heiße!«

26. Kapitel: Elisabeth

Ich stelle mich blöd an – und das in aller Öffentlichkeit. Oder doch jedenfalls vor den Augen von Wilhelm und Rosi, der stacheligsten Öffentlichkeit, die ich kenne. Obendrein macht es bei Rosi gerade wieder vernehmlich ›Klick‹.

»Das ist das siebte Schloss, das ich unter drei Minuten geknackt habe«, verkündet sie und reckt stolz ein eisernes Vorhängeschloss in die Höhe.

Wir befinden uns in den Räumen der Detektei Özdemir & Schultze und nehmen einen Schnellkurs in Sachen Einbruch und spurlose Hausdurchsuchung. Trotz der eingeschränkten Bewegungsfreiheit durch den Rollstuhl hat Schultze uns gerade zwei Stunden lang anschaulich demonstriert, mit welchem Werkzeug man Tür und Tor am schnellsten zu Leibe rückt, und warum man nie ohne Latexhandschuhe arbeiten sollte. Ich habe fasziniert zugesehen, wie sich jegliche Sicherheitsriegel der handwerklichen Kunst des Detektivs beugten und mehr als einmal bedauert, dass seine derzeitige Lage ihn daran hindert, uns heute Nacht ins Innere von Schloss Flaschenburg zu begleiten. Ich würde mich nicht nur sicherer fühlen; seine Anwesenheit würde unserer Mission auch bessere Erfolgsaussichten bescheren, da er weiß, wo man suchen muss. Aber immerhin bekommen wir einen Knopf ins Ohr und können uns so von ihm leiten lassen. Mittlerweile bin ich sicher, dass Thoralf von Flaschenburg mit allen Wassern gewaschen ist. Gut, das bin ich auch, aber ich bezweifele, dass er meinen Ehrenkodex von Fair Play teilt, wenn jemand seine Pläne durchkreuzt. In dieser Hinsicht könnte ich einiges von ihm lernen.

Je mehr ich über Einbruchsmöglichkeiten und -mittel weiß, desto mehr lerne ich die exponierte Lage meiner eigenen Wohnung in der Seniorenresidenz zu schätzen. Für einen Dieb ist ein Lift weder als Zugang noch als Fluchtweg eine Option – und erst recht nicht die Feuertreppe, die für alle sichtbar außen am Turm hinunterführt. Aber selbst wenn ein Einbrecher sich dazu entschließen würde, die eine oder andere Variante zu wählen: Wie käme er jemals an Rosemarie vorbei?

Während ich erfolglos mit einem Draht in einem sehr einfachen Kofferschloss herumprökele, springt bei Rosi gerade eine zweifach gesicherte Schreibtischschublade auf.

»Sie sind ein Naturtalent!«, lobt Schultze meine Freundin. Ich hoffe, er bringt sie nicht auf dumme Gedanken. Sie ist mir heute ein wenig zu eifrig bei der Sache, um nichts anderes im Schilde zu führen, als einen einzigen illegalen Besuch in Thoralf von Flaschenburgs häuslichem Refugium. Dann sind mir doch ihre Wässerchen und Tinkturen und vor allem ihr Tee aus Bilsenkraut als Geldbeschaffungsquelle tausendmal lieber.

Auch Wilhelm stellt sich alles andere als dumm an. Für ihn ist die Weiterbildungsmaßnahme der W.A.R.-Senioren bei Özdemir & Schultze die Erfüllung eines lang gehegten

Traums. Endlich lernt er zu überprüfen, wie gut sein Haus wirklich gesichert ist. Er ist mit solchem Feuereifer dabei, dass er zum ersten Mal seit dreißig Jahren sogar zwischen sich und Rosi Gemeinsamkeiten feststellt. Dieser Friede ist noch so ein Punkt. Soll ich ihn als gutes Zeichen werten oder nicht? Wenn ich die Leidenschaft sehe, mit der meine drei Mitstreiter am Werk sind, scheine ich die Einzige zu sein, die sich noch daran erinnert, dass all diese Fingerübungen nicht zu einem neuen Hobby führen sollen, sondern dazu, bei Wilhelms Halbbruder einzusteigen und zurückzuholen, was meinem Freund bereits gehört.

»Jetzt schauen wir uns mal ein paar Tresormodelle an«, sagt der Lehrer und ich bin heilfroh, das Kofferschloss zur Seite schieben zu können. Leider ungeöffnet.

Während meine Crew sich an verschiedenen Sicherheitsschränken versucht, winkt Schultze mich zu sich: »Noch immer keine Nachricht von Leo und Fatima?«

»Von Peter Schönlein ebensowenig.« Ich zeige auf Rosi und Wilhelm: »Was glauben Sie, warum wir beim zweiten Versuch unbedingt besser vorbereitet sein müssen? Ich will nicht nur an diese vermaledeiten Dokumente, ich hoffe auch Hinweise zu finden, wo unsere Jugendriege versteckt wird.«

»Fatima lässt sich nicht verstecken, die nicht«, behauptet ihr Arbeitgeber.

»Das mag sein, aber im Verbund mit unseren Softies Peter und Leo wird ihr vielleicht nichts anderes übrigbleiben«, gebe ich zu bedenken. »Sie hat zu viel Verantwortungsgefühl. Sie würde die zwei nie ihrem Schicksal überlassen.«

»Da könnten Sie Recht haben, Frau van Ameln.« Schultze wiegt den Kopf bedächtig hin und her: »Alleine sind die beiden nichts, aber mit ihr haben sie eine reale Chance – ganz gleich, in welcher Zwickmühle sie gerade stecken.«

Das Bild der Zwickmühle begleitet mich den Rest des Tages über und in einen unruhigen Schlaf, den ich uns allen für den frühen Abend verordnet habe, damit wir den zweiten Einbruch innerhalb von vierundzwanzig Stunden auch wirklich überstehen. Nachtschichten sind mir zuwider, man fühlt sich am nächsten Tag so alt, wie man nie werden will ...

Immerhin gibt es einen Lichtblick, als es losgeht: Wir fahren in Schultzes Überwachungsauto zum Schloss Flaschenburg. Getönte Scheiben, Panzerglas und jede Menge technischer Schnickschnack, um bei unserer Aktion per Knopf im Ohr und Mikro miteinander in Verbindung zu bleiben. Rosi findet das beruhigend. Ich fände beruhigend, wenn ich stattdessen in meinem Bett liegen dürfte. Apropos Bett: Was, wenn Thoralf von Flaschenburg gegenüber Rosi gelogen hat und er an diesem Wochenende doch nicht in eine Wellnesoase gefahren ist, um sich den Betrieb dort anzugucken und eine Liste aufzustellen, welche Mitarbeiter er abwerben wird, sobald er eine eigene besitzt? Während wir durch die nächtliche Landschaft Richtung Flaschenburg brausen, versuche ich meine Unruhe zu besiegen, indem ich Rosi zu diesem Punkt noch einmal genau interviewe.

»Du bist dir ganz sicher, dass Flaschenburg dich nicht einfach abwimmeln wollte, als er dir von seinem Wochenendtrip auf die Kuschelfarm erzählte? Einer wie er würde doch eher mit einer hübschen, jungen ...«, ich betone die beiden letzten Wörter ausdrücklich und sehe dabei in Wilhelms Richtung, »... Sprechstundenhilfe ein ungestörtes Stelldichein haben wollen. In einem Schloss, mit passender Musik und ein paar Gläsern Sekt kann sogar er romantische Atmosphäre vorgaukeln.«

»Ich bin absolut sicher!« Rosi wedelt Aufmerksamkeit heischend mit der linken Hand, exakt so, wie ich es auch schon beim Grafen gesehen habe. Sie setzt einen hochmütigen Gesichtsausdruck auf und ahmt unseren Gegenspieler ziemlich treffend nach: »Es tut mir leid, Frau Perabo. So gerne ich auch mit Ihnen über unsere weitere Zusammenarbeit diskutieren möchte ... Sie müssen mir bei Gelegenheit ganz genau aufschreiben, was Sie da alles in diesen Jungbrunnentee gemischt haben; der war vorzüglich, ganz vorzüglich ... aber an diesem Wochenende bin ich leider nicht zugegen. Ich verlasse das Weinland Mittenrhein ... schaue sozusagen einmal über unseren Tellerrand.« Rosemarie beendet ihre Show und spricht normal weiter. »Auf der einen Seite war ich ja froh, dass mein Bilsenkrauttee bei ihm als Jungbrunnenelixier durchgeht, aber leider hat der ihm nicht die Zunge gelockert und ich musste weiter nachbohren.« Meine Freundin verzieht unmutig das Gesicht. ›Aber spät abends sind Ssie doch bestimmt zurück?‹, habe ich gefragt. ›Ich hätte auch nach Mitternacht noch Zeit. Ein großer Vorteil beginnender Reife: Man hat in den Jugendjahren schon so viel geschlafen, dass man jetzt nachts leicht mal darauf verzichten kann.‹«

Rosi hat wirklich eine sehr unverbrauchte Art, selbst unangenehme Nachteile des Alterns wie senile Bettflucht oder Blasen-Wecker noch nach Abenteuer schmecken zu lassen, denke ich bewundernd.

»Aber auch diese Einladung hat er abgelehnt«, fährt Rosi fort, »und mir das Sterne-Hotel an der Mosel beschrieben, deren Betreiber ihm, ohne es zu wissen, noch ein paar Ideen für seine eigenen Kuschelfarmplanungen liefern soll.«

Schultze lässt vom Beifahrersitz ein zufriedenes Grunzen hören. »Und genau da ist er vor dreißig Minuten noch gesehen worden. An der Bar. Der Rechnung nach zu urteilen, die er sich auf sein Zimmer hat schreiben lassen, müsste er mindestens acht Stunden schlafen, bis er wieder einigermaßen fahrtüchtig ist. Danach braucht er noch weitere zwei, bis er hier eintreffen kann. Wir haben also mehr als genug Zeit für eine ausführliche Suche.« Schultze dreht sich zu mir um und fügt hinzu: »Die Kosten für den Kollegen vor Ort werde ich in einer gesonderten Rechnung ausweisen, mit branchenüblichem Aufschlag für die Vermittlung ...«

»... die von mir gerne in Weinkisten voll Spätburgunder umgerechnet wird«, versuche ich wenigstens einen Teil meines Bargeldes zu retten. »Bei Gelingen der heutigen Mutprobe bin ich sogar bereit, Ihnen zu erlauben, mit meinem Sohn Gernot in unsere Schatzkammer hinunterzusteigen, und Sie dort einen unserer legendären alten Jahrgänge aussuchen zu lassen.«

»Die bringen bei eBay eine ganze Menge«, mischt Rosi sich ein und geniert sich nicht, mich daran zu erinnern, dass sie mein großzügiges Geschenk zu ihrem letzten runden Geburtstag postwendend versteigert hat, um mit dem Erlös einen Last-Minute-Urlaub zu buchen, auf dem sie unter südlicher Sonne mal wieder billigste Plörre trinken konnte.

Pikiert schweige ich über diese Behandlung meines besten Rieslings, bis die Türme und Zinnen von Schloss Flaschenburg wie Schattenrisse vor uns auftauchen und Wilhelm auf die Privatstraße des Anwesens einbiegt. Geschickt lenkt er den schweren Wagen die Serpentinen bis zum Eingang hinauf.

»Machen Sie jetzt bitte die Scheinwerfer aus und fahren Sie dann langsam weiter«, empfiehlt Meisterdetektiv Schultze. »Besser wir erregen so wenig Aufmerksamkeit wie nur möglich. Niemand, der heute Nacht aus dem Ort zufällig hier heraufsieht, soll etwas Ungewöhnliches bemerken.«

Aber auch die Dunkelheit, die uns empfängt, kann meinen ersten Eindruck vom Gelände, auf dem wir uns befinden, nicht revidieren. Nachts sind zwar alle Katzen grau, ich bin aber dennoch entsetzt darüber, in welchem Zustand sich die Auffahrt befindet. Die wenigen Nebengebäude wirken verfallen und der große, runde Springbrunnen, der in meiner Jugend auf vielen Postkarten Weinhessens zu sehen war, tröpfelt vor sich hin. Das Wasser im Auffangbecken ist voller Algen und der putzige Amor in der Mitte steht ohne Pfeil und Bogen da, seine Arme sind abgeschlagen.

»Entweder Thoralf von Flaschenburg hat keinerlei Interesse an Erhalt von Schloss und Park seiner Ahnen, oder sein Portemonnaie ist doch nicht ganz so üppig gefüttert, wir er uns gerne glauben machen will«, überlege ich laut.

Schultze stimmt mir zu. »Letzteres würde erklären, warum er so scharf darauf ist, seine Verwandtschaft mit Wilhelm unter dem Deckel zu halten. Unter prekären monetären Verhältnissen möchte man das Wenige, was man hat, nicht auch noch mit einem ungeliebten Familienmitglied teilen.«

»So ein Schloss zu unterhalten muss einen Haufen Geld kosten, aber dafür gleich anzunehmen, dass der gute Doktor sich in einer finanziell schwierigen Lage befindet, ist geradezu lachhaft«, wendet Rosi ein. »Er kommt bestimmt bei all seiner Arbeit nicht dazu, sich um die Renovierung zu kümmern. Er hätte mir doch sonst niemals soviel Bargeld für das Rezept meiner Augenbrauencreme aus Bella-Donna-Extrakt gegeben.«

Schultze und ich seufzen unisono, verzichten aber darauf, ihr ein weiteres Mal zu erklären, dass gerade die üppige Anzahlung auf ihr Cremerezept eher als Schweigegeld zu betrachten ist, und dass wir annehmen, dass er nicht nur ihr, sondern noch wesentlich gierigeren Menschen in irgendeiner Weise finanziell verpflichtet ist.

»Denken Sie dran«, sagt Schultze leise, nachdem Wilhelm den Van der Detektei hinter einem alten Schuppen geparkt hat und wir ausgestiegen sind, »Flaschenburg hat die Dokumente hergebracht, weil er annimmt, dass sie hier sicherer sind. Wir können also davon ausgehen, dass die Überwachungsanlage in dem und um das Schloss keine Attrappe ist.«

»Das ist leicht erledigt«, sagt Wilhelm, zieht seine Schalldämpferknarre aus dem Schulterholster, zielt auf eine Kamera, die sich uns gerade zudrehen will, weil ein Bewegungsmelder angeht und schießt erst die eine, dann das andere in Stücke. »Jetzt ist es wieder eine.«

»Die ist ja wirklich leise«, stelle ich anerkennend fest. »Ich dachte, man hört einen gedämpften Knall, aber da war ja das Bersten der Birne des Bewegungsmelders lauter.«

»Kinder, Kinder«, sagt Schultze und wischt sich Schweiß von der Stirn. »Ich nehme zurück, was ich über die uns zur Verfügung stehende Zeit gesagt habe. Dank Herrn Schönleins Einsatz haben wir in spätestens fünfzehn Minuten die zuständige Sicherheitsfirma hier, die nachsehen will, warum eine Überwachungskamera tot ist.«

»Keine Sorge.« Wilhelm winkt ab. »Die Einsatzzentrale ist auf der Weingauer Rheinseite. Ich hab es von den *Weingauer Wach- und Schließhelden* höchstpersönlich, dass der Graf ihnen den Auftrag erteilt hat, sich um seine Anwesen zu kümmern. Glaubt mir, bis die hier sind, können wir das ganze Schloss abreißen und neu aufbauen. Nötig wär's.«

Als Wilhelm meinen zweifelnden Gesichtsausdruck sieht, grinst er breit: »Könnte sogar sein, dass ich mich vorhin nicht wie die beiden Damen aufs Ohr gelegt habe, sondern stattdessen den Kumpels der *WWS* mein Leid über meine defekte Selbstschussanlage geklagt habe und dabei wie zufällig alle meine Weinvorräte als Anzahlung auf künftige Reparaturen im Aufenthaltsraum stehen gelassen habe. Die Kollegen fahren heute Nacht ganz bestimmt zu keinem Einsatz raus.«

Diese Nachricht ist beruhigend, ich bin aber empört, wie auch von seiner Seite mit van Amelnschem Wein umgegangen wird. Schließlich habe ich zu seinem Siebzigsten die ganz große Konkurrenz zum Bier aus unserer Schatzkammer geholt. Was Wilhelms Weingeschmack angeht, offenbar vergeblich. Oder sollte ich mich geschmeichelt fühlen, dass meine Weinkreationen so vielfältig einsetzbar sind?

»Er hat die *Weingauer Wach- und Schließhelden* beauftragt?«, fragt Schultze erstaunt. »Wieso denn nicht die *Weinhessen-Wächter*? Die sind unten in Ringelheim stationiert und müssten nur zweimal lang hinschlagen, um zur Hilfe zu eilen.«

Wilhelm zuckt die Achseln. »Ich denke, das hat finanzielle Gründe. Ich habe mir aktuell von allen Sicherheitsdiensten einen Kostenvoranschlag für mein Haus machen lassen. Meine alte Sicherheitsvorkehrung müsste nach den Einbrüchen dringend reformiert werden. Die Gebühren der *WWS* sind wesentlich niedriger als die der *RW*. Da spart man einiges und ist außerdem sicher, dass wenn doch etwas passiert, die Versicherung zahlt. Die Jungs aus Klosterley finden immer einen triftigen Grund, warum trotz ihrer Aufsicht etwas abhandengekommen ist.«

Das Verhalten würde zum Grafen passen. Ich gehe mit Rosi und Wilhelm zum Dienstboteneingang, der sich direkt unter der großen Freitreppe befindet, die zur Eingangstür hinaufführt. Schultze bleibt im Auto zurück und sitzt Schmiere, falls da doch irgendjemand Unerwartetes nachsehen will, weshalb plötzlich eine der Überwachungskameras ihr Leben ausgehaucht hat.

Von den anderen Aufnahmegeräten können wir nicht ins

Visier genommen werden, weil Schultze sich besser mit deren blinden Flecken auskennt, als die Firma, die sie hergestellt hat.

»Wie gut, dass Sie wissen, wo wir uns langdrücken müssen«, meint Rosi. »Ich würde in meiner derzeitigen Montur nicht gerne von anderen gesehen werden. Einbrecherschwarz steht mir nicht.«

»Sie halten sich genau an meinen Wegeplan. Und wenn ich sage *rauskommen*, dann heißt das nicht, *irgendwann* rauskommen, sondern sofort, verstanden?«, erinnert er uns noch, bevor Wilhelm es tatsächlich schafft, die Tür in Rekordzeit zu knacken und in dem Schloss zu verschwinden.

Ich verspreche hoch und heilig auf unseren Knopf im Ohr zu achten und schleiche dann meinen beiden Komplizen hinterher.

»Eigentlich komisch, dass so ein Mann zwar einen Bediensteteneingang hat, aber keine Bediensteten«, macht Wilhelm sich Gedanken. »Mich würde es in so einem alten Gemäuer gruseln, so ganz allein.«

»Das Schloss muss fast so groß sein wie unser Seniorenheim«, bestätigt Rosi. »Welch eine Verschwendung von Wohnraum. Warum eröffnet er eigentlich nicht hier seine Wellnessoase?«

»Ja, eigentlich komisch«, stimme ich ihr zu, als wir durch eine Küche laufen, die seit Urzeiten nicht mehr in Benutzung scheint. Rosi will ab jetzt vorgehen, für den Fall, dass wir erneut vor verschlossener Tür stehen.

»Das nächste Schloss knacke ich. Ich sehe nicht ein, warum Frauen immer benachteiligt werden sollen, wenn es interessant wird«, meckert sie völlig zu Recht. »Gib zwei Menschen die gleiche Fähigkeit und zack – schon darf immer der Mann ran. Das hält sich wie ein Naturgesetz. Wenigstens bei den W.A.R.-Senioren sollte ohne Ansehen des Geschlechts entschieden werden.«

Auch Wilhelms Antwort ist symptomatisch für dieses Dilemma. Statt auf Rosis Vorschlag einzugehen, übernimmt er wie selbstverständlich die Führung. »Ich würde sagen, wir teilen uns auf und suchen sein Büro. Die Unterlagen sollten sich dort befinden, also gucken wir da zuerst«, sagt er, als wäre nur das wichtig und ich setze das Thema ›Gleichberechtigung‹ gedanklich auf die Tagesordnung für die nächste Sitzung der W.A.R.-Senioren.

Die meisten der Räume wirken unbewohnt. Das ganze Haus scheint mir eher wie ein Museum zu sein als eine Wohnstatt. Allerdings ein Museum mit erstaunlich wenig Ausstellungsstücken. Wohin wir auch kommen: An den Wänden zeichnen sich leere Flecken ab, wo ehemals Bilder gehangen haben müssen. Die Bibliothek wird ihrem Namen nicht mehr gerecht, so viele Bücher fehlen in den Regalen. Diesem Mann geht es finanziell alles andere als rosig.

»Die langweiligen Familienporträts wollte wohl keiner haben«, kommentiert Rosi die Abwesenheit jeglicher Landschaftsbilder oder Stillleben, nachdem wir erst die untere Etage und dann den ersten Stock erfolglos durchkämmt und auf unserem Weg nach oben sämtliche noch vorhandenen Gemälde angehoben oder zur Seite geschoben haben. »Wenn du mich fragst, war es geradezu notwendig, dass mit Klara und Wilhelm frisches Blut in diese Familie kam. Sieh dir doch bloß mal die Visagen dieser Familie an. Eine hässlicher als die andere. Kein Wunder, dass Thoralf Schönheitschirurg werden wollte. Das war Erste Hilfe für die eigene Sippe.«

Ich gebe ihr insgeheim recht, glaube aber auch eine gewisse Ähnlichkeit zwischen Wilhelm und einigen der abgebildeten Familienmitgliedern zu erkennen und sage deshalb nichts.

Wilhelm bleibt vor so gut wie jedem Bild ehrfürchtig stehen. Bei diesem Tempo werden wir niemals fertig mit der Schlossdurchsuchung, denke ich und habe fast im gleichen Moment die Erleuchtung: »Schlafzimmer, lasst uns in seinem Schlafzimmer nachsehen! Ich wette, Thoralf von Flaschenburg hat seinen Tresor dort versteckt!«

»Der Mann setzt Prioritäten, das muss man ihm lassen«, sagt Rosi, als wir das Schlafgemach des Grafen gefunden haben.

In diesem Raum ist wirklich alles tipptopp und vom Feinsten, Boxspringbett inklusive. Der Mann wohnt anscheinend nur in diesem Raum oder er kommt nur zum Schlafen nach Hause.

Während ich zwei breitgerahmte Akte daraufhin untersuche, ob sich hinter ihrer nackten Haut auch noch ein Safe verbirgt, enttarnt Wilhelm eines der Nachtschränkchen als Kühlschrank, wie man sie sonst nur in Hotels findet und nimmt sich ein Bier. »Für später«, sagte er entschuldigend. »Für die Heimfahrt. Durch Aufregung werde ich immer so durstig.«

Ich lasse das durchgehen, denn jetzt ertönt ein spitzer Schrei aus dem begehbaren Kleiderschrank neben dem Bad. Rosi hat die gestohlenen Kisten samt Inhalt gefunden. Nur Sekunden später hält sie uns eine kleine knallrote Geldkassette entgegen. Die kennen wir alle. Sie gehörte Klara. Ihr Name ist auf dem Deckel eingraviert. In Schreibschrift. Und sie stand immer auf dem Regal über dem Sofa mit dem Hirschkissen. Und sie war immer leer. Jetzt aber nicht. Jetzt ist Geld drin. In großen Scheinen. Glatte dreitausendfünfhundert Euro.

27. Kapitel: Monika

Es ist fünf Uhr morgens und ich liege auf meinem Sofa mit meinem schärfsten Messer in der Hand. Ich weiß, wie es geht. Nicht quer muss man ritzen, sondern längs. Sonst bringt das nichts. Das habe ich schon mehrmals gelesen und auch im Fernsehen haben sie es oft gebracht.

Ich fand das immer ganz interessant, aber ich wäre im Traum nicht darauf gekommen, dass diese Information mal wichtig für mich werden würde.

Da wusste ich aber auch noch nicht, was ich jetzt weiß.

Ich nehme mein Wermutglas, das noch von gestern auf dem Couchtisch steht und werfe es gegen die Wand.

Feinstes Kristall, etwas von meinen wenigen Sachen, die was taugen, aber jetzt ist sowieso alles egal.

Das auf dem Foto ist tatsächlich Harald. Mit sehr wenig Stoff am Körper, aber dafür mit rosa Plüschhandschellen an den Händen.

Und neben ihm lümmelt die blöde Elfie aus der Registratur mit nichts an außer ihrem Höschen und ihrem dämlichen Tattoo.

Ich könnte schon wieder schreien, so wie vorhin, als ich das Foto fertig zusammengesetzt hatte. Zum Glück ist keiner von den Nachbarn aufgewacht.

Was hat diese blöde Elfie, was ich nicht habe? Wie hat sie es geschafft, Harald so nahe zu kommen? Rosa Plüschhandschellen hätte ich doch auch besorgen können.

Wenn ich nur an ihre blond gefärbten Haare denke, an ihre quäkende Stimme, ihre dummen Sprüche, ihr Mäusegesicht, ihre Pumps und ihre billigen Miniröcke. Ich hätte sie einfach liegenlassen sollen, als sie beim letzten Betriebsausflug im Kristalltal betrunken den Hügel runtergerutscht und an der Baumwurzel hängengeblieben ist.

Ich schaue mir mein linkes Handgelenk an, um zu sehen, wie die Ader verläuft. Dann setze ich das Kartoffelschälmesser an, kein anderes meiner Messer ist so scharf. Ich schließe die Augen und drücke zu, damit es sich durch die Haut bohrt. Ich drücke und drücke; es passiert – nichts. Fester kann ich aber nicht, ich habe Angst vor den Schmerzen. Dieses blöde Messer ist auch viel zu dick!

Jetzt schreie ich doch und schleudere das Messer auf den Teppich vor meinem Sofa.

Das ist doch wieder so ein Mist aus dem Fernsehen! Wer hat denn so scharfe Messer, dass man da durch die Haut kommt wie durch Butter?

Quatsch mit Sauce, würde meine Schwester jetzt sagen und sie hätte recht wie immer.

Was ich brauche, ist eine Rasierklinge. Eine schöne scharfe Rasierklinge, unbenutzt. Wenn man damit nur aus Versehen im falschen Winkel an die Haut kommt, fließt sofort Blut. Damit habe ich schon viel Erfahrung beim Rasieren meiner Beine gesammelt.

Auf dem Weg ins Bad bete ich. *Liebe Heilige Burgunda. Schutzpatronin der außergewöhnlichen Anliegen, ich danke dir für deine Hilfe in der letzten Zeit, bitte sei noch mal für mich da. Heute wünsche ich mir, dass ich sterbe, weil mein Leben keinen Sinn mehr hat.*

In dem Spiegelschrank über meinem Waschbecken bewahre ich meinen Rasierer und die dazugehörigen Klingen auf. Vorsichtig nehme ich eine der in Papierchen eingeschlagenen Klingen zwischen Daumen und Zeigefinger.

Vielleicht sollte ich es gleich hier erledigen. Über dem Waschbecken. Dann versaue ich mir nicht das ganze Sofa. Ich bin so blöd. Wenn ich tot bin, ist das auch egal.

Also gehe ich zurück ins Wohnzimmer und lege die Rasierklinge vorsichtig auf den Couchtisch. Starre sie an und frage mich, wie ich mich gleich fühlen werde, wenn der hauchdünne Stahl durch meine Haut und meine Ader gleitet. Mir ist ein bisschen schlecht und ich denke an die Flasche Gin, die noch in meinem Küchenregal steht. Ein Schluck davon wäre jetzt nicht schlecht.

Aus der Küche hole ich mir die Flasche und dann aus der Vitrine ein neues Kristallglas und stelle beides auf den Couchtisch. Mache mein Glas voll, trinke einen großen Schluck.

Ich kann nicht mehr atmen! Das Zeug brennt in meiner Brust wie die Hölle, ich ringe nach Luft und fange wie verrückt an zu husten.

War es das jetzt? Brauche ich die Rasierklinge nicht mehr? Das wäre schön. Aber ich merke, wie mein Röcheln weniger wird und fühle mich auf einmal ganz wohl. Doch es ist zu spät. Meine Entscheidung ist gefallen.

Vorsichtig nehme ich die Rasierklinge aus dem Papierchen. Es gefällt mir, dass sie so neu und unberührt aussieht. Ich lege meinen linken Unterarm auf den Couchtisch, vergewissere mich noch mal, wie die Ader verläuft und drücke die Klinge in die Haut. Zuerst nur ganz sacht, dann etwas fester.

Es funktioniert. Ich fange an zu bluten. Jetzt muss ich nur noch richtig fest drücken und die Klinge an der Ader entlangziehen.

Adieu Harald, adieu liebe Schwester, adieu Monika Schmelzeis.

Ich bin bereit. Schaue in den Himmel, der sich startklar für einen strahlenden Sommertag macht und setze die Rasierklinge wieder an.

Das Telefon läutet.

Ich zucke zusammen und schneide mir dabei ins Handgelenk. Blut tropft auf den Couchtisch. Allerdings habe ich die Ader verfehlt. Das darf jetzt nicht wahr sein! Ich bin bereit zu sterben und schneide daneben wegen dem blöden Telefon!

Bestimmt ist das wieder so ein bescheuerter Werbeanruf; die melden sich ja immer gerne sehr früh. Aber es könnte auch Harald sein. So wie neulich.

Ich halte den Arm mit dem Blut nach oben, damit so wenig wie möglich davon auf den Teppich tropft und nehme mit der anderen Hand das Telefon. »Ja?«

»Guten Morgen, Monika, mein Mädchen«, meldet sich eine fröhliche Stimme. »Ich bin's, der Gunther!«

»Gunther?«

»Na, die Gundula! Ich wollte fragen, wie es mit dem Mann gelaufen ist. Der war doch bestimmt hin und weg. Aber ich brauche heute das Thai-Kostüm wieder zurück.«

Ich schaue zu, wie das Blut von meinem Arm auf den Teppich tropft und erinnere mich leider, dass ich gestern als Thailänderin bei der Frau Müller vorstellig war und dass das Meucheln wieder mal nicht geklappt hat. Das habe ich wegen dem Schock mit Harald auf dem Foto vollkommen verdrängt. Jetzt habe ich noch einen Grund mehr zu sterben. Irgendwie ist mir schon wieder schlecht, aber ich muss dem Herrn Pellheim antworten. »Fantastisch«, sage ich daher, »ganz fantastisch läuft alles hier. Und ich danke noch einmal ganz herzlich für alles. Das Kostüm ...«

»Das hole ich mir jetzt ab, bevor ich mich aufs Ohr haue! Bis gleich, Moni«, sagt er und legt auf.

Ich schaue auf die Uhr. Es ist halb acht. Und es ist Montag und ich will meinen blutleeren Körper nicht als erstes von Gunther Pellheim finden lassen. Dann gehe ich lieber ins Büro, von mir aus auch mit einem dicken Pflaster am Handgelenk und mache heute Abend weiter.

Eine Stunde später stehe ich geschniegelt und gebügelt vor dem Bürgermeisteramt. Gunther habe ich das Kostüm in einer Tüte durch die Tür gereicht und ihm die Flasche Wermut dazu gesteckt. Mein Arm sieht ganz gut aus. Nach dem Duschen hat sich erwiesen, dass man nur eine kleine Wunde sieht, auf der jetzt ein Pflaster klebt. Und da ich eine bordeauxfarbene Seidenbluse mit langen Ärmeln trage, fällt sowieso nichts auf. Für unten habe ich einen langen schwarzen Rock gewählt, unter dem ich keine Nylonstrümpfe tragen muss. Das wäre heute zu viel für mich.

Allerdings habe ich ein Problem. Wenn ich der blöden Elfie begegne, drehe ich durch. Und da ich spät dran bin, so wie sie immer, stehen die Chancen dafür leider gut.

Ich husche in Windeseile die Steintreppen in den zweiten Stock hinauf, am Damenklo vorbei und in mein Büro. Und ich habe Glück. Verdammtes Glück. Denn kaum habe ich die Tür zum Gang hinter mir geschlossen, höre ich direkt davor das Kichern von der blöden Elfie und eine undeutliche Männerstimme, die sagt: »Ja, das war in der Tat ein Knaller gestern.«

Ein Knaller, na toll. Mir ist alles egal und ich reiße die Verbindungstür zu Haralds Büro auf. Und entspanne mich halbwegs. Es war nicht seine Stimme, die von einem Knaller erzählt hat. Er sitzt an seinem Schreibtisch. Und starrt mich an, die Stirn gerunzelt.

»Entschuldigen Sie«, stammele ich, »Entschuldigung, ich habe meine Handtasche irgendwo vergessen und muss sie suchen ...« Harald starrt mich weiter an und auch die Falten auf seiner Stirn verschwinden nicht.

»Was ist mit Ihnen los, Monika? Ihre Handtasche ist genau da, wo sie hingehört.« Er deutet in meine Richtung. »An Ihrer linken Schulter, dort, wo Sie sie immer tragen.«

Ich fasse an meine Schulter, fühle den Riemen meiner Handtasche und komme mir unendlich blöd vor. Daher sage ich einfach gar nichts.

Harald kommt um den Schreibtisch herum und baut sich vor mir auf. »Liebe Monika, Axel muss Frau Müller heute schon wieder zum Arzt fahren. Es ist ja kein Wunder, dass Sie es immer noch nicht geschafft haben, sich abschließend um die Frau Müller zu kümmern, so unkonzentriert, wie Sie immer sind.«

Einerseits freue ich mich, dass Harald nun so nah vor mir steht – ich meine die Wärme zu spüren, die von seinem Körper ausgeht. Andererseits ärgere ich mich und finde das ganz schön unfair.

Ich bin nicht unkonzentriert! Ich habe nur noch nicht die richtige Methode gefunden, um Frau Müller zu erledigen. Und ich kann ja auch nichts dafür, dass sie so ein zähes Luder ist. Gerade als ich den Mund aufmachen und Harald alles erklären will, bedeutet er mir, ihm zu seinem Platz zu folgen und zeigt auf den Schreibtisch. Auf dem ist eine große Landkarte ausgebreitet. Ich schaue genauer hin und sehe, dass es eine Karte von Klosterley und Umgebung ist.

Harald nimmt meine Hand und schaut mir direkt in die Augen. Gänsehaut überzieht meinen Körper von den Fußspitzen bis hinauf zum Kopf. Zum Glück habe ich mich nicht umgebracht.

»Mooonika«, sagt Harald, »Sie wissen doch noch, wie wichtig Ihre Aufgabe ist?«

Ich nicke stumm und sage leise: »Dominosteine!«

»Ja, Mooonika. Aber was ist so schwer daran, sich um die Frau Müller zu kümmern?«

»Sie ist ein Alien«, höre ich mich sagen und dann sprudelt es aus mir heraus, dass sie sich einfach nicht umbringen lässt, weder von einer Stadtangestellten noch von einer Nonne noch von einer Putzfrau geschweige denn von einer thailändischen Masseuse. »Sie ist ein Alien!«, wiederhole ich.

Harald hört mir verdutzt, aber aufmerksam zu. Und ich merke, wie es etwas leichter um mich wird. Wenn diese rosa Handschellen nur nicht wären.

»Monika, die Frau Müller ist kein Alien. Sie ist eine ganz normale alte Frau und jeder Tag, den sie am Leben ist, ist ein Tag zu viel. Ich habe doch auch meine Verpflichtungen.«

Ich nicke. Es wäre doch besser gewesen, ich wäre tot. Ich hasse Gunther.

»Es liegt nicht an Ihren Methoden, Monika. Sie wissen nur noch nicht, wo Frau Müllers Schwachstellen sind.«

Ich schaue Harald überrascht an. Ja, genau das ist mein Problem. Jetzt weiß ich wieder, warum ich Harald so sehr liebe. Ich darf ihn nicht einfach der blöden Elfi ausliefern.

»Monika, ich weiß, Sie haben sich bemüht und es ist auch nicht Ihre Schuld, dass, na ja, sagen wir mal, der Effekt bisher nicht so groß war.«

Er steht auf, gießt sich Wasser in sein Glas und trinkt einen großen Schluck daraus, wobei seine Lippen lange den Rand berühren. Ich muss das Glas unbedingt in Sicherheit bringen, bevor die Putzfrau wieder auftaucht.

»Mooonika.« Harald lächelt sein unwiderstehliches Lausbubenlächeln, schaut mich an und mir wird ganz heiß. »Auch, wenn Sie bisher nicht so effektiv waren, ich weiß, Sie können es. Das haben Sie doch bei unserer Übungsstunde zu hundert Prozent bewiesen. Ihnen fehlt es lediglich an Anleitung. Und die werde ich Ihnen geben. Dann kriegen wir das zusammen hin.«

Zusammen. Zusammen mit Harald. Ich bin im siebten Himmel.

Bis mir die blöden Plüschhandschellen wieder einfallen und die nackte Elfie.

Harald steht vor mir und strahlt mich an. Ich kriege das jetzt gerade alles nicht zusammen. Seine sanften, gesprenkelten Augen, seinen freundlichen, fast liebevollen Blick, der auf mir ruht. Und die Tatsache, dass er auf dem Foto fast nackt neben der nicht weniger nackigen Elfie sitzt. Das ist doch nicht mein Harald!

Dann weiß ich es plötzlich. Es ist eine Fotomontage. Ganz bestimmt! Das hat sich garantiert dieser miese Fettabsauger ausgedacht, um Harald zu schaden!

Aber warum wollte Harald das Foto dann unbedingt in seinen Besitz bringen? Und warum hat er es durch den Schredder gejagt? Egal, ich werde die Antwort herausfinden.

Aber jetzt muss ich beweisen, dass der Mann auf dem Foto nicht Harald ist.

Im Prinzip ist das ganz einfach, denn der Plüschhandschellenträger hat ein großes Muttermal auf der linken Brustseite. Das habe ich schon gestern beim Puzzlen festgestellt, bevor ich seinen Kopf fertig hatte. Jetzt muss ich nur noch rauskriegen, ob Harald auch so ein Muttermal hat. Bloß wie?

Meine grauen Zellen arbeiten auf Hochtouren. Aber mir fällt nichts ein. Rein gar nichts. Ich fühle nur eine große Leere.

Durch die Leere hindurch höre ich, wie Harald sagt: »Ach, wissen Sie was, Monika, schließen Sie doch einfach noch den Bericht von der Bürgerversammlung ab und dann gehen wir schön zusammen essen und besprechen alles Weitere.« Er wirft einen dicken Packen Papier auf den Schreibtisch und zwinkert mir zu.

Während ich den Papierstapel bearbeite, denke ich daran, wie Harald mir zugezwinkert hat und dass wir gleich zusammen essen gehen. Nie hätte ich mir etwas Schöneres vorstellen können. Ich sollte Gunther aus Dankbarkeit auch die Flasche Sekt schenken. Bloß hängt jetzt über allem diese Geschichte mit dem Foto und den rosa Plüschhandschellen.

Als wäre ich nicht schon genug gestraft, fliegt die Tür auf, als ich mit meiner Überarbeitung auf Seite 120 bin und die blöde Elfie steckt ihren gefärbten Kopf durch die Tür.

»HaaaalllOooo, Monika«, flötet sie, stöckelt mit ihren billigen Schuhen auf mich zu, schiebt mir einen Stapel Akten hin und lehnt sich dabei so über meinen Schreibtisch, dass ich ihr vom Dekolletee bis hin zum Bauchnabel schauen kann. Mein Blick fällt auf den Brieföffner, den ich täglich benutze, um Haralds Post zu bearbeiten. Wie gerne würde ich den jetzt der blöden Elfie in die Brust rammen!

Aber ich bin ja nicht bescheuert. Dann komme ich ins Gefängnis und kann auch nicht gleich mit Harald essen gehen. »In Ordnung«, sage ich stattdessen und hoffe, dass mir nicht die Zähne zerbröseln, so wie ich mit ihnen knirsche.

»Toll«, sagt die blöde Elfie, wickelt eine Strähne ihres gefärbten Haares um den Zeigefinger, lächelt mich an, dreht sich um und stöckelt mit schwingenden Hüften von dannen.

Während ich noch überlege, ob ich mich übergeben oder der blöden Elfie folgen und ihr doch noch den Brieföffner irgendwo hinrammen soll, öffnet sich die Tür zwischen meinem und Haralds Büro.

»Wollen wir?«, fragt er.

Wie schön es hier ist! Flinke Kellner mit weißen Hemden und roten Schürzen, Sevietten aus Stoff und italienische Musik.

Und wie wohl ich mich fühlen könnte. Mir gegenüber sitzt Harald, lächelt und prostet mir mit einem Glas Prosecco zu.

Ein perfekter Moment – wenn ich nicht wüsste, dass es jetzt wohl so ziemlich die einzige Gelegenheit ist, bei der ich unauffällig herausfinden kann, ob Harald ein großes Muttermal auf der Brust hat.

Ich durfte mir bestellen, was ich wollte. Die Bedienung bringt Kaninchenkeulen in Senfsauce für mich und Tagliatelle mit Lachs für Harald. Den dazu passenden Wein stellt der Kellner auf den Tisch und schenkt uns schon mal ein.

Harald und ich prosten uns zu.

Ich habe extra darauf geachtet, dass ich was mit Knochen bekomme. Während ich zuschaue, wie Harald zierlich ein Stück von seinem Lachs abschneidet, stoße ich mit der Gabel in mein Kaninchen. Und rutsche so ungeschickt vom Knochen ab, dass ein Stück Fleisch nebst Sauce auf Haralds Hemd landet. Natürlich habe ich ein bisschen nachgeholfen. »Oh, mein Gott! «, schreie ich. »Das tut mir jetzt so leid!«

Ich renne mit meiner Seviette rüber zu Harald und fange an auf seinem Hemd rumzuwischen. Dabei jammere ich: »Du liebe Güte, das ist ja auch heiß, hoffentlich haben Sie sich nicht verbrannt ...« und schicke mich in Windeseile an, Haralds Hemd aufzuknöpfen.

Harald hält meine Hände fest: »Das ist doch alles kein Problem, Monika! Ich habe für solche Fälle Ersatzhemden im Büro. Außerdem reicht dieses Hemd für das, was wir gemeinsam vorhaben.«

Ach, Harald ist immer so verständnisvoll – auch wenn ich das jetzt eigentlich gerade nicht gebrauchen kann. Enttäuscht fange ich an zu schniefen.

Harald tätschelt mir die Wange. »Na, na, Monika, ist ja

schon gut. Ich weiß, Sie haben es nur nett gemeint.«

»Es tut mir so leid ...«, schluchze ich und meine eigentlich das mit der Elfie und dass ich so nicht sehen kann, ob er ein Muttermal hat.

»Ich sagte doch: Alles kein Problem«, Harald zeigt mit dem Finger auf meinen Platz. »Setzen Sie sich wieder hin, Monika.«

Ich folge seiner Anweisung und lasse mich auf den Stuhl sinken.

Harald hebt sein Glas. »Auf Ihr Wohl, Monika. Und auf das von Klosterley. Wir werden uns heute mal zusammen um die Frau Müller kümmern. Und zwar abschließend.«

28. Kapitel: Leo

»Alles, was nicht männlich, muskulös und bärtig ist, bleibt daheim. Basta!«, ruft Toddo, nachdem er und die *Sons* laut getönt haben, sie würden den Oma-Mörder grillen. »Los, Jungs, auf die Böcke mit euch, ab zum Motorradtreffen in die Pfalz!« Sekunden später sehen wir ihre Rücklichter.

Deshalb sitzen Fatima, Chantal, Peter und ich wieder auf unbestimmte Zeit eingesperrt im Refugium der *Sons*. Immerhin nicht mehr im Keller.

Chantal meint: »Dass ich immer putzen muss, wenn die weg sind, ist scheiße, aber ich bin so froh, dass Toddo mich nicht mitnimmt auf diese Rockertreffen. Er liebt mich ja und weiß, ich will nicht den Grobianen beim Saufen im Bordell zuschauen. Da gehen die immer zum Abfeiern hin, aber ich will so ein Bordell nie mehr von innen sehen.« Dies bestätigt unseren Verdacht, dass sie eher selten als Model und Schauspielerin gearbeitet hat. Wie auch immer, wir haben sie alle mittlerweile ins Herz geschlossen, inklusive ihres ausgefallenen IQ-Quotienten.

Gegen halb vier Uhr in der Nacht kommen die *Sons* polternd und johlend nach Hause und erwachen erst nach dem Mittagessen aus ihrem Suff-Koma. Würde ich vor Ungeduld Fingernägel kauen, hätte ich jetzt keine mehr.

Umso erleichterter sind wir, als wir nachmittags endlich Richtung Klosterley abdampfen können. Ich sehne mich richtig nach Tante Elisabeth und noch mehr danach, endlich mit Fatima allein zu sein.

»Die Gute ist immer noch nicht ausgepackt. Ob du je zum Ziel kommen wirst?«, fragt Klaus.

Ich schiele zu Fatima hinüber. Sie sitzt regungslos auf dem Beifahrersitz des Smart und schaut nachdenklich geradeaus. Wie gerne würde ich jetzt etwas Romantisches sagen, doch das Knattern der Motorräder der *Sons* ist nicht die richtige Hintergrundmusik. Der Kassierer auf der Fähre Richtung Weingau schließt sich auf der Toilette ein, als unser Ensemble auf das Schiff rollt. Ohne Frage ein Gentleman-Agreement zwischen dem Fährbetreiber und den Rockern. Sozusagen statt Bezahlung.

»Es ist keine gute Idee, dass die *Sons* nun mit von der Partie sind, die können alles, nur nicht ermitteln«, sagt Fatima.

»Was wäre die Alternative gewesen?«, frage ich. »Als ich Tante Elisabeth angerufen habe, war sie zwar froh, ein Lebenszeichen von uns zu hören, doch sie ist sogleich verstummt, als sie erfahren hat, wen wir ihr da anschleppen. Die W.A.R.-Senioren haben zwar auch keine Ahnung von Detektivarbeit, aber sie sind unsere Auftraggeber und werden uns zu Recht was husten, wenn sie unsere Eskorte sehen.«

»Das Husten der Senioren werden wir eher überleben als

das der *Sons*«, rufe ich die Erinnerung an unsere Zwickmühle im Partykeller wieder wach.

Fatima zischt verächtlich.

»Also echt«, zische ich zurück. »Was hätte ich denn machen sollen, hätte ich zusehen sollen, wie sie dich mit Wodka vollaufen lassen?«

Fatima antwortet nicht, sondern starrt weiter beleidigt geradeaus. Frauen sind ein Rätsel! Alles, was man macht, ist falsch. Verdammt!

Als wir auf den Parkplatz der Residenz fahren, kommt uns Rosi mit wehendem Haar und Gewand entgegengelaufen. Sie ist blass und hat schwarze Ringe unter den Augen. Wahrscheinlich hat sie ihren Tee nicht getrunken. Als ich mich aus dem Auto schäle, ruft sie mir irgendetwas entgegen, was ich nicht verstehe, da ihre Stimme nicht gegen das Geknatter der Maschinen ankommt, die den Parkplatz kreuz und quer belagern. Sie nimmt mich fest in ihre Arme und brüllt mir ins Ohr: »Gott sei Dank, ihr lebt noch!«

In diesem Moment springt die Tür zum Hintereingang der Residenz auf und eine Frau in einem altrosa Kostüm kommt energisch auf uns zugestürmt. Mit erhobenem Zeigefinger ruft sie irgendetwas in das Getöse und fuchtelt wild mit den Armen. Als die *Sons* ihre Maschinen ausmachen, legt sie richtig los.

»Was glauben Sie eigentlich, wo wir hier sind? Auf dem Hockenheim-Ring? Dies ist die Seniorenresidenz ›Himmelsleiter‹. Verstehen Sie? Se-Ni-O-Ren-Residenz! Ein Paradies der Entspannung. Vor allem zwischen dreizehn und fünfzehn Uhr. Da ist Mittagsruhe. Da will ich kein Ton hören! Nichts! Keinen Laut, keinen Piep, kein Geschrei!«

»Hey mach dich locker, Senioren-Flüsterin«, sagt Toddo

und steigt von seiner Maschine. »Außer dir schreit hier keiner rum.«

»Was erlauben Sie sich? Ich erinnere mich nicht, mit Ihnen im Sandkasten gespielt zu haben. Für Sie bin und bleibe ich: Frau Hemmschuh, die Leiterin dieser Einrichtung. Ich bestimme, wer hier was locker zu nehmen hat. Ich lasse nicht zu, dass der Frieden meiner Bewohner von ein paar Postpubertierenden gestört wird. Auch dulde ich nicht, dass irgendjemand außerhalb der sichtbar aufgezeichneten Linien parkt. Haben wir uns verstanden?«

Toddo hat seinen Helm abgezogen und steht nun dicht vor ihr. »Nee, das mit den Linien hat das Postpoppertier nicht verstanden«, brummt er. Er stülpt ihr seinen Helm über die akkurate Föhnfrisur und klappt das Visier herunter.

Mittlerweile haben sich jede Menge Fenster der Seniorenresidenz geöffnet und die Bewohner nutzen ihre Mittagsruhe, um uns begeistert zuzugucken.

»Geht das ein bisschen lauter?«, ruft eine Frau aus dem zweiten Stock. »Ich krieg sonst nicht alles mit. Mein Hörgerät ist kaputt.«

Toddo hebt den Daumen in die Richtung der alten Dame und legt dann an Phonzahl zu. »Hey Ralf, eine Sauerstoffbehandlung für die Senioren-Dompteurin!«, brüllt er.

Ralf lacht schallend und startet seine Maschine. Bis Frau Hemmschuh kapiert hat, wie ihr geschieht, fassen Toddo und Flying Herb sie um die Hüften und heben sie in die Höhe. Beim Zappeln verliert sie eines ihrer Blockabsatzungetüme, die sie an den Füßen hat, was die beiden *Sons* nicht die Bohne interessiert. Sie setzen sie wie einen Affen auf den Schleifstein hinter Ralf, der sofort mit qualmenden Reifen davonbraust. Von den Fenstern her brandet Applaus auf und Toddo verneigt sich artig.

»Diesen Trick der Frauenzähmung solltest du dir merken«, schlägt Klaus vor. »Die wird während der Fahrt weder etwas sagen noch sich einen Millimeter bewegen.«

»Hat die Frau ein Glück – und wir ausreichend Zeit für ein klärendes Gespräch!«, kommentiert Rosi vergnügt und klatscht begeistert in die Hände. »Dann folgt mir mal alle unauffällig zu meiner Freundin Elisabeth hinauf in den Turm.«

»Männers, damit das Türmchen nicht zusammenkracht, wartet hier, bis wir wieder draußen sind. Flying Herb und Rich, ihr kommt mit!«, befiehlt Toddo.

»Und was mache ich?«, fragt Peter.

»Sind wir alle nicht wegen dir hier, du Dumpfbacke? Logisch, bist du dabei«, antwortet Toddo.

»Ich komm auch mit!«, ruft Chantal.

»Aber nur, wenn du die Klappe hältst, Zuckerschnecke! Das hast du doch eben gelernt, man darf alte Menschen nicht mit schrillen Tönen erschrecken.«

»Alte Menschen! Sie sind wirklich witzig, Toddo!«, meint Rosi. »Wenn Sie wüssten! Für diesen Raub der Heimleiterin haben Sie beim Gros der Mitbewohner etwas gut – auch bei mir. Sie müssen unbedingt nachher in meiner Wohnung vorbeischauen, junger Mann.« Rosi zwinkert Toddo zu.

Die *Sons* wechseln Blicke, aber Rosi winkt vergnügt ab. »Keine Angst, Sie passen nicht in mein Beuteschema. Sie haben noch nicht genug Erfahrung.« Dann tippt sie Toddo mit dem Finger auf die Brust. »Aber ich habe ein Leckerli für Sie! Zur eigenen Vervollkommnung in allzeit guter Laune.«

Ich befürchte, Rosi wittert ein Geschäft mit den Rockern, das Tante Elisabeth auf die Palme bringen wird.

Als Tante Elisabeth die Tür zu ihrer Turmwohnung öffnet, erschrecke ich. Tiefe Augenringe und eine blasse, beinahe graue Haut lassen sie um Jahre älter wirken. Doch ihre Augen leuchten vor Freude, als sie mich sieht, um sich gegenüber den *Sons* gleich zu verfinstern.

»Peter! Wen hast du uns denn da mitgebracht?«, fragt Wilhelm, der sich neben Tantchen stellt und seine Freude, seinen Sohn gesund wiederzusehen, gekonnt unterdrückt.

Nachdem wir alle einen Platz um Tantchens Esstisch gefunden haben – ich habe Fatima mangels Stühlen auf meinen Schoß gezogen und genieße ihre Nähe – erklärt Peter, was der Besuch der *Sons* zu bedeuten hat.

Tante Elisabeth ist verdächtig ruhig, dann steht sie auf, geht in ihr winziges Schlafzimmer und ruft: »Leo, kommst du mal?«

»Ui«, macht Klaus, als ich ihr gehorsam folge und sie die Tür hinter uns schließt.

»Sag mal, was soll dieses Gekuschel mit meiner Detektivin, und was macht diese Mischpoke in meiner Wohnung? In meinen Plänen? Ich bin ja froh, euch hier zu sehen, aber kann man euch nicht eine Minute aus den Augen lassen? Diese Gesetzlosen machen ja unsere Reputation zunichte. Ohne sie sind wir sehr viel besser imstande, diesen Fall zu lösen! Besonders Fatima könnte besser ohne deine neugierigen Hände arbeiten.«

»Aber es hat sich so ergeben. Es ist nicht meine Schuld!«

»Sicher, immer ist es der Heilige Geist! Diesen Spruch habe ich so satt. Dein Onkel Armbrecht ...«

»Fatima und ich lieben uns und die *Sons* haben sich vorgenommen, Klara Schönleins Mörder zu finden. Basta!«

Tante Elisabeth schnappt nach Luft, als ich ihr mit diesen Worten den Rücken zukehre. Ja, sie ist Gegenwehr nicht gewöhnt, vor allem nicht von mir, aber ... in diesem Augenblick stößt Rosi einen spitzen Schrei aus.

Wir eilen zurück zur Versammlung, wo Rosemarie die *Sons* mit großen Augen anstarrt. »*Ihr* habt Wilhelms Waffen geklaut?« Ich kann nicht erkennen, ob ihr Blick Entsetzen oder Begeisterung ausdrückt.

Wilhelm schnellt in die Höhe, sodass sein Stuhl mit einem lauten Knall nach hinten umkippt. »Ihr glaubt wohl, ihr könnt euch alles erlauben? Ich verlange sofort meinen Schatz zurück!«

»Ruhig, Brauner, ruhig. Da lässt sich bestimmt ein Geschäft draus machen«, sagt Toddo.

Tante Elisabeth zischt mit Wilhelm im Chor ein »So, so!« in die Runde.

»Woher ihr habt gewusst von Wilhelms Waffen?«, will Fatima wissen.

»Das ist das Problem, wenn Weiber am Tisch sitzen. Die lassen einen nichts von Anfang an erzählen, erst fragen sie dich aus, dann kreischen sie rum«, sagt der Anführer der Rockerbande und funkelt Fatima und Rosi abwechselnd an. »Wer die Geschichte hören will, der hockt sich hin und hält die Klappe!« Prüfend schaut er in die Gesichter der Anwesenden, nachdem wir wieder an unseren Plätzen sitzen und beginnt: »Also, wir haben vom Titten-Doktor den Auftrag bekommen, ein paar Umzugskartons aus Wilhelms Haus zu klauen. Was da drin war, keine Ahnung. Geht mich auch nichts an. Aber meine zwei Männer vor Ort haben dabei die Waffensammlung in Wilhelms Keller entdeckt. Da sie nicht alles auf einmal mitnehmen konnten, sind sie drei Tage später mit Verstärkung noch mal hin. Und wenn wir schon mal dabei sind, Meister Wilhelm: Wer so eine Scheiß-Alarmanlage hat und seine Waffen nicht ordentlich einschließt, der verdient es nicht besser, als beklaut zu werden!«

»Diebe seid ihr! Verbrecher! Und ihr wollt uns helfen, einen Mörder zu finden? Ha! Ha! Ha! Ich lach mich kaputt«, spuckt Wilhelm.

Dann gibt es ein Durcheinander und jeder hat etwas zu sagen, sodass ich nicht einmal verstehe, was Klaus labert.

»Ruheeee!«, donnert Tante Elisabeth in die Runde, in einem Ton, der Weinberge zum Abrutschen bringen könnte. Sogleich stehen alle Münder still und sie sagt: »Es ist an der Zeit, dass wir uns beruhigen und uns auf unsere Aufgabe konzentrieren, auch wenn sich diese Situation außerhalb unserer Komfortzone befindet.«

»Hört, hört!«, sagt Klaus.

»Genau«, gibt ihr Rosi Recht. »Soll ich uns ein Teechen kochen?«

»Ein Bierchen wär mir lieber«, sagt Toddo.

»Ich brauche auch eins«, brummt Wilhelm.

»Nein!«, poltert Tante Elisabeth. »Weder Teechen noch Bierchen! Denkt dran: Da draußen läuft ein Mörder frei herum, und wir haben jetzt einen akut Verdächtigen.«

»Wen denn?«, fragt Chantal.

»Thoralf von Flaschenburg, Herzchen«, erklärt Rosi.

»Unser Auftraggeber, ein Oma-Mörder!«, murmelt Toddo und ballt seine Faust.

»Mein Busen-Doktor? Oh nein, dann will ich aber nie mehr zu dem«, ruft Chantal entsetzt.

Die *Sons* kichern, nur Toddo nicht. »Der Tittenaufblaser wird mich kennenlernen. Jungs, wir quetschen dem jetzt die Wahrheit aus den Rippen. Ich ...«

In diesem Augenblick springt die Wohnungstür auf und die Frau mit dem altrosa Kostüm, aber reichlich zerzausten Haaren steht im Türrahmen.

»Das wird ein Nachspiel haben, Frau van Ameln!«, ruft sie mit zitternder Stimme. »So können wir nicht zusammenleben. So nicht! Wir sind hier kein Tollhaus, sondern die Seniorenresidenz ›Himmelsleiter‹! Kommen Sie sofort in mein Büro!«

»Trifft sich gut!« Tante Elisabeth bleibt ganz gelassen. »Ich wollte ohnehin mit Ihnen sprechen, Frau Hemmschuh, um sämtliche Parkplätze vor Rosemaries Wohnung für uns zu reservieren. Und mein Besuch hat jetzt gleich einen wichtigen Termin in Weinhessen, nicht wahr?«, richtet sie ihre Worte betont freundlich an die *Sons*.

»Ich will mit. Ich könnte Toddo mal ablösen. Ich habe schon lange keinen so heißen Ofen mehr gelenkt«, ruft Rosi hocherfreut.

»Nur die Kinder, Leo, Fatima und Peter fahren mit den Herren. Du, liebste Freundin, kommst mit und kochst uns einen Tee, denn in unserem Gespräch geht es auch um dich. Und du, lieber Wilhelm, besorgst die Tassen.«

»Was für Tassen?«, fragt Wilhelm verdattert.

Nachdem Tante Elisabeth die Aufgaben verteilt hat, brausen wir auf den Feuerstühlen Richtung Flaschenburg zu Thoralf, dem Mörder-Grafen.

Als wir im Pulk in die schneeweiße Designer-Praxis einlaufen, springt die Sprechstundenhilfe von ihrem Platz auf und ruft: „Herr Todtke, wir haben heute doch gar keinen Termin für Ihre Freundin!«

»Wo ist er?«, fährt Toddo ihr in die Parade.

»Er hat Telefonsprechstunde, wenn Sie einen Augenblick warten möchten?«

»Wo er ist, habe ich gefragt!«

»Sprechzimmer vier!«

»Na, geht doch! Und wir wollen nicht gestört werden, von niemand!«

Die Sprechstundenhilfe nickt verängstigt. Dann zerrt Toddo Peter aus unserer Mitte, verpasst ihm einen Schlag gegen den Unterkiefer, sodass er ins Schwanken kommt und zu Boden geht. »Alles, was keinen Bartwuchs hat, kümmert sich um Bügeleisen-Peter und lässt die Hände vom Telefon. Verstanden? Auf, Jungs, wir wollen jetzt den Onkel Doktor behandeln. Leo, du kommst mit und schreibst für deine Tante alles auf, sonst stellt die mir zu viele Fragen. Da hab ich keinen Bock drauf!«

»Aber ich habe doch meine Schuldigkeit getan. Ich habe alles bezahlt. Wir sind quitt«, sagt Thoralf und springt von seinem Platz, als wir sein Zimmer betreten.

»Die Werkzeugtasche«, ruft Toddo.

»Hier, Präsi!«, antwortet Ralf und knallt eine Ledertasche mit Karacho auf den schicken, weißen Glastisch des Doktors.

»Was haben Sie vor? Um was geht es denn? Sie verkratzen mein Interieur«, sagt Thoralf mit zorniger Stimme.

»Hinsetzen!«, befiehlt Toddo und stößt den Arzt auf seinen Designerstuhl zurück, der nun elegant auf und ab wippt. »Alles, was ich will, ist eine Information«, sagt Toddo.

»Deswegen müssen Sie doch nicht so barsch auftreten«, belehrt ihn Thoralf.

»So, Sülzbacke, jetzt mal Butter bei die Fische! Was hast du mit der alten Frau gemacht?«, fragt Toddo.

»Welche alte Frau meinen Sie? Ich bräuchte einen Namen, um mir dann ihre Karteikarte anzuschauen. Ich kann mir ja schlecht alle Patientinnen merken.«

Toddo schnipst mit den Fingern und ruft: »Drehmomentschlüssel!«

Ralf fasst in die Tasche und zieht ein metallenes, langes Werkzeug heraus.

Toddo schnappt danach. »Deine Karteileichen interessieren mich nicht. Hier geht es um die Leiche von Klara Schönlein!«

»Klara Schönlein?«, stößt Thoralf aus und sieht dabei aus wie Graf Dracula im Angesicht eines Kreuzes.

»Da guckste, was? Ich bin kein Engel, aber ich lass mir den Ruf nicht von so einer feigen Arschnase mit Analantrieb versauen!« Toddo wiegt das schwere Werkzeug in seiner Hand.

»Arschnase? Wen meinen Sie damit?«

»Deinen schicken Tisch!«, ruft Toddo und haut mit der Stange so fest auf die weiße Glasplatte, dass sich ein dichtes Netz aus Rissen darauf ausbreitet.

Thoralf gibt einen hohen Ton von sich, ist aber nach mehrmaligen Fragen, was er mit Klara Schönlein angestellt hat, immer noch nicht gesprächsbereit, sondern rechnet Toddo vor, was der Tisch gekostet hat.

Ich verkrümele mich in eine Ecke des Raumes und führe ab jetzt Buch über die Gegenstände, die die *Sons* demolieren: Regal, Vasen, Bildschirm, Gemälde, Stühle, eine Skulptur. Doch als Toddo beginnen will, mit einer Zündkerzenbürste Toralfs Gesicht zu bearbeitet, schreit dieser: »Ich sage alles! Bitte hören Sie auf damit, ich sage alles! Für mein Gesicht zahlt die Versicherung nicht.«

Auf Toddos Zeichen lassen seine Jungs Thoralf los. Keuchend gibt er zu: »Mein Vater und Klara Schönlein hatten lange vor meiner Zeit ein Liebesverhältnis. Der Fürst von Flaschenburg und die Tochter eines Küfers konnten natürlich nicht zusammenkommen. Vor allem, weil mein Vater ja schon meiner Mutter versprochen war: der Prinzessin Berthalotta Desideria von Würthenspiel-Hirschweih, die damals noch zu jung für eine Heirat war.« Während er den Namen seiner Mutter ausspricht, findet er seine Fassung wieder und fährt mit ruhigerer Stimme fort: »Mein Vater und Klara trafen sich regelmäßig heimlich in seinem Jagdhaus im Kristalltal bei Klosterley. Aber der Tag musste kommen, an dem mein Vater wie versprochen mit meiner Mutter vor den Traualtar treten und sich von Klara trennen musste. Dummerweise war Klara zu diesem Zeitpunkt von meinem Vater schwanger. Aus diesem Grund vererbte er das Liebesnest im Kristalltal den beiden, sozusagen als Wiedergutmachung.«

»Demnach ist also Wilhelm Schönlein Ihr Halbbruder«, falle ich ihm ins Wort, damit die *Sons* auch mitbekommen, was hier wirklich wichtig ist.

Thoralf nickt. »Klara Schönlein heiratete daraufhin, schwanger wie sie war, ihren alten Jugendfreund Fritz Schönlein, der sich ausgerechnet hatte, dass irgendwann Schluss sein müsste zwischen Klara und dem Fürsten und in Habachtstellung auf seine Angebetete wartete. Außer meinem Vater, meiner Mutter und mir wusste kein Mensch, dass Wilhelm der Sohn meines Vaters ist, und Klara achtete streng darauf, dass niemand Verdacht schöpfte, um ihren eigenen und den Ruf ihres Mannes zu wahren. Deshalb hat sie auch das Jagdhaus im Kristalltal nach dem Tod meines Vaters nie für sich in Anspruch genommen. Irgendwer hätte bestimmt Fragen gestellt. Und das wollte sie nicht. Ich ebenso wenig. Es lief alles bestens. Ich hatte also gar kein Interesse an ihrem Tod, richtig? Wenn, dann hätte ich Wilhelm und Peter Schönlein ermorden müssen, damit die keine Ansprüche stellen. Außerdem hätte ich jegliche Hinweise auf Klara Schönleins Besitz doch wohl gleich aus ihrer Wohnung mitgenommen, wenn ich der Mörder gewesen wäre. Bin ich aber nicht. Als ich von Klara Schönleins Tod erfuhr, bin ich zu ihrem Haus gefahren, um etwaige Hinweise auf die Liaison meines Vaters an mich zu nehmen. Doch als ich in der Cicero-Straße ankam, sah ich ihren Sohn Kartons aus dem Haus tragen. Ich fürchtete, dass Wilhelm auf diese Weise auf Dokumente stoßen könnte, die unsere Verwandtschaft darlegen und er daraus Ansprüche ableiten würde. Deshalb habe ich Ihre Hilfe in Anspruch nehmen müssen, Herr Todtke.«

»Hmm, hmm«, macht Toddo und fährt nachdenklich durch seinen Bart. »Das klingt einleuchtend.«

»Weil es die Wahrheit ist«, sagt Thoralf.

»Schau, der Thoralf fasst sich beim Erzählen ständig an die Nase und die Ohrläppchen. Für Profiler ein sicheres Zeichen, dass er etwas verheimlicht«, mutmaßt Klaus. »Hake nach, hake sofort nach!«

»Aber was, wenn Sie ein ganz anderes Motiv hatten, Klara umzubringen? Was, wenn dies alles eben eine Lüge war?«, komme ich Klaus' berechtigter Aufforderung nach.

Thoralf von Flaschenburg schickt einen zornigen Blick zu mir herüber, doch dann hat er sich wieder unter Kontrolle: »Sie glauben ja wohl nicht im Ernst, dass ich den Zorn der *Sons* noch weiter auf mich ziehen möchte. Das wäre ja geradezu dämlich, denn Sie bekommen ja doch die Wahrheit raus, wie ich Sie einschätze.« Er lächelt Toddo unterwürfig an und dieser nickt mit ernster Miene. »Dürfte ich dann bitte nach Hause gehen? Ich war das ganze Wochenende unterwegs und bin heute Morgen direkt in die Praxis gefahren. Jetzt freue mich auf ein wenig Frieden in den eigenen Wänden«, sagt Thoralf und steht auf.

»Und, ist der jetzt der Oma-Mörder oder nicht?«, will Ralf wissen.

»Oh, Mann! Weil der Busendoktor unschuldig ist, wie wir *alle* kapiert haben, kann er das nächste Mal statt dem Busen von meiner Zuckerschnecke dein Hirn aufblasen, du Flachpfeife«, schimpft Toddo mit Ralf.

Auf dem Weg zurück zu Tante Elisabeth, werde ich den Verdacht nicht los, dass Thoralf ein äußerst gerissener Bursche ist und uns an der Nase herumführt oder nicht die ganze Wahrheit preisgibt.

Sobald wir in der ›Himmelsleiter‹ angekommen sind, werde ich mir Fatima schnappen und meine Bedenken – und hoffentlich noch einiges mehr – mit ihr teilen. Es wird wohl das Beste sein, wenn wir gemeinsam ganz still und heimlich die Wahrheit ausgraben, ohne *Sons* und ohne Senioren. In trauter Zweisamkeit.

29. Kapitel: Elisabeth

Alle schauen mich erwartungsvoll an. Ich habe das Bedürfnis mich zu räuspern, aber ich fürchte, dass dann alle denken, dass ich etwas Entscheidendes zu sagen weiß. Und davon bin ich weit entfernt. Ich könnte Nebelkerzen werfen, indem ich über mein fruchtloses Gespräch mit Anastasia Hemmschuh berichte, aber auch das würde mir bis zu dem Geständnis, in unserem Fall mit meinem Latein am Ende zu sein, nur kurzen Aufschub gewähren.

Wir sitzen jetzt seit einer Stunde um den Tisch in meiner Wohnung herum und der Spruch *Raum ist in der kleinsten Hütte* erschließt sich mir zum ersten Mal in seiner ganzen Wahrheit. Wenn ich die Häupter meiner Lieben zähle, komme ich auf vierzehn Personen; eine mittlere Van-Ameln-Familienfeier – nur dass sich ausgerechnet von meiner Familie hier noch nie jemand hat sehen lassen, geschweige denn jetzt zusammen mit mir versuchen würde, die nächsten Schritte der Wacht-am-Rhein-Senioren zu planen.

Den Menschen, die hier sind, fehlen leider zündende Ideen und das, obwohl wir ältere Semester nach unserem nächtlichen Ausflug mindestens zehn Stunden geruht haben und wir die Sorge um Peter, Leo und Fatima los sind, weil die gesund und munter wiederaufgetaucht sind. Wenn auch mit Leuten im Schlepptau, die außer Rosi nur wenige als vertrauenserweckend bewerten würden, die aber dennoch Stein und Bein schwören, ab jetzt an unserer Seite zu stehen – jedenfalls, was die Suche nach Klaras Mörder angeht.

Im Großen und Ganzen könnte sich alles geschmeidiger anfühlen als gestern, tut es aber nicht. Wir sind weiter denn je davon entfernt zu begreifen, wie Klara Schönlein getickt hat – und von wem ihre Uhr gewaltsam angehalten wurde.

»Wir haben damit nichts zu tun!«, beteuert der Präsident der *Sons of Fury* gerade und streichelt dabei Rosis Hand, als müsste er sie trösten.

»Wir machen doch keine kleinen, feinen Omas kaputt«, lässt sich einer seiner Getreuen hören. »So wahr ich Flying Herb heiße.«

»Wir brausen höchstens mal etwas zu laut los, wenn wir für sie einkaufen gehen«, behauptet ein anderer, der sich mir als Rich vorgestellt hat. Ein wirklich ansehnlicher Bursche.

»Könntet ihr auch mal *mit* einer kleinen, feinen Oma laut losbrausen und einkaufen gehen?«, erkundigt sich Rosi mit leuchtenden Augen.

Die Situation entgleitet mir, ich lasse es aber geschehen, um Zeit zu gewinnen. Wenn ich ehrlich bin, habe ich nicht nur keine Ahnung, wer Klaras Mörder sein könnte, sondern auch das nagende Gefühl, dass ich Wilhelms verstorbene Mutter niemals wirklich kannte: ein gräflicher Liebhaber, eine unverkäufliche Brosche, monatliche Unterstützungszahlungen an ihren Enkel, die mit meinen an Leo spielend konkurrieren können. Und das, obwohl Klara eine Rente bezog, die nur einen Bruchteil der Summe ausmacht, die sie monatlich an ihren Enkelsohn auszahlte. Jetzt spricht Wilhelm aus, was ich denke: »Ich verstehe die Welt nicht mehr. Wie kommt das viele Geld in die Geldkassette meiner Mutter? Bis auf Klimpermünzen war die doch immer leer. Solange ich denken kann jedenfalls. Was können wir tun, um das herauszufinden?«

Ich ziehe die Schatulle zu mir heran und zähle das Geld fein säuberlich auf den Tisch. In Päckchen zu fünfhundert Euro. Zählen von Geld beruhigt mich. Das war schon nach Weinfesten und Messen immer so. Wenn es spät abends an die Abrechnung ging und alle Mitarbeiter todmüde die Schultern hängen ließen, brachte mich die eingespielte Summe immer in Höchstform und mir fielen Dinge ein, auf die ich sonst nie gekommen wäre. So auch jetzt. Ich habe gerade den dreitausendfünfzigsten Euro gezählt, da lege ich alles aus der Hand und sehe Peter an. »Wie lange ging das schon? Wie lange hat deine Oma dir schon so viel Geld gezahlt, und wieso glaubtest du, da wäre noch mehr?«

Peter reißt die Augen auf, als wäre die Frage etwas Unanständiges.

»Los, raus mit der Sprache«, fordert jetzt auch Wilhelm. »Ich bin schließlich Klaras Sohn und ich wusste nicht mal, dass sie zu Geld gekommen ist.«

»Was du gemacht?«, hakt Fatima nach und nimmt eine bedrohliche Haltung ein. »Für Geld von Oma?«

»Nichts, wirklich! Ihr müsst mir glauben! Sie hat es mir immer freiwillig gegeben, ohne Bedingungen. Seit weniger als einem Jahr und weil doch die *Sons* ...«

Peter redet nicht weiter, wahrscheinlich, weil er einigen der Anwesenden nicht die Laune verderben will. Dabei hat er denselben panischen Blick, den ich von Gernot und Gesine kenne, wenn sie mir erklären sollen, wofür sie schon wieder mehr Geld brauchen, als sie selbst verdienen.

»Ich hatte in letzter Zeit so viele Ausgaben, da hat Oma mir eben geholfen. Das macht man so in Familien.«

»Ja«, gebe ich zu und schaue zu Leo herüber, der beim Notizenmachen innehält, ohne vom Blatt zu schauen. »Das macht man so, wenn es nötig ist. Aber war es bei dir wirklich nötig? Du hast doch eine Arbeit.«

Seit der Taschengeldzeit scheint seine Generation zu glauben, dass es für sie ein verbrieftes Recht auf Unterstützung gibt. Ich fürchte, wir Eltern haben da auf ganzer Linie versagt, indem wir vergaßen, dass sie zwar unsere Kinder bleiben, aber trotzdem Erwachsene werden. Bevor ich die Konsequenz dieses Gedankens auf mich und Leo anwenden kann, redet Peter endlich.

»Bewährungshelfer sein bringt nur etwas ein, wenn man auch Leute hat, denen man helfen kann, sich zu bewähren.«

»Na, ist doch klar«, bestätigt Flying Herb. »Entweder sitzen wir *Sons* im Knast oder auf unseren Maschinen. Und auf der ist für einen wie dich nun mal kein Platz.«

Peter nickt traurig. »Deshalb blieb mir auch nur noch mein Minijob und sehr viel Freizeit, die ich mit meinem Hobby ausgefüllt habe. Ein Mann muss schließlich was zu tun haben.«

»Pff«, macht Wilhelm, aber die *Sons of Fury* nicken verständnisvoll.

»Mit anderen Worten: Du hast über deine Verhältnisse gelebt und dir ausgerechnet Geld von den *Sons* geliehen, um deiner Leidenschaft zu frönen«, konstatiert Rosi, ebenso nachsichtig. »Wie viele Bügeleisen besitzt du denn jetzt?«

»Zweihundertsechsundfünfzig! Aus siebzehn verschiedenen Ländern.« In Peters Stimme schwingt Stolz mit. »Deshalb brauche ich auch eine so große Wohnung und ...«

»... die große Wohnung braucht Miete, verstehe«, vollende ich seinen Satz, komme aber zurück zu dem Punkt, den er bisher unbeantwortet gelassen hat. »Und du hast dich wirklich nie gefragt, wo Klara das viele Geld herhatte, mit dem sie dich unterstützte?«

Peter schielt vorsichtig zu seinem Vater hinüber. »Dir werde ich mit warmen Händen geben, hat Oma immer gesagt, dein Vater bekommt dann den Rest, wenn ich tot bin. Für den bleibt genügend übrig.«

»Wovon? Es war doch nie etwas da, was vererbt werden konnte. Alles, was meiner Mutter lieb und teuer war, habe ich aus ihrer Wohnung mitgenommen; es passte in ein paar braune Umzugskisten. Der Rest ging in den Sperrmüll.« Wilhelm fährt sich mit der Hand durch die Haare und ich bekomme den Eindruck, dass er das tut, damit er sich nicht an seinem Sohn vergreift. »Unsere kleine Familie hat zwar nie gehungert, aber es blieb auch nie viel übrig. Mein Vater ...« Wilhelm zögert einen Moment. »Der Mann, den ich bisher für meinen Vater hielt, war immer wieder arbeitslos, aber hat immer sein Bestes gegeben. Also: Heraus mit der Sprache: Woher kam das Geld, das du verbraten hast?«

Toddo beugt sich interessiert nach vorne. »Genau das würden wir auch gerne wissen.«

Peter schnieft. »Ich weiß nicht, wo Oma das Geld herhatte; mir hat immer gereicht, dass es da war.«

»Geht mir genauso«, meldet sich Chantal, kommt aber nicht weiter mit ihren Ausführungen, weil Fatima ihr einen Blick zuwirft, den zu lesen sie offenbar besser versteht als ein

Buch, denn sie verstummt augenblicklich und wir können ohne Umwege beim Thema bleiben. Nicht nur deshalb wird die Luft im Raum gerade zu dick für mein kleines Apartment. Die Stimmung droht zu kippen. Rosi scheint das auch so zu sehen, denn jetzt interveniert sie mit Harmlosigkeiten. »Kann mal jemand was zu trinken vom Balkon holen?«, fragt sie und sieht dabei gewinnend von einem Fury-Fohlen zum nächsten. »Da draußen stehen jede Menge Wein und Wasser in einer Wanne voll Eis parat.«

»Flying Herb! Hast du nicht gehört, worum die Dame dich gebeten hat?«, macht Toddo, immer gut im Delegieren niederer Tätigkeiten, seinen Kumpel zum Freiwilligen.

Der steht auf, schaut aus dem Fenster und bleibt wie angewurzelt stehen.

»Man soll nix trinken, wenn man noch fahren muss«, sagt er zögerlich.

»He?«, Toddo schüttelt ungläubig den Kopf. »Dann sauf du das Wasser und bring uns den Wein, Warmduscher!«

Flying Herb rührt sich immer noch nicht vom Fleck. Dann zeigt er aus der Balkontür. »Ich gehe da nicht drauf. Da glotzt mich der ganze Weingau an. Und dann wird mir schwindlig und dann zieht es mich zu sich runter. Und dann ...«

Wie gut ich den Mann verstehe! Ich schnicke kurz mit dem Kopf in Leos Richtung und schon springt der auf, um das Gewünschte zu holen.

Toddo nickt mir anerkennend zu. »Nicht schlecht. Sie haben Ihre Leute im Griff. Sie müssen mir bei Gelegenheit mal Ihre Methode verraten.«

»Das einfach«, sagt Fatima. »Tante Elisabeth wedeln mit Scheine, du wedeln mit Faust. «

Während Leo sich draußen offenbar nicht entscheiden kann, welchen Wein und welches Wasser er Flying Herb durch die Tür reicht, fragt Chantal: »Kann ich noch mehr von dem tollen Tee haben? Der macht so leicht im Kopf! Echt irre, ich hätte nie gedacht, dass ich mal Tee echtem Prickel vorziehe. Aber der ist wirklich klasse.«

Die *Furys* wollen auch noch was und strecken synchron ihre Tassen Richtung Kanne. Wilhelm gießt allen nach. Rosis Hexenkünste liefern tatsächlich einen nicht unbeträchtlichen Beitrag zur friedlichen Koexistenz der derzeitig anwesenden Parteien.

Chantal hat offenbar nicht gelernt, *Danke* zu sagen, wenn sie genug hat. Sie zieht einfach ihren Becher weg, als er halb voll ist. Da Wilhelm nicht sofort reagiert, ergießt sich ein Schwall warmen Tees mitten in Klaras leere Geldkassette.

Rosi gackert sofort los: »Ihr braucht die Kassette nicht zu gießen. So viel gute Laune mein Tee auch macht, leider wachsen durch ihn trotzdem keine Scheinchen nach.«

Merkwürdig. Die heiße Flüssigkeit scheint den Boden der Geldschatulle zu verändern. Der weiße Lack platzt auf, die Pappe wird sichtbar und schlägt Wellen. Ich nehme Wilhelm die Kanne aus der Hand und gieße kräftig nach.

»Klara, Klara«, sage ich bewundernd »du warst doch eine ganz Ausgebuffte.« Dann polke ich kräftig an der aufgeweichten, lackierten Pappe herum, die ich eben noch für den Boden der Geldkassette hielt. Ich genieße die fragenden Blicke der anderen, bis ich es geschafft habe zum darunterliegenden Metall vorzustoßen. »Wer hätte das gedacht«, sage ich. »Es gibt einen doppelten Boden. Gar nicht mal besonders gut gemacht, jedenfalls wenn man um das Geheimfach und seinen Inhalt wusste.« Ich halte einen Schlüssel mit einem seltsam gezackten Bart in die Höhe, der unter der Abdeckung zum Vorschein gekommen ist. »Hat jemand eine Ahnung, was das ist?«, frage ich in die Runde.

»Jep!«, meldet sich ausgerechnet Chantal. »Das ist ein Schlüssel zu einem Bankschließfach. Toddo hat so ein Ding an einer Kette um den Hals hängen. Das baumelt mir immer im Gesicht rum, wenn wir Liebe machen.« Ungerührt ob der neugierigen Blicke der *Sons* und des wütenden Gesichtsausdrucks ihres Freundes, erklärt sie fröhlich weiter: »Er hat eine Nummer drauf gravieren lassen, aber die kann ich wegen der Ruckelei nie richtig lesen. Sie fängt aber mit einer ... Aua, man tritt einer Dame nicht vors Schienbein, Toddo!«

Die folgenden partnerschaftlichen Auseinandersetzungen der beiden gehen im allgemeinen Tumult der Vermutungen aller anderen unter.

»Meine Mutter? Wofür sollte die denn ein Bankschließfach brauchen? Das ist doch lächerlich!« Wilhelm klingt nicht, als ob ihm wirklich zum Lachen wäre.

Sein Sohn hat tatsächlich Empörung in der Stimme. »Das glaube ich jetzt nicht! Oma hat ihr Geld in einem Schließfach versteckt? Dann hätte ich ja lange suchen können!«

»Stellt sich die drängende Frage«, übertönt Rosi spielend den Geräuschpegel der anderen. »Um welche Bank handelt es sich und wie kommen wir an das Schließfach ran?«

Keine fünf Minuten später sitzen Wilhelm und ich mit geschlossenem Verdeck im Alfa und fahren mit Motorradeskorte erst zu ihm nach Hause, Klaras Sterbeurkunde und seinen Personalausweis abholen, und dann zur ersten Bank. Ich lerne dabei Rosis Fahrkünste schätzen, denn Wilhelm hängt verbissen hinter dem Lenkrad und sieht weder nach rechts noch links, während alle anderen um uns herum mächtig Spaß auf den Beifahrersitzen der *Sons* haben. Sogar Rosi hat den Spider ohne große Widerworte an Wilhelm abgetreten, weil Flying Herb ihr zeigen will, warum er trotz seiner Höhenangst seinen Namen verdient.

Ich versuche vorsichtig, Konversation zu machen, aber Wilhelm schweigt verdrossen und schaut in einer Art und Weise auf die Straße, die mich fürchten lässt, dass ihm viel zu viel durch den Kopf geht, als dass er den Verkehr tatsächlich wahrnimmt. Ich hoffe inständig, sein Autopilot funktioniert bis zu unserer Ankunft fehlerfrei. Wenn ich ehrlich bin, verstehe ich ihn: Er muss mittlerweile den Eindruck gewonnen haben, dass seine Mutter ihm nur die Hälfte ihres Lebens erzählt hat. Ich schalte das Radio an in der Hoffnung, die Stimmung durch ein wenig Musik zu heben. Rosis Italienkassette bietet uns *Volare* an, das im Verbund mit dem Geknatter der uns umgebenden Motorräder wie ein Jungbrunnen wirkt. Jedenfalls bei mir.

»*Volare*? Fliegen? Stell das ab, sonst fliegst *du* raus auf die Straße«, raunzt Wilhelm. »Ich will keine gute Laune. Ich bin sauer. Auf meine Mutter. Auf meinen Sohn.« Dann wird er leiser, aber seine Lippen bewegen sich und ich meine »... auf meinen Vater ... auf meinen Bruder ...« abzulesen.

Ich stelle die Musik wieder ab. Wilhelm hat jedes Recht, sich zurückgesetzt zu fühlen, finde ich. Seine Laune wird noch einige Grade übler, als die Mitarbeiter der ersten und der zweiten Bankfiliale, die wir aufsuchen, uns versichern, dass dieser Schlüssel ganz gewiss nicht in irgendeines ihrer Schließfächer passe.

Auf dem Weg zur Weingauer Sparkasse erkenne ich endlich, dass Wilhelm nicht schlechter Laune ist, sondern tief traurig, gerade so, als wäre er aus dem Leben seiner Mutter und damit aus seiner eigenen Vergangenheit ausgesperrt worden. Das geht viel tiefer, es ist gefährlich für seine seelische Gesundheit. Hier und jetzt ist meine ganze Freundschaft gefragt. Während ich wie ein Wasserfall rede, damit er nicht zusammenbricht, entscheide ich mich, ihm die Gefühle abzunehmen, die er sich selbst nicht zu haben traut.

Erst als ich schon seit zehn Minuten kein gutes Haar mehr an Klara gelassen habe, nimmt Wilhelm eine Hand vom Steuer und gebietet mir Einhalt. »Du kannst aufhören, Elli. Es reicht. Und es wirkt«, sagt er leise. »Es geht mir schon viel besser. Aber ich hätte gerne noch ein wirklich saftiges Schimpfwort für meinen Sohn und für mich. Nur hier, und nur unter uns. Weil Peter nicht zu mir gekommen ist, als er Hilfe brauchte ... weil ich sein Vertrauen nicht wert war ...«

Ich erinnere mich an Shakespeares Wortschatz aus ›Richard III.‹, den Rosi bei passender Gelegenheit genüsslich zu zitieren weiß und komme der Aufforderung meines Freundes mühelos nach: »*Du höllenschwarzes Schwein, das Scheiße frisst! Du ekler Schleim aus Deines Vaters Sack, Du Ehreneiterbrand!*«

Wilhelm grinst: »Fehlen da nicht noch ein paar besonders fiese Wörter? Ich habe das Zitat wesentlich länger in Erinnerung.« Dann wird er wieder ernst: »Gehst du bitte mit mir zum Schließfach? Ich habe Angst, was sich da drin noch alles findet und wer ich anschließend sein könnte ...«

An der Hauptstelle der Weingauer Sparkasse marschieren Wilhelm und ich durch das Spalier unserer Verbündeten bis zur gläsernen Schiebetür. Nachdem die sich geöffnet hat, läuft alles ab wie in einem Film. Die Bankangestellte holt sogar ihren Chef und der geht höchstpersönlich vor uns her und redet dabei servil auf uns ein, was Wilhelm hoffentlich dazu bringen wird, das Schließfach zu kündigen, ganz gleich, was es uns bietet. »Wie schön, dass Sie unser Haus endlich einmal selbst beehren! Ihr Festgeldkonto harrt schon so lange weiterer Entscheidungen! Ihre liebe Frau Mutter hat ja in Anbetracht ihres fortgeschrittenen Alters alles frühzeitig auf ihre beiden Namen eintragen lassen und Sie zum Hauptnutzer ernannt. So zahlen Sie obendrein keinerlei Erbschaftssteuer! Sehr weitsichtig, muss ich sagen, hat man bei so alten Leutchen selten. Wir haben uns immer gefragt, wann Sie selbst tätig werden würden und haben stets attraktive Vorschläge für aufregende Anlagemöglichkeiten parat gehalten. Wir würden uns außerordentlich freuen, wenn Sie sich entscheiden könnten, Ihre Geschäfte in Zukunft in gleichem Maße bei uns zu tätigen wie Ihre Mutter dies seit Jahren zu tun pflegte. Sie ist mit unseren Arrangements immer sehr zufrieden gewesen. Ich darf wohl sagen, dass das Wort *Vertrauen* die Stärke unseres Hauses ausmacht, ganz gleich, welche Summe Sie in unsere Hände legen!«

Wenn der Mann so weiterredet, läuft er Gefahr, von Wilhelm so klein zusammengefaltet zu werden, dass er im Austausch für den Inhalt in das Schließfach passt. Deshalb gebe ich ihm ein Zeichen, sich zu entfernen, als wir endlich bei den Bankschließfächern sind. Wilhelm lässt sich erschöpft auf einen Stuhl an einem kleinen Tisch fallen und vergräbt den Kopf in den Händen.

»Mach du, Elli. Guck allein nach«, sagt er und seine Stimme zittert vor Aufregung. »Und verabreiche mir bitte alles, was du findest, in verdaulichen Dosen. Als ich vor vielen, vielen Jahren von meiner Mutter erfuhr, dass sie sich ein Bankkonto einrichten wollte, auf das ich auch Zugriff haben sollte und sie eine Unterschrift von mir verlangte, glaubte ich nicht, dass es einmal mehr enthalten würde, als ihre Rente – geschweige denn, dass es mich zu einem Festgeldkonto führen würde. Ich hatte die ganze Angelegenheit völlig vergessen.«

Ich mache mich wortlos mit dem Inhalt des Überraschungspaketes vertraut, das Klara hinterlassen hat. Obenauf liegt eine säuberlich mit Lineal und Bleistift gezogene Tabelle, in der Geldzahlungen eingetragen wurden. Jeden Monat fünftausend Euro und das seit dem Tod des alten Grafen. Vor elf Monaten wurden daraus nurmehr dreitausendfünfhundert. Die fehlende Summe wurde säuberlich mit dem Hinweis ›an Peter‹ versehen. Zeit, alles zurückzunehmen, was ich über den Vergleich zwischen Klaras und meinen monetären Verhältnissen angenommen habe.

Außer den Blättern mit den Zahlenkolonnen entdecke ich einen roten Briefumschlag, auf dem in Klaras gestochener Schrift Wilhelms Name steht. Als ich ihn über den Tisch zu ihm hinüberschieben will, schüttelt er mit dem Kopf. »Lies du, bitte!«

Etwas widerstrebend folge ich seinem Wunsch, ziehe einen Bogen feinsten Büttens heraus, lese – und erlange die Gewissheit, woher das Geld stammt. »Thoralf von Flaschenburg weiß also seit dem Tod seines ... deines ... eures ... Vaters von dir«, erkläre ich meinem Freund. »Der alte Graf hatte dir seine Sommervilla im Kristalltal vermacht. Sie ist sozusagen die Summe deiner Alimente. Sehr zum Leidwesen seines ehelichen Sohnes.«

»Unglaublich«, murmelt Wilhelm. »Das schöne Jagdhaus mit den bunten Erkern und dem Buchenhain sollte wirklich mir gehören?«

»Genau so steht es hier«, bestätige ich. »Aber Thoralf wollte das Anwesen unbedingt selbst haben und hat deiner Mutter deshalb angeboten, es ihr in monatlichen Fünftausenderschritten wieder abzukaufen. Im Gegenzug hat sie ihm versprochen, niemanden zu erzählen, dass ihr Halbgeschwister seid. Der zwischen den beiden festgelegte Kaufpreis beläuft sich auf nicht weniger als achthundertfünfzigtausend Euro. Laut vorliegender Tabelle …«, ich fahre mit den Fingern die Zahlenkolonnen entlang, »… fehlen nur noch sechs Monate und die Gesamtsumme ist beglichen und das Haus zurückgekauft. Sieht so aus, als habe zwischen den beiden reines Einvernehmen geherrscht.«

Wilhelm runzelt die Stirn. »Damit werden Thoralfs Angaben gegenüber Leo und den *Sons* durch meine Mutter eindeutig bestätigt. Somit kommt er als Mörder tatsächlich nicht in Frage.«

»Kommt darauf an«, widerspreche ich, »ob der junge Herr Graf zwischenzeitlich anderen Sinnes geworden ist und durch Klaras Tod das Arrangement rückgängig machen wollte, um *beides* für sich zu behalten. Zuzutrauen wär's ihm.«

»Hat meine Mutter denn bei so einer erklecklichen Summe keinen doppelten Boden eingebaut?«, fragt Wilhelm nicht ganz unberechtigt. »Sie konnte ja schließlich nicht damit rechnen, dass ich den Schlüssel zum Schließfach durch heißen Bilsenkrauttee finde. Irgendwie hätte ich doch von diesem Hin und Her erfahren müssen, sonst hätte sich meine Mutter die ganze Sparerei auch schenken können.«

Ich studiere erneut die Unterlagen und händige ihm die Schenkungsurkunde für die Jagdvilla im Kristalltal mitsamt Lageplan und Grundbuchblatt aus. Wilhelm nimmt alles ehrfürchtig entgegen und betrachtet dann angelegentlich ein paar Fotos, die dem Paket beigegeben sind. »Mannomann, ist das schön«, sagt er.

Während er stumm seinen Besitz bestaunt, finde ich den Vertrag, den Klara und Thoralf von Flaschenburg vor einem Notar in Frankfurt geschlossen haben und kapiere endlich, auf welche Weise Wilhelm sowohl vom Schließfach, dem überquellenden Festgeldkonto, als auch dem Besitzertausch erfahren hätte: An dem Tag, an dem der Notar ihn über die letzte Zahlung und den Vollzug informiert hätte. Bis dahin blieben Thoralf das alleinige Nutzungsrecht des Jagdhauses und die Gewissheit, dass Klara über ihre Liaison mit seinem Vater Stillschweigen bewahrt. Ab Übernahme des Hauses oder des Geldes würde Wilhelm ebenfalls dichthalten müssen, so eine weitere Klausel.

Das spricht nun wiederum gegen die Theorie, dass Thoralf Klara kurz vor Toresschluss ins außerstoffliche Dasein befördert haben könnte, um alles für sich zu haben. Es sei denn, besagter Notar würde mit ihm unter einer Decke stecken. Aber so weit will ich jetzt erst einmal nicht denken, stattdessen weise ich Wilhelm auf einen wirklich begrüßenswerten Umstand hin. »Also, wie ich das sehe, bist du jetzt eine sehr gute Partie, Wilhelm. Ganz gleich, ob du das viele Geld oder das Jagdschlösschen wählst«, sage ich. »Ab jetzt hast du glatt wieder Chancen bei mir.«

»Dieses Jagdhaus ist ein Traum. Ich könnte mir durchaus vorstellen, meine Geweihe und mich dort einzuquartieren«, schwärmt Wilhelm.

Ich nicke zufrieden. Ich würde nicht anders entscheiden. »Das ist eine gute Wahl, Wilhelm«, lobe ich ihn.

»Dann lass uns gleich zu diesem Frankfurter Notar gehen und alles Nötige regeln.« Wilhelm ist euphorisch. »Einer der Rocker soll sofort losdüsen und meinen Halbbruder holen, damit der weiß, was ihm blüht. Und alles seine Richtigkeit hat.«

Dadurch fällt mir das Foto von Thoralf von Flaschenburgs Terminkalender auf Rosis Handy wieder ein, das sie mir an jenem Tag auf dem Hohen Herrmann unter die Nase hielt. »Wilhelm, warte mal! Der Graf hat doch da was mit dem Bürgermeister von Klosterley und diesem Hotelier geplant. Nicht, dass es dabei ausgerechnet um dein Grundstück im Kristalltal geht. Ich möchte nicht, dass du nach allem, was du durchgemacht hast, kurz vor Schluss eine Enttäuschung erlebst. Diese Geschichte muss erst geklärt werden. Damit uns niemand dazwischenfunken kann, legen wir jetzt noch dem Bürgermeister von Klosterley und seinen sauberen Kumpanen Handschellen an.«

30. Kapitel: Monika

Zwar weiß ich jetzt immer noch nicht, ob Harald der Mann auf dem Foto ist, aber ich bin froh. Froh, dass er immer so lieb zu mir ist, sogar als ich sein Hemd aufknöpfen wollte. Und froh darüber, dass wir nachher zusammen zur Seniorenresidenz fahren und er mir zeigen wird, wie wir uns effektiv um die Frau Müller kümmern können.

Jetzt bin ich nicht mehr alleine mit dieser blöden Sache und das Beste: Harald und ich sind ab sofort ein Team. Und das Allerbeste: Die blöde Elfie ist so was von außen vor! Ich bin die persönliche Assistentin des Bürgermeisters. Mit mir zusammen wird er seine Pläne voranbringen! Und er wird endlich merken, wer ihm wirklich verbunden ist.

Zum Glück kann ich mich noch mal kurz entspannen: Harald hat mir zwei Stunden freigegeben, weil er noch einige wichtige Dinge erledigen muss. Für halb sechs hat er mich in sein Büro bestellt. Danach geht es los – Harald und ich zusammen in wichtiger Mission. Ich bin aufgeregt. Aber ich weiß, was ich in der Zwischenzeit zu tun habe.

Zu Hause packe ich den Inhalt meiner kleinen schwarzen Handtasche in die große braune um. Ich brauche Platz! Für all die Dinge, die mir bei der Sache mit der Frau Müller von Nutzen sein können. Vielmehr uns. Mir und Harald. Das Schweizermesser von Onkel Berti, ein Knäuel dicke Paketschnur, das glatt als Strick taugt, den Rest Gift, mit dem ich die ultimativen Mörderpralinen gefüllt hatte und die Nylonstrumpfhose. Vielleicht kann ich sie heute zum Würgen gebrauchen.

Haralds genauen Plan kenne ich nicht und was weiß ich, auf welche Art und Weise wir uns nun abschließend um die Frau Müller kümmern werden. Aber was das Werkzeug angeht, bin ich auf jeden Fall schon mal gut vorbereitet.

Als Nächstes überlege ich, was ich anziehen soll. Morden im langen Rock könnte Probleme aufwerfen. Was, wenn ich irgendwo hochklettern und die Frau Müller runterschmeißen muss? Oder wenn ich sie kilometerlang durch die Gegend schleifen muss, um sie in einem Waldstück zu vergraben, nachdem wir uns abschließend um sie gekümmert haben? Da kann ja noch alles Mögliche auf mich zukommen. Besser also, wenn ich beweglich bin.

Nach einigem Überlegen entscheide ich mich für eine Jeans und ein XXL-T-Shirt, das ich sonst nur am Wochenende auf dem Sofa trage. Damit sich keiner wundert, weil ich sonst nie so leger bei der Arbeit erscheine, ziehe ich noch ein Jackett über das Shirt und drapiere mein geblümtes Halstuch um mich. So werde ich sogar Harald unter die Augen treten können.

Zurück am Bürgermeisteramt kette ich mein Rad an und schaue auf die Uhr. Noch zwanzig Minuten, bis ich Harald treffen kann. Eine Ewigkeit.

Ins Büro will ich jetzt nicht, ich bin viel zu nervös. Also mache ich einen kleinen Spaziergang, damit die Zeit vergeht. Marschiere um das Rathaus herum und zurück zur Eingangstreppe. Mein Blick fällt auf den Seerosenteich: so romantisch. Warum habe ich nicht mehr auf ihn geachtet? Aber vor lauter Frau Müller, Foto und Puzzeln hatte ich ihn schon fast vergessen. Dabei habe ich in meinem ersten Jahr im Bürgermeisteramt meine gesamten Mittagspausen hier verbracht, weil ich dann nicht mit den anderen Leuten aus dem Amt in die Kantine musste.

Ich denke an Harald und unsere Mission und schwöre mir, dass ich heute alles richtig machen werde.

Nachdem ich mich Kraft meiner Gedanken hundertprozentig darauf eingeschworen habe, gehe ich ins Amt und erreiche ohne Zwischenfälle namens Elfie oder anderer Natur den zweiten Stock.

Die Sonne scheint durch das Fenster am Ende des Ganges und malt Schattenspiele auf den Steinfußboden. Es ist ungewöhnlich friedlich an diesem späten Nachmittag im Juni. Keine Besucher, keine Kollegen. Vielleicht sind ja alle draußen in der Sonne.

Tief atme ich den mir vertrauten Geruch des Bürgermeisteramtes ein, es riecht nach Holz und Stein und Putzmittel, nach Papier und ein kleines bisschen auch nach Staub. Nach Zuhause. Ich entscheide mich, direkt in Haralds Büro zu gehen und nicht zuerst in meines und klopfe an die Tür. Keine Antwort. Ich schaue auf die Uhr. Nun gut, ich bin auch mal wieder überpünktlich. Fünf vor halb sechs. Dann werde ich eben einfach drinnen auf Harald warten. Ich gehe rein und kippe das Fenster, um etwas von der warmen Sommerluft hereinzulassen. Dann setze ich mich in den karamellfarbenen Gästesessel und warte.

Ich schließe die Augen und denke daran, dass ich ein Geschenk für den Herrn Gundula Pellheim kaufen muss. Hätte der nicht angerufen, wäre ich jetzt im Himmel bei Onkel Berti und würde nicht hier sitzen und mich auf Haralds und meinen gemeinsamen Auftritt freuen.

Der wird uns auf ewig zusammenschweißen, ich weiß es.

Während ich so überlege, wie lange es wohl dauern wird, bis Harald die Scheidung durchhat, höre ich laute Stimmen auf dem Gang, die immer näherkommen. Die eine gehört definitiv zu Harald. Aber mit wem schreit er da rum?

Ich springe aus dem Sessel, die Tür fliegt auf und Harald steht im Türrahmen. »Oh, Monika«, sagt er, »ich habe Sie noch gar nicht erwartet.«

Hinter Harald tritt Axel Bärbaum, sein bester Freund, ins Büro. Beide Männer sehen ziemlich grimmig aus. Na ja, kein Wunder, bei dem Geschrei eben. Wenn ich bloß wüsste, um was es da ging.

»Monika«, sagt Harald jetzt und versucht, mich anzulächeln. Da er aber eigentlich wütend guckt, sieht es eher wie eine Grimasse aus. »Monika, lassen Sie uns doch bitte einen Moment allein. Ich melde mich bei Ihnen.«

Ich nicke brav, aber in Wirklichkeit bin ich ziemlich sauer. Schließlich war ich es, die mit Harald verabredet war. Um halb sechs. Und jetzt ist es Viertel vor sechs. Aber ich muss gehorchen, nicke also Herrn Bärbaum kurz zu und trolle mich durch die Verbindungstür in mein Büro.

Ich will aber unbedingt wissen, warum Harald und Axel Bärbaum sich so heftig streiten, schließlich sind sie schon seit dem Kindergarten allerbeste Freunde, wie mir Harald erzählt hat. Und dann gehen sie jetzt so aufeinander los? Hoffentlich dreht es sich da nicht um die Frau Müller und um mich.

Blöderweise schreien sie jetzt nicht mehr, sondern zischen

nur noch rum, sodass ich kein Wort verstehe. Aber ich habe ja meine Geheimmethode – wie gut, dass meine Schwester und ich früher immer Detektiv gespielt haben. Das muss ich ihr bei Gelegenheit mal sagen, dass ich ihr dankbar dafür bin, dann freut sie sich.

Ich gehe zum Schreibtisch, um mein Wasserglas zu holen. Aber ich sehe keins, weder links vom Computer noch rechts, weder davor noch dahinter. Habe ich es woanders abgestellt? Ich schaue mich um. Weder auf dem Kopierer noch im Regal, auch nicht auf dem Sideboard mit den Akten.

Das kann nicht sein, dass diese dämliche Putzfrau, jetzt, wo ich ihr extra gesagt habe, dass ich mich in Zukunft selber um alles kümmere, die Gläser abräumt!

Ich schleiche zur Verbindungstür und presse mein Ohr gegen die Wand, bis ich das Gefühl habe, dass es gleich anfängt zu bluten. Umsonst, ich verstehe keine Silbe. Bis die Stimmen auf einmal kurz wieder lauter werden. »... diese verblödete Schmelzeis!«

Ich, verblödet? Das hat doch nicht Harald gesagt, oder? Wenn die Leute fauchen, kann man die Stimmen so schlecht erkennen. Wieder nur Gezische und ein bisschen Gemurmel und ich werde gleich wahnsinnig. Ich *muss* wissen, ob die da über mich reden und was, egal wie.

In meinem Kopf purzeln die Gedanken wild durcheinander. Ich weiß nicht, was ich machen soll, ich weiß nicht, was da drüben erzählt wird, aber ich drehe durch, wenn ich das nicht erfahre. Ich denke so intensiv nach, dass ich schon fast wieder Kopfschmerzen bekomme und plötzlich weiß ich es: Es gibt nur eine Möglichkeit – ich muss am Fenster horchen.

Die Sache hat nur einen Haken: Wir sind hier im zweiten Stock und haben keine Balkone.

Aber ich bin so wütend, dass mir das egal ist. Solange

nur der Hauch einer Möglichkeit besteht, dass es Harald war, der mich als verblödet bezeichnet hat, ist mein Leben sowieso sinnlos. Also gehe ich da raus und lausche. JETZT. Und wenn es das Letzte ist, was ich tue.

Ich rolle meinen Schreibtischstuhl zum Fenster und öffne es weit. Die Sonne scheint mir ins Gesicht und ich muss blinzeln.

Ich steige auf den Stuhl und von dort aus auf die Fensterbank. Dabei schaue ich die ganze Zeit auf das Dach des Gebäudes gegenüber. Denn eines weiß ich ganz genau: Niemals nach unten schauen! Das haben Cary Grant und Grace Kelly in *Über den Dächern von Nizza* auch nicht gemacht, deshalb sind sie auch nicht runtergefallen.

Ich drehe mich um und setze die Füße ganz an die Seite der Fensterbank in Richtung von Haralds Büro. Dann stelle ich den rechten Fuß auf das äußere Sims, hole tief Luft und ziehe den linken Fuß hinterher, während ich mich mit beiden Händen am Fensterrahmen festhalte. Zum Glück habe ich keine Slipper an, sondern für das geplante Unternehmen hinsichtlich der Frau Müller meine schwarzen Schnürschuhe angezogen. Die sitzen bombenfest. Allerdings trennt mich noch ein großer Schritt von dem Sims vor Haralds Büro. Ich schaue mir den Abstand an und mir wird schwindelig. Ich hatte noch nie besonders lange Beine.

Aber jetzt gibt es kein Zurück mehr.

Liebe Heilige Burgunda, Schutzheilige der außergewöhnlichen Anliegen, kannst du bitte machen, dass ich vor Haralds Fenster gelange, ohne runterzufallen und mir den Hals zu brechen? Ich bringe das nächste Mal auch eine noch größere Bienenwachskerze mit. Wenn du willst, wieder eine mit einer Biene vornedran, du kannst dir aber auch ein anderes Tier aussuchen. Danke schon mal im Voraus! Deine dir ergebene Monika.

Beim letzten Satz trete ich todesmutig mit dem rechten Fuß auf Haralds Sims und kralle mich mit der rechten Hand an dem Rahmen seines gekippten Fensters fest. Meine linke Seite ist noch auf dem Sims vor meinem Fenster.

Ich hole tief Luft, ziehe den anderen Fuß zu mir rüber und bin nun mit allen meinen Körperteilen auf dem Sims vor Haralds Fenster. Wow! Die Burgunda wieder mal!

Harald und Axel Bärbaum zischen sich immer noch an. Sehen kann ich nichts, da die Aluminiumjalousien ziemlich weit unten sind. Das muss Harald gemacht haben, nachdem ich weg war. Zum Glück ist das Fenster immer noch gekippt.

»Du bist ein Riesenidiot«, meckert Axel Bärbaum gerade. »Ich hätte mich im Kindergarten lieber mit Joachim anfreunden sollen. Der hat es schon damals geschafft, immer die meisten Bonbons zu ergattern. Aber jetzt sitze ich mit dir hier und du kriegst wieder mal nichts auf die Reihe. Ich meine, alles, um was ich dich gebeten habe, ist, dass du jemanden besorgst, der meine Schwiegermutter aus dem Weg räumt. Das ist nicht so schwer, oder? Aber du kapierst gar nichts! Wie bist du bloß auf die Idee gekommen, deine vollkommen umnachtete Sekretärin anzuschleppen? Die kann doch nichts!«

Die Hände, mit der ich mich am Fensterrahmen festhalte, zittern. Dieser Hotelfuzzi meint mich! Ich bin Haralds Sekretärin!

Haralds Antwort kann ich nicht verstehen, weil unten gerade eine Armada von Motorrädern vorbeidonnert.Das Nächste, was ich höre: »Aber sie gibt sich doch Mühe.«

Wie lieb von Harald! Jetzt bin ich sicher, dass nicht er es war, der mich als verblödet bezeichnet hat.

Ich bin erleichtert und lehne meine Stirn an den Fensterrahmen. Für diese Erkenntnis hat sich mein Ausflug auf das Sims hier allemal gelohnt.

Während ich versuche, mich auszuruhen, höre ich plötzlich eine Stimme unter mir: »Hey, Sie da oben, sind Sie wahnsinnig geworden?«

Und eine andere Stimme: »Kommen Sie bloß da runter!«

Die meinen mich! Das gefällt mir jetzt gar nicht. Ich will nicht, dass mich jemand hier sieht.

Da es aber schon geschehen ist, lasse ich mit einer Hand den Fensterrahmen los und tue so, als würde ich Haralds Fenster von außen putzen. Das muss wohl jeder einsehen, dass das auch mal gemacht werden muss. Dass ich keinen Lappen habe, sieht man von so weit unten ja nicht.

Drinnen zischt Axel Harald an: » Die Alte muss weg und zwar pronto. Wir brauchen ihre Kohle. Sonst wird das nie was mit dem Hotel und dem Casino. Zuerst suchen wir uns nen ordentlichen Profikiller und danach einen gewieften Rechtsverdreher. Und wir schmeißen eins, zwei, drei die ganzen Alten aus der dämlichen Seniorenresidenz. Und dann ... let's go!«

Unter mir ruft wieder jemand. »Nicht springen!« Und eine Frauenstimme ergänzt: »Halten Sie durch! Die Feuerwehr ist gleich da!«

Feuerwehr? Ich muss hier weg, sonst kriege ich Ärger mit Harald, weil ich so ein Aufsehen verursache. Wir wollen doch gleich zu der Frau Müller und er darf auch nicht wissen, dass ich gelauscht habe. Bloß, wie komme ich jetzt wieder von diesem verdammten Sims runter?

Langsam wird mir mulmig.

Drinnen meckert Axel Bärbaum immer noch rum. »Und dass du es weißt, Harald, mit diesem Thoralf von Flaschenburg mache *ich* auf keinen Fall Geschäfte. *Unser* Hotel. *Unser*

Casino. Und *unser* Weinpark im Kristalltal. Und nichts da mit Schönheitsklinik.«

Unter mir höre ich ein Raunen. Es hört sich an wie das Meer. Oder als ob viele Menschen auf einem Haufen wären.

»Nicht bewegen!«, ruft jemand.

Scherzkeks. Selbst, wenn ich wollte, könnte ich mich nicht bewegen vor lauter Angst, dass ich abstürze und kralle mich einfach nur mit beiden Händen am Fensterrahmen fest. Ich bin schweißgebadet und meine Nase juckt wie verrückt. Hoffentlich muss ich nicht gleich niesen.

Drinnen wird Axel Bärbaum immer lauter, er redet sich richtig in Rage. »Du bist ein Vollidiot«, schreit er Harald an. »Ein blöder, testosterongesteuerter Vollidiot!«

»Jetzt sei doch still«, zischt Harald, »meine Sekretärin ist im Nebenzimmer, sie kann alles hören, wenn du so laut bist.«

Axel senkt die Stimme und meckert: »Eigentlich sollte man es in die ganze Welt hinausposaunen, blöd wie du bist. Hier im Weingau laufen so viele tolle Weiber rum! Oder von mir aus hättest du auch drüben in Weinhessen auf Beutezug gehen können! Aber nein, der Herr muss ja im eigenen Revier wildern und sich die Blondine aus der Registratur greifen!«

Mir wird heiß. Ich will nicht glauben, was ich da gerade höre.

Das Stimmengemurmel unter mir wird immer lauter, jemand ruft in ein Megafon, dass ich mich festhalten soll.

»Das verstehst du nicht«, antwortet Harald. »Du bist ja nur eifersüchtig.«

»Eifersüchtig? Na klar. Oh Mann, Harald. Kapierst du es immer noch nicht? Das Mädel hat doch garantiert diese ganze Szene mit den Handschellen absichtlich arrangiert und dann das Selfie, das sie von euch gemacht hat, diesem Graf

Flaschenburg gegeben. Und jetzt kann der dich erpressen. Das haben die garantiert gemeinsam eingefädelt und er hat sie mit seinen Schönheits-OPs bezahlt.«

Foto, Handschellen, gleich muss ich mich übergeben. Wie durch dichten Nebel höre ich Harald: »Was für ein Quatsch! Warum sollte sie so was machen?«

Axel Bärbaum lacht. »Das fragst du noch? Sag mal, bist du blind? Deine gute Elfie hat doch im Laufe des letzten Jahres mindestens zwei Körbchengrößen zugelegt und die Nase war früher auch nicht so süß. Wie hätte sie sich denn das alles mit ihrem popeligen Gehalt leisten sollen? Da hat sie dann einfach mal einen fetten Deal mit dem Grafen gemacht. Hast du dich denn nie gefragt, wo der Quacksalber das Bild herhat?«

»Axel, ich warne dich ...« Gerade kriegt Harald diesen Tonfall, vor dem ich immer so Angst habe. »Du hast keine Ahnung, wovon du redest. Elfie liebt mich. Und ich liebe sie!«

In diesem Moment schallt ohrenbetäubendes Tatütata durch die Straßen von Klosterley und die Jalousie am Fenster vor mir wird heraufgezogen. Harald starrt zu mir herauf. Ich sehe, wie sein Mund meinen Namen formt: »Moooonika«, dann schließt er das Fenster und nimmt mir meinen letzten Halt ...

Dafür kann ich plötzlich fliegen. Rückwärts. So wie früher im Schwimmbad. *Arschbombe* ist das Letzte, was ich denke. Dann wird alles um mich herum dunkel und nass und schleimig.

31. Kapitel: Elisabeth

Es ist ein gewaltiger Platsch.

Alle, die in der ersten Reihe stehen, sind von oben bis unten nass. Durch Teichjauche, Entengrütze und Seerosenblätter. Aber Rosi reicht das nicht. Sie will nicht Zeugin, sie will Heldin sein. Schneller als ich *Rettung* denken kann, hat sie ihr Afrikakleid abgestreift, springt in den Tümpel und ist mit ein paar energischen Schwimmstößen bei der Frau, die mit ihrem Sturz zur Erde das Wasser des Teiches so generös auf uns alle verteilte.

Hinter mir ertönt ein anerkennender Pfiff von Herrn Rocker Todtke: »Nicht schlecht. Womit hält sich Rosi fit?«

»Mit der schönsten aller Bewegungsarten, mit der man obendrein die meisten Kalorien verbrennt«, lässt sich mein Neffe Leo hören und ich bemerke einen Anflug von Neid in seiner Stimme. Ganz offensichtlich ist er bei Fatima noch nicht gelandet. Sie hält ihn also an der kurzen Leine. Gut so, auch mein Armbrecht selig wusste Zuckerwerk erst richtig zu schätzen, wenn ich es zur Rarität erhob. Trotzdem würde ich mir wünschen, jetzt nicht mit einem ganzen Tross von Leuten am Rande eines Entenpfuhls zu stehen und Rosi bei der Bergung einer Selbstmordkandidatin zuzusehen, sondern unsere Mission beim Bürgermeister zu erfüllen.

»Los, rausziehen!«, kommandiert Rosi und erwartet das sowohl für unsere Fassadenkletterin, als auch für sich selbst.

Jede Menge Hände greifen zu, auch die unserer beiden Dorfsheriffs Petz und Hornbusch.

»Jetzt bist du dran«, übergibt meine Freundin mir das Zepter, nachdem sie wieder festen Boden unter den Füßen hat und streift sich ihr Kleid über den nassen Körper.

Ihr Schützling liegt hingestreckt auf der Erde, ohne einen

Mucks von sich zu geben. Die Sanitäter wollen sie auf eine Rettungsdecke heben, aber Rosi wehrt ab. »Lasst mal, die erschreckt sich ja zu Tode, wenn sie in dem Glitzerzeug wach wird. In der Sonne trocknet sie viel schneller.«

Rosi hat völlig recht: In dieser Hitze holt sich keiner eine Unterkühlung. Und wach bekommt man Ohnmächtige auch anders. Ich beuge mich über die Frau und gebe ihr Ohrfeigen. Eine links, eine rechts. Sie reißt die Augen auf, dann guckt sie von Rosi zu mir und wieder von mir zu Rosi, als wären wir der Teufel und seine Großmutter und sie geradewegs in die Hölle gesprungen. Sie schreit wie am Spieß. Ohrfeige drei schafft Abhilfe.

»Du erkennst sie auch, oder?«, fragt Rosi und fällt dann in Flüsterton: »Das ist die Nonne. Die Nonne von der Kühlerhaube. Wieder mal inkognito.«

Ich nicke. Klar erkenne ich sie: die Flugente von der Windschutzscheibe des Spider, das aufgeschreckte Huhn aus dem Bilsenkrautbeet. Wie könnte ich diese Augen vergessen? Es sind riesige, weit aufgerissene Kuller. Zusammen mit dem offenen Mund wirkt die Nonne, als würde sie beständig staunen, dass um sie herum echtes Leben pulsiert, von dem sie selbst nichts abbekommt.

»Geht es mir gut?«, fragt sie jetzt auch ungläubig, als könnte sie sich nicht selber fühlen.

Ich nicke.

»Werde ich leben?«, will sie wissen, als wäre diese Möglichkeit nicht gänzlich in ihrem Sinne.

»Sie sind so schnell nicht totzukriegen«, tröste ich in Anbetracht der Erkenntnisse aus unseren früheren Zusammenstößen. »Sie werden leben.«

»Gut, dann bringe ich stattdessen *ihn* um«, antwortet sie und schließt ermattet die Augen. »Erst ihn, dann den Fettabsauger – und *dann* mich. Nur die Frau Müller, die lasse ich leben.«

»Sie ist auf den Kopf gefallen«, kommentiert Rosi das wirre Gerede. »Wieso will sie alle diese Leute umbringen?«

Aber die Frau lässt sich nicht stören in ihrer Planung. »Ich mache es einfach umgekehrt: Nicht die Alten müssen weg, sondern die Jungen. Die Alten gehen sowieso bald von alleine. Da muss man nicht groß nachhelfen. Hab ich ja bei der alten Frau Schönlein gesehen ...«

Rosi und ich wechseln einen Blick.

»Frau Schönlein? Aus der Cicerostraße?« Ich frage so sanft und mütterlich und beiläufig, wie mein Erstaunen es mir erlaubt. Aber bevor mein Gegenüber antworten kann, ruft jemand aus dem Fenster im zweiten Stock, das ihr als Abschussrampe diente: »Lebt sie? Geht es ihr gut?«

Rosi guckt hoch und schreit: »Ja, aber Ihnen hat sie das nicht zu verdanken, Herr Bürgermeister!«

Unsere verhinderte Selbstmörderin stöhnt auf: »Harald! Er erkundigt sich nach mir. Wie lieb! Vielleicht darf ich ihm doch nicht böse sein!«

Nach Rosis Meinung trifft das männliche Geschlecht immer irgendeine Schuld und in diesem Fall glaubt sie offenbar, die Situation zweifelsfrei analysiert zu haben. »Papperlapapp! Sie müssen ihm unbedingt böse sein: Erstens ist er ein Mann, zweitens hat er Sie dazu gebracht, dem Ruf des Fleisches zu folgen und Ihr Nonnengelübde zu brechen und drittens sind Sie vom Sims gefallen, weil er das Fenster geschlossen hat. Er hätte sie umbringen können, dieser Frauenverführer.«

Das letzte Wort scheint für eine Nonne Gift zu sein, denn jetzt schreit sie wieder los und diesmal zeigt sie nach oben, direkt auf unseren Bürgermeister. »Mörder! Schuft! Gemeiner Betrüger!« Mit erstaunlicher Kraft bringt sie sich in die Senkrechte und keift zum Fenster hinauf. »Deine Os können mir gestohlen bleiben. Ich werde alles sagen. Alles. Ich werde zu Frau Müller in die ›Himmelsleiter‹ gehen und alles, alles erzählen. Mir doch egal, was dann mit mir passiert. Ich kann eh nicht mehr zurück in mein altes Leben.«

»Werden Nonnen nach einer menschlichen Notwendig... äh, Verfehlung sofort aus der katholischen Kirche ausgeschlossen?«, will Leo wissen, während im zweiten Stock hastig das Fenster geschlossen wird. Das stachelt unsere Nonne weiter an: »Macht nur das Fenster zu, ihr werdet der Gerechtigkeit nicht entgehen – alle beide nicht!«

»Gott, sie hatte was mit zweien?« Rosi und Leo sind beeindruckt.

Ich kneife die Augen zusammen, um besser sehen zu können. Bevor die Jalousien heruntergelassen werden, glaube ich den größten Gierschlund des Weingaus hinter dem Fenster zu entdecken: Axel Bärbaum. Und plötzlich sind da nicht nur Sonnenstrahlen auf meinem Kopf, sondern auch Geistesblitze in meinem Hirn.

»Reden wir von der äußerst gut betuchten Frau Müller, die in der ›Himmelsleiter‹ wohnt und die einen Schwiegersohn hat, der Axel Bärbaum heißt?«, frage ich vorsichtig, um die Nonne nicht noch mehr aufzuregen.

Die nickt heftig. »Ich wollte immer in den Himmel zu Onkel Berti kommen und das hätte bestimmt auch geklappt, wenn der Axel für Harald nicht immer so schwierige Aufträge hätte. Wie den, sich abschließend um die Frau Müller zu kümmern. Dabei habe ich mir alle Mühe gegeben, aber es wollte und wollte nicht klappen. Sie hat einfach immer weiter gelebt. Egal, was ich gemacht habe. Und dabei wollte ich Harald so gerne den Gefallen tun. Ja, ich wollte für Harald alles tun – dabei hat der die ganze Zeit mit der blöden Elfie rumgemacht.«

»Na, kommen Sie, Mädchen, das wird schon wieder!«

Auf diplomatischem Wege will ich zurück zum Thema Klara Schönlein, um zu erfahren, wie Rosis Freundin in diese unglaublichen Andeutungen passt, aber Wilhelm ist schneller. Er zieht Petz und Hornbusch zu uns heran, um der Polizei das Mithören zu ermöglichen und platzt in unsere Unterhaltung.

»Elfie, Axel, Harald, die interessieren mich nicht. Wieso kennen Sie Klara Schönlein?«

»Doch nicht so, Papa.« Jetzt drängelt sich auch noch Peter in meine Ermittlungen und gibt den verständnisvollen Bewährungshelfer: »Wir kennen uns doch. Erinnern Sie sich? Ihr Zusammenstoß mit dem Bus in Hohenrhein?«

Die Nonne macht wieder Kulleraugen, dann nickt sie erfreut.

»Wie heißen Sie eigentlich? Und wie können wir Ihnen helfen?«, fragt Peter und legt schützend den Arm um die Frau.

»Monika Schmelzeis. Ich heiße Monika Schmelzeis«, gibt die Frau sich einen Namen, der für mich gar nicht nach Nonne klingt. »Und ich kenne die Frau Schönlein nicht wirklich. Ich habe sie nur ein einziges Mal gesehen. Ein einziges Mal. Und das war im Auftrag meines Chefs, Harald Förster. Ich sollte für ihn zu der Frau Müller gehen, aber ich habe die Straße verwechselt – und dann ist alles irgendwie durcheinander geraten. Ich wollte nicht, dass Frau Schönlein stirbt. Es lag an der Cicerostraße, Sie verstehen?«

Nein, ich verstehe nicht. Und meiner Schätzung nach schütteln noch mindestens zwanzig weitere Leute um uns herum den Kopf. Nur Kriminalhauptwachtmeister Petz holt stattdessen ein kleines Buch aus der Tasche und macht sich Notizen. Wir wechseln einen kurzen Blick des Einverständnisses und ich frage mich, ob wir vielleicht nur deshalb bei jedem Treffen so aneinanderrasseln, weil wir uns in unserer Art ähnlicher sind als gedacht.

»Es war eine Verwechslung. Ein Unfall«, versucht Monika Schmelzeis zu erklären. »Ich habe Klara Schönlein nicht umgebracht. Das hat sie ganz von allein erledigt. Als sie mich mit dem Hirschkissen auf ihren Balkon kommen sah. Weil das da doch nicht hingehört. Sie wollte mir das Kissen abnehmen, zog und zerrte daran. Da ... da habe ich das Kissen losgelassen ...« Mehr sagt sie nicht, aber alle Eingeweihten sehen vor ihrem inneren Auge, wie Klara mit Schwung gegen das alte Geländer kracht, durchbricht und ... unten im Garten liegt. Ein Raunen geht durch die Reihen der Anwesenden. Die meisten drehen sich voller Sorge nach Wilhelm Schönlein um.

»So oder so, Sie haben meine Mutter umgebracht!«, sagt er und schwankt dabei etwas. Diesmal springt Peter ihm bei, um ihn zu stützen. Na, endlich ist Blut tatsächlich mal dicker als Wasser.

Frau Schmelzeis murmelt: »Ich habe alles versucht, aber ich kann nicht morden. Es war nur ein Unfall. Sie müssen mir glauben! Ich wollte immer nur, dass Harald mich liebt. Ich wollte mit ihm Klosterley zum Blühen bringen. Aber er hat mich die ganze doofe Arbeit machen lassen und in der Zeit mit der Elfie rumgemacht, der Mistkerl. Die hat ihm dieser Schönheitsdoktor untergejubelt, der gar keiner ist, damit Harald immer schön macht, was er sagt. Dabei wäre nichts einfacher gewesen, als aller Welt zu sagen, dass der Fettabsauger keinen Abschluss hat und alles wäre gut gewesen zwischen Harald und mir. Dann hätte ich nämlich das Foto gar nicht mehr zusammengepuzzelt und hätte gar nichts von der Elfie gewusst.«

Während Kriminalhauptwachtmeister Petz noch notiert, dass Thoralf von Flaschenburg an Menschen herumschnippelt, obwohl er dazu keinerlei Berechtigung hat und unser Bügermeister das weiß, fragt Rosi verblüfft: »Sie sind gar keine Nonne? Sie haben kein Gelübde gebrochen? Haben kein Verhältnis mit einem Mann?«

»Nein, ich bin ... nein, ich war Harald Försters Sekretärin. Ich hatte mich nur als Nonne verkleidet.«

Auch Peters Reaktion zeigt, dass jeder seine Themen nach selektivierter Wahrnehmung wählt. »Sie sind die Chefsekretärin unseres Bürgermeisters? Und Sie haben den Auftrag gehabt, meine Oma zu töten?« Peter blinzelt. »Aber warum denn?«

»Nicht Klara Schönlein«, berichtigt Frau Schmelzeis. »Die Frau Müller aus der ›Himmelsleiter‹, die Schwiegermutter von dem Axel Bärbaum.«

»Reden wir vom selben Bürgermeister, dem wir gerade einen Besuch abstatten wollen?«, fragt Rosi und ihre Stimme hat diesen Unterton, der anzeigt, wenn ihr sehr gefährliche und gerade deshalb höchst brauchbare Ideen kommen. »Demselben Bürgermeister, der deshalb bald alles tun wird, was wir wollen und wie wir es wollen?«

Rosi und ich wechseln einen Blick und ich genieße, dass man sich nach fünfzig Jahren Freundschaft wortlos versteht.

»Showdown?«, fragt Rosi. »Sobald Flying Herb uns auch noch unseren teuren Doktor serviert? Er müsste ja bald eintreffen.«

Ich nicke und deute dann mit dem Finger auf jeden meiner Entourage, den ich für den nächsten Schritt dabei haben will: »Leo, Fatima, mitkommen! W.A.R.-Senioren, Marsch!

Die Firma Todtke, bitte Begleitschutz. Es wird ernst.« Dann drehe ich mich zu Petz und Hornbusch um: »Wir fordern die Unterstützung polizeilicher Autorität.« Mit großer Geste schließe ich die Mehrzahl der Umstehenden ein. »Wir haben einen Fall zum Abschluss zu bringen.«

Der Polizeihauptwachtmeister zeigt erst auf sich, dann auf seinen Kollegen: »Entschuldigung? *Wir* haben einen Fall zum Abschluss zu bringen.«

»Schön, wenn alle endlich dasselbe Ziel haben«, kontere ich und wende mich dann an die Bewohner des Ortes Klosterley, die sich mittlerweile in großer Zahl eingefunden und wie ein Ring um uns geschlossen haben: »Die Rettungssanitäter dürfen sich jetzt echten Notfällen zuwenden, der Rest kann mitkommen. Dabei aber immer schön darauf achten, dass sämtliche Fluchtwege blockiert sind.«

Keine zwei Minuten später erscheint Flying Herb mit einem sehr unwilligen Grafen von Flaschenburg auf dem Rücksitz. Als der sich bei uns für die Entführung aus seiner Praxis beschweren will, knetet Herr Todtke die Finger seiner Rechten geschmeidig und haut dann mit der Faust direkt auf den Solarplexus des Arztes. Die geradezu medizinische Präzision des Schlages lässt diesen augenblicklich verstummen. Als der Graf endlich wieder Luft bekommt, steigen wir im Tross die Treppe zum Eingangsportal des Rathauses hinauf und dann weiter bis in den zweiten Stock. Auf dem Weg zum Amtssitz des Bürgermeisters fordere ich Monika Schmelzeis auf, uns kurz ihre Sicht der Dinge zu umreißen. Leo hält ihr sein Diktiergerät an den Mund, damit auch nicht die kleinste Überraschung verloren geht. An der Stelle, an der sie von dem Erpresserfoto und dem ebenso erpressbaren Überbringer desselben berichtet, gibt dieser protestierende Laute von sich, die aber durch Zähnefletschen sämtlicher *Sons* nachhaltig verstummen.

Ludwig Petz bleibt trotzdem stehen und bringt damit den ganzen Tross zum Halten. Er wendet sich Monika Schmelzeis zu, um ihr zu verdeutlichen, dass die Polizei ihre Geständnisse sehr wohl registriert und deshalb jedes ihrer Worte Gewicht hat. »Und Sie sind sich sicher? Herr Bärbaum will an das Erbe seiner Schwiegermutter, um mit dem Geld in Klosterley ein Hotel mit allem Komfort zu bauen und hat unserem Bürgermeister Teilhabe abgeboten, wenn der einen Auftragskiller findet – und der ist dabei ausgerechnet auf Sie verfallen?«

Wenn man Frau Schmelzeis rein oberflächlich betrachtet, ist das tatsächlich eine außergewöhnliche Entscheidung – aber so dringend, wie die zusammen mit ihrem Idol die Welt retten will und bei dem übersteigerten Maß an Hingabe und Loyalität hätte er gar keine bessere Wahl treffen können. Diese Frau würde für einen Funken Zuneigung wirklich alles tun. Sie tut mir in gewisser Weise leid, aber darauf kann ich jetzt keine Rücksicht nehmen.

»Liebe macht nicht nur blind, Liebe macht auch blöd«, zitiere ich deshalb einen meiner Lieblingssätze und werfe dabei erst Leo und dann Fatima einen bedeutungsvollen Blick zu, bevor ich Monika Schmelzeis für ihre Fähigkeit, ungewöhnliche Vorkommnisse prägnant wiederzugeben, ausdrücklich lobe. Sie errötet vor Freude und setzt postwendend zu weiteren Erklärungen an: »Ich habe so hart gearbeitet, ich war immer zur Stelle, ich habe alles für Harald gegeben.«

Sie umreißt vier Versuche, die Frau Müller von der ›Himmelsleiter‹ direkt ins Himmelreich hinaufkatapultieren sollten und Rosi und mir wird klar, warum wir sie für eine Nonne hielten.

Ludwig Petz kratzt sich am Kopf: »Ehrlich, dies ist kein Fall allein für uns, wir müssen Verstärkung holen.«

Sein Kollege Hornbusch zückt sein Handy: »Was passt besser? Kripo oder Klapse? Wen holen wir?«

»Frau Müller, am besten Sie holen Frau Müller. Die kann helfen, die letzten Wissenlücken zu füllen«, schlage ich seinem Vorgesetzten vor. Der nickt, schickt Hornbusch mit Rich im Schlepptau los und versucht dann per Telefon, sämtliche verfügbaren Einsatzkräfte der Republik in Alarmbereitschaft zu versetzen. »Nein, nicht die Jungs aus Weinhessen. Hier muss jemand ohne Gnade ran. Ruft am besten diese Kommissarin aus Frankfurt zur Hilfe. Die, die bei uns gerade den Karatekurs gibt. Wie heißt die doch gleich, Sandra Maul oder Schnabel oder so ...«

»Der Springteufel hat mich gefunden«, nuschelt Leo und das Diktiertgerät fällt ihm krachend aus der Hand. Seine Gesichtsfarbe wechselt zwischen speiübelgelb, knallrot und ungesundem Grün hin und her als sei er eine Ampel. Bevor er dem Fluchtreflex nachgeben kann, der ihn ergriffen zu haben scheint, haben Todtke und Fatima ihn bereits festgehalten.

»Ist nicht schlimm. Nehmen auf mit mein Handy«, tröstet seine Angebetete, aber ich kenne meinen Neffen: Seine Panikattacke liegt nicht an der Scham, ein Gerät zerbrochen zu haben, dessen Anschaffungspreis von mir übernommen wurde. Derlei Unbill hat ihm noch nie mehr als ein schmeichelndes Lächeln für die Wiederbeschaffung abgerungen. Bevor ich mich aber mit den wahren Hintergründen seiner Kopflosigkeit beschäftigen kann, setzt sich der ganze Tross mit Petz an der Spitze wieder in Bewegung und ich haste neben ihm her, bis wir die Tür zu Harald Försters Machtzentrale erreicht haben. Unser Erscheinen lässt einige Mitarbeiter vor ihre Türe treten, um zu schauen, warum das Rathaus an einem heißen Sommertag vor Geschäftigkeit nur so quietscht. Ich deute auf die Türen links und rechts des Bürgermeisterzimmers.

»So was hat immer Verbindungstüren«, vermute ich. »Sichern!«

Sofort werden alle möglichen Ausgänge von Firma Todtke & Co blockiert und die neugierigen Mitarbeiter ziehen entweder den Kopf ein oder sich ganz in die Sicherheit ihrer Beamtenstuben zurück. Das Leben ist so einfach, wenn man delegieren kann. Deshalb drehe ich mich jetzt auch zu Kriminalhauptwachtmeister Petz um: »Sie gehen da jetzt rein und nehmen die Bagage fest!«

Ludwig Petz kneift die Augen zusammen. »Mein Plan sieht anders aus. Wir teilen uns die Aufgabe.«

Ich begreife im Folgenden, dass nicht er nach meiner, sondern ich nach seiner Pfeife tanze. »Ich halte mich zurück, bis Verstärkung kommt und Sie entlocken den Herrschaften bis dahin auf Ihre Weise ein paar Wahrheiten, nach denen ich so nicht fragen dürfte.«

Sieh an, denke ich und sehe uns in Gedanken wieder in Klaras Garten stehen, war meine erste Einschätzung des Herrn Kriminalhauptwachtmeisters doch richtig. Der Mann weiß, wass er will und wie er es will. Und da sich das an dieser Stelle mit meinen Wünschen deckt, tue ich Ungewöhnliches: Ich lausche seinen Anweisungen und gehorche. Und das auch noch mit größtem Vergnügen.

Ich öffne die Tür ohne anzuklopfen – und knalle sie Axel Bärbaum direkt vor die Stirn.

»Der Lauscher an der Wand«, höhnt Wilhelm, während Bärbaum schwer angeschlagen zu einem Besuchersessel wankt. Todtke und Co überholen mich, schmeißen Thoralf von Flaschenburg auf einen Stuhl und nehmen hinter ihm, Bärbaum und Harald Förster Aufstellung, die eindrucksvollen Pranken geradezu beruhigend auf den Schultern der feinen Herren gelegt. Bevor Rosi die Tür vor der neugierigen Menge schließt, gebe ich Leo und Fatima Anweisung, nicht von der Seite unserer Kronzeugin zu weichen und übersehe geflissentlich ein enttäuschtes Flackern in den Augen unserer Detektive. Ich will die Unterredung mit dem Bürgermeister so einfach und erfolgreich wie möglich halten, da sind Menschen mit zu vielen moralischen Skrupeln eher hinderlich.

Während ich auf den Schreibtisch des Bürgermeisters zugehe, intoniert Rosi eindrucksvoll: »*Hang down your head, Tom Dooley, hang down your head and cry* ...« und hakt sich bei Kriminalhauptwachtmeister Petz ein, der sie in eine Ecke des Raumes zieht, von der er zwar alles überblicken kann, aber unseren Gegenspielern nicht mehr direkt ins Auge fällt – bis sie seine Anwesenheit völlig vergessen haben und deshalb kein Blatt mehr vor den Mund nehmen.

Ich lächle alle der Reihe nach an und beginne mit meiner Rede.

»Meine Herren, Sie sehen in mir die derzeitige Vorsitzende der W.A.R.-Senioren. Die Wacht-am-Rhein-Senioren werden heute und in Zukunft dafür sorgen, dass unser schmuckes Weinland Mittenrhein frei von Unter-der-Hand-Händel und Korruption bleibt – mit anderen Worten frei von Männern Ihres Kalibers.«

»Gehen Sie davon aus, dass unser Erscheinen hier ein Zeichen ausdauernder Observation Ihrer zweifelhaften Geschäfte ist. Wir wissen so gut über Sie alle Bescheid, dass Verteidigung Ihrerseits an dieser Stelle reine Zeitverschwendung wäre und deshalb nicht mehr zugelassen wird.« Rosi stellt sich neben mich und lügt in einem strengen, offiziellen Ton, den ich ihr gar nicht zugetraut hätte.

Ich nicke meiner Freundin zu und übernehme wieder. »Auf Sie rollt ein Tsunami aus Anklagen von Erpressung, Korruption bis Anstiftung zum Mord zu, an dessen Ende von Ihrer Familie, Ihrem Besitz, Ihren Plänen nurmehr Erinnerung übrig bleiben wird. Es sei denn, Sie gehen auf das ein, was wir Ihnen im Folgenden vorschlagen.« Ich räuspere mich und improvisiere fröhlich drauflos. »Rein zufällig weiß ich von sehr begrüßenswerten Plänen zur Gründung einer Stiftung, die für das gesamte Weinland Mittenrhein soziale und kulturelle Bedeutung erlangen wird und deren treue Sachwalter die hier anwesenden Mitglieder der W.A.R.-Senioren sein werden.« Ich lasse den Schlüssel von Wilhelms Banksafe wie ein Pendel vor aller Nasen rotieren. »Sie alle bekommen jetzt die einmalige Chance, großzügig zu spenden, um das dazugehörige Bankschließfach prall zu füllen und auf diese Weise viele notwenige Projekte in unserer Region anzustoßen oder erfolgreich zu beenden.«

Unsere Bösewichte haben uns bisher mit einer Mischung aus gespieltem Amüsement und Langeweile zugehört, wagen jetzt aber Versuche der Intervention und Gegenwehr, die allesamt durch die eisernen Hände der *Sons of Fury* auf ihren Schultern zum Erliegen gebracht werden. Herr Rocker Todtke drückt Harald Förster in den Sessel, Ralf übernimmt Axel Bärbaum und Flying Herb kümmert sich weiter um den Grafen.

»Ob Sie es glauben oder nicht. Alle hier im Raum haben dasselbe Interesse: Wir legen gesteigerten Wert auf ein blühendes Weinland Mittenrhein, unterscheiden uns allerdings in der Methode, wie das zu erreichen ist. Sie gehen über

Leichen – wir setzen auf die Lebenden.« Ich trete an den Schreibtisch, greife mir aus einem Schuber Stifte und hochoffizielles Bürgermeisterpapier und reiche den drei Männern davon je einen Satz. »Ich erwarte von jedem Einzelnen von Ihnen eine handschriftliche Anweisung an Ihre Bank, in welcher Höhe unsere mobile Einsatztruppe«, ich zeige auf die *Sons of Fury* und ihren Chef, »unser Geschenkpaket in Empang nehmen darf. Gerne in großen Scheinen und gerne durchnummeriert.« Ich lächele gewinnend. »Im Gegenzug dazu könnte ich mir ernsthafte Bemühungen unsererseits vorstellen, die dazu führen, dass sämtliche Beschuldigungen der Monika Schmelzeis von niemandem im Weinland Mittenrhein jemals ernst genommen werden. Wer glaubt schon einer kleinen Angestellten, wenn wir mit finanziellen Zuwendungen dafür sorgen, dass sie es nicht tun ...«

Ich sehe Thoralf von Flaschenburg an, dass er in Gedanken einen dicken schwarzen Strich durch all das Geld zieht, welches er an Wilhelm gezahlt hat, bin aber nicht bereit, ihn von der Angel zu lassen, bis auch er den gewünschten Zettel geschrieben hat und zwei unabhängige Zeugen aus dem Kreise der *Sons* gegenzeichnen konnten. Die anderen beiden Herren schreiben so schnell, dass ich mit dem Diktieren weiterer Details kaum nachkomme. Als ich die drei Vollmachten in der Hand halte, wende ich mich an Petz. »Abführen!«, sage ich genüsslich. »Die *Sons* helfen Ihnen gerne die Herren so lange zu bewachen, bis Verstärkung angerückt ist.«

»Was soll das denn jetzt?«, fragt Axel Bärbaum, ehrlich entrüstet. »Sie haben doch, was Sie wollten. Jetzt halten Sie mal Ihr Versprechen und lassen uns laufen!«

»Och, das Gerede von vorhin?«, frage ich erstaunt. »Das hätte ich an Ihrer Stelle nicht ernst genommen, jedenfalls nicht in Gegenwart eines Polizisten. Denn wie sagte ich doch so schön«, zitiere ich mich selbst: »Im Gegenzug dazu könnte ich mir ernsthafte Bemühungen unsererseits *vorstellen*, die dazu führen, dass ...« Ich halte inne und werde ernst: »Bei Widerlingen wie Ihnen hört mein Vorstellungsvermögen aber dummerweise an dieser Stelle auf. Dumm gelaufen – für Sie.«

»Ja, aber ...«, versucht jetzt auch der Bürgermeister zu intervenieren, »wie kann man denn so schamlos lügen?«

»Das haben wir uns von Ihnen abgeguckt«, erklärt Rosi. »Wo die moralische Sonne tief steht, werfen eben auch Zwerge lange Schatten.«

In diesem Moment fliegt die Tür auf und Frau Müller aus der ›Himmelsleiter‹ tritt in den Raum. Durch ihre dicke Halskrause hätte ich sie fast nicht erkannt. Sie geht auf den Bürgermeister zu: »Ich wünsche Ihnen die Beulenpest, die Krätze, die Cholera und Gefängnisskorbut an den Hals. Dafür will ich sogar eine Kerze für die Heilige Burgunda anzünden.« Dann dreht sie sich zu ihrem Schwiegersohn um. »Und dich lasse ich von meiner Tochter scheiden, dann erbst du nichts, rein gar nichts. Hast du gehört, was ich sage?«

Als ihr Schwiegersohn nicht sofort antwortet, ruft der Präsident der *Sons*: »Deine Schwiegermutter spricht mit dir, Arschbombenfratze«, und gibt ihm einen Stoß.

»Ich kann nichts für diese ganze Geschichte!«, verteidigt sich Bärbaum jetzt. »Hier sitzt er, der Bürgermeister von Klosterley! Es war seine Idee, den Ort für die Crème de la Crème der Gesellschaft herzurichten. Der hat mir ständig Druck gemacht, wegen seiner Haushaltskasse. Als ich ihm erzählte, dass ich da was investieren könnte, wenn ich mal irgendwann vielleicht großzügigerweise meine Schwiegermutter mit beerbe, kam er auf die Idee, dir liebe Schwiegermama, seine Sekretärin auf den Hals zu hetzen. Ich habe bis heute nichts davon gewusst.«

»Was? Ich? Jetzt mach aber mal halblang.« Harald Förster japst nach Luft. »Du hast doch damit angefangen. Du wolltest doch unbedingt deine Schwiegermutter um die Ecke bringen. Das ist ja wohl das Allerletzte.«

»Du kannst nichts beweisen, gar nichts, ich ...« Weiter kommt er nicht, denn die Verstärkung der Polizei unter der Regie einer sehr resoluten Frankfurter Kriminalkommissarin namens Sandra Schnabel trifft ein – und Rosi und Wilhelm und ich können uns zurückziehen und das nachfolgende Schauspiel im Kreise unserer Lieben beobachten, aus dem Leo sich überraschenderweise davongemacht hat.

Als alles vorbei ist und wir in meiner Wohnung mit dem besten Winzersekt aus dem Hause van Ameln anstoßen, bin ich in Hochstimmung. »Dies war der erste Fall der Wacht-am-Rhein-Senioren und wir haben ihn mit Bravour gelöst«, sage ich. »Drei Männer ernten, was sie gesät haben, eine vermeintliche Nonne landet zur Buße in einer Zelle und unser Fuhrpark hat sich um eine ansehnliche Motorradgang erweitert.«

Fatima verschränkt die Arme vor der Brust und sieht aus, als nehme sie diesen Satz persönlich. »Trotzdem ich will Geld«, mault sie, »auch wenn Leo verschwunden und Fall geklärt durch Sie.«

»Aber ja, Kindchen, natürlich bekommen Sie Ihr Geld, sogar mit ansehnlicher Prämie«, antworte ich zufrieden. »Gerade *weil* ihr beide uns diesen Spaß überlassen habt.«

»Kannst du bitte alleine weiterstreichen, Elli?«, fragt Wilhelm kleinlaut, beugt sich über die Reling der Wogelinde und fügt unfreiwillig einen Teil seines Mittagessens dem Hafenwasser von Hohenrhein hinzu. »Ich habe dich gewarnt: Mir wird auf diesem Kahn schon übel, wenn ich ihn betrete«, entschuldigt er sich. »Deshalb ist meine Mutter, so lange sie noch konnte, am liebsten allein damit herumgeschippert.«

»Der guten alten Zeiten wegen wahrscheinlich!« Kein Wunder, denkt Elisabeth, dass Klara sich von diesem Boot auch in hohem Alter nicht trennen wollte. War es doch der Komplize ihrer heimlichen Liaison mit Graf Karel von Flaschenburg. Die Fähre hätten die zwei für ihre heimlichen Treffen schlecht nutzen können. Die Gefahr der Entdeckung wäre zu groß gewesen.

»Peter und mir wird generell schnell schlecht, selbst beim Schunkeln«, stöhnt Wilhelm und setzt sich erschöpft auf die Planken. »Wenigstens eine Gemeinsamkeit, die wir haben.«

»Deshalb war dein Sohn sofort bereit, mir sein Erbe zu verkaufen«, vermutet Elisabeth.

»Wahrscheinlich hat er dein Geld gleich in Bügeleisen investiert. Und hätte er die Brosche nicht mit Hilfe dieses Antiquitätenhändlers einem Museum in den Rachen geworfen, dann hätte er ein rundum sorgloses Leben. Ich fasse es nicht.«

»Die *Sons* hat er jedenfalls sofort ausbezahlt«, stellt Elisabeth klar.

Sie zieht einen silbernen Flachmann aus der Tasche ihres Overalls, den ihr Armbrecht selig trug, wenn er Fleiß vortäuschen wollte, und reicht ihn Wilhelm. Dankbar nimmt er einen kräftigen Schluck. »Lecker, selbst gebrannt?«

»Zusammen mit Rosi. Unser Spezial-Tresterbrand gegen

alle möglichen Wehwehchen.« Elisabeth lächelt. »So gut, weil illegal.«

»Respekt. Wann gehen wir in Großproduktion?« Wilhelm schmeckt nach.

»Da unser erster Fall gelöst ist, sollte sich dafür eine Lücke in unseren Terminkalendern finden lassen.« Vergnügt tunkt Elisabeth ihren Pinsel tief in den Farbtopf, bevor sie die Außenseite der Kajüte orangerot streicht.

Wilhelm atmet tief durch. »Ich hätte nie gedacht, mal Mitglied in einer Vereinigung wie den W.A.R.-Senioren zu werden. Vereinsmeierei ist mir ein Gräuel – aber bei uns kommt ja wirklich viel Gutes dabei heraus. Nicht nur für mich, meinen Sohn und die Region, sondern auch für unsere Detektive. Die haben wohl die Liebe gefunden.«

»Und gelernt, wie man Verbrecher fängt!«, ergänzt Elisabeth und greift nach ihrem Flachmann, aber Wilhelm genehmigt sich schnell noch einen Schluck und kichert dann behaglich. »Die Wacht-am-Rhein-Senioren sind also auch die Wonne-am-Rhein-Senioren.«

»Leider bringt das nicht nur Vorteile für mich. Ich werde meinen Neffen nicht mehr unter der Fuchtel haben«, bedauert Elisabeth. »Leo bereist dank unserer üppigen Entlohnung mit Fatima ausgiebig die Türkei, als Reisejournalist. Er will mit ihr ein neues Leben beginnen und seine Wohnung in Frankfurt auflösen. Wie soll ich jetzt an meine Polaroidfilme kommen? Seit Rosi sich ständig meine Kamera leiht, um unser Weinland zu dokumentieren, habe ich erhöhten Bedarf.« Elisabeth nimmt Wilhelm den Flachmann aus der Hand. Sie will sich einen Schluck gönnen, als ein dumpfer Schlag den Kabinenkreuzer ins Wanken bringt. Wilhelm kippt nach hinten wie ein gefällter Baum. »Was war das? Moby Dick?«

»Wenn es nicht nur die Wogelinde, sondern auch einen Mann umhaut, dann war es Rosi!«, antwortet Elisabeth.

»Kinder, legt die Pinsel beiseite!«, ruft Rosemarie und wedelt mit einem Stück Papier. »Schaut mal, was ich fotografiert habe!« Sie präsentiert den beiden ein leicht verwackeltes Polaroidbild. »Würde mich doch sehr wundern, wenn aus dieser Sache nicht geistiges oder finanzielles Kapital zu schlagen wäre. Meine Geschäfte mit Thoralf von Flaschenburg liegen ja leider auf Eis, bis er aus dem Knast wieder raus ist; ich habe also Potential für neue Taten. Wann fangen wir an?«

Elisabeth inspiziert das Foto eingehend und pfeift dann leise durch die Zähne. »Die Lücke in unseren Terminkalendern hat sich gerade mit lautem Knall geschlossen, Wilhelm. Treffen mit allen Sympathisanten der Wacht-am-Rhein-Senioren in einer Stunde in unserer Zentrale: ›Himmelsleiter‹, Appartement 13. Ich zähle auf euch!«

Die Autorinnen

Leila Emami lebt und arbeitet in Rüdesheim. Sie studierte Germanistik, Filmwissenschaft und Kunstgeschichte. Seitdem schreibt sie Krimis, Kurzkrimis, Märchen, Theaterstücke und Drehbücher, die sie stets mit einer ordentlichen Portion Humor würzt. Auf ihren Krimi-Wanderungen durch das Mittelrheintal (www.mords-mittelrheintal.de) kam ihr die Idee zu den W.A.R.-Senioren. www.leila-e.de

Fenna Williams lebt in der Nähe von Wiesbaden. Sie studierte Amerikanistik, Lateinamerikanistik und Niederländische Philologie an der FU Berlin und Kreatives Schreiben in Seattle und London und schreibt seitdem Drehbücher, Kurzgeschichten und Romane verschiedener Genres. Ihr Ermittlerteam um Dona Holstein löst auf historischen Tatsachen beruhende Fälle, die in der Gegenwart zu mörderischen Problemen führen. Als Auerbach & Auerbach führt sie die Krimiserie um die Berliner Haushüterin und Übersetzerin Pippa Bolle weiter. Fenna hat vier Passionen: Schreiben, Shakespeare, Single Malt Whisky und den Wunsch, diese drei Dinge immer wieder neu zu verbinden. – Preise und Auszeichnungen: 2. Platz beim Zola Literary Contest, Seattle, USA für das Drehbuch »Amazing Days«, Nürnberger Autorenstipendium mit dem Drehbuch »Private Arcadia«, Tatort Töwerland Aufenthalts-Stipendium der Insel Juist. www.Fenna-Williams.com

Zazie Chabrol studierte Romanistik, Germanistik und Anglistik und arbeitet heute als freie Autorin, Werbetexterin und Redakteurin in Offenbach am Main. Ihre liebste Beschäftigung neben dem Schreiben: das Kochen.

Die drei bloggen über die schönen Dinge des Lebens unter www.genussliga.de

Von unten nach oben: Leila Emami, Zazie Chabrol, Fenna Williams (Foto: Sarah MacDonalds).

Leinpfad Verlag – Bücher mit Terroir

Maria Gietzen (Hg.): **Mosel-Tapas**
Lassen Sie sich überraschen von einer Tafelspitz-Sülze, Ziegenkäse mt Rote-Bete-Aufstrich, Himmel und Erd im Glas, Minifrikadellen mit Riesling, Kürbis-Frittata, Espressomousse mit Weinbergfrüchten und und und! ISBN 978-3-945782-13-2, 116 S., Klappenbroschur, 13,90 €

Andreas Wagner: **Stauhitze. Ein Krimi**
Im Essenheimer Teufelspfad herrscht Stauhitze. Als dort kurz nacheinander zwei Tote gefunden werden, erwacht ganz Essenheim aus seiner Hitzestarre ... Währenddessen beobachtet ein Stalker eine Frau Tag und Nacht. – Der 8. Kendzierski-Krimi! ISBN 978-3-945782-16-3, Broschur, 224 S., 9,90 €

Kalle im Wingert. Von Ausbrechern, einem Lesekönig und verschwundenen Rebläusen
Ein Kinderbuch für 7- bis 12-Jährige, das Winzer zum Traumberuf werden lässt? Die zwei Autorinnen haben das geschafft. Sie erzählen spannend vom Weinmachen heute und früher, vom Leben auf dem Land und vom Wechsel der Jahreszeiten. (Slow Food) ISBN 978-3-942291-74-3, 32 S., Hardcover, 12,90 €, 3. Auflage!

Sophia Schülke: **Lothringen entdecken.** 30 Touren durch Stadt, Land, Wald und am Wasser entlang
Mit 30 abwechslungsreichen Touren (26 Wanderungen, 4 Radtouren) führt Sophia Schülke zu den schönsten Stellen Lothringens. Mit Infokästen, Karten, Einkehrtipps, Hinweisen auf reizvolle Abstecher, Vorschlägen für Schlechtwetter-Alternativen und einem ausführlichen Serviceteil. „*Wanderer, Radfahrer, kommt ihr nach Lothringen, so vergesst dieses Buch nicht. (...) Man wird nicht müde, ihr (der Autorin) Etappe um Etappe zu folgen.*" (FAZ) ISBN 978-3-942291-64-4, Broschur, 184 Seiten, 14,90 €